HEYNE BÜCHER

W0408441

SCIENCE FICTION

Herausgegeben
von Wolfgang Jeschke

Ein Verzeichnis der STAR TREK®-Serie
finden Sie am Schluß des Bandes.

KIJ JOHNSON/GREG COX

STAR TREK
THE NEXT GENERATION

DIE EHRE DES DRACHEN

Roman

Star Trek®
The Next Generation™
Band 51

Deutsche Erstausgabe

WILHELM HEYNE VERLAG
MÜNCHEN

HEYNE SCIENCE FICTION & FANTASY
Band 06/5751

Titel der amerikanischen Originalausgabe
DRAGON'S HONOR
Deutsche Übersetzung von
UWE ANTON

Umwelthinweis:
Dieses Buch wurde auf chlor- und
säurefreiem Papier gedruckt.

Redaktion: Rainer-Michael Rahn

Erstausgabe by Pocket Books/Simon & Schuster Inc., New York

Printed in Germany 1998
Umschlagbild: Pocket Books/Simon & Schuster, New York
Umschlaggestaltung: Atelier Ingrid Schütz, München
Technische Betreuung: M. Spinola
Satz: Schaber Satz- und Datentechnik, Wels
Druck und Bindung: Ebner Ulm

ISBN 3-453-14983-1

1

Logbuch des Captains, Sternzeit 47146.2: Gemäß der Befehle von Starfleet ist die *Enterprise* unterwegs nach Pai, der Thronwelt des abgeschiedenen und rätselhaften Drachenreichs. Bis vor kurzem haben die humanoiden Bewohner des Reichs jeden direkten Kontakt mit der Föderation und anderen Zivilisationen vermieden. Alle bisherigen Verhandlungen und Versuche, diplomatische Beziehungen aufzunehmen, fanden per Subraum-Kommunikation statt. Meines Wissens werden meine Crew und ich die ersten Fremden seit über einem Dutzend Generationen sein, die Pai einen Besuch abstatten …

»Captain Picard«, meldete Data abrupt, »die Sensoren haben ein großes Schiff entdeckt, daß sich der *Enterprise* mit Warpgeschwindigkeit nähert.« Der Androide saß hinter seiner Station auf der Brücke und betrachtete prüfend die Daten, die über seine Bildschirme rollten. Seine Finger handhabten geschickt die Sensorkontrollen. »Es fliegt auf direktem Abfangkurs«, bestätigte er.

Jean-Luc Picard beugte sich auf dem Sitz des Captains vor. So früh hatte er noch kein Begrüßungskomitee erwartet. Die *Enterprise* befand sich noch mehrere Dutzend Lichtjahre vom Drachenreich entfernt, und ihm war bekannt, daß die Pai sich nur selten, wenn überhaupt, über die Grenzen ihres Sonnensystems hinauswagten. Es war sogar fraglich, ob das Reich überhaupt über die Warptechnologie verfügte. »Können Sie das Schiff identifizieren, Mr. Data?« fragte er.

Der Androide schaute nicht von seiner Konsole auf. »Ich glaube schon, Captain«, erwiderte er. »Die vorliegenden Daten lassen den Schluß zu, daß es sich um ein Kriegsschiff der G'kkau handelt, wahrscheinlich aus der *S'sssr'ss*-Klasse, etwa siebeneinhalb Jahre alt, mit einer Besatzung von etwa einhundertundfünfzig G'kkau-Plünderern.« Data hielt kurz inne und betrachtete die Sensordaten genauer. »Um Ihre Frage genauer zu beantworten, sind weitere Messungen und Analysen erforderlich.«

»Das war mehr als genug, Mr. Data«, sagte Picard und sah sich auf der Brücke um. Mit Ausnahme von Geordi und Beverly, die sich in der technischen Abteilung beziehungsweise der Krankenstation befanden, waren all seine Senioroffiziere anwesend. Das einzige neue Gesicht befand sich hinter dem Navigationspult: Lieutenant Tor, eine junge Andorianerin, die vor kurzem von der *Nisqually* auf die *Enterprise* versetzt worden war. Gemeinsam mit den anderen erwartete sie seine Befehle.

Eins nach dem anderen, dachte er. Er wußte nicht genau, was die G'kkau beabsichtigten, hatte aber nicht vor, es bei Warpgeschwindigkeit auf eine Mutprobe mit einem anderen Schiff ankommen zu lassen. »Schilde hoch«, befahl er. »Auf Impulskraft gehen.«

Die *Enterprise* beendete den Warpflug augenblicklich. Wie immer glaubte Picard, er könne spüren, wie das Schiff unter seinen Füßen langsamer wurde, obwohl er genau wußte, daß es sich bei diesem Gefühl um ein rein psychologisches Phänomen handelte. Die menschlichen Sinne waren nicht dafür geschaffen, den Übergang vom Überlichtflug auf Unterlichtgeschwindigkeit wahrzunehmen.

»Die G'kkau«, brummte Will Riker, der rechts von ihm saß, und verzog das Gesicht mit dem ordentlich getrimmten schwarzen Bart zu einem Stirnrunzeln. »Was haben diese Schlächter denn jetzt schon wieder vor?«

»Ich weiß es nicht, Nummer Eins«, sagte Picard, »aber ich werde es herausfinden.« Er faßte im Geiste schnell zusammen, was er über die G'kkau wußte. Die reptilischen Eroberer stellten schon seit geraumer Weile eine Bedrohung des Friedens in einem benachbarten Sektor der Galaxis dar. Seitdem sie vor einigen Jahrhunderten die Raumfahrt entwickelt hatten, haben sie systematisch schwächere und nicht so weit fortgeschrittene Spezies ausgeplündert. Bei ihnen handelte es sich im Prinzip um nichts weiter als eine Rasse von Piraten, und sie stellten keine echte Bedrohung für die Föderation, die Romulaner oder irgendeine der bekannten Supermächte der Galaxis dar, doch Picard hatte viele Schauergeschichten über die Greueltaten gehört, die die G'kkau bei nichtsahnenden Völkern verübt hatten. Das Massaker auf Snokomie IV, bei dem eine ganze Rasse intelligenter Vogelwesen ausgelöscht und *verzehrt* worden war, war nur das jüngste und grausamste Beispiel, das ihm in den Sinn kam. Starfleet befürchtete, die G'kkau könnten es auf das Drachenreich abgesehen haben. Schlugen sie schon jetzt zu? Falls ja, war Picards Mission noch dringlicher, als er angenommen hatte.

»Mr. Data«, sagte er, »wie ist der Status des G'kkau-Schiffes?«

»Es hat den Flug unterbrochen, Captain, und befindet sich direkt zwischen uns und Pai.«

Das kann kein Zufall sein, dachte Picard grimmig. »Waffen, Mr. Worf?«

Der klingonische Sicherheitsoffizier stand an seiner Konsole über und hinter Picard. Unter den Knochenwülsten seiner Stirn schwelten dunkle Augen mit kaum verborgener Glut. »Das Kriegsschiff hat sämtliche Schilde gehoben, Captain, und die Phaserbänke aktiviert.«

»Rufen Sie das andere Schiff«, befahl Picard. »Auf den Schirm.« Falls es zum Schlimmsten kommen sollte, dachte er, war die *Enterprise* durchaus imstande, sich in einem offenen Kampf gegen das fremde Schiff zu verteidigen. Er war den G'kkau noch nie begegnet, doch der Starfleet-Geheimdienst hatte herausgefunden, daß ihre Waffen noch nicht den Föderationsstandard erreicht hatten. Andererseits hatten sich Geheimdienstberichte aber auch schon mal als unzutreffend erwiesen, und Picard wollte kein unnötiges Risiko eingehen, besonders, da die nächste Verstärkung mehrere Tage entfernt war. Auf jeden Fall zog er es stets vor, es zuerst einmal mit Diplomatie zu versuchen.

»Die G'kkau antworten auf unseren Ruf«, erklärte Worf. Picard glaubte, eine gewisse grollende Enttäuschung in der Stimme seines Sicherheitsoffiziers zu vernehmen; zweifellos hatte der Klingone sich schon auf eine ruhmreiche Schlacht gefreut. Dann erschien eine visuelle Transmission auf dem Hauptbildschirm der Brücke und ersetzte den Sternenhimmel, der bislang dort zu sehen gewesen war. Als Picard den ersten Blick auf ein Besatzungsmitglied des anderen Schiffes warf, richtete er sich in seinem Sessel auf. Counselor Deanna Troi, die links von ihm saß, rang unwillkürlich nach Luft. Der Captain fragte sich kurz, ob das eine Reaktion auf das Aussehen des G'kkau war oder ihre empathischen Sinne sie auf dessen feindselige Absichten aufmerksam gemacht hatten.

»Counselor?« fragte er leise.

»Aggression«, flüsterte sie. »Reine, unverdünnte Aggression.«

»Ich verstehe«, sagte Picard. Als er das Gesicht

betrachtete, das auf dem Bildschirm erschienen war, hatte er Verständnis für ihre Reaktion. Das Fremdwesen war eindeutig reptilischer Abstammung. Es erinnerte ein wenig an einen Gorn, abgesehen davon, daß der G'kkau noch weniger humanoid wirkte. Schillernde grüne Schuppen bedeckten den Kopf, der den Großteil des Bildschirms beanspruchte, und die nackten Schultern. Eine lange, flache Schnauze, die dem eines terranischen Krokodils ähnelte, ragte aus dem Schädel des Geschöpfs hervor. An der Kehle des G'kkau baumelte eine Wamme. Zwei gelbe Augen, die von schmalen, schwarzen Pupillen beherrscht wurden, saßen über dem Schnauzenansatz unter einer schrägen, schuppenbedeckten Stirn. Ein durchsichtiges drittes Lid wischte schnell über diese Augen, die an die einer Eidechse erinnerten; diese Nickhäute schienen wie in einem Morsekode aufzublitzen, eine endlose Nachricht der Warnung und Feindseligkeit. Den Rest des Körpers des G'kkau konnte Picard nicht sehen, doch aufgrund der Anordnung der Schultern ging er davon aus, daß das Wesen normalerweise nicht aufrecht, sondern auf allen vieren ging – natürlich vorausgesetzt, daß es *lediglich* vier Extremitäten hatte. Picard waren die Details der G'kkau-Anatomie entfallen; er nahm sich vor, bei nächster Gelegenheit in der biologischen Datenbank der Föderation nachzuschlagen.

»Ich bin Kakkh, Schiffsmeister der *Fangzahn*«, erklärte das Wesen auf dem Bildschirm. Der allgemeine Translator verlieh Kakkhs Stimme ein maskulines Timbre. »Was haben Sie in diesem Sektor zu suchen?« Mehrere Reihen scharfer Sägezähne klackten beim Sprechen aufeinander; die Evolution hatte die G'kkau eindeutig mit den tödlichen Kiefern von Raubtieren ausgestattet. Picard griff auf seine Starfleetausbildung und all die Jahre der Erfahrungen zurück, die er mit allen möglichen intelligenten Wesen gemacht hatte, um das instinktive ungute Gefühl zu bekämpfen, das der Anblick dieser furchterregenden Zähne in ihm auslöste. Er erinnerte sich, daß sowohl Menschen als auch Klingonen aus Raubtieren hervorgegangen waren und beide Spezies sich trotzdem als fähig erwiesen hatten, sich zivilisiert zu benehmen ... auch wenn Picard sich insgeheim eingestand, daß Klingonen wohl eine etwas andere Vorstellung davon hatten, was unter diesem Begriff zu verstehen war. Er hoffte, daß auch die G'kkau dazu imstande waren, trotz der schrecklichen Gegenbeispiele der letzten Jahrhunderte.

Er setzte einen steinernen Gesichtsausdruck auf. »Ich bin Jean-Luc Picard«, erwiderte er, »Captain der *USS Enterprise*, und repräsentiere die Vereinte Föderation der Planeten.«

»Wir haben von Ihnen gehört, *Enterprise*«, sagte Kakkh barsch. Eine gespaltene Zunge schnellte immer wieder aus den auf- und zuklappenden Kiefern des G'kkau-Kommandanten hervor. Der Raum hinter Kakkh war nach menschlichen Maßstäben nur schwach beleuchtet; Picard erhaschte lediglich kurze Blicke auf Schatten und wirbelnde, purpurne Nebel. »Was haben Sie in dieser Gegend zu suchen?«

»Ich könnte Ihnen die gleiche Frage stellen«, sagte Picard. Er erhob sich von seinem Sessel und schritt zum vorderen Teil der Brücke, trat näher an den Bildschirm heran.

»Die Angelegenheiten der G'kkau gehen Sie nichts an, Mensch«, sagte Kakkh verächtlich, dämpfte damit Picards Hoffnung auf friedliche Verhandlungen – und bestätigte die schlimmsten Befürchtungen seines Instinkts. Ihm fiel ein altes Lied von der Erde ein, und er dachte: *Lächle niemals einem Krokodil zu.*

Picard entschied sich für die direkte Annäherung. »O doch, falls Sie beabsichtigen, das Volk des Drachenreichs zu behelligen«, antwortete er. Angesichts von Kakkhs aggressiver Einstellung schien es keinen Sinn zu haben, etwas zu beschönigen. Je früher er die wahren Absichten der G'kkau herausfand, desto besser.

»Die Pai gehören noch nicht Ihrer törichten Föderation an«, sagte Kakkh und zuckte mit dem Schwanz. Die Spitze des schweren, grünen Anhängsels fegte hinter dem furchterregenden Kopf des Kommandanten über den Bildschirm. »Sie haben hier nichts verloren, und Ihre Mission ist zum Scheitern verurteilt. Wenn Sie klug sind, werden Sie umgehend in Ihr eigenes Territorium zurückkehren.«

»Ist das eine Drohung, Schiffsmeister Kakkh?« fragte Picard stirnrunzelnd. Der G'kkau wußte eindeutig mehr über den derzeitigen Auftrag der *Enterprise*, als dem Captain lieb war. Diese Begegnung war ganz bestimmt kein Zufall. Doch falls Kakkh glaubte, Starfleet würde so leicht einen Rückzieher machen, täuschte er sich. Picard spürte Worfs Präsenz an der Waffenkonsole; er mußte nicht über die Schulter zurückblicken, um zu wissen, daß der Klingone bereit und willens war, die *Enterprise* notfalls zu verteidigen.

»Die G'kkau drohen nicht, Mensch«, sagte Kakkh. »Sie schlagen zu. Sehen Sie meine Worte als Warnung an und schenken Sie ihnen Beachtung.«

»Wenn Sie so viel über unsere Mission wissen, wie Sie andeuten«, erwiderte Picard, »ist Ihnen auch bekannt, wie wichtig deren Erfolg sowohl für die Föderation als auch für das Drachenreich ist. Ich muß zwar hinnehmen, daß Sie in dieser Region Ihre eigenen... Interessen wahrnehmen, aber wir beabsichtigen, unsere Reise nach Pai fortzusetzen und unsere Geschäfte dort abzuschließen.« Er starrte Kakkh an und hoffte, daß der reptilische Kommandant die Entschlossenheit in seinem Gesichtsausdruck und seiner Haltung deuten konnte. »Ihr Schiff versperrt uns im Augenblick den Weg nach Pai, doch notfalls können und werden wir es aus dem Weg räumen.«

Kakkh antwortete nicht sofort. Es folgte ein langes Schweigen, während dessen der kalte, undeutbare Blick des G'kkau nie von Picards Gesicht wich. Das ständige Blinzeln der Nickhäute erfolgte so regelmäßig wie bei einem Metronom. Picard fragte sich, was Kakkh dachte. Mit einer unauffälligen Handbewegung bedeutete er Worf, den Audiokanal der Verbindung zu unterbrechen. »Counselor?« fragte er Troi.

»Ich nehme entschiedene Feindseligkeit wahr, Captain«, antwortete die Betazoidin, »und vielleicht auch eine gewisse Besorgnis, aber da bin ich mir nicht ganz sicher. Seine Gefühle und Körpersprache sind mir ziemlich fremd.«

»Glauben Sie, daß er angreifen wird?«

»Tut mir leid, Captain, das kann ich nicht genau sagen.«

Picard seufzte und bedeutete Worf, den Ton wieder zuzuschalten. Manchmal wünschte er sich, Trois empathische Fähigkeiten wären präziser ausgeprägt, doch auf lange Sicht war er froh, daß sie nie eine Unfehlbarkeit vortäuschte, über die sie gar nicht verfügte. Empathie war eine Kunst, keine Wissenschaft, und selbst reinrassige Betazoiden hatten sich schon mal geirrt.

Plötzlich verschwand Kakkhs Bild vom Schirm, ohne daß er zuvor einen Abschied oder eine letzte Drohung ausgesprochen hatte. Ein Ausschnitt des Sternenhimmels ersetzte Kopf und Schultern des Echsenwesens; in einiger Entfernung konnte Picard einen funkelnden Gegenstand aus Metall erkennen, bei dem es sich wahrscheinlich um die *Fangzahn* handelte. Ihm wurde klar, daß selbst der Name des Schiffes eine Bedrohung enthielt. »Die G'kkau haben die Verbindung unterbrochen«, meldete Worf prompt.

»Ihre Manieren bei Gesprächen lassen etwas zu wünschen übrig«, versetzte Picard und nahm wieder in seinem Sessel Platz. »Behalten Sie das Schiff im Auge.« Er fragte sich, was Kakkh vorhatte; war der G'kkau so wild – und töricht –, daß er einen offenen Angriff auf ein Schiff der Galaxy-Klasse wagte? »Volle Vergrößerung auf den Schirm«, befahl er. »Sehen wir sie uns mal an.«

Der winzige metallene Punkt auf dem Bildschirm dehnte sich augenblicklich aus und verwandelte sich in die unverwechselbare Form eines fremden Raumschiffs. Picard stellte fest, daß die *Fangzahn* ihrem Namen alle Ehre machte. Sie war wie ein Krummsäbel geschwungen und am Heck, wo sich wahrscheinlich die Haupttriebwerke befanden, breit und zylindrisch. Zum Bug hin, der ein ständiges rubinrotes Leuchten ausstrahlte, verjüngte sie sich. Der Rest des Schiffes war, wie die G'kkau selbst, von einem hellen, schillernden Grün. Von der derzeitigen Position der *Enterprise* aus gesehen schien die blutrote Spitze der *Fangzahn* nach unten gerichtet zu sein, als wolle das Schiff jeden Augenblick zustoßen.

»Ihre Triebwerke werden aktiviert«, informierte Data ihn.

Picard hielt die Aufmerksamkeit auf die leuchtende Spitze der *Fangzahn* gerichtet, wo er die Hauptwaffen des Schiffes vermutete. »Halten Sie sich bereit, Mr. Worf«, sagte er. Phaser, Intervaller, Photonentorpedos… wer ahnte schon, was für ein Gift dieser *Fangzahn* verspritzen konnte?

»Das gefällt mir nicht«, sagte Riker schroff.

»Mir auch nicht, Nummer Eins«, pflichtete Picard ihm bei. Nicht zum erstenmal wünschte er, Starfleet hätte ihm mehr Zeit gegeben, um sich auf diesen Auftrag vorzubereiten. Er hätte die Taktik der G'kkau studieren sollen, um sie besser einschätzen zu können. »Erfassen Sie das Ziel mit den Phasern, Mr. Worf.«

»Bereits geschehen«, erwiderte der Klingone augenblicklich.

»Das Schiff setzt sich in Bewegung«, meldete Data. Picard sah, wie am Heck der *Fangzahn* ein scharlachrotes Licht aufblitzte. Er beugte sich gespannt vor. Dann drehte das Schiff sich zu seiner Überraschung um 180 Grad und wandte nun der *Enterprise* die Rückseite zu. Das flache, kreisförmige Heck des G'kkau-Schiffes leuchtete rotglühend auf, als sei es in Brand geraten. Die *Fangzahn* schoß von der *Enterprise* fort, und ihr Bild schrumpfte auf dem Schirm zusammen, als sie in der Ferne verschwand. »Die G'kkau ziehen sich schnell zurück«, bestätigte Data. Picard atmete tief aus, aber nicht so laut, daß er damit Besorgnis bei seiner Crew hervorrief.

»Was hatte das zu bedeuten?« fragte Riker.

Picard mußte an die Nickhäute des Kommandanten denken. »Kakkh hat auf unterschiedliche Weise geblinzelt«, sagte er.

»Die G'kkau sind Feiglinge und haben keine Ehre«, sagte Worf und fällte damit sein Urteil über die gesamte Spezies. Zweifellos bedauerte er, daß es nicht dazu gekommen war, sich im Kampf gegen die G'kkau zu messen.

»Das mag sein, Mr. Worf, aber ich befürchte, wir haben nicht zum letztenmal von Kakkh und seinesgleichen gehört. Feigheit schließt Gerissenheit und Ehrgeiz nicht von vornherein aus.« Picard beobachtete, wie das rote Leuchten der Triebwerke der *Fangzahn* immer kleiner wurde, bis es schließlich ganz verschwand. »Mr. Data, können Sie den Kurs des G'kkau-Schiffs berechnen?«

»Ich versuche es, Captain«, erwiderte der Androide, »aber sein Ziel ist offensichtlich der Drachennebel selbst. Sobald es in den Nebel eingedrungen ist, werden die ionisierten Gase bei unseren Sensoren beträchtliche Interferenzen hervorrufen. Ich befürchte, falls wir das Schiff nicht augenblicklich verfolgen, werden die ›Störgeräusche‹ des Nebels die Position der *Fangzahn* verbergen.«

Picard schüttelte nachdenklich den Kopf. »Nein. Wir sind mit den Pai verabredet, nicht mit den G'kkau. Noch nicht, zumindest.« Er schaute zu Lieutenant Tor hinüber. Ihre blauen Fühler drehten sich leicht in seine Richtung. »Fliegen Sie mit voller Geschwindigkeit zu unserem ursprünglichen Ziel weiter«, befahl er ihr.

Als Picard wieder Platz nahm, zogen auf dem Hauptbildschirm bereits Sterne vorbei. Nachdem Data ihn nun darauf aufmerksam gemacht hatte, konnte er den berühmten Nebel ausmachen, von dem das Drachenreich seinen Namen entlehnt hatte.

Der Drachennebel breitete sich als ausladender Bogen aus schwach leuchtenden Gasen auf der Mitte des Bildschirms aus. Der Planet Pai, der noch zu weit entfernt war, als daß man ihn schon hätte sehen können, umkreiste einen mittelgroßen gelben Stern am Rand des Nebels. Picard wußte, daß das gesamte Gebilde aus manchen Blickwinkeln, darunter auch aus dem der Pai, an das Maul eines riesigen Raubtiers erinnerte: vielleicht an das eines Drachen oder auch, wie er sich eingestehen mußte, eines G'kkau. *Die reinste Ironie,* dachte er, *daß Starfleet mich hierher geschickt hat, damit ich die humanoiden Bewohner des Drachenreichs vor einer unersättlichen Spezies echter, lebender Drachen rette.*

In diesem Augenblick kam Picard sich nicht wie der Heilige Georg vor. Das kurze Zusammentreffen mit dem Kriegsschiff der G'kkau bereitete ihm größere Sorgen, als er erkennen ließ. Letztlich mochte das Wissen, daß die G'kkau bereits in der Nähe lauerten, ein Vorteil sein, aber ihre unerwünschte Gegenwart machte seine Mission wohl kaum einfacher – oder unbedeutender. Nun stand mehr als nur die zukünftigen Beziehungen zwischen der Föderation und den Pai auf dem Spiel; falls Picard scheitern sollte, drohte dem Drachenreich die Vernichtung durch die Klauen der G'kkau.

Und wenn man sich überlegt, dachte er, *daß alles von einer Hochzeit abhängt …*

»Die Bedeutung dieser Hochzeit kann nicht hoch genug eingeschätzt werden«, begann Picard.

Sämtliche Senioroffiziere, einschließlich Dr. Beverly Crusher und Chefingenieur Geordi LaForge hatten sich im Konferenzraum eingefunden. Picard saß am Kopfende des Tisches und warf gelegentlich einen Blick auf den Datenblock unter seinen Fingerspitzen. Ihm war unbehaglich zumute, weil er die Brücke verlassen und der zweiten Schicht das Kommando über das Schiff gegeben hatte, obwohl sich in der Nähe vielleicht noch ein feindliches Kriegsschiff verbarg. Doch die *Fangzahn* war beim ersten Anzeichen von Widerstand durch die *Enterprise* geflohen; vielleicht war es ihm gelungen, Kakkh für eine Weile zu verscheuchen. Und sollte es zu weiteren Schwierigkeiten kommen, so beruhigte er sich, war die Brücke nur einen Turbolift weit entfernt.

Außerdem mußte er nun, da sie kaum noch eine Stunde von Pai entfernt waren, seinen Offizieren dringendst ihre Mission erläutern, soweit ihm das möglich war. Sie mußten auf alle Eventualitäten vorbereitet sein, sowohl hier als auch auf der Planetenoberfläche. Er wünschte nur, er hätte dies früher tun können, doch dazu war keine Gelegenheit gewesen; Starfleet hatte betont, daß der Zeitfaktor von höchster Bedeutung war.

Die Schreibtischhengste haben gut reden, dachte er mit

einem Anflug von Verärgerung. *Sie müssen nicht mit minimaler Vorbereitung und spärlichen Informationen die Feinheiten einer ganzen Zivilisation verstehen lernen.* Der Diplomat in Jean-Luc Picard war nicht besonders von der Vorstellung angetan, aus einer Position der relativen Unkenntnis heraus verhandeln zu müssen; der Starfleet-Captain hingegen war entschlossen, aus einer schlechten Situation das Beste zu machen.

»Das Drachenreich besteht aus knapp einem Dutzend Planeten, die alle dieselbe Sonne umkreisen«, fuhr Picard fort.

Worf schnaubte abfällig. »Ein Sonnensystem stellt wohl kaum ein Reich dar«, sagte er.

»Vielleicht nicht nach den Maßstäben der Klingonen oder Romulaner«, gestand Picard ein, »doch es weist eine lange Geschichte auf, die bis zu den frühesten Anfängen der menschlichen interstellaren Kommunikation zurückreicht. Zahlreiche Forscher vertreten die Theorie, daß das Reich ursprünglich von Kolonisten vom irdischen Kontinent Asien besiedelt wurde, irgendwann nach den Eugenischen Kriegen. Die vorliegenden Daten bestätigen in der Tat, daß ihre Gesellschaft eine starke Ähnlichkeit mit der des mittelalterlichen China aufweist; es könnte sich um eine bewußte Neuschöpfung einer alten terranischen Kultur handeln, vergleichbar mit den indianischen Gemeinden in der Region, die mittlerweile als Demilitarisierte Zone bekannt ist. Leider sind die Unterlagen aus dieser Zeit sehr lückenhaft, und nach der Wiederentdeckung Pais durch Starfleet haben die irdischen Historiker das Reich nicht betreten dürfen.«

Falls diese Mission einen guten Ausgang nahm, dachte Picard, würde er eines Tages vielleicht eine Ausgrabung auf Pai leiten; es wäre faszinierend, die historischen Spuren der ursprünglichen Besiedler des Planeten mit Artefakten aus dem Asien des einundzwanzigsten Jahrhunderts zu vergleichen. Das hing natürlich davon ab, ob es dann noch ein Drachenreich gab, das man besuchen konnte. Die G'kkau waren nicht gerade dafür bekannt, besonderen Wert auf die Erhaltung historischer Funde zu legen.

»Seit mehreren Jahren«, erklärte er, »wird das Drachenreich von einem Bürgerkrieg gespalten. Der Kaiser, auch als Drache bekannt, wurde mit einem ernsten Aufstand konfrontiert, der von Lord Lu Tung angeführt wurde, einem mächtigen Adligen. Vor einiger Zeit warfen die Truppen des Drachen die Rebellion nieder, doch Lu Tung hat noch immer so viele Anhänger, daß der Drache sich nicht so entschlossen mit ihm befassen kann, wie es ihm vielleicht recht wäre.«

»Mit anderen Worten«, sagte Riker, »er kann Lu Tung nicht einfach irgendwo auf einem Ameisenhügel pfählen.«

»Genau«, sagte Picard. »Also hat man einen Kompromiß ausgearbeitet, um einen weiteren Krieg zu verhindern. Der älteste Sohn des Kaisers, der Drachenerbe, wird Lu Tungs einzige Tochter heiraten. Diese Ehe wird die Familien vereinen und dem Reich Frieden bringen. Die Braut ist übrigens als« – Picard schaute auf den Datenblock – »die Grüne Perle von Lu Tung bekannt.«

»Mein Gott«, sagte Beverly, ganz offensichtlich amüsiert, »das klingt ja wie aus dem *Mikado*.«

»In der Tat«, gab Picard ihr recht. Ihm fiel ein, daß Beverly vor kurzem im Rahmen ihres noch nicht abgeschlossenen Gilbert & Sullivan-Festivals eine Amateuraufführung dieser Operette inszeniert hatte. »Aber so lustig es auch klingen mag, die Sache ist todernst. Starfleet hält es nur für eine Frage der Zeit, bis die G'kkau expandieren und Pai überfallen werden, was zu einer unabsehbaren Zahl von Toten im gesamten Reich führen wird. Unsere Begegnung mit den G'kkau verleiht diesem Szenario nur zusätzliche Glaubwürdigkeit. Starfleet hat das Reich vor der Gefahr gewarnt und Schutz angeboten, falls das Reich sich der Föderation anschließt; aber die Föderation zögert verständlicherweise, das Drachenreich aufzunehmen, bis es seine inneren Konflikte geklärt hat. Über Subraum hat die Föderation einen Vertrag mit dem Reich ausgearbeitet, aber alles steht und fällt mit der Hochzeit als Beweis für die neugewonnene Einigkeit des Reichs.«

»Aber warum sind wir hier?« fragte Riker. »Bei allem gebührenden Respekt für Ihre bisherigen diplomatischen Leistungen, aber das klingt nicht nach einer Aufgabe für ein Raumschiff.«

»Ich nehm's Ihnen nicht übel, Nummer Eins«, sagte Picard aufrichtig. *Ich habe meine Laster*, dachte er, *aber Eitelkeit zählt nicht dazu.* »Der Vertrag muß persönlich von einem Repräsentanten der Föderation unterzeichnet werden, und der Drache hat auf einem Starfleet-Kommandanten statt eines Botschafters bestanden. Offensichtlich stehen militärische Fähigkeiten bei den Pai in hohem Ansehen.«

»Ah«, sagte Worf anerkennend, »ein ehrenvolles Volk.« Troi, die zwischen Worf und Riker saß, konnte angesichts der Vorhersagbarkeit der Reaktion des klingonischen Kriegers ein leises Lächeln nicht unterdrücken.

»Ich hoffe, daß es sich als ein solches erweisen wird«, sagte Picard. »Und doch ist noch unklar, ob die Pai wirklich begriffen haben, in welcher Gefahr sie sich befinden. Der Vertrag ist noch nicht ratifiziert, und schon gibt es Anlaß zur Sorge, ob der Drache bezüglich des Beitritts zur Föderation vielleicht Hintergedanken hegt, auch wenn die Hochzeit wie geplant stattfindet. Daß Starfleet die *Enterprise*, das Flottenflaggschiff, zur Hochzeit schickt, ist eine deutliche Geste des guten Willens, die die Annahme des Vertrags erleichtern soll. Noch wichtiger ist jedoch, daß ich damit Gelegenheit bekomme, den Drachen persönlich kennenzulernen und ihn von der absoluten Notwendigkeit zu überzeugen, die Hilfe der Föderation gegen die G'kkau zu akzeptieren.«

»Glauben Sie, daß die G'kkau versuchen werden, die Hochzeit zu stören?« fragte Riker. Picard stellte erfreut fest, daß sein Erster Offizier bereits alle möglichen Verwicklungen durchdacht hatte, die ihr Auftrag mit sich bringen konnte. Er konnte sich darauf verlassen, Will Riker würde darauf achten, daß sie auf überraschende Entwicklungen vorbereitet waren.

»Angesichts unserer ›zufälligen Begegnung‹ mit Schiffsmeister Kakkh von der *Fangzahn*«, sagte er, »werden wir wohl davon ausgehen müssen. Ohne die Hochzeit wird der Bürgerkrieg wieder aufflackern. Ohne eine vereinte Regierung kann das Drachenreich nicht der Föderation beitreten. Ohne die Hilfe von Starfleet werden die G'kkau die Pai ausmerzen.«

»Für die G'kkau«, stellte Riker fest, »ist das ein ziemlich guter Anlaß, die Hochzeit zu verhindern.«

Picard nickte. »Vielleicht wird es sich als Vorteil erweisen, daß die Föderation keine rein diplomatische Delegation, sondern die *Enterprise* zu dieser Feier geschickt hat.«

»Captain«, sagte Deanna Troi, »angenommen, die G'kkau greifen an, bevor die Hochzeit stattgefunden hat?«

»Innerhalb gewisser Grenzen würde die Erste Direktive gelten«, erwiderte Picard grimmig. »Wenn die Pai uns nicht offiziell um Hilfe bitten, stehen sie allein.« Er hoffte, daß es nicht dazu kommen würde. Die Erste Direktive war ein kluger und notwendiger Grundsatz und von höchster Bedeutung für die ungestörte Entwicklung ganzer Gesellschaften, konnte dem Gewissen eines Einzelnen aber auch einen grausamen Zoll abverlangen. Als Captain der *Enterprise* hatte er zu oft hilflos daneben stehen müssen, während sich große oder kleine Tragödien ereigneten, nur um die uralte Doktrin der Föderation der Nichteinmischung zu bewahren. Im größeren Plan der Dinge mochte es das Richtige sein; doch sein Schlaf wurde manchmal von der Erinnerung an die unschuldigen Opfer der Geschichte gestört. *Diesmal nicht,* versprach er sich. *Ich werde dafür sorgen, daß die Hochzeit stattfindet und die Pai in den sicheren Hafen der Föderation einlaufen, selbst wenn ich die Zeremonie persönlich abhalten muß!* »Noch irgendwelche Fragen?« erkundigte er sich bei den versammelten Offizieren. »Vorschläge?«

Geordi zuckte mit den Achseln. »Aus technischer Sicht kann ein Ingenieur nicht viel zum glücklichen Verlauf einer Hochzeit beitragen. Doch wenn wir einen guten Eindruck hinterlassen wollen, könnte ich eventuell für einen spektakulären Programmpunkt sorgen. Vielleicht ein wirklich superschickes Feuerwerk oder so.«

»Eine ausgezeichnete Idee, Mr. LaForge«, sagte Picard, erfreut über Geordis Initiative. »Ich bin für jeden Einfall dankbar.«

»Ja«, sagte Geordi begeistert. Offensichtlich schwirrte ihm eine Vielzahl von Ideen im Kopf. »Ein Feuerwerk. Das ist genau das richtige. Ein paar Laser, fluoreszierende Isotope und Quantenentladungen ... Captain, ich kann Ihnen wohl eine Lightshow versprechen, die die Pai nie vergessen werden.«

»Ein prismatischer Wechsel der Schildfrequenzen könnte ebenfalls einen ästhetisch angenehmen optischen Eindruck hinterlassen«, schlug Data vor.

»Machen Sie das«, sagte Picard. Erneut kam ihm in den Sinn, daß es doch seltsam war, wieviel von einer so einfachen Sache wie einer Hochzeit abhängen konnte. Vielleicht ist es auch gar nicht so seltsam, grübelte er, nachdem er etwas ausführlicher darüber nachgedacht hatte. Selbst auf der Erde war noch vor einigen Jahrhunderten das Schicksal ganzer Nationen von der einen oder anderen Hochzeit unter Königshäusern entschieden worden, und gescheiterte Verbindungen hatten verheerende Folgen gehabt. *Sieh dir nur Heinrich den Achten an,* dachte er, *ganz zu schweigen von Charles und Diana ...*

»Jean-Luc«, sagte Beverly. »Wenn wir schon davon sprechen, einen guten Eindruck zu hinterlassen, sollten wir noch etwas in Betracht ziehen. Ich weiß nicht besonders viel über die Pai, aber ich bin einmal in Neu-Peking stationiert gewesen und habe damals viel Zeit in Museen und historischen Ausgrabungsstätten verbracht. Falls Pai tatsächlich dem antiken China ähnelt, muß die Gesellschaft dieses Reiches ganz von Männern beherrscht werden. Frauen wird man als weniger bedeutende Wesen ansehen, ja sogar als bewegliche Habe. Man erwartet von ihnen, daß sie sich bescheiden und gehorsam geben. Ganz ähnlich, wie es heute bei den Frauen der Ferengi der Fall ist.«

»Narren«, versetzte Worf. Picard wußte zwar, daß auch die klingonische Gesellschaft ziemlich patriarchalisch geblieben war, doch im Gegensatz zu den Ferengi schätzten die Klingonen bei ihren Frauen zumindest Aggressivität und Trotz. Für den Captain war die Vorstellung, daß Worf sich von einer schüchternen, zarten Blume von Frau angezogen fühlte, genauso fremd wie die, daß er abgöttisch einen verhätschelten Pudel liebte. Klingonen erwarteten von ihren Gefährtinnen, daß sie bei jeder sich nur bietenden Gelegenheit anderer Meinung waren, und genossen die daraus entstehenden Konflikte. Angesichts der wachsenden Zuneigung zwischen Worf und Counselor Troi fragte er sich kurz, was das über Deanna verriet.

»Die Rollen der Geschlechter in ihrer Gesellschaft

gehen nur die Pai etwas an«, sagte er, »aber ich kann von ihnen erwarten, daß sie meine weiblichen Offiziere mit dem Respekt behandeln, der ihnen gebührt. Falls das Drachenreich der Föderation beitreten möchte, muß es unsere Gebräuche akzeptieren, wie wir die seinen anerkennen.«

»Natürlich«, pflichtete Beverly ihm bei. »Doch angesichts der Bedeutung dieses Vertrags bin ich bereit, diesmal ein wenig zurückzustecken, nur um die Führungsspitze der Pai nicht unnötig zu schockieren.« Sie schaute an ihrer eng anliegenden Starfleet-Uniform hinab. »Vielleicht sollten wir uns etwas unauffälliger kleiden, um nicht gegen die guten Sitten der Pai zu verstoßen ... das heißt, falls Sie nichts dagegen haben, Deanna.«

Troi zuckte mit den Achseln, und ihr langes, schwarzes Haar fiel in Kaskaden über ihre Schultern herab. »Meinetwegen«, sagte sie. »Wir werden noch Gelegenheit genug haben, den Pai ihren Chauvinismus auszutreiben ... *nachdem* wir sie vor den G'kkau gerettet haben.«

»Ich weiß nicht«, sagte Picard. »Mir bereitet der Gedanke Unbehagen, meinen weiblichen Offizieren zu befehlen, sich anders zu kleiden und zu benehmen als gewohnt.«

»Sie befehlen es uns ja nicht«, beharrte Beverly. »Wir tun es freiwillig. Nicht wahr, Deanna?«

»Ja«, erwiderte Troi. »Wenn Sie sich mit dem Drachen treffen, soll er sich mit dem Vertrag und nicht mit unserer Kleidung beschäftigen. Wir dürfen nicht zulassen, daß irgend etwas die Pai von den wichtigen Themen ablenkt, nämlich der Tatsache, daß sie Schutz vor den G'kkau benötigen.«

»Na schön«, sagte Picard. »In diesem Fall danke ich Ihnen und Beverly schon im voraus für ihre Bereitschaft, unserer Sache zuliebe diese besondere Belastung auf sich zu nehmen.« Er erhob sich und musterte seine Offiziere mit einem strengen, ruhigen Blick. »Dr. Crusher hat recht. Nachdem wir uns auf Pai gebeamt haben, müssen wir alle uns von unserer besten Seite zeigen. Es steht mehr auf dem Spiel als nur eine Hochzeit und ein Vertrag. Für alle Bewohner des Drachenreichs handelt es sich um eine Angelegenheit auf Leben und Tod. Wir dürfen sie nicht im Stich lassen, ganz gleich, wie seltsam oder rückständig uns ihre Gebräuche vielleicht vorkommen.«

»Ich persönlich«, sagte Data, »freue mich darauf, eine menschliche Kultur beobachten zu können, die sich abgeschieden von der Föderation entwickelt hat. Die Pai könnten mir viele Einblicke in die Geschichte und Entwicklung der menschlichen Sozialstrukturen und Sitten verschaffen.«

»Sie haben gut reden«, scherzte Riker. »Sie müssen kein Kleid tragen.«

»Tja, es könnte Schlimmeres geben«, sagte Geordi und richtete sein VISOR auf Beverly und Deanna. »Ferengifrauen dürfen überhaupt keine Kleidung tragen.«

»Na und?« fragte Deanna lächelnd. »Auf Betazed würde niemand auch nur in Erwägung ziehen, bekleidet bei einer Hochzeit zu erscheinen.«

2

Auf der Brücke der *Fangzahn* dampfte es leicht, aber keineswegs so stark, daß Kakkh der Anblick seines Stellvertreters Gar verborgen geblieben wäre, der sich den Weg über den Boden mit seinen zahlreichen Erhebungen bahnte.

Die G'kkau mochten – mehr oder weniger in dieser Reihenfolge – Wärme, Feuchtigkeit und Dunkelheit und hatten ihre Schlachtschiffe dementsprechend entworfen. Die Kontrollbrücke des Flaggschiffs war sehr niedrig; die Decke folgte der kugelförmigen Krümmung der Schiffshülle und schuf damit eine umgestülpte flache Schüssel, die an den Rändern auf den Boden stieß. Kakkhs Mannschaftsmitglieder standen verstreut herum, die reptilischen Köpfe gesenkt, während sie die Bildschirme rochen und beobachteten, die in den schleimigen Boden eingelassen waren. Ihre schuppigen Bäuche glitten über den dickflüssigen gelben Schmierfilm, der die harten Duraniumfliesen überzog. Gelegentlich berührte der eine oder andere von ihnen mit einem klauenbewehrten Vordergliedmaß eine erhöhte Kontrolle auf dem Boden, und der Geschmack der Luft veränderte sich leicht, wenn neue Informationen übertragen wurden.

Kakkh schnalzte mit der Zunge, um die Luft zu lesen, die heiß und steif und dick von den Gerüchen der chemischen Indikatoren war. Er bedauerte, daß die Menschen zu gedankenlos waren, um über ihre Kommunikationskanäle auch olfaktorische Daten zu übertragen; Kakkh hätte gern Picards Furcht oder Entschlossenheit gerochen. Wie konnte er nur mit Hilfe von Augen und Ohren etwas über die Absichten eines Wesens herausfinden? Soweit es ihn betraf, waren ihre nutzlosen Übertragungen nur ein weiterer Beweis dafür, daß Humanoide ein verräterisches Geschmeiß waren, das ausgelöscht zu werden verdiente.

»Meister.« Gar stand neben Kakkhs Hügel in der Mitte der Brücke und hielt zwischen drei Klauen ein scharlachrotes Kommunikationsgel. »Unser Kontaktmann unter den Pai hat einen Kanal von der Planetenoberfläche geöffnet und bittet um einen Augenblick Ihrer Zeit.«

»Hah«, schnaubte Kakkh. »Endlich.«

Gar ließ das Gel in eine eingefettete Vertiefung im Boden fallen. Zwischen Kakkhs vorderen Gliedmaßen flammte ein ovaler Bildschirm auf, und Gar kroch zur Seite, damit sie beide ihn betrachten konnten. Kakkh mußte aufgrund der Helligkeit des winzigen Bilds eines männlichen Humanoiden, der mit einem vielfarbigen Gewand bekleidet war, die Augen zusammenkneifen. Was der Schiffsmeister von der Umgebung des Menschen erblicken konnte, sah trocken und schmerzhaft hell aus. Und war wahrscheinlich furchtbar kalt.

»Je früher wir diese Wesen auslöschen und ihre Welt umformen, desto besser«, murmelte Kakkh. Dann schaltete er mit einem Zucken des Schwanzes den automatischen Translator ein. »Seien Sie gegrüßt.«

Der Mensch ließ den Papierfächer zuschnappen, mit dem er gespielt hatte. »Edle Drachen, ich heiße Sie willkommen.« Der Mann verbeugte sich, gerade so tief, daß es sich auch für die G'kkau, die sich als Vierbeiner normalerweise niemals verbeugten, um eine beabsichtigte Beleidigung zu handeln schien.

»Ich kann es nicht erwarten, ihn zu fressen«, sagte Gar leise.

Kakkh zog nur warnend eine Kralle zusammen, als er dem Mann antwortete. »Verläuft alles nach Plan?«

»O ja«, sagte der Pai-Mann; er klang aufgrund der Andeutung, etwas könne nicht in Ordnung sein, ziemlich schockiert. »Sie wissen ja, solche Ereignisse kann man nicht über Nacht planen oder abändern. Die Hochzeit soll morgen früh stattfinden, direkt nach Sonnenaufgang. Das Hochzeitsbankett beginnt übrigens schon in wenigen Minuten, geehrte Drachen.«

»Abgesehen davon, daß es keine Hochzeit geben wird«, erwiderte Kakkh. »Richtig?«

»Natürlich«, sagte der Mensch, lächelte und entblößte dabei Zähne, die Kakkh außerordentlich unattraktiv und unwirksam vorkamen. *Die Pai haben die Kiefer eines Nagetiers,* dachte Kakkh. *Sie wurden geboren, um als Beute zu dienen.* »Ich werde den Drachen bis dahin getötet haben.« Sein Lächeln verblich. »Ich muß eingestehen, ich bedauere diese Tat.«

»*Was?*« schnaubte Gar.

Kakkh spürte, daß seine Halskrause anschwoll, hielt seine Erwiderung jedoch unter Kontrolle. »Was gibt es da zu bedauern? Sie werden das Drachenreich beherrschen«, log er.

»Nun ja, sicher.« Der Mensch tippte mit einem manikürten Fingernagel an sein Kinn. »Aber es bekümmert mich, daß ich ihn ohne die Ehre eines Kampfes Mann gegen Mann töten muß.«

Kakkh spürte, wie in seinem Vorderhirn ein Schmerz zu pochen begann. »Aber Sie haben uns erklärt, der Drache sei ein schwacher und ehrloser Narr«, erinnerte er den Menschen. *Bei den Fangzähnen meines Vaters,* dachte Kakkh mit gelindem Zorn, *dieses elende Geschöpf wird es sich zu einem so späten Zeitpunkt doch nicht anders überlegt haben?*

»Oh, er ist dieses Thrones unwürdig, das ist keine Frage. Und doch ...«

»Es ist Ihre Pflicht, die Ehre des Reichs zu retten«, sagte Kakkh.

»Sicher, Sie haben ja recht, verehrte Echse«, erwiderte der Mensch. »Die Ehre des Reichs verlangt einen neuen Drachen, und ich muß dieser Mann sein. Ich würde ihm das Reich natürlich in direktem Kampf entreißen«, betonte er, »wäre das nur irgendwie möglich. Dann könnte er mit Ehre sterben. Aber dem kann leider nicht sein.«

»Warum nicht?« fragte Gar und zwängte sich auf den Befehlshügel. Kakkh konnte ihm keine Vorwürfe machen; Gar war jünger als er und hatte nicht so viel Geduld mit den ärgerlichen Eigenheiten dieser Säugetiere. »Warum kämpfen Sie nicht einfach jetzt mit ihm?«

Der Mensch riß schockiert die Augen auf. »Das wäre nun *völlig* unmöglich«, protestierte er entsetzt. »Die Hochzeit wurde vor über einem Jahr anberaumt. Sie muß Priorität vor jeder formellen Herausforderung haben.«

»Ich verstehe«, sagte Gar. »Ein Duell ist unangemessen, ein Meuchelmord aber akzeptabel.«

»Das ist etwas völlig anderes«, sagte der Mann mit einem gewissen Stolz.

Genug davon, dachte Kakkh. Es war wichtig, daß der Jüngere die Schwächen anderer Spezies kennenlernte, doch er durfte das Risiko nicht eingehen, so kurz vor Vollendung ihrer Pläne ihren menschlichen Spielball gegen sie aufzubringen. Die törichte Hilfe des Menschen konnte den G'kkau bei der bevorstehenden Invasion beträchtliche Mühen und Verluste ersparen. Er zischte Gar leise an, und sein Stellvertreter schlitterte von dem Hügel hinab.

»Trotzdem stirbt der Drache vor der Hochzeit«, sagte Kakkh. »Wie Sie uns freundlicherweise mitgeteilt haben, wird der Vertrag zwischen dem Drachenreich und dieser dekadenten Föderation nach der Hochzeit endgültig in Kraft treten. Das darf nicht geschehen.« Kakkh schwang den Kopf von einer Seite zur anderen und stieß ein müdes Seufzen aus. »Es erstaunt mich noch immer, daß Ihr Herrscher, der einst so klug und angesehen war, die Existenz solcher Barbaren auch nur zur Kenntnis nimmt.«

»Es kommt auch mir kaum möglich vor«, pflichtete der Mensch ihm bei, »doch der Drache ist alt und weich.«

»Das muß er in der Tat sein«, sagte Kakkh, »wenn er solch eine Allianz in Betracht zieht. Die Ehre und Unbesiegbarkeit des Drachenreichs ist in der ganzen Galaxis bekannt. Warum wollen Sie Ihre Größe besudeln, indem Sie sich mit diesen fremden Teufeln abgeben?«

»Ich verstehe Ihre Einschätzung und pflichte ihr völlig bei«, sagte der Mensch. »Und eins ihrer Raumschiffe hat bereits unsere geheiligten Grenzen verletzt. Es befindet sich schon in einem Orbit um Pai.«

»Die *Enterprise*?« zischte Kakkh scharf. Soweit er wußte, war Picards Schiff das einzige der Föderation in diesem Sektor, aber er traute es Starfleet durchaus zu, unter irgendeinem fadenscheinigen Vorwand ein anderes Schiff einzuschmuggeln.

Der Mensch schnaubte. »Wie soll ich das denn wissen? Die Namen ihrer Schiffe sind mir unverständlich. Ganz im Gegensatz zu *Der himmlische Traum des Ewigen Lebens des scharlachroten Drachen*, meiner eigenen kaiserlichen Jacht.«

Das vertraute Pochen in Kakkhs Vorderhirn wurde stärker. Der anhaltende hochgradige Schwachsinn dieses Menschen verursachte ihm Kopfschmerzen. Er mußte den Pai von der Notwendigkeit seiner mörderischen Mission überzeugen. »Die *Enterprise* kann nichts tun, bevor der Vertrag unterzeichnet ist. Töten Sie den Drachen, und Sie werden die heilige Ehre Ihres Reichs erhalten. Man wird sich in alle Ewigkeit an Ihren mutigen Schlag erinnern.«

»O ja«, sagte der Mensch. Unverhohlene Gier und Ehrgeiz strahlten in seinem Gesicht.

»Tun Sie Ihre Pflicht, zukünftiger Drache«, redete Kakkh auf ihn ein. »Bereiten Sie Ihren Nachkommen der nächsten tausend Generationen Ehre.«

»Für meine Söhne«, stimmte der Mensch bereitwillig zu, »und die Söhne meiner Söhne.« Der Mensch schien überzeugt zu sein, zumindest im Augenblick. Dann wurde zu Kakkhs Bestürzung die Begeisterung auf dem bleichen, schuppenlosen Gesicht von Zweifel verdrängt. Die Blicke des Mannes glitten hin und her, als scheue er sich plötzlich davor, sie auf etwas zu konzentrieren. »Ich hoffe, mein Vertrauen in Sie ist berechtigt«, sagte er zögernd. »Bitte verstehen Sie mich nicht falsch, wenn ich gewisse Bedenken zum Ausdruck bringe. Sie können nicht abstreiten, daß Sie sich noch stärker als die Fremden von der Föderation von uns unterscheiden.«

Kakkh richtete sich würdevoll auf. »Sind wir nicht die Drachen Ihrer uralten Überlieferung?« fragte er. »Sind wir nicht die Symbole der Ehre Ihres Reichs?«

»Ich möchte Ihre Ehre nicht in Zweifel ziehen, Freund Drache«, beharrte der Mensch. »Ich habe nicht den geringsten Zweifel, daß Sie ehrenvolle Geschöpfe sind, und mir liegen nur die Interessen des Reichs am Herzen. Aber wir haben die Behaglichkeit unserer Abgeschiedenheit so lange genossen, daß es uns schwerfällt, außerhalb unseres Herrschaftsbereichs sogar so ehrwürdige Verbündete wie Sie zu akzeptieren.«

»Wir beabsichtigen nicht, Ihre geheiligten Traditionen zu stören«, versicherte Kakkh ihm. »Fürchten Sie statt dessen die List der Föderation und schlagen Sie jetzt zu, bevor sie Ihr Reich korrumpiert, wie sie schon so viele andere Welten vor Ihnen verseucht hat. Sie müssen Maßnahmen ergreifen – um der Ehre willen.«

Der Mensch nickte ernst. Kakkh glaubte, im Benehmen des Mannes die erneuerte Entschlossenheit feststellen zu können, doch wer konnte schon sicher sein, wenn es um so wertlose Kreaturen ging? Nüstern erweiterten sich am Ende seiner Schnauze, und Kakkh schnüffelte angestrengt, nahm jedoch nur die üblichen Gerüche der Brücke eines Kriegsschiffs wahr. Er freute sich schon darauf, die Gerüche von Pai selbst zu schmecken, nachdem sie die nichtsahnenden Säuger eliminiert und den Planeten so umgestaltet hatten, daß er ihren Bedürfnissen entsprach.

»Ich werde tun, was Sie sagen«, erwiderte der Mensch und zog unter seinen fließenden Gewändern deutlich sichtbar die Schultern hoch. Er verbeugte sich wieder, diesmal tiefer, und der Bildschirm erlosch.

»Ehrloser Tölpel«, sagte Gar. Der jüngere G'kkau schob sich ein Stück den Hügel hinauf. Auf seinen grünen Schuppen spiegelte sich die schwache Innenbeleuchtung der Brücke.

»Wann hat irgendein Wesen, das kein G'kkau war, jemals Ehre gezeigt?« sagte Kakkh. »Sie alle sind bloß Tiere. Beute.«

»Was ist mit der Föderation?« fragte Gar. »Ich habe von diesem Picard gehört. Es heißt, er habe die Borg besiegt, und das mehr als nur einmal.«

Kakkh hatte dieselben Berichte gerochen, machte sich aber keine allzu großen Sorgen. Picard hatte eine Schwäche: seine wertvolle Erste Direktive. »Er kann nichts tun, bis der Vertrag in Kraft tritt«, erklärte er. »Wenn der Drache tot ist, wird es nicht zur Hochzeit kommen, und der Vertrag ist hinfällig. Und nachdem der Drache nicht mehr am Leben ist, kann nichts und niemand unsere Marionette mehr daran hindern, die Kontrolle über das Reich zu übernehmen. Unter seiner

Herrschaft werden die Pai unserer Invasion keinen Widerstand leisten, und nach einiger Zeit wird der Tod des Verräters nur ein einziger Tropfen in einem Meer aus Blut sein. Und der berühmte Captain Picard, Bezwinger der Borg, wird uns nicht aufhalten können.«

Kakkh sog erneut die Luft ein. Diesmal roch er Sieg.

Die Tür des Turbolifts glitt auf, und Beverly trat in den Transporterraum eins.

Nein, dachte Picard. *Treten* war ein zu sachliches Wort. Dr. Beverly Crusher *schwebte* herein, so wunderschön und exotisch wie die Illustrationen aus einem jahrhundertealten Kinderbuch. Sie trug ein bis zum Boden reichendes Kleid mit gewaltigen Schleppen, die sie hinter sich herzog. Darunter befand sich eine Reihe weiterer Untergewänder, deren unterschiedlich schillernde Stoffe an ihrem Ausschnitt und den Öffnungen der Ärmel auszumachen waren. Das lange Übergewand war pfirsichfarben und grün und wurde von einem komplizierten Muster aus von Bändern umschlungenen Blumen und Ringen geschmückt. Ihr dichtes rotes Haar war am Hinterkopf zurückgebunden und wurde von einem breiten bunten Band gehalten, das bei jeder ihrer Bewegungen flatterte. Ihre Augen hoben sich betörend dunkel von ihrer hellen Haut ab. In einer Hand hielt sie einen kleinen Seidenfächer.

Manchmal vergesse ich einfach, wie *attraktiv Beverly* ist, dachte Picard bedauernd. *Ich bin vielleicht ein Dummkopf.* Er trat vor und applaudierte leise. »Sie sehen ... bezaubernd aus«, sagte er. Würden sie nicht jeden Augenblick auf den Planeten beamen, hätte er ihr den Arm geboten.

»Bravo«, sagte Riker. Er wartete gemeinsam mit Data am Fuß der Transporterfläche. Fähnrich McKenna, eine blauhäutige Bolianerin, stand hinter den Transporterkontrollen, um das Außenteam nach Pai zu beamen. »Doktor, Sie werden sogar die Braut in den Schatten stellen. Was für ein prachtvolles Gewand.«

»Eine Requisite aus meiner *Mikado*-Inszenierung«, erklärte sie. »Meinen historischen Recherchen zufolge ist das ein ganz gewöhnlicher Aufzug für einen weiblichen Gast bei einer kaiserlichen Hochzeit. Ich werde da unten wohl das reinste Mauerblümchen sein.«

»Ich hatte zuvor meine Zweifel«, sagte Picard, »muß aber eingestehen, daß ich mich geirrt habe. Das ist ein wunderbarer Einfall, und die Pai werden ihn bestimmt zu schätzen wissen.«

Beverly lachte. »Würden sie in Sackleinen gehen, hätte ich mich vielleicht nicht so schnell dazu bereit erklärt.« Sie musterte Picard und die anderen. »Die Herren sehen aber auch nicht schlecht aus.«

»Ehrlich gesagt…« Picard hielt inne und runzelte die Stirn. »Ich habe diesen… Firlefanz immer verabscheut.« Er zeigte auf seine rotschwarze Galauniform; seine Orden leuchteten diskret an einem schwarzen Schulterstück.

Riker nickte mitfühlend. »Ich weiß, was Sie meinen, Sir. Wir alle fühlen uns in unseren Dienstuniformen wohler. Übrigens… sind Sie sicher, daß wir Phaser tragen sollten? Das kommt mir für eine diplomatische Mission komisch vor.«

»In der Tat«, gab Picard ihm recht. »Doch die Pai bestanden darauf, Krieger zu empfangen. Unseren – zugegebenermaßen lückenhaften – Kenntnissen über die Gebräuche der Pai zufolge erwartet man von einem Mann von Rang, daß er ständig Waffen trägt.«

»Wenn Sie es sagen«, erwiderte Riker achselzukkend.

»Wenn Sie sich unbehaglich fühlen«, sagte Beverly grinsend, »sollten Sie sich mal Deanna ansehen.«

»Sie ist auf dem Weg hierher?« fragte Riker.

»Worf begleitet sie, aber sie fällt immer wieder über ihre Kleider. Zum Glück steht Worf ihr bei.«

»Ja ... zum Glück«, sagte Riker. Obwohl er versuchte, sie so gut wie möglich zu verbergen, hörte Picard die Schärfe in der Stimme seines Ersten Offiziers. Das langsam vor sich hinköchelnde romantische Beziehungsdreieck zwischen Will, Worf und Deanna gab Picard Anlaß zur Besorgnis. Bislang hatte die aufblühende Beziehung zwischen dem Klingonen und der Counselor, die noch immer innig mit Will Riker verbunden war, den glatten Ablauf an Bord der *Enterprise* nicht gestört. Picard hoffte, niemals ins Privatleben eines seiner Offiziere eingreifen zu müssen, war sich jedoch bewußt, daß es hier zu Spannungen kommen konnte.

Aber dieses Problem mußten sie nicht heute lösen. Im Augenblick hatte eine andere Verbindung Priorität, nämlich die lebenswichtige Hochzeit der Grünen Perle und des Drachenerben. »Sie sollten sich lieber etwas beeilen«, sagte er mit einer Spur von Ungeduld.

»Schauen Sie nicht so verdrossen drein, Jean-Luc«, sagte Beverly. »Eine Hochzeit ist normalerweise ein Anlaß zur Freude, nicht wahr?«

»Ich werde mich freuen, wenn die Hochzeit vorbei ist«, sagte er. »Bis dahin interessiert mich nur, daß alles glatt verläuft.«

»Das sagt vor jeder Hochzeit immer irgend jemand«, beruhigte Beverly ihn, »und meistens läuft alles glatt. Hier steht zwar ziemlich viel auf dem Spiel, aber es ist trotzdem nur eine Hochzeit.« Hinter ihr öffnete sich mit einem leisen Zischen die Tür des Transporterraums. »Ach, da sind sie ja«, sagte sie und drehte sich anmutig zu den Neuankömmlingen um.

Worf hatte sich dafür entschieden, an Bord zu bleiben, um für die Sicherheit des Schiffes zu sorgen und darauf zu achten, ob ein weiteres Kriegsschiff der

G'kkau auftauchte. Daher trug er noch die übliche Dienstuniform mit der breiten, metallisch schimmernden Schärpe über einer Schulter, doch Troi sah so spektakulär aus, wie Beverly es angekündigt hatte. Ihr Gewand ähnelte dem der Ärztin, doch die Stoffe schimmerten leicht und waren in tiefen Blau- und Purpurtönen gehalten. Sie machte unter dem Applaus der anderen einen Hofknicks.

»Ich danke Ihnen«, sagte Troi noch immer kniend und murmelte dann leise etwas vor sich hin. Picard hörte ganz genau, daß das Wort ›verdammt‹ über die Lippen der Counselor kam.

»Stimmt etwas nicht?« fragte Riker.

»Sie können jetzt wieder aufstehen, Deanna«, sagte Beverly gleichzeitig.

»Das würde ich ja, wäre ich nicht auf den Saum getreten, als ich mich bückte. Wenn ich es jetzt versuche, falle ich der Länge nach hin.« Troi veränderte vorsichtig ihre Position und streckte eine Hand aus, um nicht das Gleichgewicht zu verlieren. »Verdammt«, fluchte sie erneut.

»Faszinierend«, stelle Data fest. Picard fragte sich, ob er damit Deannas Aufmachung meinte, ihre Ausdrucksweise oder die Haltungsprobleme.

Riker trat vor, um Troi zu helfen, doch Worf stand bereits neben ihr. »Darf ich, Counselor?« sagte der Klingone. Er ergriff ihre Arme und zog ihren Körper mühelos hoch, bis ihre Füße ein paar Zentimeter über dem Boden schwebten, bevor er sie wieder absetzte.

»Danke, Worf«, sagte sie. Riker stand steif daneben.

Picard entschloß sich, mögliche Spannungen aufzulösen, bevor sie entstehen konnten. »Mr. Worf«, sagte er sachlich. »Bitte begeben Sie sich auf die Brücke. Falls die Sensoren irgend etwas erfassen, das einem Schiff der G'kkau ähnelt, möchte ich sofort davon erfahren.«

»Verstanden«, sagte Worf. Die Tür öffnete sich zischend, und er marschierte aus dem Transporterraum. Picard und der Rest des Außenteams nahmen ihre Plätze auf der Transporterfläche ein. Troi geriet leicht ins Stolpern, als sie hinaufstieg. Mit offensichtlicher Verärgerung zog sie den Saum ihres Gewandes hoch.

»Je länger ich mich in diesem Ding bewegen muß«, sagte sie, »desto mehr weiß ich Hochzeiten zu schätzen, bei denen alle nackt erscheinen.«

Diese Mission nimmt keinen guten Anfang, dachte Picard grimmig. »Fähnrich McKenna, Energie.«

3

Riker blinzelte heftig. Obwohl er problemlos auf Pai materialisiert war, beeinträchtigte das Leuchten des Transporterstrahls noch seine Augen. Der große Raum, in dem er sich wiederfand, glitzerte und funkelte vor komplizierten bunten Funkenmustern, die ein Schwindelgefühl in ihm auslösten.

»O je«, sagte Beverly. »Ich hätte etwas Besseres anziehen sollen.«

Nein, wurde Riker plötzlich klar, es war nicht der Transporterstrahl, es war der Raum selbst. Jede verfügbare Oberfläche war mit Schmuckwerk versehen, ob nun geschnitzt, gemalt, geprägt oder glasiert. Weiße, mit bunten Bildern von Vögeln und Blumen bedruckte Satinvorhänge verhüllten die Wände. Auf Hochglanz polierte Porzellanfliesen bedeckten den Boden, der makellos sauber und gepflegt zu sein schien; Riker bemerkte keinen einzigen Kratzer, der die glänzende Oberfläche verunstaltet hätte. Als er zur Decke hinaufschaute, sah er einen zusammengerollten Drachen, der mindestens zehn Meter groß und offensichtlich aus einem einzigen, riesigen Stück Elfenbein geschnitzt war. *Sie müssen einen Replikator benutzt haben, um so viel Elfenbein zu erzeugen,* dachte er. *Kein Lebewesen hat so gewaltige Stoßzähne. Das will ich zumindest hoffen.* Das mythische Ungetüm war bis in die letzte Bartborste, Schuppe und Klaue detailliert dargestellt. Riker löste den Blick gewaltsam von dem Drachen an der Decke und schaute sich um. Kleine Sockel aus dunklem, lackierten Holz standen in den Ecken des Raums, darauf bunte Porzellanvasen, die vor Rosen, Pfirsichblüten und anderen Blumenarrangements überquollen. Sogar die Luft war mit regenbogenfarbenem Rauch geschwängert, der aus einer Reihe von Lampions aufstieg, die wie Kronleuchter unter der Decke hingen. Diese Papierlaternen waren mit komplizierten Mustern bemalt, und der schwere Geruch von Weihrauch, der sich mit dem Duft frischer Blumen verband, stieg in seine Nase. Eine Sekunde lang glaubte Riker, er sei in eine Parfumfabrik geraten.

Der üppige, mehrschichtige Eindruck, den der Raum vermittelte, wurde zusätzlich durch die Person verstärkt, die die Delegation der *Enterprise* erwartete: ein Mann, nicht weniger protzig als die Kammer selbst, bekleidet mit einem bunt gefärbten Seidengewand, das fast bis auf den Boden reichte. Des weiteren trug er eine schwarze, lackierte Mütze auf dem Kopf. Riker fiel auf, daß das plötzliche Erscheinen des Außenteams den Mann keineswegs verblüfft hatte; offensichtlich war er mit der Transportertechnologie vertraut, wenn vielleicht auch nur dem Hörensagen nach. Der Erste Offizier betrachtete den Pai-Beamten gleichmütig, entschlossen, einen guten ersten Eindruck zu machen. *Hoffentlich hat der Mann in dem prächtigen Gewand nicht mitbekommen, daß ich wie ein Tourist staunend gegafft habe,* dachte der Erste Offizier. Aber diese extravagante, reichverzierte Eleganz ließ sich wirklich nur schwer ignorieren. Die kurzfristige Sinnesüberladung war so gewaltig, daß sich vor seinen Augen noch immer alles drehte.

Der Pai trat zu ihnen und verbeugte sich tief. Er war klein und pummelig und verlor sich fast in dem wallenden, smaragdgrünen, mit kupfer- und pinkfarbigen Verzierungen besetzten Gewand. Sein Gesicht sah wie das eines Asiaten aus und war glattrasiert, abgesehen von einem langen, dünnen schwarzen Schnurrbart, der an beiden Seiten des Kinns hinabbaumelte. Am Hinterkopf hing ein dicker Pferdeschwanz herunter, wie er wohl während der Manchu-Dynastie Mode gewesen war. In der einen Hand hielt er einen zusammengefalteten Papierfächer, und über seinem rechten Auge klemmte merkwürdigerweise ein Monokel. Beide Augen wiesen den besorgten Blick eines Mannes auf, dessen Leben davon abhing, die Launen eines anderen zu erfüllen.

»Willkommen«, sagte er. Seine Stimme war überraschend hoch. Riker fiel ein, daß im kaiserlichen China Eunuchen oft hohe Posten am Hof bekleidet hatten. Doch im Grunde wollte er gar nicht wissen, ob das auch auf Pai zutraf.

Der Erste Offizier wartete darauf, daß der Pai fortfuhr, doch nach einem beträchtlichen Augenblick wurde ihm klar, daß der Mann, wer auch immer er sein mochte, alles gesagt hatte, was er zu sagen hatte.

Picard trat an Riker vorbei auf den kleinen Mann zu. »Seien Sie gegrüßt«, sagte er. »Ich bin ...«

Völlig unerwartet hob der Mann die Hand – die Geste sollte Picard eindeutig zum Schweigen bringen – und verbeugte sich erneut. Riker fiel auf, daß die Fingernägel des Pai genauso lang waren wie die Finger selbst. Picard trat zurück zu seinen Begleitern und sagte leise über die Schulter: »Was hat *das* zu bedeuten, Data?«

»Mir liegen kaum zuverlässige Informationen über die Vorschriften der Etikette im Drachenreich vor, Captain«, erwiderte der Androide genauso leise. »Doch ein paar Schlußfolgerungen lassen sich ziehen...«

»Fassen Sie sich bitte kurz, Mr. Data«, unterbrach Picard ihn. »Dieser Herr scheint nichts gegen eine kleine

Verzögerung einzuwenden haben, aber wir müssen sie nicht unnötigerweise in die Länge ziehen.«

»Vielleicht kann ich weiterhelfen«, flüsterte Beverly unter dem Schutz ihres Fächers. »Zumindest am Anfang wird erwartet, daß eine formelle Begrüßung lediglich zwischen Personen vom gleichen Rang ausgetauscht wird. Das heißt, Sie können einen Untergebenen nicht direkt ansprechen. Vorausgesetzt natürlich, daß man Ihnen den gleichen Rang zubilligt wie dem Drachen selbst.«

»Und *wer* soll dann mit diesem Herrn sprechen, bitte schön?« fragte Picard sie.

»Will, vermute ich«, erwiderte sie.

»Ich?« sagte Riker leise. »Ich habe aber keine Ansprache vorbereitet.«

»Dann werden Sie improvisieren müssen, Nummer Eins.«

Riker sah den Paibeamten an, der nun den besorgten Ausdruck eines Kaninchens aufgesetzt hatte. Er fragte sich kurz, woher der Mann vor jeglicher Vorstellung gewußt hatte, daß Picard der Captain war. Dann wurde ihm klar, daß er Picard zweifellos aufgrund dessen Alters und Auftretens sofort als den Anführer der kleinen Gruppe hatte identifizieren können.

Mit eingezogenem Bauch und gestrafften Schultern ging Riker auf den Pai zu. Dabei kam er sich nur ein wenig töricht vor. Der Beamte verbeugte sich erneut. Riker vertraute seinen Instinkten, verbeugte sich ebenfalls und begann dann zu sprechen. »Sir, ich bin Commander William Riker vom Raumschiff *Enterprise*. Im Namen der Vereinten Föderation der Planeten und selbstverständlich auch von Captain Jean-Luc Picard« – er hielt inne, und Picard nickte dem Pai zu – »begrüße ich Sie und bedanke mich für die Einladung zu Ihrer Festlichkeit.«

Der Mann schaute sichtlich erleichtert drein, daß die

unangenehme formelle Sackgasse überwunden worden war. »Willkommen, willkommen«, sagte er überschwenglich. »Dieser niedrige Untertan hat die Ehre, die Gastfreundschaft des Drachen auf alle geehrten und geschätzten Offiziere der *Enterprise* auszudehnen... und auch auf die Damen. Dieser unbedeutende Diener ist der Zeremonienmeister des Drachen und hat die geringe Ehre, den Namen Mu zu tragen, der vor hundert Sommern, nach dem bedauerlichen Zwischenfall mit dem *Tan shui*, seinem Großvater verliehen wurde. Bitte vermitteln Sie Ihrem erhabenen Captain meine ergebensten Grüße und inständigsten Wünsche für einen angenehmen und zufriedenstellenden Aufenthalt auf Pai, der Thronwelt des Reiches, dem Juwel des Sonnensystems, Stolz des Nebels, Himmlischen Schatz des Universums, Fürstentum des Drachenerben und der Göttlichen Ersten Residenz des ehrwürdigen und ruhmreichen Drachen.«

Riker mußte kurz die Augen schließen. Bei den zahlreichen Verzierungen auf der Bekleidung des Pai schien jede Bewegung, die der Mann machte, ein sanftes Leuchten hervorzurufen. Die Aufzählung der Superlative trug nicht dazu bei, seine Verwirrung zu lindern; vielmehr erinnerte sie Riker unwillkürlich an Deannas Mutter, Lwaxana Troi, Tochter des fünften Hauses, Hüterin des Sakralen Kelchs von Rixx und Erbin der heiligen Ringe von Betazed. Bei diesem protzigen Dekor und dem prahlerischen Gehabe würde Lwaxana sehr gut hierher passen, dachte er. Außerdem hatte er sie schon immer für einen Drachen gehalten.

»Das sind meine Kollegen, ebenfalls Offiziere der *Enterprise*«, sagte Riker und stellte seine Begleiter der Reihe nach vor. »Lieutenant Commander Data, Dr. Beverly Crusher und Counselor Deanna Troi.« Der Zeremonienmeister betrachtete Data neugierig und runzelte die Stirn, als Riker ihm die beiden weiblichen Offiziere vorstellte. Statt sich zu verbeugen, bedachte er sowohl Troi als auch Crusher mit einem kurzen, ziemlich verlegen wirkenden Nicken. *Sieht so aus, als hätte Beverly genau richtig gelegen,* dachte Riker, *was die Rollen der Geschlechter auf diesem Planeten betrifft.* Mu schien nicht zu wissen, was er mit den beiden Frauen anfangen sollte; er richtete seine Aufmerksamkeit schnell wieder auf Riker und Picard.

»Bitte gewähren Sie mir die Ehre, Sie in die Umgebung des Göttlichen zu führen«, sagte er und setzte wieder zu einem tiefen Kotau an. Noch in der Verbeugung begriffen, ging er rückwärts zu einem breiten, vergoldeten Bogen am anderen Ende des Raums. Riker ging voraus, und die Starfleet-Offiziere folgten Mu zur Tür. Die geräumige Kammer war so breit, daß zehn Personen nebeneinander hergehen könnten, doch die Crew schritt paarweise aus, um so gemessen und diszipliniert wie möglich zu wirken. Picard ging neben Riker.

»Wird er bis zum Türbogen rückwärts gehen?« flüsterte Deanna dem Ersten Offizier von hinten zu. »Und sich dabei verbeugen?«

Den Anschein hatte es. Der Zeremonienmeister schien darin vertieft zu sein, die Porzellanfliesen zu studieren, während er sie durch den Raum führte. Als Riker sich dem Bogen näherte, vernahm er ganz in der Nähe Musik. Das Klimpern kupferner Glöckchen vermischte sich mit dem Zupfen irgendeines Saiteninstruments und erzeugte eine exotische Melodie, die ihn an ein traditionelles chinesisches Restaurant erinnerte, das er einmal auf Deep Space Nine besucht hatte. Im allgemeinen zog Riker klassischen irdischen Jazz und Blues vor, doch er mußte eingestehen, daß diese Musik hervorragend zu dem bunten asiatischen Dekor paßte.

Als er sich umsah, hätte er sich fast vorstellen können, irgendwie durch Zeit und Raum in die Verbotene

Stadt in Peking während der Glanzzeit der Ming- oder Manchu-Dynastie verschlagen worden zu sein. Riker mußte sich in Erinnerung rufen, daß das historische Gefühl, das seine Umgebung vermittelte, keineswegs das Vorhandensein einer modernen Technik ausschloß; viele Kulturen hatten sich dafür entschieden, ihre Hightech-Hardware unauffällig zu tarnen oder zu verbergen.

Blaugefärbter Rauch kräuselte sich in Ranken durch die Türöffnung; er roch so schwer und süß wie eine billige Ferengi-Duftmischung. Auf der Schwelle zögerte Mu, seufzte dann und atmete tief ein. Mit gesenktem Kopf, den Blick noch immer auf den reich verzierten Boden gerichtet, wandte der Zeremonienmeister sich leise an Riker. »Geehrter Commander, ich hatte nicht beabsichtigt, noch einmal von Ihren wunderschönen Damen zu sprechen, doch es läßt sich leider nicht vermeiden.«

»Bitte«, sagte Riker, dem Böses schwante.

»Der Tradition zufolge sind Frauen bei einem Staatsbankett dieser Art nicht zugelassen, mit Ausnahme von Unterhalterinnen natürlich. Es wäre der Würde des Anlasses nicht angemessen. Und doch sind diese Frauen Offiziere, wie Sie sagen, und müssen dementsprechend als geehrte Gäste angesehen werden.«

»Sie sind Offiziere, Sir«, erwiderte Riker energisch. Er sah zu Picard hinüber. Der Captain schaute streng drein.

»Wenn Sie es sagen«, gab der Zeremonienmeister hastig nach. »Dann müssen sie natürlich teilnehmen. Jemand wird sie und Ihren Lieutenant Commander Data zu einem kleinen Tisch …«

»In der Nähe der Küche«, murmelte Troi.

»… nicht ungebührend weit entfernt von seiner himmlischen Herrlichkeit, dem Drachen, geleiten. Durch diese Tür, falls Lord Commander Riker sich herablassen würde, um uns alle zu beehren, ganz zu schweigen von seinem erhabenen Vorgesetzten, Captain Picard. Der Drache erwartet Ihre ehrwürdige Anwesenheit.«

Riker war verärgert darüber, daß der Zeremonienmeister einfach davon ausging, Data und die beiden Frauen nicht mit gleichen Ehren behandeln zu können. Doch er zögerte, Theater zu machen, bevor der Captain den Drachen auch nur erblickt hatte. Er dachte daran, daß das Kriegsschiff der G'kkau irgendwo im Drachennebel auf der Lauer lag, und verbarg seine Verärgerung. *Tut mir leid, Deanna,* dachte er, und rief sich in Erinnerung, wie erniedrigend er auf der matriarchalischen Welt Angel One behandelt worden war. *Ich weiß, wie du dich jetzt fühlst.*

»Es wird *uns* eine Ehre sein«, sagte Riker. »Nach Ihnen, Captain.«

Picard fand sich in einem gewaltigen Innenhof wieder, der mindestens fünfmal so groß war wie der Raum, in dem sie materialisiert waren. Eine Flucht flacher Marmortreppen führte zu einem breiten Pavillon hinauf, der auf allen vier Seiten von zinnoberroten Türmen mit kegelförmigen, in einem hellen, sonnigen Gelbton gestrichenen Dächern eingefaßt wurde. Ming-Gelb, erkannte Picard die heilige Farbe der antiken chinesischen Kaiser. Jedes Stockwerk der Türme war mit einem überhängenden gelben Dach von nach oben abnehmender Größe versehen; je näher sie dem Himmel kamen, desto kleiner wurden sie. Weitere bunte Lampions hingen an den unteren Dächern und erhellten den prachtvollen Anblick, der sich Picard bot. Bronzene Weihrauchschalen in der Größe von Warptriebwerken standen an beiden Enden der Treppe und färbten die warme Nachtluft leicht bläulich. Der Boden des Innenhofs war mit rötlichen Terrakottafliesen gepflastert, bis auf eine Stelle genau in seiner Mitte, wo ein rechteckiges Marmormosaik eingefügt war; das Mosaik stellte einen Drachen dar, der sich mit einem Phönix paarte. Ein Fruchtbarkeitssymbol, vermutete Picard; angemessen für ein Hochzeitsbankett, wenn auch für seinen Geschmack ein wenig zu eindeutig in der Darstellung.

Zwei Tischreihen standen rechts und links vom Pavillon und ließen eine breite Fläche dazwischen offen. Musikerinnen, bescheiden gekleidet in bis zum Hals zugeknöpfte Satingewänder, standen an den vier Ecken des Drachenmosaiks und übten ihre Kunst aus. Dutzende von Gästen knieten hinter den Tischen auf gepolsterten Kissen. Sie waren ganz ähnlich wie der Zeremonienmeister gekleidet, und es befanden sich junge Männer, aber auch alte Greise unter ihnen, doch alle wirkten stolz und wohlhabend. Picard vermutete, daß die führenden Persönlichkeiten des Reiches zu dieser Hochzeit eingeladen worden waren: Richter, Gelehrte, Würdenträger und ihre Söhne. Ihre Gewänder schienen aus feinster Seide zu bestehen und wurden von ausgefeilten Stickereien geschmückt. Doch keiner der Männer trug Gelb; diese Farbe war wohl für den Kaiser und seine Erben vorbehalten.

Auf der anderen Seite des Innenhofs, gegenüber von Picard, war jedoch viel Gelb zu sehen. Dort war ein langes, in goldene Seide gehülltes Podium errichtet worden, zu dem eine weitere Marmortreppe hinaufführte. Daneben standen riesige Jadedrachen auf Marmorpodesten, die sich auf ihre Hinterbeine erhoben hatten und mit den vorderen Gliedmaßen ausholten, als wollten sie den Rauch in der Luft mit ihren Klauen zerfetzen. Als Picard hinaufschaute, sah er über den goldenen Dächern der Türme an allen vier Ecken den Drachennebel selbst: eine vor Sternen funkelnde Strähne aus violettem Dunst. Picard sah wieder zu dem Podest, auf dem vier Männer saßen und ihn offenbar erwarteten. Sogar über die beeindruckende Länge des Innenhofs hinweg konnte er erkennen, daß drei von ihnen goldene Roben trugen.

Ein Diener, dessen dunkler Haarzopf bis fast zum Hintern hinabfiel, führte Data, Troi und Beverly davon. Picard beobachtete, wie die Frauen und der Androide unter dem überhängenden Dachgesims des östlichen Turms eine Galerie rechts von ihm entlanggeleitet wurden und schließlich im Schatten hinter einem der riesigen Jadedrachen verschwanden.

Mu klatschte laut mit den Händen, und die Musik verstummte abrupt. Die Musikerinnen ergriffen ihre Instrumente, darunter eine Harfe und zwei Flöten, und ließen die Mitte des Innenhofs leer zurück. »Bitte folgen Sie mir«, sagte der Zeremonienmeister mit einer weiteren Verbeugung. Mit gesenktem Kopf schritt er die Treppe hinunter und in den Hof. Picard und Riker marschierten hinterher.

Als sie an den Gästen vorbeigingen, verbeugte jeder Mandarin und Soldat sich, bis sein Kopf den Tisch vor ihm berührte. »Außerordentlich biegsame Leute, so scheint es«, flüsterte Picard seinem Ersten Offizier zu, »trotz der vielen Roben.«

»Vielleicht gibt die Pracht der Roben Auskunft über den jeweiligen Status ihrer Träger«, spekulierte Riker. »Falls ja, muß es sich um wirklich hochangesehene Herren handeln.«

Picard betrachtete Riker, dessen Galauniform lediglich von den winzigen Sternen auf dem Kragen geschmückt wurde. »Hoffentlich halten sie uns nicht für die beiden nichtswürdigsten Männer der Föderation.«

Keinen Meter vom Fuß des Podestes entfernt, warf Mu sich plötzlich zu Boden und rutschte auf dem Bauch über die polierten Fliesen voran. Picard hoffte, daß man diese Geste nicht auch von ihm und Riker erwartete, und blieb einfach mal vor dem Podest stehen.

»Vorzüglichster und höchstgestellter Drache«, sagte der Zeremonienmeister überraschend laut für jemanden, der sein Gesicht auf den Boden gedrückt hatte, »schätzenswerter Erbe und schätzenswerter Zweiter Sohn, ehrwürdiger Lord Lu Tung, erlaubt diesem Unbedeutenden, Euch seine Exzellenz Lord Captain Jean-Luc Picard vom Raumschiff *Enterprise* vorzustellen, und den ehrenwerten Lord Commander William Riker sowie andere … äh … Offiziere«, beendete er den Satz vage und deutete in die allgemeine Richtung des Jadedrachen. Als Picard hinüberschaute, sah er, daß Beverly und die anderen an einem kleinen Tisch saßen, der unauffällig im Schatten unter einem vergoldeten Dach postiert war. Als Beverly sah, daß sie die Köpfe in ihre Richtung drehten, hob sie den Fächer, um ihr Gesicht zu verbergen, während Troi alle Mühe damit hatte, Platz zu nehmen, ohne über ihre Roben zu stolpern. Data verbeugte sich, unerschütterlich wie eh und je, vor den versammelten Gästen, bevor er sich setzte.

Alle Köpfe im Innenhof drehten sich langsam wieder zu Picard und Riker um. »Lord Captain, Lord Commander«, fuhr der Zeremonienmeister mit seiner Vorstellung fort, »Seine Vorzügliche und Erhabene Majestät, der Drachenkaiser des Drachennebels und der Umgebung. Chuan-chi, der geschätzte Erste Sohn und Erbe des Drachenreichs und Hüter des Thronplaneten Pai. Kan-hi, der ebenfalls geschätzte Zweite Sohn. Der ehrenwerte Lord Gouverneur General Lu Tung.«

»Führe sie zu mir«, sagte eine Stimme vom Podest herrisch. Picard identifizierte den Drachen problemlos sowohl aufgrund seines Alters als auch anhand der Extravaganz des Gewandes. Der Herrscher des Drachenreichs war, genau wie sein Wesir, ein kleiner, rundlicher Mann. Ein Vollbart, weiß wie Schnee, verbarg zum Teil ein Gesicht, das zahlreiche Lachfältchen aufwies. »Sofort, Mu!« fügte er viel schärfer hinzu und verzog das Gesicht zu einem gar fürchterlichen Stirnrunzeln. In schwere Roben aus gelber Seide eingehüllt, die von goldenen und silbernen Fäden durchzogen wurden, erinnerte der Drache an die vergoldete Statue eines ausschweifenden und leicht reizbaren Buddhas.

Der Zeremonienmeister hob den Kopf vom Boden. »Vorzüglichster und höchstgestellter ...«, begann er.

»Was hast du da unten zu schaffen?« unterbrach der Drache ihn. »Suchst du etwas? Steh auf, steh auf. Und laß eine Treppe für die Herren bringen. Heute abend noch, das wäre schön.« Er funkelte Mu an, der sich hastig aufrappelte und im Schatten des westlichen Turms verschwand. Er kehrte mit zwei Dienern zurück, die mit einfachen blauen Gewändern bekleidet waren. Sie schleppten eine tragbare Treppe zum Podest und warfen sich zu Boden, als Picard und Riker sie hinaufstiegen. »Setzen Sie sich, setzen Sie sich«, sagte der Drache begeistert.

Das Podest war mit sechs Sofas ausgestattet, die in Form eines zur Treppe hin geöffneten Hufeisens angeordnet waren. Zwei davon waren leer. Picard nahm behutsam auf dem neben dem Drachen Platz, Riker auf einem neben einem jüngeren Mann, bei dem es sich wohl um einen der beiden Söhne des Drachen handelte. »Exzellenz«, begann der Captain, erleichtert, endlich sprechen zu können, »es ist mir eine große Ehre, die Grüße der gesamten Föderation ...«

»Sie sind also Picard, was?« warf der Drache ein. »Ich habe schon viel Gutes über Sie gehört. Sie sind ein wahrer Krieger und ein Mann von Ehre. Gut, gut. Sie sehen auch aus wie ein Krieger. Ich habe diesen verweichlichten Höflingen Ihrer Föderation gesagt, diesen alten Weibern, die unaufhörlich über den Subraum klatschen, daß ich hier einen Krieger empfangen möchte, jemanden, der meine Sicht der Dinge versteht, einen richtigen Mann. Sie sehen wie einer aus.« Der Drache tippte mit einer Fingerspitze auf seinen allmählich kahl werdenden Schädel. »Viele Gedanken, was? Viele Erfahrungen lassen die Follikel absterben. Wir sind Männer mit Welterfahrung, Sie und ich.«

»Ich gehe davon aus, daß wir viel gemeinsam haben«, setzte Picard an, »genau wie die Föderation und ...«

»Allerdings«, unterbrach der Drache ihn. »Ich freue mich schon darauf, Ihr Gedicht zu hören.«

»Mein Gedicht?« wiederholte Picard völlig verblüfft. »Ich verstehe leider nicht ganz ...«

»Das Hochzeitsgedicht natürlich«, sagte der Drache. »Das ist eine alte Tradition.«

Das will ich gern glauben, dachte Picard und nahm sich vor, sich später den Kopf darüber zu zerbrechen. *Noch etwas, wovon bei der Einsatzbesprechung nicht die Rede war.* »Wie ich bereits sagte, Exzellenz, haben die Föderation und das Drachenreich viele Interessen gemeinsam ...«

Stirnrunzelnd schaute der Drache zum Innenhof hinab. »Warum höre ich keine Musik?« sagte er übergangslos. »Mu!«

Der Zeremonienmeister näherte sich dem Fuß des Podests. »Vorzüglichster und Höchstgestellter?«

»Mach mit den Belustigungen weiter. Oder sollen wir hier wie die Bauern sitzen?«

Der Zeremonienmeister zuckte sichtbar zusammen und klatschte dann in die Hände. Sofort kehrten die vier Musikerinnen zurück und nahmen ihr Spiel wieder auf. Ihnen folgte ein zehn Meter langer Drache aus bunt gefärbtem Papier und Stoff; mindestens ein Dutzend Darsteller befanden sich unter den hellroten Windungen. Der Drache tollte im Rhythmus der Glocken, Flöten und der Harfe im Innenhof umher.

Der Kaiser lächelte zufrieden. »Viel besser«, seufzte er. »Darf ich Ihnen meinen bescheidenen ältesten Sohn und Erben vorstellen, den erwartungsvollen Bräutigam: Chuan-chi.«

Der Erbe saß zwischen Picard und Riker. Mit dem Begriff ›erwartungsvoll‹ hätte der Captain ihn nicht beschrieben. Chuan-chi schien Anfang Vierzig zu sein, war groß und schmal, hatte eine große Nase und stellte – zur Zeit – eine verdrossene Miene zur Schau, die von einer Magenverstimmung hätte herrühren können. Sein gelbes Gewand war mit scharlachroten Fischen bestickt, insgesamt wohl über hundert verschiedene exotische Arten.

»Meine Herren.« Chuan-chi klang so mißgestimmt, wie er aussah. Mit dem Gesichtsausdruck eines Mannes, dem eine schmerzhafte und erniedrigende ärztliche Untersuchung bevorsteht, legte er die Hände zusammen und verbeugte sich. »Sie bereiten dem Palast meines Vaters Ehre.«

Da die formellen Vorstellungen abgeschlossen waren, ging Picard davon aus, daß er nun frei sprechen konnte. Der Drache selbst schien keinen besonders großen Wert auf Zeremonien zu legen. »*Wir* fühlen uns geehrt«, sagte Picard zum Erben, »und ich möchte Ihnen zu diesem glücklichen Anlaß gratulieren.«

»Zweifellos ein glücklicher Anlaß für die Föderation«, erwiderte Chuan-chi. Die frostige Schärfe in seiner Stimme war nicht zu überhören. Picard fragte sich, ob der Erbe den Vertrag mißbilligte, der das Reich mit der Föderation verband. Das könnte ein Problem werden, je nachdem, wie groß der Einfluß war, den er auf seinen Vater hatte.

»Mein zweiter Sohn«, sagte der Drache, »und ein Ärgernis meiner alten Tage: Kan-hi.« Das betreffende

Ärgernis war ein bartloser Junge, höchstens zwanzig Jahre alt, der sich träge auf ein Sofa gegenüber von seinem Bruder gepflanzt hatte. Der junge Prinz war durchaus stattlich, doch sein Haar war zerzaust und sein gelbes Gewand in ziemlicher Unordnung. Er hob zum Gruß einen Kristallkelch, aus dem daraufhin beinahe Rotwein geschwappt wäre. »Sie müssen meinem geschätzten Bruder verzeihen, Captain«, sagte Kan-hi. »Er ist konstitutionell unfähig, sein Glück zu schätzen zu wissen.«

Chuan-chi funkelte seinen jüngeren Bruder verdrossen an. Picard erkannte, daß es nur wenig Liebe zwischen den Söhnen des Drachen gab. »Genug!« sagte der Kaiser brüsk. Er schüttelte den Kopf und verdrehte die Augen gen Himmel. »Ein starrsinniges und ungehorsames Kind«, erklärte er Picard. »Es ist meine Schuld. Seine Mutter war meine Lieblingskonkubine. Ich habe sie abgöttisch geliebt, und sie hat ihn ihrerseits verdorben. Doch ich gebe mich noch immer der Täuschung hin, daß er eines Tages seinen illustren Vorfahren Ehre erweisen könnte.«

Picard wußte nicht genau, wie er auf die offene Mißbilligung des Drachen gegenüber seinem eigenen Sohn reagieren sollte. »Wir alle sind in unserer Jugend starrsinnig«, sagte er und hoffte, die Spannung damit zu lindern. »Nicht wahr, Nummer Eins?«

»Ich habe meiner Familie jedenfalls jede Menge Grund zum Ärger gegeben, als ich in diesem Alter war«, sagte Riker und grinste schurkisch. »Manchmal tue ich das noch immer.«

Gesprächsgegenstand Kan-hi schien alles andere als beleidigt zu sein. »Sie klingen wie ein Mann ganz nach meinem Herzen, Commander Riker«, sagte er. »Vielleicht sollten Sie unserer Feier nach dem Bankett beiwohnen, der Vorletzten Bestäubung des ungezähmten Samens.«

»Der Vorletzten Bestäubung des ungezähmten Samens?« fragte Riker, ziemlich verwirrt von der blumigen Terminologie.

»Ja«, erklärte Kan-hi, »dem letzten Genuß, den die Tradition einem unverheirateten Mann am Vorabend seiner Hochzeit zubilligt. Weiß der Himmel«, sagte der Prinz und starrte verdrossen in die rubinroten Tiefen seines Weinkelchs, »*irgend jemand* sollte sich heute abend vergnügen.«

»Mein geschätzter Bruder erweist sich einen schlechten Dienst«, sagte der Erbe sarkastisch. »Ich habe nicht den geringsten Zweifel, daß er sich bei den Festlichkeiten vorbildlich benehmen wird; trunkene Ausschweifungen sind eine Kunst, bei der er großes Talent bewiesen hat.«

»Du undankbarer, kaltblütiger ...«, rief Kan-hi. Er wollte wütend von seiner Couch aufspringen, doch ein schwerer Arm senkte sich auf seine Schultern und zwang den beleidigten Prinzen in die Kissen zurück. Der Arm gehörte dem massig gebauten Mann, der neben Kan-hi saß. Im Gegensatz zum Drachen und seinen Söhnen trug dieser Mann grüne und blaue Gewänder, wenngleich die Stoffe nicht weniger üppig und kostbar zu sein schienen als das kaiserliche Gold des Drachen. Er sah den Kaiser an und hustete laut.

»Ach ja«, sagte der Drache. »Wie konnte ich das nur vergessen? Captain, Commander, darf ich Ihnen meinen loyalen und vertrauenswürdigen Untertan vorstellen, Lord Lu Tung, den glücklichen Vater der wunderschönen Braut.«

Dort neben Kan-hi, so weit entfernt vom Drachen wie nur möglich, schaute Lu Tung alles andere als glücklich drein. Er schien nur etwas älter als sein zukünftiger Schwiegersohn zu sein, doch sein dunkler Bart und Schnurrbart waren mit Grau gesprenkelt. Er hatte stechende Augen, die halb unter dicken, gerunzelten Brauen verborgen waren, und ein Gesicht, das so verschlossen und undeutbar war wie die der meisten Vulkanier, die Picard kennengelernt hatte. Was, so fragte er sich, hielt Lu Tung wirklich davon, daß seine einzige Tochter den Sohn des Mannes heiraten würde, den er erst vor kurzem hatte stürzen wollen? Würde er sich damit zufrieden geben, daß sein Enkel den Thron bestieg, den er sich nicht mit Gewalt hatte nehmen können? Als Picard Lu Tungs glattes, ausdrucksloses Gesicht betrachtete, wünschte er sich, Deanna wäre in der Nähe und er könnte mit ihr sprechen. Vielleicht konnte die Counselor mit ihren empathischen Fähigkeiten herausfinden, wie ›loyal und vertrauenswürdig‹ der ehemalige Widersacher des Drachen tatsächlich war.

In der Tat schienen unter der Oberfläche der diplomatischen Nettigkeiten, die auf dem Podest ausgetauscht wurden, alle möglichen persönlichen Vorbehalte und brisanten Emotionen zu brodeln. War es überhaupt möglich, überlegte der Captain, die Pai noch rechtzeitig zu vereinen, so daß sie der Föderation beitreten und den Eroberungsgelüsten der G'kkau Widerstand leisten konnten? Die Diplomatie, rief er sich mahnend in Erinnerung, bestand oft zu zehn Prozent aus Sachthemen und zu neunzig Prozent aus persönlichen Vorlieben und Abneigungen. Allerdings war es ihm schon oft gelungen, Vertragsvereinbarungen zwischen noch viel stärker und unverhohlen verfeindeten Gruppen zu erzielen. Er wünschte sich jedoch, er hätte mehr Informationen über die Hintergründe aller Betroffenen. Er mußte sehr genau zuhören, auf jedes Wort achten, das hier gesagt wurde und – was vielleicht noch wichtiger war – ungesagt blieb.

Er und Riker begrüßten Lord Lu Tung, dessen Erwiderungen höflich, aber zurückhaltend waren. Dann versuchte Riker unter einigen Schwierigkeiten, den

Erben in eine Plauderei zu verwickeln, während Picard seine Aufmerksamkeit auf den Drachen richtete. Angesichts Chuan-chis offensichtlichem Mißtrauen der Föderation gegenüber war Picard froh, daß er anderweitig beschäftigt sein würde, wenn er versuchte, das Gespräch auf den Vertrag zu bringen. Aber er beneidete Riker nicht; Chuan-chi schien ein besonders verdrossener und humorloser Mensch zu sein. Er verspürte einen Anflug von Mitgefühl für die arme Braut.

Es kam ihm seltsam vor, an einem Hochzeitsbankett teilzunehmen, dem die Braut fernblieb. Doch ihm war bewußt, daß auch Gesellschaften, bei denen die Bedeutung des Mannes nicht so sehr im Mittelpunkt stand wie bei den Pai, die Braut und den Bräutigam oft voneinander fernhielten, bis sie dann ihre Eheversprechen leisteten. Picard fragte sich, ob Chuan-chi die Grüne Perle von Lu Tung überhaupt schon einmal gesehen hatte.

»Exzellenz«, sagte der Captain leise zum Drachen, in der Hoffnung, der Erbe würde ihr Gespräch nicht mitbekommen. »Ich bin aus tiefstem Herzen davon überzeugt, daß die Unterzeichnung des Vertrags nur der Anfang einer langen und fruchtbaren Partnerschaft zwischen dem Drachenreich und ...«

»Endlich! Da kommt das Essen!« bellte der Drache. »Ich dachte schon, Mu wolle mich verhungern lassen.« Zwei weitere Diener näherten sich dem Podest und stellten die ersten von anscheinend unendlich vielen winzigen lackierten Tabletts auf die kleinen Tische neben den Sofas.

Picard schaute auf sein Tablett hinab, auf dem Dutzende winziger Teller und Schüsseln standen. Die Speisen waren bezaubernd angerichtet, mit Blumenblüten und kleinen Fischen verziert, die nicht größer als Elritzen waren. Es gab jedoch kein Besteck, und so folgte Picard dem Beispiel des Drachen und griff mit den Fingern zu. Er nahm etwas, das wie ein winziger Kuchen aussah, und steckte ihn in den Mund. Der Drache beobachtete ihn erwartungsvoll.

Picard mußte fast würgen, als er in das Gebäck biß. Die Jahre der Starfleet-Zugehörigkeit hatten seinen Gaumen daran gewöhnt, einfach alles zu probieren, von klingonischem *Gagh* bis hin zu den Larven der Ferengi, und überall Vorzüge zu finden, ganz gleich, welche vorgefaßten kulturellen Meinungen man darüber hatte, welche Nahrung eßbar war. Aber das war schlimm, *wirklich* schlimm, ein bitterer, scheußlicher Wildgeschmack. Obwohl er wußte, daß der Drache ihn beobachtete, mußte er sich zwingen, den Bissen herunterzuschlucken.

»Ah, es schmeckt Ihnen?« sagte der Drache strahlend. »Außergewöhnlich, nicht wahr?«

Picard trank einen Schluck Wein; in Übereinstimmung mit den antiken chinesischen Traditionen war das Gebräu warm und stark. Es schmeckte zwar eindeutig nach Harz, schaffte es aber nicht, den widerlichen Nachgeschmack des Bissens wegzuspülen. »Ja«, brachte er schließlich über die Lippen, »allerdings. Was ist das?«

»Eine große Delikatesse. Tausend Jahre altes *Lao shu*.« Picard fühlte sich verpflichtet, noch einmal davon abzubeißen, und schluckte schwer. Außer dem fürchterlichen Geschmack bemerkte er nun auch die abscheuliche Beschaffenheit des Gerichts, das irgendwie gleichzeitig körnig als auch schleimig war.

»Wirklich?« brachte der Captain mit Schwierigkeiten hervor. »Ich bin mit Ihrem *Lao shu* nicht vertraut. Ein Tier, nehme ich an?« Sein allgemeiner Translator suchte noch nach einem anschaulicheren Synonym.

»Ja, ein kleines Tier, das hier auf Pai vorkommt, etwa so groß« – der Drache hielt die Hände ein paar Zentimeter auseinander, um die Größe anzuzeigen; Picard fielen die überlangen Fingernägel des Kaisers auf, gegenüber denen die des Zeremonienmeisters geradezu kurz geschnitten wirkten –, »den Schwanz nicht eingeschlossen. Es ähnelt der irdischen Ratte, hat aber Kiemen. Wir packen ein kleines *Lao shu* mit konservierenden Gewürzen in einen tönernen Topf und vergraben ihn tausend Jahre lang. Wenn wir ihn wieder ausgraben, hat es sich in diese köstliche Substanz verwandelt.« Er zeigte mit einem Finger auf den Rest des Küchleins in Picards Hand. »Schmeckt es Ihnen?«

»Überaus köstlich«, log der Captain ohne das geringste Zögern. Hätte er die Wahl gehabt, hätte er lieber einen denebianischen Schleimteufel gegessen.

Der Drache lachte, holte mit einer Hand aus und schlug ihm auf den Rücken. »Wie ich sehe, sind Sie ein sehr kultivierter Mensch! Ausgezeichnet! Nur allzu wenige Leute wissen diese Freuden meiner Küche zu schätzen. Sie werden es nicht glauben, aber die meisten, einschließlich meiner eigenen Söhne und meiner gebildetsten Mandarine, würden lieber sterben, als *Lao shu* zu essen. Können Sie sich das vorstellen?«

»Ich versuche es«, erwiderte Picard.

»Mu!« brüllte der Drache. Wie durch Zauberei tauchte der Zeremonienmeister wieder vor ihnen auf.

»Ja, Vorzüglichster und Hochgestelltester?«

»Unser Gast ist ein wahrer Feinschmecker. Teile das dem Küchenchef mit und trage ihm auf, er solle sich selbst übertreffen und dem Captain die höchsten Freuden seiner Küche präsentieren. Nur die exotischsten Gerichte sind seines exklusiven Geschmacksinns würdig.«

Mir gefällt gar nicht, wie sich das anhört, dachte Picard. »Wirklich, Eure Exzellenz, es ist nicht nötig, daß man sich meinetwegen zusätzliche Mühe macht.«

»Unsinn!« sagte der Drache und tat Picards Einwand mit einer Handbewegung ab. »Es ist mir ein

Vergnügen ... nein, diese unerwartete Gelegenheit, endlich einmal die höchsten Raffinessen der Paicuisine mit jemandem zu teilen, der sie zu schätzen weiß, ist ein großes Glück.« Er tätschelte seinen gewaltigen Bauch. »Ach, Captain, welche erhabenen, unergründlichen Genüsse werden wir beide heute abend unseren Geschmacksknospen gönnen ...!«

Picards Verzweiflung wuchs proportional mit dem flauen Gefühl, das sich in seinem Magen ausbreitete. »Natürlich«, sagte er. »Wenn ich Ihnen damit eine Freude machen kann.« Er betrachtete die Überreste des *Lao shu* und überlegte, wie viele Bissen mindestens nötig waren, um sie zu vertilgen. Selbst ein einziger schien einer zuviel zu sein. *Starfleet erwartet von jedem Offizier, daß er seine Pflicht tut,* mahnte er sich. Tapfer biß er erneut zu.

Während der Brocken sich an seinem Würgreflex vorbeiarbeitete, ergriff er in der Hoffnung, das Gespräch auf ein ernsteres Thema bringen zu können, erneut das Wort. »Exzellenz«, sagte er, »Sie haben erklärt, Sie wollten mit einem Krieger sprechen, mit jemandem, der Ihre Besorgnis auch versteht.«

»Genau«, sagte der Kaiser. Vielleicht, dachte Picard, würde der Drache nun das Thema der G'kkau anschneiden; er hätte gern erfahren, über welche Verteidigungen das Reich verfügte. »Diese Mandarine der Föderation sind alle sehr gut, aber weich. Ich möchte die letzten Punkte unserer Vereinbarung mit einem Krieger ausklopfen.«

Ausklopfen? Picards Besorgnis wuchs. »Wie ich es verstanden habe, wurde der Vertrag bereits ausgearbeitet, und nur die Hochzeit muß noch stattfinden.«

»Tja, das würden die Schriftführer und Bürokraten zweifellos gern glauben ... oh, gut gemacht!« Auf dem Boden des Innenhofs führte der tanzende Papierdrache nun akrobatische Kunststücke auf, die die Aufmerksamkeit des Drachen erregt hatten. Der Kopf des Drachen mit seinen Glubschaugen und den langen Plastikzähnen war gerade durch eine Schleife gesprungen, die von seinem eigenen Schwanz und den Hinterläufen gebildet wurde. Von den athletischen Beinen der unter der Hülle verborgenen Tänzer angetrieben, führten die einzelnen Windungen des Drachen immer kompliziertere Tanzmuster auf dem Marmormosaik des Innenhofs auf. Es war das reinste Wunder, daß der falsche Drache sich nicht verknotete oder über die vielen eigenen menschlichen Fußpaare stolperte, doch für Picard stellten die spektakulären Sprünge lediglich eine unwillkommene Ablenkung von wichtigeren Themen dar.

»Was den Vertrag betrifft«, sagte er, »falls es noch irgendwelche Details gibt, die ich klären könnte ...« Er hoffte, daß die Einwände des Drachen nicht allzu kompliziert waren. Sie hatten keine Zeit für eine weitere Runde langwieriger Verhandlungen, nicht, wenn schon ein Kriegsschiff der G'kkau im Drachennebel auf der Lauer lag.

»Ach, die Einzelheiten sind bestimmt in Ordnung«, sagte der Drache, ohne den Blick von den akrobatischen Kunststücken seines Gegenstücks aus Papier abzuwenden. »Der Vertrag selbst bereitet mir Probleme.«

Picard glaubte zu spüren, wie der Erfolg ihm entglitt, gemeinsam mit dem Frieden und der Sicherheit für die Pai. »Inwiefern?« fragte er.

Der Drache drehte sich schließlich um und sah Picard an. »In diesem Vertrag ist keine Ehre«, erklärte er. »Wenn ich darüber nachdenke, stellt sich bei mir der Eindruck ein, daß ein Beitritt zur Föderation, so ehrenhaft sie auch sein mag, nur die Ehre des Drachenreichs und meines Throns kompromittieren kann.«

Picard widerstand dem Drang, müde zu seufzen. Ihm wurde klar, wollte er seine Mission auf Pai abschließen, mußte er den Standpunkt der Föderation noch einmal von Anfang an darlegen. Er fragte sich kurz, ob vor seiner Ankunft eine bestimmte Person diese Zweifel im Geist des Drachen gesät hatte. Der Erbe? Der Zweite Sohn? Lord Lu Tung? Der Zeremonienmeister? Aber im Augenblick spielte das keine Rolle; er mußte den Drachen dazu bewegen, es sich vor der Hochzeit am morgigen Tag noch einmal anders zu überlegen.

»Viele Spezies und Welten haben festgestellt, daß die Föderation eine ehrbare und effektive Organisation ist, was die Kooperation zum gegenseitigen Vorteil betrifft«, sagte er zum Drachen.

»Das bezweifle ich auch gar nicht«, stimmte der Kaiser ihm freundlich zu, »aber diese Welten sind schließlich nicht das Drachenreich.« Er richtete sich stolz auf. »Seit den Tagen unserer Vorfahren ist das Reich unter dem heiligen Drachennebel gediehen, ohne von anderen Welten abhängig zu sein. Durch unsere alten und ehrwürdigen Traditionen haben wir den Gipfel der Zivilisation erklommen. Jede Allianz oder Verbindung mit geringeren Staaten kann uns nur herabsetzen. Mir liegt natürlich jede Beleidigung fern. Wir freuen uns, Sie als unsere Gäste willkommen zu heißen und mit Ihnen die Segen des ruhmreichsten und prachtvollsten Reiches in der Geschichte des Universums teilen zu können.« Ein Ausdruck der Besorgnis legte sich auf das Gesicht des Drachen. »Ich fürchte, in der Vergangenheit haben wir die Früchte unseres Ruhms zu geizig verteilt. Aber damit ist jetzt Schluß! Ich freue mich, Ihnen mehr von den Vergnügungen Pais anbieten zu können.«

Wie aufs Stichwort kehrten die Diener zurück und stellten ein weiteres winziges Tablett auf dem kleinen Tisch ab. Picard warf kaum einen Blick auf die Gerichte; er mußte den Drachen überzeugen, wie ernst die Lage war.

»Exzellenz«, sagte er leise, »verzeihen Sie mir, wenn ich offen spreche, doch nur die Sorge um Ihr Volk treibt mich dazu, der Überbringer schlechter Nachrichten zu sein.« Er sah den Drachen ernst an, entschlossen, die volle Aufmerksamkeit des Kaisers zu behalten. »Starfleet hat Grund zu der Annahme, daß die G'kkau in Kürze, vielleicht schon in ein paar Stunden, mit der Invasion Pais beginnen werden.«

Der Blick, mit dem der Drache ihn bedachte, erinnerte Picard an den eines nachsichtigen Großvaters, der ein kleines Kind tadelte. »Die G'kkau, ja. Ihr Volk hat schon einmal von ihnen gesprochen. Zweifellos haben diese scheußlichen Eidechsen sich für andere Rassen als lästig, ja sogar gefährlich erwiesen. Aber, Captain, schauen Sie sich um. Das ist das *Drachenreich!* Was haben wir von diesen schuppigen Barbaren zu befürchten?«

»Ich befürchte, Sie unterschätzen die G'kkau«, wandte Picard ein. »Es schmälert Ihre Ehre nicht, wenn Sie eingestehen, daß sie für Ihr Volk und Ihre Lebensweise eine echte Bedrohung darstellen könnten.«

Der Drache schüttelte den Kopf. »Keine düsteren Worte mehr, Captain. Das ist eine Hochzeit, ein freudiger Anlaß, und Sie sind ein geehrter Gast. Entspannen, vergnügen Sie sich. Hier: Probieren Sie dieses rohe *Kao tzu.*«

Picard beäugte die bleichen, fleischigen Klumpen auf dem Teller. »*Kao tzu?*«

»Wie Ihre Schnecken, aber mit mehr Geschmack.«

4

»Mein Gott«, staunte Beverly, »sehen Sie sich diesen Ort an. Es ist, als hätte man das Rad der Zeit zurückgedreht.«

Als Androide konnte Data die Begeisterung der Ärztin nicht teilen, doch ihm kam ihre derzeitige Umgebung in vielerlei Punkten interessant vor. Er saß zwischen Beverly und Counselor Troi auf einem niedrigen Sofa hinter einem der großen Jadedrachen am Rand des Innenhofs. Er lauschte der Musik, verglich sie mit 375 ähnlichen Melodien, die in den letzten 2452 Jahren komponiert worden waren, dachte über die Zusammensetzung der Instrumente der Musiker und die Auswirkungen nach, die die Materialien auf die Klangqualität hatten, nahm eine olfaktorische Analyse des Weihrauchs vor, der die Luft durchdrang, und stellte fest, daß er nicht berauschend war, bewunderte das akrobatische Geschick der Tänzer unter dem Papierdrachen, beobachtete diskret das Gespräch des Captains mit dem Kaiser, prägte sich die Gesichter und Kleidung aller Anwesenden ein und berechnete die Aussicht, ihre Mission erfolgreich abzuschließen, die dem Gesichtsausdruck und der Körpersprache des Captains zufolge mit jeder Minute schlechter wurde. Gleichzeitig unterhielt er sich mit Beverly und Deanna.

»Eigentlich«, erwiderte er auf die Feststellung der Ärztin, »ahmt diese Umgebung nur das Aussehen eines traditionellen chinesischen Palasts nach. Eine sorgfältige Untersuchung enthüllt die Existenz einer fortgeschrittenen technologischen Infrastruktur, die sehr geschickt verborgen ist. Das Drachenkostüm zum Beispiel enthält mehrere Komponenten, die aus komplexen Polymeren bestehen, während der Gleichklang des Tons beider Flöten auf eine Massenproduktion der Instrumente hinweist. Des weiteren ist die Temperatur im Innenhof identisch mit der in den inneren Räumen, so daß irgendeine verborgene Heizung angebracht sein muß. So weisen auch die meteorologischen Bedingungen auf der Planetenoberfläche, wie wir sie von der *Enterprise* aus festgestellt haben, darauf hin, daß die tatsächliche Außentemperatur dieser Region von Pai um einige Grad geringer sein müßte als die, die wir hier feststellen. Darüber hinaus ...«

»Wir haben verstanden, Data«, unterbrach Troi ihn sanft. »Die Technik der Pai ist nicht so primitiv, wie es den Anschein hat. Was natürlich nur logisch ist; ansonsten käme das Drachenreich nicht für eine Mitgliedschaft in der Föderation in Frage.« Ein Diener kam, stellte mehrere neue Schüsseln vor ihnen ab und verschwand dann wieder im Turm. »Auf jeden Fall«, fuhr sie fort, »ist so eine formelle Gelegenheit wohl kaum geeignet, sich ein Bild über den Alltag auf Pai zu machen. Zeremonien neigen dazu, die Tradition über die Bequemlichkeit zu setzen. Selbst auf Betazed würden wir *nie* auf die Idee kommen, bei einem Staatsbankett ein repliziertes Mahl zu servieren, wenngleich meine Mutter einmal ... Verdammt!« Sie bewahrte das herabhängende Ende ihres rechten Ärmels davor, in eine Schüssel auf dem niedrigen Tisch neben ihrer Couch zu fallen. »Diese großen Ärmel sind mir ständig im Weg! Wieso sind Ihre noch so sauber, Beverly?«

»Übung macht den Meister«, sagte die Ärztin und hob sicher und geschickt einen gezuckerten Reisball an die Lippen.

Troi bedachte sie mit einem bösen Blick und versuchte, einen klebrigen bernsteinfarbenen Saucenfleck von ihrem Kleid zu wischen. »Vielleicht ist das der wahre Grund, warum die Pai so üppig verzierte Gewänder tragen«, sagte sie reumütig. »Man sieht die Flecken nicht so deutlich.«

»Das kommt mir nicht sehr wahrscheinlich vor, Counselor«, versetzte Data. »Fast alle ihre Artefakte weisen einen hohes Ausmaß an Verzierungen auf, selbst wenn diese Ornamente so klein sind, daß man sie kaum wahrnimmt, wie es zum Beispiel bei dem Monokel des Zeremonienmeisters der Fall ist.«

»Bei seinem Monokel?« fragte Beverly.

»Ja«, erklärte Data, »der Metallring, der die Linse umfaßt, ist mit einer sehr detaillierten Wiedergabe von siebzehn nachtigallähnlichen Vögeln versehen, die durch einen tropischen Wald fliegen. Ein weiterer indirekter Beweis für eine fortgeschrittene Technik: Wahrscheinlich ist ein Laser erforderlich, um so winzige Details eingravieren zu können.«

»Die Sie sehen können?« fragte Troi.

»Dr. Soong hat mich mit ausgezeichneten Augen ausgestattet«, sagte Data. Er schaute über den Innenhof und beobachtete und katalogisierte die zahlreichen Verzierungen sowohl auf dem Mobiliar als auch auf der Kleidung der Gäste. »Sehr interessant. Die meisten Kulturen, die dieses Niveau der Oberflächenverzierung erreicht haben, erleben irgendwann eine Gegenreaktion und beginnen zu simplifizieren, oftmals in höchstem Maße. Ich frage mich, wann...« Er hielt plötzlich inne, und seine Aufmerksamkeit wurde von einem Funkeln in der Nähe der Tür erregt, durch die die Dienstboten kamen und gingen.

Kaum auszumachen im flackernden Schein der Papierlaternen, schwebte ein kleiner, silberner Gegenstand bewegungslos in der Luft. Data berechnete, daß er genau 5,87402 Meter von der Couch entfernt war, auf der er saß – und 8,00003 Meter vom Drachen und den anderen Personen auf dem Podest. Er erhob sich langsam, wobei er sorgsam darauf achtete, nicht die noch nicht verzehrten Delikatessen umzustoßen, die um ihn herum angeordnet waren.

»Data?« fragte Troi. »Stimmt etwas nicht?«

»Das versuche ich gerade herauszufinden, Counselor«, sagte er, ohne den Blick von dem winzigen, schwebenden Objekt abzuwenden.

Das Gerät funkelte wieder auf, und Data erkannte, daß es sich drehte, als suche es irgend etwas. Oder irgend jemanden. Der Androide trat darauf zu, während es sich vom östlichen Turm entfernte und dabei immer schneller wurde. Das Objekt hatte es eindeutig auf jemanden auf dem Podest abgesehen. Der Androide schätzte den Winkel ab und erstellte schnell einige innere Berechnungen. Er wollte keine Störung verursachen, aber …

Ein Diener, der ein Tablett mit dampfenden Fruchtgelees trug, trat zwischen Data und den Gegenstand und nahm ihm die Sicht darauf. »Bitte setzen Sie sich«, begann der Diener, »und genießen Sie diese bescheidenen Erfrischungen. Sie heißen Die Segnungen der Freude des Letzten Sommers und …«

Für Erklärungen blieb keine Zeit. Data ergriff den Diener an den Schultern und schob ihn aus dem Weg. Verblüfft stolperte der Mann zurück, was Troi einen lauten Schrei entlockte, als Die Segnungen der Freude des Letzten Sommers von seinem Tablett auf ihren Schoß rutschten.

»Data! Was ist denn los?« rief Beverly, während der Androide erneut das geheimnisvolle Gerät ausmachte, das sich nur 1,2488 Zentimeter von seiner letzten Position entfernt hatte.

Abrupt schoß es geradewegs auf das Podest und die

dort Sitzenden zu. Data berechnete seine Beschleunigung und reagierte dementsprechend. Er machte einen Satz vom Sofa fort, vorbei an dem riesigen Jadedrachen, und packte den Gegenstand mitten in der Luft, als er noch genau 3,6507 Zentimeter von dem Podest entfernt war. Er hielt ihn vorsichtig fest und inspizierte ihn: ein Pfeil mit einer Rückenflosse und einer Nadelspitze von nicht mehr als 0,99998 Zentimetern Länge. Er bewegte sich zwischen seinen Fingern, versuchte sich zu befreien. Der Androide machte ihn bewegungsunfähig, indem er die Flosse abbrach.

»Data?« sagte Picard laut. Data löste seine Aufmerksamkeit von dem abgefangenen Pfeil und schätzte die Reaktionen des Captains und der anderen auf sein unerwartetes Vorgehen ein. Wäre er ein Mensch, wäre ihm der Aufruhr wohl peinlich gewesen. Alle Anwesenden schauten nun in seine Richtung, und viele der jungen Männer waren wütend aufgesprungen. Er ging davon aus, daß sie ihn nicht angreifen würden, falls er ihnen keinen weiteren Grund dazu gab, erkannte jedoch, daß diese Einschätzung nicht unwiderlegbar war. Der Zeremonienmeister duckte sich in den Schatten am anderen Ende des Innenhofs und wußte offensichtlich nicht genau, ob er eingreifen sollte oder nicht. Die Musikerinnen, die ihr Spiel unterbrochen hatten, zogen sich mit ihren Instrumenten in die vier Ecken des Innenhofs zurück, während unter dem Papierdrachen neugierige Gesichter hervorlugten. Er schaute über die Schulter zurück und stellte bedauernd fest, daß er tatsächlich einen Aufruhr geschaffen hatte. Das hatte sich aber nicht verhindern lassen; eine schnelle Reaktion war zwingend erforderlich gewesen. Der angerempelte Diener verbeugte sich hektisch vor Counselor Troi und entschuldigte sich – fast schneller, als der allgemeine Translator übersetzen konnte – dafür, daß ihr elegantes indigoblaues Gewand nun mit einem dickflüssigen roten Schmierfilm bekleckert war. Beverly versuchte, dem unglücklichen Diener dabei zu helfen, die Scherben von drei zerbrochenen Tellern aufzuheben, doch das schien den Mann nur noch in größere Not zu bringen. Interessant, dachte Data. Er ging davon aus, daß die beiden Frauen allein imstande waren, mit der Situation fertig zu werden, und drehte sich zum Podest um.

»Eure Exzellenz, geschätzte Herren.« Er nickte den Herrschern des Reiches höflich zu. »Captain, ich muß mich dafür entschuldigen, diese Störung verursacht zu haben. Es geschah in dem Bemühen, diesen Gegenstand abzufangen.« Er hielt den Pfeil hoch; der beschädigte Flugkörper vibrierte zwischen seinen Fingern. Er bemerkte, daß eine winzige Aspisviper in den schmalen Schaft des Pfeils eingraviert war, deren Giftzähne detailgetreu nachgeahmt, aber viel zu klein waren, als daß das durchschnittliche menschliche Auge diese Leistung hätte würdigen können.

Der Pfeil stammte eindeutig von diesem Planeten, schloß er.

Seine Analyse des Pfeils wurde von einem hohen Summen unterbrochen, das unter dem Metallgehäuse des Flugkörpers erklang. Das Geräusch ähnelte dem, das ein überladener Phaser von sich gab. Data berechnete schnell die Möglichkeit, daß ein Selbstzerstörungsmechanismus aktiviert worden war, und kam zum Schluß, es sei angebracht, eine gewisse Entfernung zwischen sich und den Pfeil zu bringen. Er setzte die volle Kraft seiner künstlichen Glieder ein und schleuderte den Pfeil hoch die Luft. Das Summen wurde lauter und schriller, während der Flugkörper immer höher stieg, bis er schließlich eine Höhe von genau 15,4682 Metern erreicht hatte und detonierte. Die hellrote Explosion zerstörte den Pfeil völlig und ließ nicht einmal Asche zurück, die auf den Boden des Innenhofs hätte rieseln können. Seltsamerweise applaudierten einige Gäste der Explosion; vielleicht gingen sie davon aus, daß sie zur Abendunterhaltung gehörte. Data bedauerte, daß der Pfeil zerstört worden war, bevor er Gelegenheit gehabt hatte, ihn genau zu untersuchen. Und er nahm sich vor, mit Geordi über das geplante Feuerwerk zu sprechen; die Explosion hatte ihn auf den Gedanken gebracht, daß es noch zahlreiche andere pyrotechnische Möglichkeiten gab. Vielleicht konnte man eine absichtlich herbeigeführte Phaserüberladung in sichtbare Wellenlängen kanalisieren …

Nichts ist besser geeignet als ein Attentatsversuch, um Leben in eine langweilige Party zu bringen, dachte Picard. Er hatte nicht den geringsten Zweifel, daß Data soeben genau das verhindert hatte. Aber wem, so fragte er sich, hatte der Anschlag mit dem Pfeil gegolten?

Mit der Erlaubnis des Drachen hatte der Androide sich dem Podest genähert und Picard über seine Aktionen und Beobachtungen informiert. Data blieb vor dem Podest stehen und erwartete weitere Instruktionen des Captains, während Mu mürrisch versuchte, die anderen Bankettgäste zu beruhigen. »Bitte setzen Sie sich. Es ist alles in Ordnung. Es gibt nichts zu sehen, überhaupt nichts«, sagte er immer wieder, bis die zahlreichen Soldaten und Würdenträger besänftigt zu sein schienen. Auf seine Anweisung setzte der Papierdrache den Tanz fort, auch wenn das Interesse an den Kapriolen des Gebildes deutlich nachgelassen hatte; alle Blicke blieben auf das Podest gerichtet, auf dem Riker, Lu Tung und die beiden Söhne des Drachen sich um Picard drängten, um mehr über den geheimnisvollen Pfeil zu erfahren. Nur der Kaiser saß ein Stück abseits, kratzte sich durch den Bart das Kinn und betrachtete Data mit unverhohlener Faszination.

»Erstaunlich!« rief der Drache. Zuerst glaubte Picard, er bezöge sich auf den offensichtlichen Versuch, einen von ihnen zu ermorden; dann sah er, daß der Drache interessiert den goldenhäutigen Androiden musterte. »Wie schnell er sich bewegt hat! Was für ein Wesen ist das?«

»Lieutenant Commander Data ist eine intelligente künstliche Lebensform«, erklärte Picard schnell. Die Neugier des Drachen war ihm verständlich – Data war in der Tat ein einzigartiges Individuum –, doch er wollte der Sache mit dem Pfeil so schnell wie möglich auf den Grund gehen. Waren die G'kkau irgendwie dafür verantwortlich, oder handelte es sich lediglich um eine Intrige unter den Pai selbst? So oder so, der Vorfall ließ nichts Gutes für seine Mission erhoffen.

»Ein Mechanismus?« fragte der Drache.

Picard nickte. »Und ein geschätztes Mitglied meiner Crew.«

»In der Tat ein Mechanismus von großem Wert«, gab der Drache ihm recht. Er blinzelte Picard zu und grinste breit durch den Bart. »Es war klug von Ihrer Föderation, ihn zu schicken.«

»Den Anschein hat es.« Picard hatte irgendwie den Eindruck, bei diesem Gespräch etwas Wichtiges nicht mitbekommen zu haben, versuchte jedoch zuerst einmal, den Drachen von seiner offensichtlichen Begeisterung für Data abzulenken. »Exzellenz, dürfte ich Ihre Aufmerksamkeit auf diesen ziemlich beunruhigenden Vorfall lenken?«

»Ach, *das*«, sagte der Kaiser. Er klang leicht verärgert, weil Picard es gewagt hatte, ein so uninteressantes Thema in die Konversation einfließen zu lassen. »Was ist damit?«

»Commander Data zufolge scheint es sich bei dem Gerät, das er ergriffen und unschädlich gemacht hat, um eine flugfähige Miniaturspritze zu handeln, die wahrscheinlich ferngesteuert wurde. Ich bezweifle nicht, daß die Spitze vergiftet war.«

»Vergiftet?« rief der Zweite Sohn. Ihn schien die Vorstellung ehrlich zu verblüffen.

»Was für ein abstoßender Gedanke«, sagte der Drachenerbe. »Nur ein Fremder könnte sich so etwas vorstellen.«

Der Drache schüttelte den Kopf. »Wirklich, Picard, ich weiß Ihre Besorgnis zu schätzen, aber ich befürchte, Sie messen der Sache eine zu große Bedeutung bei. Dieses kleine Spielzeug muß ein harmloser Scherz gewesen sein, nichts weiter.«

»Ein Scherz, Eure Exzellenz?« Picard war über den offensichtlichen Mangel an Besorgnis des Drachen verwirrt.

»Was sonst?« sagte der Kaiser jovial. »Na klar, jetzt hab ich's! Einer der vielen Freunde meines Erben konnte es nicht abwarten, daß das formelle Bankett sein Ende nimmt und die ungezügelteren Festivitäten des Abends beginnen. Zweifellos war der Pfeil, falls es sich überhaupt um einen solchen gehandelt hat, mit einem milden Rauschmittel oder Aphrodisiakum bestrichen. Ein wenig verfrüht, solange wir alten Männer noch hier sind, aber nichts, worüber man sich Sorgen machen müßte.«

»Sind Sie sich dessen sicher, Exzellenz?« fragte Riker. »Solch eine moderne Waffe, nur um einen Liebestrank zu verabreichen? Das kommt mir ein wenig … extrem vor.«

»Aber nein!« lachte Kan-hi. »Das ist bei Feiern völlig normal, und man braucht schon eine starke Dosis, damit mein Bruder etwas lockerer wird.«

»Ruhe!« fauchte der Drachenerbe und warf seinem jüngeren Bruder einen finsteren Blick zu. »Hast du denn vor gar nichts Respekt?«

»Nicht vor einer Ehe ohne Liebe aus politischen

Gründen«, sagte Kan-hi. »Die Grüne Perle hat etwas Besseres als dich verdient.« Picard fiel erneut die offensichtliche Feindschaft zwischen den beiden Söhnen des Drachen auf. Er bemerkte ebenfalls, daß Lu Tung, der Vater der Braut, während des gesamten Wortwechsels geschwiegen hatte. Was hielt er von dem zukünftigen Gatten seiner Tochter, ganz zu schweigen von dem Mordversuch? Hatte Lu Tung vor, sich auf verschlagene Art und Weise zu nehmen, was er mit Gewalt nicht hatte bekommen können?

»Das reicht«, befahl der Drache. »Ihr zankt euch wie alte Weiber vor unseren geehrten Gästen. Verzeihen Sie mir, Captain Picard.«

»Eine Entschuldigung ist nicht erforderlich«, sagte Picard diplomatisch. »Doch ich würde die Sache mit dem Pfeil nicht so einfach abtun. Wie können Sie so sicher sein, daß die Waffe nicht vergiftet war?« Er wünschte sich, der Flugkörper hätte sich nicht so schnell zerstört. Dr. Crusher hätte mit ihrem Tricorder in Sekundenschnelle feststellen können, mit was für einem Gift der Pfeil bestrichen war. »Wollen Sie Ihrer Sicherheit zuliebe nicht wenigstens die Möglichkeit in Betracht ziehen?«

»Aber, mein lieber Captain«, protestierte der Drache, »es läge keine Ehre darin, einen Widersacher auf so hinterhältige Weise zu töten. Selbst Lord Lu Tung, mein geschätzter ehemaliger Widersacher, würde sich niemals zu solch einer feigen Taktik herablassen.«

Ein zweifelhaftes Kompliment, falls es jemals eins gegeben hatte, doch falls Lu Tung Anstoß an der Bemerkung des Drachen nahm, verriet sein Gesicht nichts davon. »In der Tat«, stimmte er zu. »Die Pai greifen nicht auf Gift zurück, ganz gleich, wer auf dem Thron sitzt.«

»Vielleicht noch nicht«, murmelte Kan-hi, »aber wartet nur mal ab, bis mein Bruder Kaiser ist.«

»Du wirst es als erster erfahren«, sagte Chuan-chi drohend.

Ein wütender Blick des Drachen ließ beide verstummen. Frustriert wurde Picard klar, daß die Adligen der Pai zu tief in ihre persönlichen Fehden verstrickt waren, um den Mordversuch ernst zu nehmen, und es keine Möglichkeit gab, ihnen zu beweisen, daß mit dem Pfeil tatsächlich jemand auf dem Podest hatte getötet werden sollen. Na schön, dachte er, wenn man die Pai nicht dazu bringen konnte, sich selbst zu schützen, hing es von ihm und seiner Crew ab, bis zur Hochzeit alle am Leben und bei guter Gesundheit zu halten.

»Exzellenz«, wandte er sich an den Drachen. »Unter diesen Umständen sollte ich Lieutenant Worf, meinen Sicherheitschef, in den Palast kommen lassen, um Ihre Unversehrtheit zu gewährleisten.« Er berief Worf nicht gern von der Brücke ab, solange die genaue Position des Kriegsschiffs der G'kkau noch unbekannt war, doch auch Geordi konnte ein Auge auf die *Fangzahn* halten. Da sich im Palast eindeutig ein Attentäter befand, zog er es vor, jederzeit auf den Klingonen zurückgreifen zu können.

Leider war der Drache nicht einverstanden. »Was?« sagte er ungehalten. »Wollen Sie etwa andeuten, daß ich, der Göttliche Herrscher des Drachenreichs, mich nicht schützen kann?«

»Keineswegs, Exzellenz«, sagte Picard, »doch eine kleine zusätzliche Sicherheitsvorkehrung zu diesem überaus wichtigen Zeitpunkt kann uns allen nur Vorteile bringen.«

»Unsinn, Picard. Das ist eine Frage der Ehre. Das Drachenreich bedarf nicht des Schutzes eines Außenstehenden, wie Ihr Sicherheitsoffizier einer ist. Ich verbiete Ihnen ausdrücklich, diesen Mann hierherzuholen. Sie sind meine Gäste«, betonte der Drache nachdrücklich. »Bitte erweisen Sie mir die Höflichkeit, sich auch wie solche zu verhalten.«

Soviel zu dieser Idee, dachte Picard. Er wollte es vermeiden, den Drachen noch mehr zu provozieren. Vielleicht gelang es ihm später, einen Vorwand zu finden, Worf auf den Planeten zu beamen, ohne das ausgeprägte Ehrgefühl des Kaisers zu verletzen. Bis dahin mußte er sich auf die Offiziere verlassen, die ihn begleitet hatten.

»Exzellenz«, sagte er, »ein kleines Problem erfordert meine Aufmerksamkeit. Mit Ihrer Erlaubnis würde ich mich gern ungestört mit meinen Offizieren beraten.«

»Sofort?« fragte der Drache ungläubig. »Aber das Dessert ist noch nicht serviert worden. Vertrauen Sie mir, Picard, mein Küchenchef hat für uns beide etwas ganz Besonderes vorbereitet.«

Ich kann es kaum erwarten, dachte Picard verdrossen. »Es wird nicht lange dauern. Ich freue mich schon darauf, unser Mahl in Kürze fortsetzen zu können.«

»Tja, wenn es nicht anders geht«, sagte der Drache seufzend. »Ich weiß nur allzu gut, wie stark hochgestellte Persönlichkeiten wie wir beansprucht werden. Mu! Geleite Captain Picard und seine geehrten Begleiter in die Halle der Höchsten Harmonie. Keine Bange, Freund Picard, ich werde den Küchenchef anweisen, mit dem Dessert bis zu Ihrer Rückkehr zu warten. Ehrlich gesagt war ich schon immer der Meinung, daß kandierte Rahgidaugen kalt noch besser schmecken.«

Die Halle der Höchsten Harmonie war ein geräumiger Raum im Erdgeschoß des nördlichen Turms, nicht weit entfernt vom Innenhof, auf dem das Bankett stattfand. Hängende Seidenlaternen erhellten die Wände, die mit großen, blauen chinesischen Schriftzeichen geschmückt waren. Picard vermutete, daß es sich dabei um uralte kluge Ratschläge zur Erbauung der Besucher der Halle handelte. Die Luft roch schwach nach Orangen, und er konnte noch die Harfen und Flöten der Musikerinnen hören, die im Hof spielten. Die Halle enthielt keinerlei Möbel, und so blieb den Starfleet-Offizieren nichts anderes übrig, als sich stehend zu unterhalten.

»Mr. Data«, sagte Picard, »können Sie aufgrund der Flugbahn des Pfeils sagen, wem der Anschlag galt?«

»Leider nicht, Captain. Als ich den Pfeil abfing, konnte ich nur feststellen, daß er auf jemanden auf dem Podest zielte.«

»Meines Erachtens«, versetzte Riker, »ist der Drache das wahrscheinlichste Opfer. Warum sich mit dem Prinzen begnügen, wenn man auch den Kaiser töten kann?«

»Wahrscheinlich haben Sie recht«, pflichtete Picard ihm bei, »vor allem, wenn man bedenkt, daß der Erbe gegen den Vertrag mit der Föderation eingestellt zu sein scheint. Der Tod des Drachen würde unweigerlich jede Chance zunichte machen, daß die Pai vor dem Angriff der G'kkau der Föderation beitreten. Doch wir dürfen nicht das Risiko eingehen, uns zu irren. Wir müssen davon ausgehen, daß jeder auf dem Podest ein mögliches Ziel war, wir beide eingeschlossen, Nummer Eins.«

»Lu Tung und die beiden Prinzen scheinen mir als Attentäter in Frage zu kommen«, sagte Riker. Er klärte Troi und die anderen schnell über die Spannungen unter den Hochzeitsgästen auf. »Jeder von ihnen hätte die Vorkehrungen treffen können, dieses ferngesteuerte Gerät während des Banketts zu starten.«

»Glauben Sie, daß der Attentäter es noch einmal versuchen wird?« fragte Beverly.

»Ja«, sagte Picard, »und zwar sehr bald. Zu viel hängt von der morgigen Hochzeit ab. Der Attentäter wird wahrscheinlich irgendwann in dieser Nacht einen zweiten Versuch unternehmen. Das heißt, wir müssen alle Verdächtigen *und* die wahrscheinlichen Opfer im Auge behalten.« Picard musterte seine Offiziere. »Nummer Eins, Sie sollten Kan-his Einladung annehmen und zur privaten Feier des Erben gehen. Auf diese Weise ist es Ihnen möglich, sowohl den Erben als auch den Zweiten Sohn zu beschützen. Glauben Sie, Sie schaffen es, unter diesen Umständen auf sie achtzugeben?«

Riker zuckte mit den Achseln. »Im Prinzip handelt es sich nur um einen Polterabend. Der Bräutigam verabschiedet sich vom Junggesellendasein. Das kann doch nicht besonders hart werden, oder?«

»Trotzdem werde ich Ihnen ein Anti-Intoxikant verabreichen«, schlug Beverly vor. »Damit bewahren Sie einen klaren Kopf, ganz gleich, wieviel Alkohol Sie in sich hineinschütten müssen.«

»Eine gute Idee«, sagte Picard. »Machen Sie das.« Er dachte kurz nach. »Und nehmen Sie Data mit, für den Fall, daß die Prinzen sich trennen. Wir wollen doch beide im Auge behalten.«

»Der Junggesellenabschied ist ein fester Bestandteil der menschlichen Geschichte und Literatur«, sagte Data. »Ich freue mich darauf, persönlich an solch einem Ereignis teilhaben zu können.«

»Warten Sie nur ab, Data«, sagte Riker grinsend. »Wenn diese Party einigen von denen ähnelt, an denen ich im Lauf der Jahre teilgenommen habe, steht Ihnen ein denkwürdiges Ereignis bevor.«

»Ein hoffentlich nicht *zu* denkwürdiges«, sagte Troi spitz. Picard bemerkte zum erstenmal, daß ihre Kleidung mitgenommen wirkte. Von den Ärmeln tropfte etwas herab, als hätte sie sie in irgendeine Flüssigkeit getaucht, während eine klebrige rote Masse den vorderen Teil des dunkelblauen Kleids befleckte. Hätte er es nicht besser gewußt, hätte er angenommen, sie hätte eine scheußliche Bauchverletzung erlitten. Der klebrige rote Fleck roch jedoch schwach nach Erdbeeren, und Picard fielen Die Segnungen der Freude des Letzten Sommers ein, eins der wenigen genießbaren Gerichte, die er an diesem Abend zu sich genommen hatte. Troi errötete leicht, als sie bemerkte, daß Picard sie musterte, und drehte sich zu ihm um. »Was ist mit dem Drachen selbst? Und mit Lu Tung?«

»Ich werde den Drachen persönlich im Auge behalten«, erklärte Picard. »Ich muß sowieso noch länger mit ihm sprechen; unglücklicherweise scheint er es sich bezüglich des Vertrags anders überlegt zu haben. Selbst wenn wir ihn bis morgen am Leben halten können, besteht keine Garantie, daß er den Vertrag unterzeichnet, wenn ich ihn heute abend nicht noch dazu überreden kann. Counselor, Sie werden mich begleiten. Ihre empathischen Fähigkeiten könnten sich während unserer Verhandlungen als nützlich erweisen.«

»Natürlich, Captain«, sagte sie, »aber vielleicht sollte ich mich vorher umziehen?« Sie schaute auf das scharlachrote Gelee hinab, das ihr Kleid befleckte.

»Ziehen Sie einfach das obere Gewand aus«, schlug Beverly vor. »Diese Aufmachung besteht aus genug übereinanderliegenden Schichten, daß Sie nach den Maßstäben der Pai noch immer anständig bedeckt sind.« Sie half Troi aus dem verschmutzten blauen Kleid, nur um festzustellen, daß das Erdbeergelee auch die nächsten beiden Kleidungsschichten durchtränkt hatte. Als sie fertig waren, trug Troi nur noch ein einziges purpurfarbenes Gewand, das viel mehr von der stattlichen Figur der Betazoidin enthüllte als zuvor, aber wohl noch immer unauffälliger war als ihre übliche hautenge Föderationsuniform.

»Das genügt, um den Drachen zu beschützen«, sagte er, als Beverly die abgelegten Kleidungsstücke auf einen Haufen warf und auf die *Enterprise* zurückbeamen ließ.

»Damit bleibt noch Lu Tung übrig«, warf Riker ein.

»Ja«, sagte Picard, »und das stellt eine Schwierigkeit dar. Im Augenblick fällt mir kein Vorwand ein, unter dem einer von uns ihn nach dem Bankett begleiten könnte. Und wenn die Gebräuche auf Pai sich nicht beträchtlich von denen der Erde unterscheiden, kann ich mir nicht vorstellen, daß er die Junggesellenabschiedsparty seines zukünftigen Schwiegersohns besucht.«

»Können wir ihm nicht einfach offen unseren Schutz anbieten?« fragte Troi.

Picard schüttelte den Kopf. »Er würde behaupten, daß das ein schlechtes Licht auf seine Ehre wirft.« Picard dachte schweigend nach, während Beverly mit dem Injektor Riker das Anti-Intoxikant verpaßte. »Ein Gutes hat die Sache«, sagte er schließlich. »Lu Tung ist wohl der unwahrscheinlichste Kandidat für einen Anschlag. Er hat den Krieg bereits verloren, er steht nicht in der Erbfolge für den Thron, und wenn ich mich nicht völlig irre, würde sein Tod keine Auswirkungen auf den Vertrag haben. Alles in allem ist er wahrscheinlich eher der Attentäter als das Ziel.«

»Da wir gerade von Zielen sprechen«, sagte Beverly, »was ist mit der Grünen Perle? Die Vorstellung ist schrecklich, aber mir fällt keine schnellere Methode ein, eine Hochzeit zu verhindern, als die Braut umzubringen.«

Picard runzelte die Stirn. Beverly hatte recht. Sie mußten davon ausgehen, daß auch die Grüne Perle in Gefahr war. Er hoffte, daß Lu Tung nicht so weit gehen würde, seine eigene Tochter zu opfern, doch die G'kkau (und vielleicht sogar einer der Prinzen) würde solche Skrupel nicht haben. Chuan-chi schien nicht gerade darüber begeistert zu sein, die Perle heiraten zu müssen. Und was Kan-hi betraf… nun, jedes Kind des Erben und der Grünen Perle würde unausweichlich zwischen den Zweiten Sohn und den Thron treten.

Doch wie konnten sie die Grüne Perle schützen? Sie hatten sie bislang nicht einmal auch nur zu Gesicht bekommen. Picard betrachtete Beverly Crusher, die in ihrem formellen Gewand überaus elegant und würdevoll aussah. Wenn man jemandem erlaubte, in die Nähe der Braut zu gelangen, dann wahrscheinlich der Ärztin. »Dr. Crusher«, sagte er, »vielleicht können wir Lu Tung überreden, daß Sie der Grünen Perle heute abend einen Besuch abstatten?«

»Ich habe nichts dagegen«, sagte sie, »aber aus welchem Grund?«

»Um für ihr… äh… körperliches Wohlergehen zu sorgen«, improvisierte Picard. »Der Himmel verhüte, daß sie am Vorabend ihrer Hochzeit krank wird.«

»Das könnte funktionieren«, sagte Beverly nachdenklich, »falls Sie den Drachen und die anderen davon überzeugen können, daß ich eine qualifizierte Heilerin bin.«

»Wissen Sie«, warf Riker ein, »als ich mit dem Erben geplaudert habe, kam heraus, daß die Mutter der Grünen Perle vor ein paar Jahren gestorben ist. Chuan-chi bezeichnete es als ›ziemliches Unglück‹, daß ihre Mutter sie nicht auf die Hochzeit vorbereiten kann.«

»Ein Unglück für die Perle vielleicht«, sagte Picard, »aber ein Glück für uns. Sobald wir wieder auf dem Bankett sind, werde ich Beverlys Dienste als Anstandsdame, Ersatzmutter oder was auch immer anbieten.«

»Und Leibwächterin«, fügte Beverly hinzu. Sie atmete tief ein, um sich mit der Vorstellung abzufinden. »Ich werde zwar niemals die Mutter der Braut sein können, aber wer weiß, vielleicht kommt mir diese Erfahrung noch zustatten, falls Wesley einmal heiraten sollte. Nicht, daß so etwas demnächst anstünde.« Sie schaute zu dem üppigen Bankett zurück. »Ich hoffe nur, daß er sich für eine nicht ganz so aufwendige Feier entscheidet.«

Die Musik aus dem Innenhof verstummte, und Picard vernahm so etwas wie einen höflichen Applaus. »Wir gehen lieber zurück, bevor der Drache sich fragt, ob uns etwas zugestoßen ist.« Ein grimmiger Ausdruck legte sich auf sein Gesicht. Ihm gefiel die Aussicht auf kandierte Augen nicht, ob nun warm oder kalt. Doch die Pflicht rief, und seine sowieso schon stark mißhandelten Geschmacksknospen mußten gehorchen. »Halten Sie die Augen offen«, mahnte er seine Offiziere. »Ein Leben und die Zukunft des Drachenreichs stehen auf dem Spiel.«

Die *Fangzahn* trieb mit Kurs auf Pai verstohlen durch den Drachennebel, doch die meisten ihrer Systeme waren ausgeschaltet, um eine Entdeckung des Flaggschiffs durch die Sensoren der *Enterprise* oder des Planeten selbst zu vermeiden.

»Meister?« sagte Gar. »Der Verräter auf Pai hat wieder Kontakt mit uns aufgenommen.«

»Er hat auch lange genug gebraucht«, zischte Kakkh. »Na schön. Stellen Sie ihn durch.«

Der Bildschirm zwischen seinen Vorderklauen blühte auf. Kakkh nahm das rosafarbene, schuppenlose Gesicht ihrer menschlichen Marionette wahr. Er hatte den Eindruck, daß der Pai besorgt dreinschaute, aber das war schwer zu sagen. Allein mit den Augen konnte man nicht erkennen, was in diesen Menschen vorging. »Ja?« sagte er. »Ich habe damit gerechnet, daß Sie sich schon viel früher melden.«

»Äh … ja«, stammelte der Pai. »Es gibt kaum etwas zu berichten.«

»Kaum etwas zu berichten? Sie sollten den Drachen töten. Ist er tot oder nicht?«

»Ich muß eingestehen, daß er zur Zeit noch lebt. Aber das liegt nicht daran, daß ich es nicht versucht hätte.«

»Was?« schnaubte Kakkh. »Was ist passiert?«

»Ich habe mein Bestes gegeben«, sagte der Mann leicht aufgebracht. »Ich habe einen Giftstecher programmiert, den Drachen während des Banketts anzugreifen, doch ein künstlicher Mensch schnappte ihn ein paar Sekunden, bevor er sein tödliches Werk tun konnte, einfach so aus der Luft.«

Der Androide namens Data, dachte Kakkh. Er hatte sich ausgiebig mit der Crew der *Enterprise* befaßt. *Diese verdammte Föderation! Wie konnte sie es wagen, die Pläne der G'kkau zu stören?* »Wo sind Picard und die anderen jetzt?« fragte er.

»Sie haben sich kurz zurückgezogen – mitten während des Banketts, können Sie sich das vorstellen? Erstaunlich unhöflich und unangemessen.«

»Und wie konnten Sie sich davonschleichen?«

Der Adlige lächelte gekünstelt. »Der sanfte Ruf der mächtigen Natur. Völlig akzeptabel. Im Gegensatz zu dem schockierenden Benehmen dieser Föderationskasper – Barbaren, wenn Sie mich fragen.«

»Danach habe ich Sie nicht gefragt«, fauchte Kakkh. Er hatte jede Geduld mit dem Geschwätz dieses törichten Menschen verloren. »Ich verlange nur den Tod des Drachen, und bislang wurde ich von Ihren Bemühungen enttäuscht.«

»Wie konnte ich denn ahnen, daß Picard ein künstliches Geschöpf mitbringt?« sagte der adlige Pai wütend. »Ohne diesen Androiden wäre der Drache jetzt tot. Mein Plan war perfekt.«

»Nicht einmal annähernd«, erwiderte Kakkh. »Ich nehme an, Sie haben einen Ersatzplan?«

»Natürlich«, sagte der Mann mit einem – wie Kakkh vermutete – Anflug von Entrüstung. »Ich habe ihn schon in die Wege geleitet, und ich bin ziemlich stolz darauf. Der Ersatzplan hat einen eher klassischen Charakter, in Übereinstimmung mit den Traditionen einer kaiserlichen Hochzeit ...«

»Die Details interessieren mich nicht«, unterbrach Kakkh ihn. »Nur die Ergebnisse. Sie sind einmal gescheitert. Versagen Sie kein zweites Mal.«

Es freute Kakkh, daß sich Furcht auf die unerträglich selbstgefälligen Gesichtszüge des Pai legte; soviel bekam sogar er mit. »Ich ... ich muß zum Bankett zurück«, sagte der Verräter, »bevor Picard wieder aufkreuzt und mich vermißt.«

»Gehen Sie«, sagte Kakkh, »aber vergessen Sie Ihren Auftrag nicht. Der Drache *muß* sterben.« Mit einer wilden Bewegung seines rechten Vordergliedes unterbrach er die Verbindung. Seine Augen drehten sich in den Höhlen und suchten Gar. »Wir können nicht mehr lange darauf warten, daß dieser unfähige Lakai seine Aufgabe erfüllt. Wir werden morgen angreifen und ihr Reich zerstören, ob der Narr den Drachen nun getötet hat oder nicht.«

»Das Raumschiff der Föderation ist noch dort«, warnte Gar. »Wie sollen wir uns damit befassen?«

»Ohne die Zustimmung des Drachen können sie gar nichts unternehmen. Es wäre besser, wenn unser Handlanger vor dem Angriff die Kontrolle übernähme, doch wenn wir schnell genug zuschlagen, werden sie keine Zeit mehr haben, den Vertrag zu unterzeichnen.«

»Fürwahr«, gestand Gar ein. »Aber wird die *Enterprise* nicht kämpfen, um ihre eigenen Leute auf dem Planeten zu verteidigen?«

»Das können sie nicht«, beharrte Kakkh. »Ihre Erste Direktive verhindert das. Außerdem ist es nur ein Schiff, und wir haben hundert Kriegsschiffe. Falls sie Widerstand leisten, werden wir sie einfach auslöschen.«

Ein räuberischer Glanz funkelte in Gars Augen. Seine Nickhäute zuckten vor Erregung. Kakkh roch die Blutgier, die den Drüsen seines Stellvertreters entströmte. »In diesem Fall«, sagte Gar, »hoffe ich, daß sie Widerstand leisten.«

Seine Fangzähne schlugen aufeinander, begierig auf frisches Föderationsfleisch.

5

Das Hochzeitsbankett näherte sich dem Ende, und Picard konnte es kaum abwarten. Die Rahgidaugen waren so übel gewesen, wie er befürchtet hatte, und mehrere danach folgende Gerichte hatten seiner Verdauung nur noch größere Probleme beschert. Der Drache schien entschlossen, Picard Magen auf die härteste nur vorstellbare Probe zu stellen. Er hoffte nur, daß Beverly etwas in ihrem Medikit hatte, das seinem Verdauungstrakt später Linderung verschaffen konnte.

Fette, schwarze Wolken zogen über den Himmel hinweg und schütteten gewaltige Regenmengen aus. Zuerst hatte Picard angenommen, das Bankett werde deshalb unterbrochen, doch offensichtlich wurde der Hof von einem unsichtbaren Kraftfeld vor Witterungseinflüssen geschützt. Zahllose Wassertropfen prallten auf das Feld und flossen dann in ein verborgenes Reservoirs ab. Er bewunderte, wie anmutig und effizient die Pai sich mit ihrer Umgebung befaßt hatten. Trotz all ihrer Exzentrizitäten konnten sie mit Recht stolz auf ihre Errungenschaften und ihren offensichtlichen Schönheitssinn sein. Es wäre wirklich eine Tragödie, wenn die G'kkau all diese luxuriöse Pracht in Schutt und Asche legen würden, wie sie es bei so vielen anderen Zivilisationen getan hatten.

Neben ihm hatten Riker und Kan-hi ein lebhaftes und ausführliches Gespräch über die unterschiedlichen Trinkgewohnheiten auf Pai und in Alaska begonnen, wobei sie die Theorie in die Praxis umsetzten, indem sie zahlreiche Schlucke eines Getränks zu sich nahmen, das noch dampfte, wann immer ein Diener ihre Tassen auffüllte. Picard war froh, daß sein Erster Offizier sich mit der jüngeren Generation der Adligen von Pai angefreundet hatte, wenngleich er von Minute zu Minute dankbarer wurde, daß Beverly so vorausblickend gewesen war, Riker vor der Wirkung von allzuviel örtlichem Alkohol abzuschirmen. Chuan-chi, der verdrossene Bräutigam, bemühte sich gelegentlich pro forma, etwas zum Gespräch beizutragen, wenngleich man ihm anmerkte, daß er lieber woanders gewesen wäre. Picard vermutete, daß der Erbe diese ›Vorletzte Bestäubung des ungezähmten Samens‹ nur abhielt, weil die Tradition es verlangte. Erneut tat die bedauernswerte Perle ihm leid.

Zu seiner angenehmen Überraschung hatte Lu Tung Beverlys Angebot, der Perle am heutigen Abend Gesellschaft zu leisten, bereitwillig akzeptiert. »Meine ehrenwerte Frau, ihre Mutter, ist vor vielen Jahren gestorben«, erklärte der ehemalige Rebell, »und meine … Aktivitäten in den letzten paar Jahren haben mich davon abgehalten, eine würdige Nachfolgerin zu suchen. Ich habe natürlich meine Konkubinen, welcher Mann hat die nicht, aber keine davon ist reif genug, um einer Braut von der Bedeutung meiner Tochter die nötige Führung geben zu können. Es ist nicht richtig, daß eine Braut unvorbereitet in ihre Hochzeitsnacht geht, und vor Ihrem freundlichen Angebot habe ich in der Tat schon befürchtet, ich müßte bestenfalls auf eine Konkubine des Fünften Rangs zurückgreifen, damit sie die traditionellen Pflichten der Mutter der Braut wahrnimmt. Sie sagen, Ihre ›Dr. Crusher‹ sei eine Frau von Ehre und Erfahrung?«

»Ich kann sie nicht genug empfehlen«, erwiderte Picard mit völliger Aufrichtigkeit. »Sie ist eine angesehene Ärztin, ein wertvoller Offizier, und sie hat einen guten und aufrechten Sohn großgezogen.« *Und ist durchaus imstande,* fügte er im Geiste hinzu, *Ihre Tochter vor einem Angreifer aus dem Hinterhalt zu schützen.*

»Ausgezeichnet«, sagte Lu Tung, wenngleich sein steinerner Gesichtsausdruck kaum etwas von seinen Gefühlen verriet. »Auf dem Schlachtfeld habe ich großen Respekt vor den Heilkünsten von Frauen gewonnen. Ich glaube, dieses Geschlecht hat eine natürliche Begabung für die Medizin.«

Dieser stoische Adlige, dachte Picard, war ganz anders als der überschwengliche und temperamentvolle Kaiser, den er zu stürzen versucht hatte. Kein Wunder, daß sie nicht miteinander auskamen. Lu Tungs ernstes Benehmen erinnerte Picard an den Vulkanier Sarek, zumindest, bevor das Alter und die Krankheit diesen großen Mann seiner emotionalen Kontrolle beraubt hatten. Er hoffte, daß Lu Tung sich nicht als der Attentäter erweisen würde.

Der Drache hatte noch immer nur Augen für Data. Der Kaiser hatte darauf bestanden, daß der Androide sich zu ihnen auf das Podest gesellte, und beharkte Data nun mit endlosen Fragen über seine Bauweise und Natur. Picard argwöhnte fast, daß der Drache herausfinden wollte, wie man einen Androiden konstruierte. Zum Glück hat Data keine echten Gefühle, dachte Picard, denn bei der überwältigenden Neugier des Drachen wäre fast jedem anderen Wesen sehr schnell unbehaglich geworden.

»Erstaunlich, erstaunlich«, sagte der Drache und betrachtete mit zusammengekniffenen Augen Datas Haut. »Eine ungewöhnliche Beschaffenheit. Warum hat man Ihnen nicht eine unauffälligere Hautfarbe gegeben?«

»Das weiß ich nicht, Eure Exzellenz. Mein Schöpfer, Dr. Soong, hat es mir nie gesagt, und ich habe ihn nie gefragt.«

»Und er hat Sie mit keinerlei Oberflächenverzierungen ausgestattet?« fragte der Drache.

»Nein, Eure Exzellenz. Das erschien ihm überflüssig.«

»Na ja, dem könnte man leicht Abhilfe schaffen.« Der Drache legte den Kopf auf eine Seite und betrachtete Data blinzelnd, als wäre er ein in der Entstehung begriffenes Kunstwerk. »Ein wenig Silber, ein paar biolumineszierende Intarsien, vielleicht ein paar kleine Schmuckkacheln auf den Gesichtsflächen ... Die Stirn schreit geradezu danach, graviert zu werden, und die Augenfarbe ist viel zu schlicht ... Man fragt sich, warum das nicht schon längst durchgeführt wurde ...«

»Ich habe es nie für eine praktische Möglichkeit gehalten«, gestand Data ein.

Gefühle hin oder her, Picard fühlte sich verpflichtet, zugunsten Datas einzugreifen. Er entschuldigte sich bei Lord Lu Tung und beugte sich zu dem Drachen und dem Androiden hinüber. »Mr. Data ist Raumschiffoffizier«, erklärte er dem Kaiser. »Jede überflüssige Verzierung wäre unnötig, ja sogar ein Verstoß gegen seine und unsere Absichten.«

»Verstanden, Captain«, erwiderte der Kaiser, »aber wäre er irgendwo anders ... zum Beispiel an einem kaiserlichen Hof ... *dann* könnte man so etwas doch in Erwägung ziehen, meinen Sie nicht auch?«

O nein, dachte Picard, als ihm klar wurde, was das Interesse des Kaisers an Data tatsächlich zu bedeuten hatte. Natürlich hielt ein unangefochtener Herrscher wie der Drache es nicht für notwendig, auch nur der Höflichkeit halber um einen Gegenstand zu bitten, den er begehrte. Normalerweise genügte es, wenn er einfach seine Bewunderung für den betreffenden Gegenstand zum Ausdruck brachte, und dessen Besitzer würde ihm das Objekt seiner Begierde zum Geschenk machen, so sicher, als hätte er es befohlen. Und der

Drache hatte mehr als nur bloßes Interesse an Data zum Ausdruck gebracht, bei dem es sich in seinen Augen einfach um ein von Menschen hergestelltes Artefakt handeln mußte. *Wahrscheinlich wundert er sich,* dachte Picard voller Abscheu, *warum ich ihm Data nicht schon längst angeboten habe. Außer, er geht davon aus, daß Data morgen als Hochzeitsgeschenk überreicht werden soll.*

»Meine Gesichtszüge wurden allerdings gelegentlich aus taktischen Gründen modifiziert«, sagte Data, um die Neugier des Drachen vollends zu befriedigen. »Einmal habe ich mich zum Beispiel als Romulaner ausgegeben. Theoretisch gibt es eigentlich keinen Grund, warum mein Aussehen nicht wesentlich ästhetischer gestaltet werden könnte.«

»Genau!« rief der Drache begeistert. »Ganz meine Meinung. Captain Picard, Sie *müssen* mir erlauben, Sie zu dieser erstaunlichen Schöpfung zu beglückwünschen. Selbst mit seinem derzeitigen schlichten Äußeren ist er eine Zierde für jedes Schiff oder *jeden* Hof.«

Picards Gedanken rasten, doch ihm wollte einfach nicht einfallen, wie er Data aus dem begehrlichen Griff des Drachen befreien konnte. Die Föderation hatte der *Enterprise* zwar einige sehr großzügige Geschenke für das Drachenreich mit auf den Weg gegeben, doch im Augenblick war es eher unwahrscheinlich, daß der Drache irgendeinen Ersatz für Data akzeptieren würde, ganz gleich, wie attraktiv oder nützlich er sein würde. Daher war es unbedingt erforderlich, Data so schnell wie möglich von dem Drachen zu entfernen, bevor es völlig unumgänglich wurde, den Kaiser zu beleidigen, indem er ihm Data klipp und klar verweigerte. *Aus den Augen, aus dem Sinn.* Picard hoffte, daß die alte Maxime auch in diesem Fall zutreffen würde.

»Mr. Data«, sagte er scharf, »haben Sie vergessen, daß Commander LaForge um Ihr augenblickliches Erscheinen auf der Brücke gebeten hat?«

»Verzeihung, Captain«, setzte Data an, »ich wußte nicht ...«

Der Blick des Drachen wanderte von Data zu Picard. Ein mißtrauischer Ausdruck legte sich auf sein Gesicht. Der Captain kam zum Schluß, daß ihm nichts anderes übrig blieb, als die Sache durchzuziehen und sich später mit den Konsequenzen zu befassen.

»Auf die Brücke, Mr. Data«, wiederholte er. »Kehren Sie sofort auf die *Enterprise* zurück.« *Kommen Sie schon, Data,* dachte er, *Sie haben schon oft genug Poker gespielt. Sie müssen doch einen Bluff erkennen, wenn Sie einen sehen.*

»Aber ich sollte doch Commander Riker auf die Party des Erben begleiten?« sagte Data.

»Ich mache diesen Befehl rückgängig«, sagte Picard. Riker würde eben auf zwei Prinzen aufpassen müssen. Picard wollte nicht, daß Data sich auf demselben Planeten aufhielt wie der Drache. »Tun Sie, was ich Ihnen gesagt habe, Commander.«

Endlich zeigte sich Verständnis auf Datas Gesicht. »Natürlich, Sir«, sagte er unter dem forschenden Blick des Drachen. »Ich hatte Commander LaForge ganz vergessen.« Er erhob sich und berührte seinen Kommunikator, der daraufhin leise zirpte. »Eine Person hochbeamen«, sagte er.

Eine Sekunde später umgab ein vertrautes goldenes Leuchten den Androiden. Datas Gestalt flackerte leicht und löste sich dann vollständig in einer schimmernden Lichtsäule auf. »Warten Sie!« protestierte der Drache, aber es war zu spät. Das Leuchten verblaßte, nahm Data mit und ließ nur ein paar Funkenrückstände übrig, die noch kurz in der Luft verweilten. Bevor der Drache nur ein einziges weiteres Wort sagen konnte, verblaßten auch die Funken.

»Eure Exzellenz, verzeihen Sie Mr. Datas plötzlichen Aufbruch«, sagte Picard, »doch er muß an Bord der

Enterprise einer wichtigen Aufgabe nachgehen, die lebenswichtig für das Gelingen unserer Mission ist.«

»Ich weiß nicht so recht, Picard«, sagte der Drache und schmollte unter seinem buschigen weißen Bart. »Ihr von der Föderation habt für meinen Geschmack viel zu viele dringende Aufgaben zu erledigen. Ihr lauft immer davon, obwohl ich nur versuche, gastfreundlich zu sein ...«

»Und Ihre Gastfreundschaft ehrt uns«, warf Picard schnell ein. *Ich muß das Thema wechseln,* dachte er, *und ihn von Data ablenken. Ganz gleich, wie.* »Und da wir gerade von Ihrer legendären Gastfreundschaft sprechen... wollten Sie mir nicht noch etwas über die außergewöhnlichen Delikatessen erzählen, die Ihre Küche für uns bereitstellt?«

»Delikatessen? Ach ja.« Der Tonfall des Drachen hellte sich auf, wurde fröhlicher und nicht mehr so nörgelig. »Natürlich, Sie haben ja noch gar nichts probiert, mein lieber Captain. Wenn Ihnen die kandierten Rahgidaugen schon so gut geschmeckt haben, warten Sie nur ab, bis Sie eine Mundvoll gefüllte Ragojieingeweide kosten. Sie sind einfach unbeschreiblich.«

Darauf gehe ich jede Wette ein, dachte Picard verdrossen. Unwillkürlich fragte er sich, womit die Eingeweide gefüllt waren.

Nach dem Abschluß des Banketts – und den unvermeidlichen und zwangsläufig schrecklichen gefüllten Eingeweiden – bot der Drache sich an, Picard und die verbliebenen Offiziere durch den Palast zu führen. In der Hoffnung, nach dem peinlichen Vorfall mit Data in der Gunst des Kaisers wieder zu steigen, stimmte Picard bereitwillig zu. Er vertraute noch immer darauf, daß sich für ihn und Troi irgendwann die Gelegenheit ergab, allein mit dem Drachen zu sprechen, um ihn zu überzeugen, den Vertrag zu unterzeichnen, doch das mußte nun bis nach der Besichtigung warten. Im Augenblick tröstete er sich mit der Tatsache, daß es für den unbekannten Attentäter nicht einfach war, irgendein Mitglied der Gruppe zu töten, solange sie geschlossen durch die luxuriöse Pracht des Kaiserlichen Palastes marschierten. In der Tat kam Picard jeder Raum üppiger und großzügiger vor als der vorhergegangene. Kein Wunder, dachte er, daß die G'kkau dermaßen versessen darauf waren, Pai zu erobern. Allein die Schätze des Palastes machten das Drachenreich zu einer lohnenden Beute für jede gierige und skrupellose Spezies. Es überraschte ihn, daß bislang noch kein Ferengi den Weg nach Pai gefunden hatte.

Vom Pavillon des Smaragdpfauen führte der Zeremonienmeister die Gruppe durch ein Dutzend Räume des Palastes, die immer noch exotischere Namen als der vorherige hatten, und jedesmal setzte er zu einer dröhnenden Rede über den Raum, die Einrichtung und seine Geschichte an, während der Drache eher sachlichere Bemerkungen einfließen ließ. Lord Lu Tung verabschiedete sich im Denkwürdigen Raum der Großen Couch und nahm Beverly mit in seine Gemächer, um sie der Grünen Perle vorzustellen. Bevor sie ging, wünschte Picard ihr viel Glück.

Der Erbe, der Zweite Sohn und Riker überstanden noch die Kammern der Erniedrigten Priester (die obere, mittlere und kleinere) und die Galerie der Leisen Treffen, gaben aber im Salon der Vergessenen Kappe auf und zogen los, um die Gäste der beiden Prinzen bei der Vorletzten Bestäubung des ungezähmten Samens zu treffen. Picard vermutete, daß Riker alle Hände voll damit zu tun haben würde, die Söhne des Drachen daran zu hindern, gegenseitig übereinander herzufallen, ganz zu schweigen von dem unbekannten Attentäter.

So standen schließlich nur noch Picard, Troi, Mu

und der Drache vor einer mit gravierten Goldplatten beschlagenen Doppeltür, die so groß war, daß ein Shuttle hätte hindurchfliegen können. »Bereiten Sie sich darauf vor, die Hohe Halle der Zeremoniellen Erhabenheit zu betreten«, intonierte Mu ernst.

»Wo wir die Geschenke aufbewahren«, fügte der Drache hinzu. Er schaute sich etwas sehnsüchtig um, als hoffe er, Data würde plötzlich auftauchen. Picard hingegen war froh, daß der Androide sich wieder auf der *Enterprise* befand.

»Ah«, sagte der Captain, als er die breiten, vergoldeten Türen vor ihm betrachtete. Mu drückte auf einen unauffälligen Knopf im Griff seines Fächers, und die schweren goldenen Türen schwangen aus eigener Kraft auf. Picard hörte, wie irgendwo dahinter laut ein Gong geschlagen wurde. *Automatischer Pomp und Firlefanz,* dachte er, *mit einem asiatischen Flair.* In der Hoffnung, einen weiteren Grund für ein Kompliment zu finden, spähte er durch die Türöffnung. Er hatte mittlerweile eine ganze Reihe opulent eingerichteter Räume gesehen, und bei jedem neuen fiel es ihm schwerer, etwas Originelles darüber zu sagen.

Daß hier die Hochzeitsgeschenke gelagert wurden, war eigentlich eine überflüssige Bemerkung, denn der Raum war mit Gegenständen jeder Größe vollgestopft. Die kleineren waren auf niedrigen Tischen an den Wänden des Raums angeordnet, die größeren standen in der Mitte auf einem bunt bestickten Teppich von der Größe des Gesellschaftsraums im zehnten Vorderdeck der *Enterprise*. Wachen in Rüstungen, sowohl mit Schwertern als auch mit Energiepistolen bewaffnet, standen in den vier Ecken des Raums. Picard inspizierte die ausgestellten Schätze und sah auf den vielen Tischen zahlreiche Keramikschüsseln, Teller, Vasen, Pfeifen, Kisten und Statuen, alle von der besten Qualität. Handbemalte Seidentücher waren achtlos aufeinander gestapelt, und daneben stand ein Replikator, der aus reinem Gold zu bestehen schien. Ein fünfstöckiger Miniaturtempel mit Hunderten winziger Mönche, die nicht größer als Fingernägel waren, war aus Elfenbein geschnitzt, während ein Thron aus kostbarem dunklen Holz poliert worden war, bis er buchstäblich strahlte. Neben dem Modelltempel sah Picard die unbezahlbare Vase aus der Mingdynastie, die – gemeinsam mit zahlreichen anderen Artefakten aus der gesamten Föderation – das eigentliche Geschenk der *Enterprise* an das Drachenreich war. Es waren viel zu viele Geschenke, um sie alle auf einmal zu überblicken, doch als Picard sich umdrehte, sah er – nacheinander – fünf detailliert gearbeitete Bronzedrachen, sechs Porzellanschildkröten, zwei lackierte hölzerne Schmuckschatullen, die mit Radierungen erotischer Motive geschmückt waren, vier Stapel in Gold gepreßtes Latinum und einen vollständig mit Perlen besetzten Minicomputer. Und dann war da natürlich noch der lebensgroße Jadeelefant, der auf vier gewaltigen grünen Beinen mitten im Raum stand.

»Gott im Himmel!« rief Troi. Als Tochter eines der herrschenden Häuser von Betazed gehörte schon einiges dazu, um sie zu beeindrucken, doch Picard überraschte ihre Reaktion nicht. Sie hatten buchstäblich den Drachenhort gefunden. Oder zumindest einen davon.

»Ihre Frau hat einen guten Geschmack«, versetzte der Drache, »aber Frauen lassen sich natürlich leicht von hübschen Dingen beeindrucken.«

Es war Picard zwar bewußt, daß bis zu diesem Augenblick weder der Drache noch sein Vertrauter, der Zeremonienmeister, ein direktes Wort mit Troi gewechselt oder sie auch nur zur Kenntnis genommen hatte. Offensichtlich kam es ihnen völlig natürlich vor, daß eine attraktive Untergebene hinter ihm hertrottete, während er den Palast besichtigte. Er hingegen war der Ansicht, daß Troi eine Geduld an den Tag legte, die weit über die normale Pflichterfüllung hinausging.

»Exzellenz, Großer Hofkämmerer, darf ich Ihnen Counselor Deanna Troi vorstellen, eine unentbehrliche Angehörige meines Stabes.«

Der Drache lachte herzlich. »Tja, ich weiß nicht, ob ich irgendeine Frau als unentbehrlich bezeichnen würde, aber mir ist klar, warum Sie sie so sehr schätzen.« Er musterte Troi so anerkennend, daß Picard sich fragte, ob sie vielleicht nicht doch mehr Kleidungsschichten abgelegt hatte, als es sich für diese Kultur schickte. Nach dem Standard der Föderation war das Gewand, das sie noch trug, durchaus geziemend, aber wer konnte schon sagen, was die Pai von ihrem derzeitigen Aufzug hielten? Er hoffte, daß Troi nicht als die Frau in die Geschichte eingehen würde, die das Drachenreich schockiert hatte, doch wenn er sich selbst gegenüber ganz ehrlich war, kam ihm das Grinsen des Kaisers eher unverhohlen lüstern als abgestoßen vor. »Wirklich sehr schön«, sagte er. »Was die Qualität Ihrer Frauen betrifft, gibt es an der Föderation sicher nichts auszusetzen.«

»Der Drache ist zu freundlich«, erwiderte Troi und ignorierte dabei völlig den Geist, der hinter der Bemerkung des Kaisers steckte. »Ich bin sicher, Sie werden feststellen, daß die Föderation den Pai viel zu bieten hat.«

»Und was genau haben Sie anzubieten, meine Hübsche?« sagte der Drache mit einem anzüglichen Blick.

Am besten wechseln wir das Thema, dachte Picard, *bevor der Drache von mir erwartet, daß ich ihm nicht nur Data, sondern auch Troi zum Geschenk mache.* Er warf einen Blick zu den mit Rüstungen bekleideten Kriegern hinüber, die den Hort der Hochzeitsgeschenke bewachten; sie standen so steif und reglos da, als wären auch sie aus Jade oder Elfenbein geschnitzt. Ihre Rüstungen schienen aus überlappenden Plättchen aus poliertem Stahl zu bestehen, die mit Ziermustern kämpfender Drachen und Greife beprägt waren. Silberfiligran umriß jedes Plättchen, während Ringe aus bunt bemaltem Gummi die Biegsamkeit der Gelenke gewährleistete. Ein jeder trug in einer Scheide an der Seite ein Schwert und hielt ein leuchtendes Metallgewehr an die Brust gedrückt. Ihre starre Haltung und der strenge Gesichtsausdruck, soweit er unter dem mit Gold und Perlen geschmückten Helm auszumachen war, erinnerten Picard an Lieutenant Worf, wenn er sich wieder einmal besonders wie ein Klingone fühlte.

Ihm kam eine Idee.

»Exzellenz«, begann er. »Im Namen der Föderation würde ich gern eine Ehrenwache abstellen, die diese wunderbare Ansammlung von Schätzen hütet.«

Der Drache schaute angesichts von Picards Vorschlag verwirrt drein. »Aber wie Sie sehen, tun das doch schon meine eigenen Wachen«, protestierte er. »Chih-li, mein Minister für Innere Sicherheit, hat die Sicherheitsvorkehrungen für die gesamte Hochzeit persönlich überwacht.«

»Und sie sind bestimmt mehr als ausreichend«, sagte Picard schnell. »Ich schlage lediglich eine Höflichkeit vor, die man aus altem Brauch Staatsoberhäuptern wie Ihnen erweist. Ich würde mich entehrt fühlen, würden Sie mir nicht erlauben, eine kleine Ehrenwache als Zeichen der Besorgnis der Föderation um Ihre Sicherheit und Ihr Wohlergehen abzustellen.«

»O je! Das wollen wir vermeiden.« Das Gesicht des Drachen hellte sich auf. »Ich weiß schon. Sie können Ihren Mr. Data kommen lassen. Ich würde mich glücklich schätzen, wenn er hier bei den Geschenken Posten bezieht.«

Das will ich gern glauben, dachte Picard. »Eigentlich

hatte ich einen anderen Offizier im Sinn. Lieutenant Worf. Als Leiter der Sicherheitsabteilung scheint er die logische Wahl zu sein …«

»Unsinn«, beharrte der Drache. »Data ist das perfekte Geschenk … ich meine, der perfekte Wachposten.«

Offensichtlich würde der Drache sein Interesse an Data nicht so schnell vergessen. Picard kam zum Schluß, daß es an der Zeit war, das Thema direkt anzusprechen. »Exzellenz, ich muß klarstellen, daß Mr. Data ein intelligentes und voll empfindungsfähiges Wesen ist und daher als Geschenk nicht in Betracht kommt.«

»Aber wir verschenken doch ständig empfindungsfähige Wesen«, sagte der Drache, »falls man Frauen als solche betrachten kann.«

»Es ist ebenfalls ein Offizier bei Starfleet«, sagte Picard.

»Und Starfleet möchte, daß ich zufrieden bin, nicht wahr?« stellte der Drache klar.

Picard fühlte, wie er an Boden verlor. »Äh, ja, aber …«

Troi räusperte sich. »Verzeihen Sie mir, daß ich Sie unterbreche, aber Herr und Meister Picard erinnert sich bestimmt daran, daß Lieutenant Commander Data unter Unannehmlichkeiten mit seiner Positronik leidet.«

Herr und Meister? Picard konnte nur hoffen, daß Deanna nicht zu dick auftrug. »Natürlich«, sagte er. »Die Unannehmlichkeiten.« *Verdammt, worauf wollte sie hinaus?*

»Meine Mandarine werden ihn sich gern ansehen«, bot der Drache hilfsbereit an.

Wenn sie ihn einmal haben, sehen wir ihn nie wieder, dachte Picard.

Troi räusperte sich erneut und zwinkerte dem Kaiser

zu. Der Captain bemerkte, wie geschickt Deanna den Drachen manipulierte; offensichtlich hatte seine Counselor das eine oder andere von ihrer Mutter gelernt. »Obwohl die Wissenschaftler seiner überaus erhabenen Exzellenz zweifellos imstande wären, solch ein Problem zu lösen, gehe ich davon aus, daß die Föderation derart kurz vor einem so gesegneten Ereignis wie der morgigen Hochzeit nicht für irgendwelche Todesfälle verantwortlich sein möchte.«

»Todesfälle?« sagten der Drache und sein Zeremonienmeister gleichzeitig. Picard widerstand der Versuchung, diese Frage ebenfalls zu stellen.

»Ein nicht richtig funktionierender Androide *kann* gefährlich sein«, erklärte Troi. »Unser Commander La-Forge ist sich der Risiken natürlich bewußt, die die Reparatur Datas mit sich bringt. Ich bin durchaus zuversichtlich, daß er überleben wird.«

Der Zeremonienmeister schluckte deutlich hörbar, und sogar der überschäumende Drache schaute angesichts der Vorstellung, ein mordlüsterner Androide könne Amok laufen, ein wenig erschüttert drein. »Vielleicht war ich ein wenig zu voreilig, was diesen Worf betrifft«, sagte der Kaiser. »Sie sagen, er ist es gewohnt, im Auftrag von Starfleet für Sicherheit zu sorgen?«

»Seine Funktion wäre rein zeremoniell«, beharrte Picard, »und kein Kommentar zu Ihrer Ehre.« *Doch wenn sich hier ein Attentäter herumtreibt, hätte ich Worf gern in der Nähe. Data kann auf der Brücke das Kommando übernehmen.* Vielleicht war der Minister für Innere Sicherheit Argumenten zugänglicher als sein Kaiser und würde Worf erlauben, dem Drachen als auch seinen Schätzen diskret zusätzlichen Schutz zu gewähren.

»Ihr Großmut ist weithin bekannt«, fügte Troi hinzu und verbeugte sich leicht. Nun, da sie den Großteil der hinderlichen Kleider abgelegt hatte, waren ihre Bewegungen so anmutig wie eh und je. »Bitte gewähren Sie uns die Ehre, zumindest so zu *tun*, als könnten wir auf bescheidene Weise zu Ihrer Sicherheit beitragen.«

»Na schön«, gab der Drache sich geschlagen. Picard konnte nicht sagen, ob seine Argumente oder Trois Schmeicheleien ihn überzeugt hatten. »Lassen Sie Ihren Worf und seine Männer in diese Halle bringen. Mu, benachrichtige Chih-li, daß sich einige Wachposten von Starfleet zu den unseren gesellen werden.«

Endlich mache ich ein paar Fortschritte, dachte Picard. Mit Deannas Hilfe hatte er Data aus einer peinlichen Lage befreit und es Worf ermöglicht, zum Schutz des Palasts beizutragen. *Und wenn ich den Drachen jetzt nur noch dazu bringen kann, sich auf den Vertrag zu konzentrieren, kann ich meine Mission vielleicht ohne weitere Komplikationen beenden.*

»Hören Sie, Picard«, fuhr der Drache fort, »habe ich Ihnen schon gesagt, wie sehr ich Ihre Frau bewundere?« Der Blick des alten Mannes wanderte gemächlich über die wohlgeformten Konturen von Trois letztem purpurfarbenem Gewand. »Wunderschön, pflichtbewußt *und* scharfsinnig. Sie ist wirklich eine Zierde für jeden Captain ... oder Kaiser«, deutete er plump an.

Picard verdrehte die Augen gen Himmel. Er ahnte, daß es eine lange Nacht werden würde.

6

»Ein Toast! Auf den Drachen!« »Auf Lord Lu Tung!« »Rebellenabschaum!« »Sohn einer schielenden Konkubine!«

Mit einem unartikulierten Wutschrei stürzte sich ein junger Pai-Krieger auf einen anderen. Die beiden Männer rangen inmitten einer chaotischen Masse aus gepolsterten Kissen, umgekippten Schüsseln, überreizter Adliger und spärlich bekleideter Dienstmädchen miteinander. Will Riker hatte es sich auf einer Chaiselongue aus Plüschsamt zwischen dem Erben und seinem jüngeren Bruder, dem schwarzen Schaf der Familie, bequem gemacht und zog den Kopf ein, als die beiden Streithähne, in ihrem Ringkampf eng umschlungen, sich in seine Richtung warfen. Sie flogen über ihn hinweg und prallten gegen die Wand hinter ihm. Die beiden verhedderten sich in den Satinwandbehängen, kämpften aber weiter und schlugen und traten um sich. Kan-hi schien es gleichgültig zu sein, welchen Ausgang der Kampf nahm, und rettete eine Flasche Wein vor den wild um sich dreschenden Gliedmaßen.

»Trinken Sie noch ein Glas, mein lieber Riker«, sagte der Zweite Sohn.

Die Vorletzte Bestäubung des ungezähmten Samens erinnerte den Ersten Offizier an einige der wilderen Feiern, an denen er auf der Vergnügungswelt Risa teilgenommen hatte. Über ein Dutzend junge Männer hatten sich in eine Zimmerflucht gezwängt, die anscheinend Chuan-chi gehörte. Die einzelnen Räume wurden von Wandschirmen aus Papier voneinander getrennt, die mit durchsichtigen, unterschiedlich gefärbten Stoffen verhangen waren. Die Feiernden flegelten sich auf großen Polstern, die überall verteilt lagen, während sich lächelnde Dienstmädchen, lediglich mit schmalen Streifen aus durchsichtiger Gaze bekleidet, geschmeidig durch die Party schlängelten, Wein nachschenkten, Leckerbissen auf kleinen Porzellantellern reichten und, manchmal erfolglos, die grapschenden Hände der wüsten Junggesellen abzuwehren versuchten. Nach den üppigen Gewändern, die auf dem Bankett getragen worden waren, einschließlich der hochgeschlossenen der Musikerinnen, empfand Riker diese großzügige Zurschaustellung weiblicher Haut einerseits als angenehme Überraschung, andererseits aber auch als möglicherweise gefährliche Abwechslung. Er mußte darauf achten, daß die verlockenden Reize der weiblichen Pai ihn nicht von seiner eigentlichen Pflicht ablenkten: die Söhne des Drachen vor dem Attentäter zu schützen – und vor sich selbst.

Er ließ sich von Kan-hi nachschenken und dankte Beverly im Geiste, daß sie ihn gegen die Wirkung des Alkohols immun gemacht hatte. Der Wein war smaragdgrün, leicht erhitzt und ziemlich stark. Er spürte, wie das Gebräu sich seine Kehle hinabbrannte. Der Alkoholdunst, der aus dem Kelch emporstieg, versengte seine Nase und ließ die Augen tränen. Angesichts der Schnelligkeit, mit der der Wein floß, vermutete Riker, daß er bereits der einzig Nüchterne auf der Party war. Er blinzelte Tränen aus den Augen, grinste dem Zweiten Sohn zu und zeigte auf die Streithähne, die knapp einen Meter entfernt auf dem Boden aufeinander einschlugen. »Sollten wir sie nicht voneinander trennen?«

Kan-hi zuckte mit den Achseln. »Warum sich die Mühe machen? Sie werden die Sache bald geklärt haben, so oder so. Und dann wird es die nächste Schlägerei geben.«

Riker mußte ihm beipflichten. Trotz der luxuriösen Umgebung kam ihm die Situation sehr explosiv vor. Diese aristokratischen jungen Krieger waren empfindlich und jederzeit zu einer Auseinandersetzung bereit, und der gerade beendete Bürgerkrieg schien noch einiges böses Blut – und lange schwelenden Groll – unter der ausschweifend guten Stimmung zurückgelassen zu haben. Dazu noch reichhaltige Mengen Wein, und Riker sah Ärger aufziehen. Man brauchte keinen vorsätzlichen Attentäter, um Gewalt auszulösen; diese Gruppe an sich war vielleicht imstande, einen Erben oder auch beide umzubringen.

»Es ist wirklich eine barbarische Tradition«, sagte Chuan-chi verächtlich. »Aber ich fürchte, wir müssen es einfach ertragen, Commander Riker. Meine erste Feier dieser Art vor vielen Jahren war genauso ärgerlich.«

»Das ist Ihre zweite Ehe, Sir?« fragte Riker.

»Meine ehrenwerte erste Frau erlag vor mehreren Jahren einem Fieber«, erklärte Chuan-chi. »Es war ziemlich verantwortungslos von ihr, aber man kann sich eben nur selten auf eine Frau verlassen.«

Riker wußte nicht genau, was er darauf erwidern sollte. Zum Glück unterbrach das Eintreffen eines weiteren Dienstmädchens ihr Gespräch und ersparte es ihm, sofort antworten zu müssen. Die Frau, die nur mit einem schmalen Streifen safrangelber Gaze um die Hüften bekleidet war, kniete vor den drei Männern nieder und bot ihnen frische Scheiben einer türkisfarbenen Frucht an, die Riker unbekannt war. Ihre Saphiraugen unter den dichten schwarzen Lidern schauten neugierig zu Riker hinüber. Er erwiderte ihren Blick mit offener Bewunderung.

»Finden Sie ihren Anblick angenehm?« fragte Kan-hi. Riker entdeckte weder Eifersucht noch Groll in seiner Stimme.

»Sehr«, erwiderte er ehrlich und nahm von den schlanken Fingern der Frau eine grünlich-blaue Scheibe entgegen. »Die Frauen Ihrer Welt sind sehr attraktiv.«

»Ach, das ist nur der *äußere* Harem meines Bruders, und diese Frauen sind nur Dienerinnen. Sie sollten seine privaten Konkubinen sehen«, erwiderte Kan-hi. »Aber das ist natürlich unmöglich. Kein anderer Mann darf sie je zu Gesicht bekommen. Es heißt, nur die Frauen meines Vaters wären schöner.« Der Zweite Sohn hielt kurz inne, und ein ungewöhnlich ernster Ausdruck legte sich auf sein Gesicht. »Doch keine andere Frau kann sich mit der Grünen Perle vergleichen. Ihre Anmut und Schönheit sind unvergleichlich, und ihr Herz …« Nun wurde die Stimme des Prinzen zu einem Flüstern, und ein verträumter Blick legte sich in seine Augen. »Ihr Herz ist ein größerer Schatz als der Drachenthron selbst.«

Ein lauter, dumpfer Schlag verkündete das Ergebnis des trunkenen Kampfes hinter ihnen. Der siegreiche Pai erhob sich – er hatte ein blaues Auge abbekommen und blutete aus der Nase –, zog sein Gewand zurecht und ließ seinen bewußtlosen Widersacher ausgestreckt auf dem Boden liegen. Mit großer Würde nahm er auf einem leeren Polster gegenüber von Riker Platz, während drei reizende, fast nackte Dienerinnen sich bereits mit weichen, erwärmten Tüchern und zärtlichen Liebkosungen um seine Verletzungen kümmerten. Eine andere Frau tippelte auf kleinen, nackten Füßen leise zu dem Besiegten hinüber, um nach ihm zu sehen, während die Herrin der türkisfarbenen Frucht davonschlüpfte und dabei einen letzten Seitenblick auf Riker warf. Der Erste Offizier mußte sich nachdrücklich daran erinnern, daß er noch im Dienst war.

Die hektische Aktivität riß Kan-hi aus seiner offensichtlichen Träumerei. Er schüttelte den Kopf, als wolle er ihn von einer hartnäckigen, unwillkommenen Vision klären. »Verzeihen Sie mir, Commander. Ich habe zuviel getrunken. Ich habe mich vergessen.« Seine Stimme nahm wieder den üblichen unbeschwerten Tonfall an. »Aber sagen Sie, wie sind die Frauen der Föderation im Vergleich zu den unseren?«

»Nennen Sie mich Will«, bot er dem Prinzen an. »Falls eine Frage je nach einer diplomatischen Antwort verlangte, dann diese. Sagen wir einfach, auf den vielen Welten, aus denen die Föderation besteht, habe ich bezüglich des anderen Geschlechts immer viel gefunden, das Anlaß zur Bewunderung gibt.«

Kan-hi lachte. »Das habe ich mir gedacht. Nach der Vertragsunterzeichnung bietet sich mir vielleicht die Gelegenheit, noch viel mehr Ihrer Frauen kennenzulernen und mich selbst davon zu überzeugen, wie diplomatisch Sie waren.«

»*Falls* der Vertrag unterzeichnet wird«, sagte der Erbe brüsk. Die Verachtung in seiner Stimme ließ sich unmöglich ignorieren, also versuchte Riker es erst gar nicht.

»Ich nehme an, Sir«, sagte er, »Sie mißbilligen die Absicht Ihres Vaters, das Drachenreich mit der Föderation zu verbinden?« Vielleicht war es noch möglich, dachte er, die Befürchtungen des Erben über den Vertrag zu zerstreuen und ihn auf die Seite der Föderation zu ziehen. Der Versuch konnte auf keinen Fall schaden; schließlich würde Chuan-chi eines Tages selbst der Drache sein, vorausgesetzt, die G'kkau zerstörten das Reich nicht vorher.

»Ich würde bezüglich der Absichten des Kaisers nicht so sicher sein«, sagte Chuan-chi. »Mein törichter junger Bruder ist zweifellos ganz versessen darauf, von fremden Frauen und anderen Einflüssen korrumpiert zu werden, doch der Drache ist über so heimtückische Versuchungen erhaben. Er wird dafür sorgen, daß das heilige Schicksal des Drachenreichs sich nicht in einem Netz von äußeren Verwicklungen verfängt.«

»Müssen wir uns etwa hinter unseren Grenzen verstecken wie eine Schildkröte, die Angst hat, den Kopf unter dem Panzer hervorzuschieben?« forderte Kan-hi seinen Bruder heraus. »Da draußen wartet ein ganzes Universum auf uns, voller neuer Ideen und Gelegenheiten! Sollen wir einfach so tun, als gäbe es all diese anderen Welten gar nicht? Erwartest du etwa, daß sie sich immer damit zufriedengeben werden, so zu tun, als gäbe es *uns* nicht?«

Die G'kkau ganz bestimmt nicht, dachte Riker. Es war die reinste Ironie und mehr als nur ein kleines Problem, daß der Vertrag von der Ehe des Pai-Adligen abhing, der die größten Vorbehalte dagegen hatte. Zu schade, daß Kan-hi, der dem Anschluß gegenüber offensichtlich viel offener eingestellt war, nur der Zweite Sohn war. *Ich kann mir ganz genau vorstellen, wie die Romulaner diese Sache handhaben würden*, grübelte er reumütig. Sie würden sowohl den Drachen als auch den Erben ermorden und eine Marionettenregierung unter Kan-hi etablieren. So ging die Föderation natürlich nicht vor, aber er fragte sich, ob auch die G'kkau zu solch einer Raffiniertheit imstande waren. Konnte Kan-hi mit den G'kkau unter einer Decke stecken? Er wollte es nicht hoffen; er mochte den spitzbübischen jungen Prinzen viel lieber als den Erben, der ihm wesentlich verdrossener veranlagt zu sein schien.

»Wie du selbst, mein lieber Bruder, noch vor ein paar Minuten klargestellt hast«, sagte Chuan-chi grinsend, »gibt es keinen Schatz im Himmel oder auf Erden, der sich mit der Grünen Perle vergleichen kann. Warum sollte ich mir also wünschen, die ungesunden Vergnügungen der Föderation zu kosten? Andererseits, mein Bruder, hast du, wie es aussieht, wohl nichts besseres zu tun.«

Mordlust blitzte in Kan-his Augen auf. Er ballte an seinen Seiten die Hände zu Fäusten. Riker bemerkte, daß die Fingernägel des Zweiten Sohns kürzer waren und eine praktischere Länge hatten als die vieler anderer Adliger der Pai, einschließlich des Erben. Er vermutete, daß Kan-hi ein aktiveres Leben als die meisten Bewohner des Palasts führte. Im Augenblick schien er jedoch drauf und dran zu sein, *zu* aktiv zu werden. Riker hatte den Eindruck, daß Kan-hi kurz davor stand, dem Erben seine manikürte Faust ins Gesicht zu schmettern. »Du widerwärtiger Abschaum von einem Pai!« knirschte er. »Wärest du nicht mein Bruder …«

»Wäre mir zumindest ein peinliches Verwandschaftsverhältnis erspart geblieben«, beendete Chuan-chi den Satz für ihn. »Und auch eine Schande für die Ehre unserer Erblinie.« Er verschränkte die Arme vor der Brust; offensichtlich befürchtete er nicht, daß sein Bruder sich zu einer Gewalttat hinreißen ließ. Riker stellte fest, daß seine Fingernägel jeweils über sechs Zentimeter lang waren. Zehn goldene Ringe, ein jeder einen anderen kostbaren Edelstein umfassend, schmückten seine Finger. Er hielt das Kinn hoch, als wolle er einen Angriff herausfordern. Während Kan-hi vor Wut zu kochen schien, wirkten Chuan-chis hochmütiges Gehabe und erstarrte Haltung kalt wie Eis.

Riker hatte die wachsende Spannung zwischen den beiden Prinzen nicht als einziger bemerkt. Überall im Raum drehten die Gäste die Köpfe, um die Konfrontation zu verfolgen, und der überreichlich fließende Wein und die Frauen schienen in Vergessenheit geraten zu sein. Die Stimmung in der Suite war plötzlich angespannt und erwartungsvoll und drohte jeden Augenblick zu explodieren. Riker war in genug Kneipenschlägereien verwickelt gewesen, ganz zu schweigen von klingonischen Zusammenkünften, um zu wissen, daß sich hier Ärger zusammenbraute. Er hatte keine Ahnung, welche der versammelten Krieger den Erben unterstützten und welche zu Kan-hi hielten, spürte aber, daß eine Massenschlägerei mit möglicherweise tödlichem Ausgang drohte. Seine rechte Hand näherte sich dem Phaser, doch dann zögerte er. Trug irgendeiner der Pai eine Energiewaffe? Er wollte in diesem engen Raum keinen Schußwechsel anzetteln, nicht, wenn es sich irgendwie vermeiden ließ.

»Wie kannst du es wagen, meine Ehre in Verruf zu bringen?« brüllte Kan-hi.

»Ehre? Welche Ehre?« sagte Chuan-chi. Kalte Verachtung troff aus jeder Silbe, die über seine Lippen kam. »Dein Ungehorsam und deine Respektlosigkeit entehren unseren Vater, deinen Kaiser. Und deine Vorliebe für Allianzen mit fremden Reichen riecht nach Verrat an den Prinzipien des Drachenreichs!«

»Ich werde dir zeigen, was Verrat ist!« sagte Kan-hi und sprang auf. Doch zu viel Wein hatte sein Gleichgewicht beeinträchtigt, und die plötzliche Bewegung ließ ihn heftig an Ort und Stelle schwanken. »Ich bring dich um«, schwor er, während er versuchte, den Blick auf seinen verhaßten Halbbruder zu konzentrieren. Riker nutzte die kurze Desorientiertheit des Prinzen, um endlich einzugreifen. Er stellte sich zwischen Kan-hi und den Erben.

»Meine Herren, meine Herren«, sagte er so laut, daß alle ihn hören konnten. »Verschwenden wir unsere Zeit doch nicht mit einem Streitgespräch über die Politik. Das soll eine Party sein, zu Ehren des Drachenerben und seiner bevorstehenden Hochzeit.« Er hörte, wie Kan-hi rechts leise und wütend etwas murmelte. Der junge Prinz machte einen Schritt in Richtung seines Bruders, nur um ruhig, aber energisch von

Riker zurückgedrängt zu werden. *Interessant,* dachte der Erste Offizier. *Kan-hi reagiert empfindlich, was die Hochzeit betrifft. Ich frage mich, warum …*

»Lassen wir uns dieses freudige Ereignis doch nicht verderben. Vor allem, da so viele hübsche Damen anwesend sind. Wo ich herkomme, gibt es ein uraltes Sprichwort: ›Macht Liebe, nicht Krieg.‹« Riker ließ den Blick durch den Raum schweifen. Er hatte die Aufmerksamkeit aller auf sich gezogen. Noch immer war eine gewisse Spannung zu spüren, doch zumindest machte niemand mehr Drohgebärden. Es war noch möglich, den Kampf abzuwenden. Er hielt ein Auge auf Kan-hi gerichtet, bückte sich und hob schnell seinen Kelch vom Boden auf. »Wein für alle!« rief er, und wie ein Flaschengeist tauchte vor ihm eine einnehmende junge Frau auf, die nur zwei strategisch plazierte Perlenketten trug, und schenkte ihm nach. Sie war kaum fertig, als er schon den Kelch hob. »Einen Toast«, erklärte er, »auf die Liebe.«

Noch unpolitischer kann man nicht sein, dachte er. *Wer hat schon etwas gegen die Liebe einzuwenden?*

Außer einem Vulkanier vielleicht …

Einen Moment lang, der sich wie eine Ewigkeit dahinzog, fiel niemand in seinen Trinkspruch ein. Dann hob zu Rikers Erleichterung und Überraschung auch Kan-hi seinen Becher. »Auf die Liebe«, sagte der Zweite Sohn verdrossen. Sein Zorn schien für den Augenblick abgestumpft zu sein, und er ließ sich langsam auf das wartende Kissen hinab und rieb sich mit der freien Hand die Stirn. Riker richtete seine Aufmerksamkeit auf Chuan-chi. Der Drachenerbe blieb zuerst so steif – und in etwa so fröhlich – wie eine Marmorstatue. Sein Gesicht war eine erstarrte Maske absoluter, auf seinen Bruder gerichteter Verachtung. Nachdem jedoch offensichtlich war, daß Kan-hi nicht über seinen Bruder herfallen würde, entspannte Chuan-chis Gestalt sich leicht unter seinem Gewand. *Bilde ich es mir nur ein,* dachte Riker, *oder scheint er leicht enttäuscht zu sein?* Suchte der Erbe vielleicht nur nach einer Entschuldigung, um seine Männer auf den Zweiten Sohn zu hetzen? Riker war sich nicht ganz sicher, nicht einmal, während er beobachtete, wie der Erbe mit einer fließenden Bewegung nach seinem goldbeschlagenen Becher griff. »Auf die Liebe«, sagte er und gähnte verdächtig ausgiebig.

Der Toast des Erben klang zwar alles andere als begeistert, schien jedoch das Ende der derzeitigen Spannungen einzuleiten. Überall im äußeren Harem des Prinzen wurden Stimmen und Becher zum Lob auf die Liebe gehoben, wenngleich der verkniffene Ausdruck vieler Gesichter die nun wieder etwas gelöstere Stimmung Lügen strafte. Es bestand nicht der geringste Zweifel, daß viele der heißblütigen Krieger, die nun gute Miene zum bösen Spiel machten, sich um eine ordentliche Prügelei betrogen sahen. Riker hatte die Explosion nur verzögert, nicht verhindert. Selbst jetzt funkelte nur ein paar Meter entfernt der Sieger der vorherigen Rauferei, der ein blaues Auge davongetragen hatte, Riker mit unverhohlener Feindseligkeit an. Seine zentimeterlangen, nun mit getrocknetem Blut verklebten Fingernägel klackten mit einem bedrohlichen Geräusch gegeneinander. Riker vermied es absichtlich, Blickkontakt mit dem Krieger herzustellen, da er befürchtete, sein Gegenüber könne dies als Herausforderung auffassen. *Wir sind hier, um Freunde zu gewinnen und Menschen zu beeinflussen,* mahnte er sich, *und nicht, um jemandem Vernunft einzuprügeln.*

Riker gab sich so gelassen wie nur möglich und ließ sich auf den Plüschsamtdivan fallen. Das weiche Polster gab unter seinem Gewicht nach, als er sich mit übereinandergeschlagenen Beinen zwischen die Prinzen setzte.

Unter seiner roten Starfleet-Galauniform schmerzten Nacken und Schultern leicht aufgrund der Anstrengung, seine Wachsamkeit zu bewahren – und zu verbergen. Er griff über die Schulter zurück, um seinen Nacken zu massieren, nur um von dem sanften Griff geschickter Hände überrascht zu werden, die dort bereits einige verspannte Muskeln kneteten. Starke Finger bearbeiteten sein Fleisch durch die Uniformjacke, und Riker erblickte aus den Augenwinkeln türkisfarbene Fingernägel. »Was ...?« rief er überrascht, aber keineswegs betrübt über diese plötzliche Wendung der Ereignisse.

Als er über die Schulter schaute, sah er, daß die Herrin der türkisfarbenen Frucht zurückgekehrt war, diesmal aber mit ihren zarten Zuwendungen als einziger Erfrischung. Sie drückte ihren Körper sanft gegen seinen Rücken, und ihr blaugrüner Lippenstift schimmerte noch feuchter als zuvor. Sie hielt den Blick gesenkt und sah ihn nicht an, doch ein Lächeln hob ihre Mundwinkel, als er sie erfreut anstrahlte. Das gefällt mir schon besser, dachte er.

»Hah!« lachte Kan-hi, dessen Laune sich allmählich wieder besserte. »Ich glaube, Sie haben eine Eroberung gemacht, Commander ... Will, meine ich.«

Chuan-chi schnaubte lediglich mißbilligend. Vielleicht, dachte Riker, hielt er auch die Dienerin mit den türkisfarbenen Fingernägeln für eine Verräterin am Isolationismus der Pai. Zu schade. Na ja, wenigstens mache ich mir hier ein paar Freunde. Oder Freundinnen.

Riker betrachtete die feingeschnittenen Gesichtszüge der Frau. Sie war wirklich sehr attraktiv und exotisch. Falls, wie Kan-hi zuvor behauptet hatte, diese Schönheit nach den Maßstäben der Pai nicht besonders bemerkenswert war, mußte man sich fragen, wie umwerfend erst die vielgepriesene Grüne Perle war.

Konnte sie wirklich so schön sein, daß sie diesem vom Krieg zerrissenen Planeten den Frieden brachte? Oder das verdrossene Herz des Drachenerben erwärmte? Er wurde immer neugieriger darauf, die Braut bei der morgigen Hochzeit endlich zu Gesicht zu bekommen.

Mittlerweile übten die Hände der Frau weiterhin ihre besänftigende Magie auf seinen Nacken und die Schultern aus und lösten mit ihrer Massage den Streß und die Anspannung, die er verspürt hatte. *Sei lieber auf der Hut,* mahnte er sich, *oder du wirst* zu *entspannt sein, um die Prinzen noch bewachen zu können.* Trotzdem schloß er ein paar Sekunden lang die Augen und ließ seinen Körper in den geschickten Verwöhnungen der jungen Frau schwelgen.

Doch er wäre fast aus der Haut gefahren, als er spürte, wie zwei *weitere* Hände sinnlich über seine Brust glitten und sich den Weg unter die Falten der Galauniform bahnten. Er riß die Augen auf und den Kopf herum und sah, daß eine weitere Dienerin – diejenige, die nur mit Perlenketten bekleidet war – vor ihm kniete und seinen Oberkörper streichelte, während die Hände ihrer Kollegin mittlerweile sein Rückgrat hinauf und hinab glitten. Im Gegensatz zu dem blauäugigen Mädchen mit dem Pferdeschwanz hinter ihm hatte diese Frau gewelltes, pechschwarzes Haar, das bis über ihre Schultern floß, und große, purpurfarbene Augen, die wie Amethyste aussahen. Eine Kette mit winzigen silbernen Perlen baumelte über den üppigen Brüsten der Frau, während eine zweite ihre schmale Taille umgab. Als sie sich näher zu ihm beugte, rollten die Perlen über ihre nackten Hüften. Riker starrte die Verstärkung aus weit aufgerissenen Augen an. Sein Bart war nur ein paar Zentimeter von ihren bleichen weißen Brüsten entfernt, und ihr angenehm duftendes Parfum füllte seine Nase mit dem Geruch frischer Blumen. Der Erste Offizier mußte feststellen, daß er vorübergehend sprachlos war. *Das sind aber wirklich kleine Perlen,* dachte er.

Amüsiert über Rikers Dilemma, hatte Kan-hi einiges zu sagen. »Die Dienerinnen meines Bruders scheinen sehr von Ihnen eingenommen zu sein, Will Riker. Offensichtlich darf man nicht die Wirkung unterschätzen, die etwas Neues auf die feine Empfindsamkeit einer Frau ausübt. Damit möchte ich Ihre Anziehungskraft natürlich nicht herabwürdigen, die bestimmt ganz beträchtlich ist.« Der Zweite Sohn kicherte, während er beobachtete, wie die anziehenden Dienerinnen sich um Riker schlangen, ihn mit weicher, warmer, vollbusiger weiblicher Haut einhüllten. »Ich hoffe, Sie haben Ihren Spaß?«

Türkisfarbene Lippen streiften sein Ohr, als die erste Frau die linke Seite seines Halses liebkoste. Perlen raschelten verführerisch, als die andere Frau die rechte Seite küßte und dabei so leise wie ein Tribble schnurrte. »Ich bin … äh … überwältigt von ihrer Gastfreundschaft«, keuchte er. *Die Sache gleitet mir aus der Hand!* Er fragte sich, wie er sich buchstäblich als auch in übertragenem Sinne von den allzu ablenkenden Aufmerksamkeiten der Frauen befreien konnte. Es war ein Glück, daß Deanna nicht mitgekommen war; er hätte bestimmt etwas zu hören bekommen.

Zwei extrem große Männer bewachten den breiten Torbogen vor Beverly Crusher. Riesige Krummsäbel ruhten auf ihren Schultern, während an den Schärpen um ihre Hüften irgendwelche Energiewaffen hingen. Beide blickten stur geradeaus und ließen sich keinen Augenblick lang von der ihnen zugewiesenen Aufgabe ablenken. Der eine stand auf der rechten, der andere auf der linken Seite des Eingangs stramm. Die Türöffnung wurde von einem atemberaubenden Jadebogen bedeckt, der mit detaillierten Gravuren geschmückt war, die Männer und Pferde zeigten. Beverly blieb stehen, um die Verzierungen zu betrachten; soweit sie es sagen konnte, stellten sie den Aufstieg und Fall eines ehrgeizigen Kriegsherrn dar. Ob es sich nun um eine mythische oder historische Geschichte handelte, jedenfalls erinnerte sie an Lord Lu Tungs vor kurzem niedergeschlagene Rebellion gegen den Kaiser. Die Ärztin schaute zu dem stämmigen Mann mittleren Alters hinüber. Wie es der Tradition entsprach, ging er ein paar Schritte vor ihr.

»Der Drache hat mir in seiner Großzügigkeit ein Quartier im Kaiserlichen Palast zur Verfügung gestellt«, erklärte Lu Tung. »Das ist der Eingang zu meinem Harem, in dem meine Tochter bis morgen wohnen wird.«

»Ich freue mich darauf, sie kennenzulernen, Lord Lu Tung«, sagte Beverly. Sie fragte sich, ob der Kaiser Lu Tung absichtlich diese Räume unter der eingravierten Sage des durchkreuzten Ehrgeizes zugewiesen hatte. Vielleicht eine nicht besonders subtile Botschaft – und eine permanente Beschuldigung? Sie gingen unter dem Torbogen her und ließen die Wachen zurück.

Lu Tungs Harem erwies sich als überraschend geräumig. Beverly stellte fest, daß der Rebellenlord trotz der warnenden Gravuren am Eingang wohl kaum in den Tower von London verbannt worden war. Der Korridor, durch den sie gingen, kam ihr unendlich lang vor, und die Mischung aus schwacher Beleuchtung und Wolken bunt gefärbten Weihrauchs erschwerten es zusätzlich, das andere Ende auszumachen. In einer betörenden Vielfalt von Farben gestrichene Türen öffneten sich auf beiden Seiten des Gangs zu einer Vielzahl von Räumen. Beverly spähte durch einige Türöffnungen, als sie an ihnen vorbeiging, und erhaschte kurze Blicke auf üppiges Mobiliar und vergoldeten, luxuriösen Dekor. Zahlreiche Frauen, alle betörend schön und mit langen, eleganten Gewändern bekleidet, schritten hin und her und verbeugten sich bis auf den Boden, als sie ihren Herrn erblickten. Obwohl die Gewänder oberflächlich dem Beverlys ähnelten, stellte sie fest, daß sie an den Seiten höher geschlitzt und vorn tiefer ausgeschnitten waren. Sie rief sich in Erinnerung zurück, daß es sich schließlich um einen Harem handelte.

»Hier scheinen sich ja sehr viele Frauen aufzuhalten«, sagte Beverly fasziniert. »Wohnen sie alle hier?«

»Natürlich«, erwiderte Lu Tung. Beverly betrachtete seinen Hinterkopf und wünschte sich, seinen Gesichtsausdruck beobachten zu können. Sie hoffte, nicht zu aufdringlich zu sein. »Das sind eigentlich alles nur Dienerinnen.«

Für Dienerinnen schienen die Frauen nicht allzuviel zu tun zu haben und nur durch die äußeren Bereiche des Harems gleiten zu müssen. Ihre verschwenderischen, kostspielig aussehenden Gewänder schienen im übrigen ausgesprochen schlecht für Hausarbeit oder andere praktische Pflichten geeignet zu sein. Aber diese Frauen konnten keine ausschließlich dekorative Funktion haben – oder etwa doch? »Ihre Dienerinnen sind außergewöhnlich attraktiv«, sagte sie.

»Sie dienen hauptsächlich zur Trennung meines inneren Harems von der Außenwelt«, erklärte Lu Tung.

»Ich verstehe«, sagte sie, als ihr endlich ein Licht aufging. »Nur für den Fall, daß jemand an den Palastverteidigungen und den Männern mit den Schwertern vorbeikommt.«

»Genau«, sagte er. »Auf diese Weise werden die Eindringlinge abgelenkt und nicht an meine Tochter oder Konkubinen herankommen, bevor ich eingreifen kann. Ich kümmere mich sehr gut um all meine Frauen.«

Beverly konnte Lu Tungs Gesicht zwar nicht sehen, doch seine Stimme klang aufrecht. So verzogen und von sich eingenommen die Männer der Pai auch sein mochten, der Lord kam Beverly anständig vor. Bislang hatte er sie respektvoll behandelt und keine ungehörigen Annäherungsversuche gemacht, obwohl sie sich nun ohne Begleitung in seinem Harem aufhielt. (Beverly litt nicht unter falscher Bescheidenheit. Sie *wußte*, daß sie in ihrem pfirsich- und smaragdfarbenen Gewand umwerfend aussah.) Aber das hieß noch lange nicht, mahnte sie sich, daß Lu Tung nicht für den Anschlag während des Banketts verantwortlich war. Man konnte ritterlich sein und trotzdem planen, einen Thron zu erobern; die klingonischen Legenden besagten, daß sogar der grausame Kahless den Frauen und Kindern seiner Feinde Gnade erwiesen hatte. Als langjähriger Feind des Drachen mußte Lu Tung auf der Liste der Verdächtigen ganz oben stehen.

»Ist Ihre Tochter in der Nähe, Lord Lu Tung?« fragte die Ärztin.

»Auf meine Anweisung hin hält sie sich heute abend im Raum der Anhaltenden Erwartung auf.«

»Hoffentlich hält diese nicht zu lange an«, scherzte Beverly.

»Keineswegs«, erwiderte Lu Tung. »Wir sind da.« Im Gegensatz zu den anderen Türen, an denen sie vorbeigegangen waren, war diese geschlossen und wirkte undurchdringlich. Aquamarinblaue Verzierungen umgaben ein rechteckiges Metalltor, das breit genug war, um zwei Leute nebeneinander durchzulassen, wäre die massive schwarze Tür nicht gewesen, die ihnen den Weg versperrte. Beverly berührte das dunkel gefärbte Metall mit den Fingern; es fühlte sich wie reines Eisen an. Ein geprägter Drache von mindestens sechs Metern Höhe bewachte die Tür, auf deren Balken ihr unbekannte chinesische Schriftzeichen gemalt waren. Die Ärztin konnte die türkisfarbene Kalligraphie nicht lesen, vermutete aber, daß sie zusammen mit dem grimmigen Drachen so etwas wie ›Kein Zutritt!‹ bedeutete. Sie zog mit den Fingern den Umriß der scharfen Zähne des Drachen nach. Zwei in das Metall eingelassene funkelnde Rubine bildeten die Augen.

»Verzeihung, Doktor«, sagte Lu Tung und trat zwischen sie und die Eisentür. Er hielt die rechte Hand vor die Augen des Drachen. »Lord Lu Tung und ein Gast«, sagte er laut. »Zutritt für zwei Personen.«

Zu Beverlys Überraschung bewegten sich die Juwelenaugen des Drachen.

Zwei feuchte Lippenpaare knabberten an Rikers Ohren. Vier schmale Hände wühlten unter den Falten seiner Galauniform.

»Wenn Sie es vorziehen«, sagte Kan-hi eifrig, »können wir für Sie und Ihre neuen Bewunderinnen bestimmt ein Privatgemach auftreiben. Nicht wahr, Bruder?«

Chuan-chi reagierte lediglich gelangweilt, obwohl zwei seiner Frauen praktisch über Riker hinwegkrochen. »Natürlich«, sagte er. »Es ist des Kaisers Wunsch, daß wir Ihnen jede Höflichkeit erweisen.« Sein Tonfall ließ keinen Zweifel daran, daß die Wünsche des Erben sich beträchtlich von denen seines Vaters unterschieden. Aber das war Riker gleichgültig. Er durfte sowieso nicht zulassen, daß dieses amouröse Pärchen ihn von den Prinzen trennte, für deren Schutz er verantwortlich war. *Ich hoffe nur, daß Captain Picard mein Pflichtgefühl zu schätzen weiß.*

»Vielleicht ein andermal«, sagte er und versuchte, die Frau mit der Perlenkette sanft von seinem Gesicht wegzuschieben. »Nicht, daß Ihr … Personal nicht bezaubernd wäre, aber ich würde heute abend die Ehre Ihrer Gesellschaft vorziehen.«

Kan-hi war nicht überzeugt. »Aber was ist mit Ihrem Wunsch, Liebe und keinen Krieg zu machen?«

»Das ist nur so ein Spruch.« Als Riker sich auf die Füße kämpfte, rutschte das Mädchen mit den Perlen von seinem Schoß. Er spürte, daß die andere Frau an seinen Schultern hing; ihre lackierten Zehennägel streiften kaum den Boden hinter ihm. »Vielen Dank, Miss, doch … Ich bin sehr geschmeichelt, aber … entschuldigen Sie bitte …« Mit beiden Händen löste er die Frau so höflich von ihm, wie es ihm nur möglich war, bis er plötzlich allein dastand – und von der einen Hand ein safrangelbes Band baumelte und sich um die Finger der anderen eine Perlenkette geschlungen hatte. »Huch«, sagte er schwach.

»Hund!« schrie eine wütende Stimme. »Schänder der Pai-Frauen!« Der Ruf kam von dem Krieger mit dem blauen Auge, der auf Riker zusprang. In seinem unverletzten Auge loderte Zorn, und in seiner Stimme schwang moralische Entrüstung. Der Erste Offizier hatte gar nicht mitbekommen, wie riesig der Mann war. Sein Schädel schien so groß wie der eines Bullen zu sein, seine Fäuste hatten den Umfang von Horta-Babys. Er wog mindestens drei Zentner, die Gewänder gar nicht berücksichtigt. Riker wußte zwar, daß das Sumoringen japanischen und nicht chinesischen Ursprungs war, doch wenn man die schiere Masse dieses erzürnten Kriegers sah, der sich in seine Richtung wälzte, kam einem unwillkürlich der Gedanke, ob die ursprünglichen Kolonisten von Pai nicht einen oder zwei Sumos mitgebracht hatten.

»Das ist nicht so schlimm, wie es aussieht«, sagte er und versuchte, die belastenden Kleidungsstücke von seinen Händen zu schütteln. Die gelbe Gaze klebte wie Leim an seinen Fingern. Die Perlenkette hatte sich unentwirrbar verknotet. *Habe ich wirklich so einen Blödsinn gesagt?* dachte Riker. Er kam sich vor, als wäre er in irgendeine schlechte Schlafzimmerkomödie gestolpert. Aber der mordlüsterne Riese, der ihn angriff, entsprang nicht der Phantasie eines Stückeschreibers.

Würde der Erbe eingreifen? Riker rechnete halbwegs damit, daß Chuan-chi dem Heranstürmenden mit einem scharfen Befehl Einhalt gebot, doch er hörte weder vom Erben noch von Kan-hi etwas. Zögernd griff er nach seinem Phaser, um den Angreifer zu betäuben. Es war sinnlos, mit dem Mann zu argumentieren; Riker erkannte berserkerhafte Wut, wenn er sie sah. Seine Finger tasteten nach dem Phaser, fanden ihn jedoch nicht. *Verdammt*, dachte er. *Wo ist meine Waffe geblieben?*

Die Augen des Drachen funkelten.

Gebrochenes Licht funkelte auf der spiegelnden Oberfläche der Rubine, die sich in ihren Sockeln drehten und zuerst Lu Tung und dann Beverly musterten. Sie glaubte, im Innern der Tür ein leises, mechanisches Summen zu hören. Der Blick der Rubine kehrte zu Lu Tung zurück. Er hielt die gehobene Hand ganz still, und Beverly bemerkte zum erstenmal einen entsprechenden Rubin an einem der vielen Goldringe Lu Tungs. Zwei dünne rote Strahlen aus kohärentem Licht sprangen über die wenigen Zentimeter, die seine Hand von der Tür trennten, und verbanden die drei Rubine miteinander. Dann verschwanden die Strahlen, und aus dem Maul des Drachen erklang eine tiefe, gutturale Stimme: »Einlaß wird gewährt, geehrter Lord. Dieser bescheidene Diener begrüßt Euch und Euren geehrten Gast.«

Beverly rechnete damit, daß die Tür in den Boden oder die benachbarten Wände zurückwich. Statt dessen verschwand sie einfach. Die Ärztin fragte sich, was für eine Technik hier im Spiel war. Waren die massive Tür und der wachsame Drache von Anfang an ein Hologramm gewesen, oder hatte irgendeine Art von Transporter oder Replikator sie aufgelöst? Die äußere

Erscheinung des Drachenreichs war nach dem Standard der Föderation so archaisch, daß man leicht vergaß, daß es sich bei ihm keineswegs um eine mittelalterliche Gesellschaft handelte. Beverly faßte den Vorgang als eine überfällige Erinnerung an die wissenschaftlichen Fähigkeiten der Pai auf. »Sehr beeindrukkend«, sagte sie anerkennend zu Lu Tung.

»Beeindruckender, als Sie ahnen«, erwiderte er stolz. »Im Fall eines unerwünschten Eindringens sind die Augen des Drachen durchaus imstande, jeden ungebetenen Besucher zu desintegrieren.«

»Oh«, sagte Beverly. »Es beruhigt mich, daß Ihre Tochter so gut geschützt ist.«

»Die Grüne Perle ist der Schatz meines Daseins«, sagte er, und seine Stimme klang dabei noch ernster als sonst, »und der Preis des endgültigen Friedens.«

Beverly glaubte, in seinem Tonfall ein leises Zögern zu vernehmen. Sie fragte sich, was er wirklich davon hielt, seinen ›Schatz‹ mit dem Drachenerben zu verheiraten. Auf dem Bankett hatte sie kaum Gelegenheit gehabt, den Prinzen zu beobachten, doch was sie gesehen hatte, hatte sie nicht besonders beeindruckt. Und sowohl Will als auch Jean-Luc schienen keine hohe Meinung von Chuan-chi zu haben.

Eine Sekunde nachdem sie Lu Tung in den Raum gefolgt war, tauchte die Drachentür wieder auf. Ein kurzes Frösteln durchlief sie, als hätte das Tor eines Gefängnisses sich hinter ihr geschlossen. Jetzt gab es kein Zurück mehr … oder doch? Sie widerstand der Versuchung, den Kommunikator zu berühren, der in den sich überlappenden Schichten ihrer Gewänder verborgen war. Konnte man sie notfalls hinausbeamen, oder war der Harem auch gegen Transportertechnologie abgeschirmt? Ihr wollte partout nicht einfallen, wie sie sich auf diplomatische Weise bei Lu Tung danach erkundigen konnte.

Die Wände des Innenraums strahlten hell vor zahlreichen Perlen, die in sie eingelassen waren, genau wie die vielen Kissen, die die einzige Einrichtung des Raums zu bilden schienen. Beverly machte in einer Ecke des Raums zahlreiche Stoffdrachen und -einhörner aus; plötzlich kam die Kammer ihr vor wie das Privatreich eines heranwachsenden Mädchens. Sie bezweifelte, daß Lu Tung sich oft hier aufhielt.

»Vater?« Von einem Kissenstapel in der Mitte des Raums erklang eine helle Stimme. Ihre Besitzerin erhob sich und verbeugte sich pflichtschuldig vor Lord Lu Tung. »Ich bin geehrt und erfreut, daß mein geehrter Vorfahre sich herabgelassen hat, von meiner Existenz Kenntnis zu nehmen.« Die Worte wurden so schnell gesprochen, daß sie fast zu einer einzigen langen, fortlaufenden Silbe verschmolzen. Offensichtlich war die Begrüßung eine Formalität, die die junge Frau automatisch und mit großer Hast rezitierte, versessen darauf, sie hinter sich zu bringen.

Das Mädchen hob den Kopf, und Beverly sah die Grüne Perle.

Riker wurde klar, daß er den Phaser verloren hatte.

Aber ihm blieb keine Zeit herauszufinden, auf welche Weise das passiert war. Der gewaltige Krieger hatte ihn fast erreicht, und seine massigen Beine zertrampelten die Tabletts und Schalen, die vor Riker lagen. Kristall und Porzellan zersplitterten unter den schweren Tritten des Mannes. Der Krieger trug zwar nur Sandalen, doch seine schwerfälligen Schritte ließen den Boden erzittern, als steckten die Füße in Gravitationsstiefeln. »Ausgeburt eines Mistkäfers!« brüllte er. »Bereite dich darauf vor, zerquetscht zu werden wie das Insekt, das du bist!«

Weder die Beschimpfung des Kriegers noch seine Größe schüchterten Riker ein; er hatte es in Worfs leichten Gymnastikprogrammen mit größeren Ungetümen zu tun gehabt. *Je größer sie sind,* dachte er, *et cetera...* Er ballte die Hände zu Fäusten und trat zurück, um den Gegner mit einem einzigen Schlag ins Reich der Träume zu schicken. Je schneller er diesen Kampf beendete, desto besser. Riker lächelte grimmig. Der große Schläger war wahrscheinlich so betrunken, daß er gar nicht mitbekam, was ihn traf.

Riker zielte auf das Kinn des Mannes und wurde überrascht, als sein Gegner den Schlag geschickt blokkierte, indem er den rechten Unterarm vor das Gesicht hielt. »Hah, gut gemacht, Tu Fu, gut gemacht!« jubelte Kan-hi Rikers Widersacher zu. Der Mann sprang Riker an, doch der Erste Offizier bückte sich unter den ausgestreckten Armen des Riesen hinweg und rammte ihm dann den Kopf in den gewaltigen Bauch. Tu Fu taumelte zurück und zertrat mit dem Fuß einen weiteren Porzellanteller. »Oh ho!« rief Kan-hi fröhlich; er schien keinen der beiden Kämpfer zu bevorzugen. »Fünfhundert Cycee auf den Fremdweltler!«

»Ich nehme die Wette an, Bruder«, sagte Chuan-chi. »Fünfhundert Cycee – und fünfzehn Konkubinen – auf den tapferen Tu Fu.«

Andere Männerstimmen fielen ein und setzten auf oder gegen den Starfleet-Offizier, doch Riker war viel zu beschäftigt, um mitzubekommen, wem die größeren Chancen zugerechnet wurden. Er sah sich hastig nach dem vermißten Phaser um, konnte aber keine Spur der Waffe ausmachen. Plötzlich fiel ihm ein, daß die Hände der beiden Dienerinnen vor kurzem noch über seinen ganzen Körper gekrochen waren. Konnte eine von ihnen ihm die Waffe während des ganzen Durcheinanders entwendet haben? Er runzelte argwöhnisch die Stirn. Vielleicht war das mehr als nur eine Kneipenschlägerei. Tu Fus plötzlicher Angriff unmittelbar nach dem Diebstahl seines Phasers roch nach

Vorsatz und Verschwörung. Mit ein paar Tritten befreite er seine Füße von den ihn behindernden Kissen und Polstern und schätzte den Gegner neu ein. Tu Fu war offensichtlich nüchterner, als er aussah – und auch viel schneller.

Der Krieger griff Riker wieder an und schlug diesmal mit einer offenen Hand zu. Der Erste Offizier riß seinen Oberkörper zurück, fort von dem Schlag, doch die scharfen Spitzen von Tu Fus überlangen Fingernägeln streiften die Vorderseite von Rikers Uniform und rissen jeweils fünf Zentimeter lange Spalten in das widerstandsfähige rote Material. Rikers Augen weiteten sich vor Überraschung; ihm war nicht klar gewesen, daß die langen Nägel der Pai nicht nur dekorative Zwecke hatten. *Ich muß diese Nägel im Auge behalten,* dachte Riker, *oder ich werde beide Augen verlieren.* Er holte zu einem weiteren Hieb gegen Tu Fu aus, doch seine Faust prallte erneut gegen einen der fleischigen Arme des Pai.

Sämtliche Gäste und Dienstmädchen hatten sich mittlerweile zurückgezogen und bildeten einen weiten Kreis um die beiden Kämpfenden. Überall auf dem Boden des Harems lagen zersplitterte Becher und Schalen und zerrissene Kissen verstreut. Ausgelassene Junggesellen umklammerten überfließende Weinkelche, johlten den Kämpfenden zu oder buhten sie aus und stießen sich gegenseitig beiseite, um besser sehen zu können, während die Dienerinnen schnell in Sicherheit huschten oder sich hinter den Leibern der Männer verbargen und den Kampf über die Schultern ihrer Beschützer verfolgten. Selbst der humorlose Chuan-chi schien von der zunehmenden Erregung gepackt zu werden und rief Tu Fu ermutigende Worte zu, als der erzürnte Soldat zu einem zweiten Schlag gegen Riker ausholte. Der Erste Offizier zog gerade noch rechtzeitig den Kopf ein und spürte, wie Tu Fus rasiermesserscharfe Fingernägel über seine Haare streiften. Fast unbemerkt fiel eine dunkelbraune Locke zu Boden. *Das hatte der Captain wohl kaum im Sinn,* dachte Riker bedauernd.

Die Kämpfenden umkreisten einander wachsam, wobei Riker sich bemühte, in sicherer Entfernung von Tu Fu zu bleiben. Der Pai wog mindestens dreimal soviel wie Riker; falls er den Ersten Offizier zu packen bekam, würde schon allein seine bloße Körpermasse ihm einen gewaltigen Vorteil einbringen, und das wollte Riker verhindern. »Feigling!« verhöhnte Tu Fu ihn. »Hast du Angst, mit mir zu kämpfen?«

»Hah! Zeigen Sie ihm, was Sie können, Will!« rief Kan-hi von der Seitenauslinie. *Er hat gut reden,* dachte Riker. Aus dem Augenwinkel erhaschte er einen Blick auf den Taugenichts von jüngerem Sohn des Drachen, der ganz vorn stand und den Kampf verfolgte. Er hatte je einen Arm um die Schultern zweier fast nackter Dienstmädchen gelegt, was den Eindruck erweckte, als hielten sie den betrunkenen Prinzen aufrecht. Riker bekam die beiden Frauen nur ganz kurz zu sehen, doch er hätte schwören können, daß es sich um dieselben verführerischen Schönheiten handelte, die ihn noch vor ein paar Minuten umgarnt und massiert hatten. Hatte eine von ihnen ihm den Phaser gestohlen? Und falls ja, war Kan-hi eingeweiht gewesen?

Tu Fu ließ Riker keine Zeit, um über die Möglichkeiten nachzudenken. Ein wütendes Knurren drang aus der breiten Brust des Kriegers, und er streckte beide Arme aus und rannte auf den Ersten Offizier zu. Riker kam sich plötzlich wie ein Matador vor, der einem anstürmenden Stier gegenüberstand. *Worf würde das gefallen,* dachte er in genau dem Augenblick, in dem er seinen Körper anspannte, um beiseite zu springen. *Nach rechts oder links?* überlegte er und überdachte kühl seine Möglichkeiten. »Schnapp ihn dir, Tu Fu!« befahl eine Stimme irgendwo rechts hinter ihm. »Besiege den Fremden zur Ehre des Reichs!«

Das konnte nur von Chuan-chi kommen, dachte Riker, als er sowohl die Stimme als auch den verächtlichen Tonfall erkannte. *Ein hervorragender Gastgeber,* dachte er stirnrunzelnd. Dann wurde ihm mit der Wucht eines Intervallerstrahls die vollen Implikationen der Situation klar. Wenn er Tu Fu aus dem Weg sprang, würde der ungezügelte Ansturm den Krieger – und seine tödlichen Klauen – genau auf den Drachenerben prallen lassen. Würde Tu Fu noch rechtzeitig anhalten können? Riker bezweifelte es. Vor seinem inneren Auge flackerte deutlich ein Bild des Erben auf, wie er von den blutigen Klauen des riesigen Pai gepfählt wurde, so deutlich, als würde er es auf dem Holodeck sehen. Im flackernden Licht der bemalten Lampions schoß Tu Fus gewaltiger Schatten ihm voraus und warf einen Schleier auf Riker und, hinter ihm, Chuan-chi. Zehn geschärfte, zentimeterlange Fingernägel näherten sich Rikers Gesicht. Ihm blieb nur noch ein Herzschlag, um zu reagieren.

Er erwiderte Tu Fus Attacke mit einem Gegenangriff. Er ging in die Hocke, drehte sich und rammte mit aller Kraft, die er aufbringen konnte, die rechte Schulter in den Leib des Pai. Der Aufprall genügte nicht, um Tu Fus angesammelten Schwung voll zu stoppen, verlangsamte den anderen jedoch soweit, daß alle anderen die Chance bekamen, ihm auszuweichen. Hinter sich hörte er Keuchen, schrilles Geschrei und wildes Gelächter, doch zum Glück keine Todesschreie. Dem Erben war ein Ableben durch einen ›Unglücksfall‹ erspart geblieben. Riker war so paranoid – oder auch nur angemessen argwöhnisch –, daß er sich eine flüchtige Sekunde lang fragte, ob Chuan-chi nicht von Anfang an das eigentliche Ziel gewesen war. Schließlich konnte bei einer unvorhersehbaren, außer Kontrolle geratenen Schlägerei alles mögliche passieren ...

Ein scharfer, brennender Schmerz beendete seine Überlegungen abrupt. Tu Fus Nägel gruben sich in seinen Rücken und rissen Stoff und Haut auf. Nur der Umstand, daß der Krieger nach dem unterbrochenen Sprung das Gleichgewicht noch nicht zurückgefunden hatte, verhinderte, daß Tu Fu die Situation voll ausnutzen und die Nägel noch tiefer in Rikers Körper treiben konnte, vielleicht hinab bis zu den empfindlichen Innenorganen. Der Erste Offizier mußte unbedingt verhindern, daß Tu Fu ihn richtig zu fassen bekam. Bevor der Krieger noch einmal zuschlagen konnte, ergriff er dessen Bein direkt über der rechten Kniekehle. Jahre des Kampfsporttrainings zahlten sich aus, als Riker Tu Fu über die Schulter warf. Der Pai grunzte überrascht auf, als er einen Salto über Riker hinweg schlug und genau dort flach auf dem Rücken landete, wo der Drachenerbe ihm gerade noch zugejubelt hatte.

»Ausgezeichnet! Nein, wahrhaft vollendet!« rief Kan-hi, der zwischen den Frauen seines Bruders eingekeilt stand (und scheinbar von ihnen gestützt wurde). Er klang nicht so, überlegte Riker, wie ein Mann, dessen Attentatsversuch soeben durchkreuzt worden war. Vielleicht hatte er tatsächlich schon vergessen, daß er sich gerade noch mit seinem Bruder fast duelliert hätte. Oder vielleicht war er ein sehr guter Schauspieler ...

Riker wirbelte auf den Fersen herum, in der Hoffnung, in die Offensive gehen zu können, bevor Tu Fu wieder auf den Beinen stand. Vielleicht konnte er den Krieger doch noch erledigen, bevor jemand ernsthaft verletzt wurde. Zu seiner Bestürzung sah er jedoch, daß einige von Tu Fus Freunden ihn schon wieder hochgezerrt hatten. Er funkelte Riker mit schierem Haß und Blutgier im unverletzten Auge an. »Verdammt«, murmelte der Erste Offizier, als er sah, wie Tu Fus Anhänger ihn unterstützten. Sobald die Junggesellen erst einmal richtig Partei ergriffen hatten, konnte dieser Kampf leicht in eine Massenschlägerei ausarten. Und bei so einem blutigen Chaos konnte er unmöglich beide Prinzen beschützen.

»Weitere fünfhundert Cycee auf den Mann aus der Föderation«, sagte Kan-hi kühn. Sein stattliches Gesicht war vom Wein gerötet.

»Tausend Cycee und einhundert Konkubinen auf Tu Fu vom Drachenreich«, antwortete Chuan-chi. Wüstes Gejohle begrüßte seine Herausforderung.

Toll, dachte Riker sarkastisch. *Wir machen eine Sache der kaiserlichen Ehre daraus.* Er hoffte nur, daß tausend Cycee (was auch immer ein Cycee sein mochte) keine so große Summe waren, daß man dafür jemanden umbrachte.

Beverly begriff sofort, warum die Tochter des Kriegsherrn Grüne Perle genannt wurde. Das betörendste Merkmal des Mädchens waren ihre Augen, die groß, leuchtend und hellgrün waren, während ihre glatte, makellose Haut perlweiß war. Grüne Perle trug ein einfaches, meergrünes Gewand, das nach den Maßstäben der Pai überraschend schlicht war. Offensichtlich hatten sogar die auf Verzierungen versessenen Pai eingesehen, daß übermäßige Ausschmückungen und Verzierungen das Auge nur von der natürlichen Schönheit der Braut ablenken konnten. Unter dem Saum des Kleides lugten die Spitzen winziger Samtschuhe hervor. Grüne Perle war beträchtlich jünger als der Drachenerbe; Beverly schätzte sie auf höchstens siebzehn Jahre.

»Meine Tochter«, wandte Lu Tung sich an sie, »diese Frau ist eine Besucherin von der Vereinten Föderation der Planeten. Sie hat sich großzügigerweise bereiterklärt, heute abend nach dir zu sehen. Dr. Crusher, darf ich Ihnen meine Tochter vorstellen, Lady Yao Hu, genannt die Grüne Perle von Lord Lu Tung.«

Das Mädchen verdrehte die Augen, als es den Titel hörte. Die extravagante Bezeichnung machte sie eindeutig verlegen. »Sie ist mit dem Raumschiff gekommen? Die Männer der Föderation reisen mit ihren Frauen?«

»Sie ist eine erfahrene Heilerin«, erklärte Lu Tung. »Und ein Starfleet-Offizier, falls du dir so etwas vorstellen kannst.«

»Wirklich?« Sie riß die Augen so weit auf, daß die Brauen unter ihrem Pony verschwanden. »Wie faszinierend!« Das Mädchen betrachtete Beverly mit offener Neugier. Die Ärztin vermutete, daß Yao Hu im Harem ihres Vaters nur selten Fremden begegnete.

»Ich freue mich sehr, Sie kennenzulernen, Lady Yao Hu«, sagte Beverly strahlend.

»Danke.« Das Mädchen nickte der Ärztin zu und drehte sich dann wieder zu Lu Tung um. »Aber wirklich, Vater, ich brauche keinen Babysitter. Morgen heirate ich, und das heißt, ich bin praktisch schon erwachsen.«

»Hah! Das glaubst du!« Ein zweites Mädchen tauchte aus den Tiefen einer Couch auf, die in den Schatten am Rand des Zimmers stand. »Seien Sie gegrüßt, Erhabener Lord und Geschätzter Vater der Grünen Perle«, sagte es. »Ich bin geehrt und erfreut und so weiter ...«

»Hsiao!« sagte Grüne Perle ungehalten. »Das ist kaum respektvoll.«

Das andere Mädchen schien ein paar Jahre älter als Yao Hu zu sein. Es war kleiner, wirkte sogar in seinem scharlachroten Gewand knabenhaft schlank und hatte dunkles Haar, das bis knapp auf die Schultern fiel. »Du bist noch nicht meine Mutter«, sagte es warnend.

»Aber morgen werde ich es sein, und dann wirst du wesentlich netter zu mir sein müssen«, sagte die Perle.

»Ich bin trotzdem noch die ältere, und *du* wirst netter zu *mir* sein müssen.«

»Ach ja?« sagte die Perle drohend.

»Das reicht«, befahl Lu Tung und brachte die zänkischen Heranwachsenden damit zum Schweigen. »Dr. Crusher, das ist Hsiao Har, die Tochter des Erben aus seiner ersten Ehe. Da sie bald die Stieftochter meiner Perle sein wird, hat sie sich in den letzten Wochen hier zu Besuch aufgehalten. Schließlich müssen die beiden lernen, miteinander auszukommen ... hoffen wir jedenfalls.«

Das knabenhaft schlanke Mädchen warf trotzig den Kopf zurück. »Das ist absurd. Sie kann doch unmöglich meine Mutter sein. Einfach lächerlich!«

»Und ich möchte sie auch nicht zur Tochter haben!« gab die Perle zurück. »Sie ist viel zu ungehorsam und schrecklich.«

»Du bist die Schreckliche.«

Lu Tung zog die Brauen hoch, und schwere Falten runzelten seine Stirn. Er verbeugte sich in Beverlys Richtung. »Madame, ich überlasse meine Tochter – und zukünftige Enkelin – Ihrer Obhut.«

Die Ärztin kam sich plötzlich vor, als hätte man ihr während eines Angriffs der Borg das Kommando über die *Enterprise* gegeben.

Worauf habe ich mich da nur eingelassen?

»Machen Sie ihn fertig, Will!« rief Kan-hi. »Für die Föderation!«

Ein Schnauben verzog Tu Fus klotzähnliches Gesicht. Die purpurne Schwellung hatte sich wie ein bösartiges Krebsgeschwür über sein verletztes Auge ausgebreitet. »Föderation ... hah! Das halte ich von eurer Föderation!« fauchte er und spuckte einen Klumpen klebrigen, grünen, übel aussehenden Schleims vor Rikers Füße. »Die Föderation ist *pi t'i*«, schnaubte er eine Beleidigung, die offensichtlich über das Vokabular von Rikers allgemeinem Translator hinausging. Aber das machte nichts; Riker hatte das Wesentliche mitbekommen.

»Na los!« ermahnte Kan-hi ihn. »Sie wollen ihm diese Bemerkung doch nicht durchgehen lassen, oder?«

Riker brauchte keinen medizinischen Tricorder, um zu wissen, daß sein Blutdruck stieg. Normalerweise hätte er nichts lieber getan, als Tu Fu einen seiner Fingernägel nach dem anderen ins Maul zu stopfen, doch das war nicht nur eine Prügelei bei einem Landurlaub. Er hatte eine Aufgabe zu erledigen, also zwang er sich, ruhig zu bleiben. Er warf noch einen Blick auf Tu Fus blaues Auge, das aufgrund der Schwellung so gut wie blind war. Dem Ersten Offizier kam eine Idee in den Sinn…

»Du bist selbst *pi t'i*«, provozierte Riker seinen Gegner absichtlich. Tu Fu reagierte genau so, wie der Erste Offizier es sich erhofft hatte. Er brüllte wie ein erzürnter klingonischer *Targ* auf, setzte seine gewaltige Körpermasse in Bewegung und warf sich auf seinen Widersacher. Der wich jedoch mit Vorbedacht nach links auf die blinde Seite des Pai aus. Jetzt konnte Tu Fu den Schlag des Offiziers der *Enterprise* nicht mehr abblocken. Eine harte Rechte traf sein ungeschütztes Kinn so schwer, daß Rikers Arm bis zur Schulter buchstäblich vibrierte. Der Kiefer des Kriegers fühlte sich an, als bestünde er aus Duranium. *Oha,* dachte Riker. Das sah nicht gut aus.

Falls der Schlag Tu Fu etwas ausmachte, merkte man jedenfalls nichts davon. Der Pai warf sich mit seinem vollem Gewicht auf Riker und trieb ihn mit der Kraft eines Bullen zurück. Die Zuschauer mußten zur Seite gesprungen und ihnen ausgewichen sein, denn der Erste Offizier bekam nur noch mit, daß er und sein Gegner in eine der Papierwände stürzten, die den äußeren Harem unterteilten. Pergament zerriß, und hölzerne Verstrebungen zerbrachen unter den um sich schlagenden Körpern. Riker hörte eine Frau schreien und eine männliche Stimme fluchen. Er sah fünf oder sechs fast nackte Frauen, die voller Panik davonliefen. Ein ebenfalls unbekleideter Adliger der Pai rollte sich hektisch aus dem Weg und griff nach seiner abgelegten Kleidung, während er sich nur ein paar Meter entfernt aufrappelte. *Der hatte etwas Besseres vor, als sich eine Prügelei anzusehen,* dachte Riker trocken – einen Augenblick, bevor sein Hinterkopf wieder auf den Boden des Harems prallte. Zahlreiche Kissen dämpften zwar seinen Sturz, konnten aber nicht verhindern, daß das gesamte Gewicht des Sumoringers auf ihn fiel und ihn tief hinabdrückte. Sein mitgenommener Brustkorb knirschte protestierend; er hatte sich schon auf Welten mit hoher Schwerkraft aufgehalten, die ihm nicht dermaßen zugesetzt hatten. Er bekam kaum noch Luft.

Selbst Tu Fu schien der Aufprall kurz benommen gemacht zu haben; vielleicht nahm ihm aber auch nur ein zerrissenes buntes Seidentuch die Sicht, das sich um seinen Kopf geschlungen hatte, der sich nur ein paar Zentimeter von dem Rikers entfernt befand. Der Krieger hatte den Starfleet-Offizier wie ein umgestürzter Berg unter sich begraben. Riker zog kurz in Betracht, Tu Fu mit dem Knie dorthin zu treten, wo es am meisten weh tat, kam aber zum Schluß, daß die Pai diese Taktik wohl als höchst unehrenhaft ansehen würden. Statt dessen atmete er tief ein, versuchte, trotz der gewaltigen Masse, die ihn niederdrückte, Luft in die Lungen zu bekommen, und zwängte dann die Arme unter Tu Fu hervor. Er legte die Fäuste zusammen und trieb sie gegen das Kinn des Kriegers. Tu Fus

Kopf schnappte zurück, und plötzlich lag sein Hals frei. Riker versetzte ihm mit der rechten Handkante einen kräftigen Schlag. Der Pai stöhnte vor Schmerz auf und versuchte, sich von Riker zu befreien, der auf dem Rückgrat vor und zurück schaukelte, bis er genug Schwung hatte, um seinen massigen Widersacher zur Seite zu werfen und sich auf ihn zu hocken. Er rammte Tu Fu ein Knie in den Magen und hörte überall um sich herum Gejohle und Gelächter. Der Kreis der Zuschauer hatte sich wieder um die Kämpfenden geschlossen, und Kan-hi und die anderen Junggesellen grölten und tobten, als Riker beide Fäuste hoch über den Kopf hob, um sie gegen Tu Fus Kinn zu schmettern und den Kampf zu beenden. Er fragte sich, was Kan-hi mit dem vielen Geld und den Konkubinen anfangen würde, die er gewinnen würde.

Ein Spritzer Wein traf Riker ins Gesicht …

»Vater, warte!« rief die Perle, als Lord Lu Tung gehen wollte. »Du kannst sie nicht hierlassen.« Der Blick grüner Augen traf den Beverlys. »Ich will Ihnen gegenüber nicht respektlos sein, Doktor, aber wie ich schon sagte, ich brauche wirklich keine Krankenschwester oder Anstandsdame. Ihre Freundlichkeit erweist mir große Ehre, aber Sie müssen wegen mir nicht diese Unannehmlichkeiten auf sich nehmen.«

»Es sind keine Unannehmlichkeiten«, beharrte Beverly. Solange Yao Hu das mögliche Ziel eines Attentäters war, durfte sie die junge Braut nicht allein lassen. Nun ja, zumindest nicht allein mit Hsiao Har. Nicht, daß sie dem Wildfang irgendwelche bösen Absichten unterstellte, aber Jean-Luc hatte bestimmt nicht im Sinn gehabt, daß ein junges Mädchen ein anderes beschützte.

»In der Tat«, sagte Lu Tung streng. »Es ist nicht richtig, daß eine Braut ohne den Trost und die Führung einer älteren, erfahreneren Frau heiratet. Du solltest Dr. Crusher dankbar sein, daß sie sich bereit erklärt hat, dir diese Nacht Gesellschaft zu leisten.«

»Das bin ich, Vater, wirklich, aber ...«, sagte die Perle und stockte dann, suchte nach Worten. Es schien ihr keineswegs zu passen, daß sie Beverlys Obhut übergeben werden sollte. *Warum nicht?* fragte die Ärztin sich. Sie war nicht beleidigt, lediglich verwirrt. *Warum ist das so wichtig für die Perle?*

»Keine Angst, Lord Lu Tung«, ergriff Hsiao Har das Wort. »Ich kann auf Ihre kostbare Perle aufpassen.«

»Du?« Die junge Braut schien die bloße Vorstellung als Kränkung zu empfinden, als eine größere sogar als die, daß Beverly auf sie achtgab. *Ich bin wohl das kleinere von zwei Übeln,* dachte die Ärztin erheitert.

»Na ja, ich bin älter und klüger als du«, sagte Hsiao Har. Sie schritt über den mit Kissen übersäten Boden, bis sie dicht vor der Perle stand. Beverly stellte fest, daß die Tochter des Erben etwas größer als das andere Mädchen war, das Hsiao Har anfunkelte. Die Ärztin hoffte, daß sie nicht die Schiedsrichterin bei einem handgreiflichen Ringkampf der beiden spielen mußte.

»Viel älter«, verhöhnte die Perle Hsiao Har. »Viel, *viel* älter. Aber auch klüger? Das denke ich kaum.«

Lu Tung seufzte müde, unternahm aber nichts, um das Wortgefecht zwischen seiner Tochter und Hsiao Har zu beenden. Offensichtlich war es unter seiner Würde, Streitigkeiten zwischen Frauen zur Kenntnis zu nehmen oder sich gar damit zu befassen. *Das ist Frauenarbeit,* dachte Beverly mit leisem Groll, und Lu Tung sank ein wenig in ihrer Achtung.

»Madame«, sagte der Lord und deutete eine Verbeugung an, »ich wünsche Ihnen viel Glück.« Vor der schweren Eisentür und dem Wachdrachen winkte er mit der Hand. Zwischen dem Portal und seinem Ring blitzten kurz Laserstrahlen auf, und Lord Lu Tung trat durch das nun offene Portal. Sekunden später rematerialisierten die Tür und der Drache und sperrten Beverly mit ihren streitsüchtigen jungen Schutzbefohlenen ein.

»Flegel«, zischte die Perle in dem Augenblick, in dem ihr Vater außer Sicht war, Hsiao Har an. »Alte Schachtel!«

»Baby!« erwiderte Hsiao Har. »Fötus!« Sie nahm eine Haltung ein, die verdächtig an die einer Person erinnerte, die in der einen oder anderen Kampfsportart ausgebildet war. Beverly argwöhnte plötzlich, daß die Frauen des Harems vielleicht nicht die zerbrechlichen Blumen waren, für die sie sie gehalten hatte.

»Yao-Kobold!« sagte die Perle und hob im Karatestil beide Hände.

»Nan hai tzu!« erwiderte Hsiao Har. Sie hob einen Fuß und schob die Spitze ihres Slippers auf die Perle zu. Die Situation schien schnell zu eskalieren und außer Kontrolle zu geraten. *Alarmstufe Rot*, dachte Beverly automatisch.

»Mädchen!« Die Ärztin klatschte in die Hände. *Ich höre mich an wie die Mutter in einem viktorianischen Roman*, dachte sie bedauernd, aber es schien zu funktionieren. Die beiden jungen Frauen wichen zurück, und ihre angespannten Körper nahmen allmählich wieder eine nicht ganz so aggressive Haltung ein. Mit etwas Glück, dachte Beverly, wollen die beiden sich vor einer völlig Fremden nicht allzu schlecht benehmen. Hsiao Har funkelte die Perle böse an, die sich ohne großen Anmut plötzlich auf das nächste Kissen fallen ließ. Verdrossen verschränkte sie die Arme vor der Brust und zog einen Schmollmund. *Worüber regt sie sich am meisten auf?* fragte Beverly sich. *Über ihren Streit mit Hsiao Har, meine Anwesenheit oder* – der Gedanke kam ihr ganz plötzlich – *ihre unmittelbar bevorstehende Hochzeit mit dem Erben?* Was auch immer es sein mochte, Dr. Crusher befürchtete, daß ihr ein langer und unangenehmer Abend bevorstand.

All die Jahre der Starfleet-Ausbildung, überlegte sie, *und dann spiele ich die Glucke für zwei unausstehliche Karate-Mädchen.* Sie mußte unbedingt mit Jean-Luc darüber sprechen, was alles unter ihre Pflichten als Chefärztin fiel.

Sie hoffte nur, daß die anderen einen angenehmeren Abend verbrachten.

Der Wein spritzte Riker ins Gesicht und blendete ihn einen Sekundenbruchteil, bevor er seinen Hieb ausführen konnte. Die scharfe, brennende Flüssigkeit überraschte ihn völlig; er hatte keine Ahnung, woher sie gekommen war oder wer ihn damit abgelenkt hatte. Er blinzelte und spuckte, schüttelte den Kopf und schleuderte dabei winzige Tropfen smaragdgrünen Weins in alle Richtungen. Der Alkohol brannte in seinen Augen, und der süßliche, fruchtige Geschmack füllte Mund und Nase aus. Die lauwarme Flüssigkeit rann seine Wangen hinab und tropfte aus seinem Bart. *Verdammt,* fluchte er stumm. *Wenn ich den Scherzbold zu fassen kriege, der den Wein verschüttet hat …*

Tu Fu stand plötzlich auf und warf Riker zurück. Der Erste Offizier stürzte zu Boden und landete hart auf der linken Seite. Seine Hüfte prallte auf Marmorfliesen, und ein scharfer Schmerz schoß bis zu den Schultern hinauf. Noch immer von dem Wein in den Augen geblendet, versuchte er sich von Tu Fu davonzurollen, bewegte sich aber nicht schnell genug. Ein schwerer Fuß senkte sich auf seinen Rücken und drückte sein Gesicht auf die Fliesen. Riker blinzelte erneut und schüttelte den Kopf im vergeblichen Versuch, sich von den letzten Tropfen der klebrigen, brennenden Flüssigkeit zu befreien, die ihm die Sicht nahm, doch seine Augen brannten noch immer fürchterlich, und die Tränen quollen schneller hinaus, als er sie mit dem Handrücken abwischen konnte. *Na schön, wenn du es so haben willst*, dachte er. Er mußte nicht sehen können, um diesem Schläger eine Abreibung zu verpassen, die er nie vergessen würde.

»Du hättest auf mich hören sollen, Fremder«, krächzte Tu Fu. »Ich habe gesagt, ich trete dich wie ein Insekt in den Schmutz, und genau das werde ich jetzt tun.« Er grub die Ferse tiefer in Rikers Hüfte. »Kein ausländischer Teufel kann gegen einen wahren Krieger des Reichs bestehen.«

Kan-hi war anderer Meinung. »Liegen Sie doch nicht einfach so da!« rief er Riker zu. »Stehen Sie auf! Tun Sie irgend etwas! Machen Sie ihn fertig!«

»Erneut hast du unklug gesetzt, mein Bruder«, sagte Chuan-chi. Riker konnte sich das selbstgefällige Grinsen auf seinem Gesicht vorstellen. »Kein Wunder, daß du so hohe Spielschulden hast.«

Der Erste Offizier hatte genug gehört. Tu Fu drückte noch einmal mit dem Absatz zu, doch Riker versuchte, den unerträglichen Schmerz in seinem Rücken zu ignorieren. Er entfernte sich im Geiste vom Harem, dem Palast und von Pai selbst, bis er sich statt dessen auf einer grauen Gummimatte in einer leeren Turnhalle irgendwo in Alaska wiederfand. In ein paar Metern Entfernung machte er seinen Vater aus. Ein verstärkter roter Plastikhelm mit herabgelassenem Visier nahm Kyle Riker die Sicht, doch das spielte keine Rolle. Bei *Anbo-jyutsu* kam es nicht auf die Augen, sondern auf die Bewegung an. Auf die beherrschte, effiziente Bewegung. »Vertraue deinen anderen Sinne und lasse sie dann los«, hatte sein Vater ihm immer wieder bei unzähligen Übungsstunden wie dieser gesagt. »Dein Unterbewußtsein soll herausfinden, wo du in bezug auf deinen Gegner stehst. Konzentriere dich lediglich auf den Augenblick und die Bewegung. Der Augenblick *ist* die Bewegung.« Mit einem mühelosen Stoß warf Kyle Riker seinen Sohn auf die Matte. Er hielt ihn mit einem Fuß unten, stand da wie anno dazumal ein Großwildjäger, der mit gespreizten Beinen auf einem gerade von ihm erschossenen Löwen posierte. Der jüngere Riker kämpfte Tränen des Frusts und Zorns zurück. Er konnte dieser erniedrigenden Position nicht entkommen … oder doch? Kyle Riker wollte nicht, daß sein Sohn aufgab. »Es gibt für jeden Angriff eine Verteidigung«, wiederholte er endlos, bis Will es nicht mehr hören konnte. »Ein Entkommen aus jeder Falle.« Riker wand sich hilflos unter dem unablässigen Druck des Fußes seines Vaters. »*Anbo-jyutsu*«, sagte Kyle in seiner Erinnerung. »Denke nicht darüber nach. Bewege dich einfach.«

Riker bewegte sich.

Seine Beine fuhren hinter Tu Fu hoch und schlugen wie zwei Kobras zu. Er hakte die Füße um Tu Fus Beine, die so breit wie kleine Säulen waren, und streckte die eigenen dann mit einem konvulsiven Zucken aus. Der riesige Pai-Krieger wurde zurückgeworfen. Riker hörte das Geräusch, mit dem der Schädel des Mannes auf dem Marmorfußboden aufprallte, gefolgt von einem schweren, regelmäßigen Atmen. Der Erste Offizier erkannte den beruhigenden Rhythmus der Bewußtlosigkeit.

Applaus und einige Jubelrufe priesen Rikers Sieg. Er drehte sich um, setzte sich auf und brauchte ein paar Sekunden, um seine Augen völlig von Wein und Tränen zu befreien. Als sein Blick sich klärte, sah er, daß Kan-hi mit einem strahlenden Lächeln auf dem Gesicht neben ihm stand. Die beiden Frauen, die ihn umgarnt hatten, waren verschwunden. Riker schaute sich suchend nach ihnen um, konnte sie unter den Junggesellen und zahlreichen anderen Dienstmädchen aber nirgendwo ausmachen. Das bekräftigte den Verdacht, den er bezüglich des verschwundenen Phasers hegte, ganz zu schweigen von dem Wein, den er so urplötzlich ins Gesicht bekommen hatte. »Ist er in Ordnung?« fragte er Kan-hi und nickte zu dem zusammengebrochenen Tu Fu hinüber.

»Ich glaube schon«, sagte der Zweite Sohn verächtlich. »Sollte sein Zustand ernster sein, werden die Frauen einen Arzt rufen… aber genug von diesem riesigen Tor! Das war sehr beeindruckend, Freund Will.« Er versetzte Riker einen Klaps auf den Rücken. Der Erste Offizier zuckte zusammen. Dort, wo Tu Fus Nägel ihm die Haut aufgerissen hatten, tat es noch immer höllisch weh.

»Ich würde diesem Kerl gern eine Maniküre verpassen«, knirschte er. *Vorzugsweise mit einem auf Maximum eingestellten Phaser.*

Kan-hi untersuchte die Schnittwunden auf Rikers Rücken und die Risse in seiner Uniform und schüttelte nachdenklich den Kopf. »Nein, das geht so nicht, Will. Ihre Kleidung ist völlig ruiniert. Hier, nehmen Sie eine von meinen Roben.« Er löste die Schnüre seines obersten Gewandes und streifte den fließenden gelben Stoff beiläufig ab. Riker sah, daß der Prinz darunter noch mehrere andere Kleidungsschichten trug. Kan-hi hielt ihm das Gewand hin.

»Das ist nicht nötig, Sir«, sagte Riker. Er stand vorsichtig auf und verspürte einen stechenden Schmerz in der Hüfte, als er sich streckte.

»Aber ich bestehe darauf«, erwiderte Kan-hi und lachte laut auf. »Mit dem Geld, das ich gerade durch Sie gewonnen habe, kann ich mir eine ganz neue Garderobe kaufen. Nicht wahr, Bruder?«

Chuan-chi stand nicht weit entfernt, hatte die Hände steif vor der Brust verschränkt und betrachtete den Jüngeren stirnrunzelnd. »Keine Bange. Im Gegensatz zu einigen anderen, die ich kenne, begleiche ich meine

Schulden stets. *Alle* Schulden«, betonte er und warf Riker einen unverhohlen giftigen Blick zu. *Ich habe vielleicht gerade dein Leben gerettet, du blöder Arsch,* dachte Riker wütend über den Drachenerben. Je mehr er darüber nachdachte, desto stärker wurde seine Überzeugung, daß die Prügelei mit Tu Fu kein zufälliger Akt plötzlicher Gewalt war. Irgendwer wollte ihn oder Chuan-chi aus dem Spiel nehmen. Vielleicht waren auch sie beide gleichzeitig das Ziel gewesen. Er nahm sich vor, bei der ersten sich bietenden Gelegenheit mit Captain Picard darüber zu sprechen, und fragte sich, wie es Deanna und den anderen ergangen war und ob sie in Sicherheit waren.

Dann überlegte er es sich und nahm das gelbe Gewand von Kan-hi entgegen. Eine der allgegenwärtigen Dienerinnen tupfte vorsichtig Blut von seinem Gesicht und den Schultern, bevor sie ihm in das teure Seidengewand half. »Na ja, wenn Sie darauf bestehen«, sagte er freundlich. »Meine Uniform hat wohl tatsächlich schon bessere Zeiten gesehen.« Er warf einen kurzen Blick auf die langen Fingernägel des Drachenerben und erinnerte sich daran, wie Tu Fus Nägel seine Haut aufgetrennt hatten. »Haben hier alle so scharfe Fingernägel?« fragte er.

»O nein«, erwiderte Kan-hi. »Tu Fu gehört dem Heiligen Orden der Erweiterten Finger an. Seine Nägel wurden von Geburt an täglich in eine Speziallösung getaucht, die sie härtet und ihre Zugfestigkeit vergrößert.«

»Großer Gott«, sagte Riker, zugleich beeindruckt und abgestoßen. »Ist das ein … äh … großer Orden?« Er wollte es nicht hoffen.

Kan-hi schüttelte den Kopf. Riker fiel auf, daß der Zweite Sohn beim Sprechen leicht schwankte, aber wieder so nüchtern geworden zu sein schien, daß er ohne Hilfe stehen konnte. Vielleicht war er gar nicht so betrunken gewesen, wie es den Anschein gehabt hatte. »Viele werden auserwählt, aber nur wenige erreichen das Erwachsenenalter. Die meisten können der Versuchung nicht widerstehen, sich zu kratzen, wenn es sie juckt.«

Riker war einen Moment lang sprachlos. *Am besten denkst du gar nicht darüber nach,* sagte er sich dann. Statt dessen musterte er kurz die Teilnehmer der Party, suchte mit den Blicken den Raum ab. Die verbliebenen Dienerinnen räumten schnell und geschickt auf und stellten im äußeren Harem die Ordnung wieder her. Die zerrissene Trennwand war bereits fortgeschleppt und durch einen neuen papierenen Raumteiler ersetzt worden, mit dem man den bewußtlosen Krieger vor den Blicken der anderen abschirmte. Irgendwo in einem benachbarten Abteil wurde eine Harfensaite angeschlagen, und die klagenden Klänge der leisen Musik schienen das ihre dazu beizutragen, die wilde Stimmung der heißblütigen jungen Männer zu besänftigen. Frisches Obst und Wein tauchten in überreichlichen Mengen auf, herangeschleppt von den schlanken Armen noch bezaubernderer junger Frauen.

Doch wie Riker feststellte, schenkten die meisten Männer weder der Musik noch den Erfrischungen oder den wunderschönen jungen Frauen große Beachtung. Die Junggesellen wirkten rastlos; einige scharten sich um Kan-hi, während die anderen die Nähe des Erben suchten. Im Raum schien eine gewisse Erwartung aufzukommen. Alle schienen Riker und die beiden Prinzen zu beobachten und darauf zu warten, daß irgend etwas passierte. Selbst die Dienerinnen wirkten trotz ihres beharrlichen Lächelns und betont zurückhaltenden Benehmens nervös. Riker spürte, daß die Möglichkeit von weiteren Gewaltausbrüchen mit seinem Sieg über Tu Fu kein Ende gefunden hatte. Wenn überhaupt hatte seine kurze Schlägerei mit dem Pai-

Krieger eher den Appetit der Partybesucher auf eine echte Prügelei angeregt, bei der es dann bis zum Äußersten ging. Die Menge wollte Blut sehen, doch danach stand Riker nun überhaupt nicht der Sinn, vor allem, da eventuell noch ein oder mehrere Attentäter irgendwo zwischen den dekorativen Raumteilern und Plüschsofas lauerten. *Denk nach,* befahl Riker sich. Es mußte eine Möglichkeit geben, wie er die Aggression und Streitlust dieser Männer in ungefährlichere Bahnen leiten konnte. Aber wie?

Als ihm die Lösung in den Sinn kam, legte sich ein breites Grinsen auf sein Gesicht.

»Sagen Sie, meine Herren«, fragte Will Riker, »haben Sie je von einem Spiel namens Poker gehört?«

7

Worf sah sich um, als er durch die Gänge des Kaiserlichen Palasts geführt wurde. Der Diener, der ihm den Weg zeigte, ging leise und sehr schnell, so daß selbst Worf mit seinen langen Beinen kaum mit ihm Schritt halten konnte.

Bislang hielt der klingonische Krieger nicht viel von den Pai. Die üppig verzierten Hallen, das protzige Gehabe der Leute, an denen sie vorbeikamen, der parfümierte Rauch, der in der Luft hing, das alles kam ihm dekadent vor, weich. Eine Spezies, die so kunstvoll und mühsam sogar die Scharniere einer jeder Tür mit Schnitzereien verziert hatte, mußte einfach jedes Gefühl für angemessene Disziplin verloren haben. Über ihm erblickte Worf irgendeinen Kunsthandwerker, der mehrere Meter über dem Boden auf einer Antigravplattform auf dem Rücken lag. Der Mann spähte durch ein dickes Vergrößerungsglas, während er mit einem Grabstichel viel zu feine Details gravierte, als daß man sie vom Boden aus erkennen konnte. *Was für eine Zeitverschwendung,* dachte Worf. Ein leises Knurren drang über seine Lippen, als er unter der schwebenden Plattform herging.

Schließlich – und keine Sekunde zu früh, was Worf betraf – blieb der Diener vor einer reich verzierten Tür mit hellblauen und rosa Emailintarsien stehen. Worf knurrte erneut, als die Tür aufglitt und er einem stirnrunzelnden Adligen der Pai gegenüberstand.

Nach Art eines wahren Klingonen schätzte Worf

automatisch ab, ob der Fremde ein ernstzunehmender Widersacher sein könnte. Der Pai war nur ein paar Zentimeter kleiner als er und von Kopf bis Fuß mit einer Rüstung bekleidet. Dieser Panzer erinnerte Worf an Illustrationen, die er in Geschichtsbüchern seines menschlichen Stiefvaters gesehen hatte, besonders in den Kapiteln über die alten asiatischen Reiche der präindustriellen Erde. Die goldenen und silbernen Perlen, die die Brustplatte und den Helm bedeckten, waren ein typisch dekadenter Zug, doch ansonsten kam ihm die Rüstung durchaus stabil vor. Nur das Gesicht des Pai lag frei; der Mann hatte breite Wangenknochen und strahlende Augen unter schweren schwarzen Brauen, die über einer Nase aufeinandertrafen, die in vergangenen Kämpfen breitgeschlagen und mindestens einmal gebrochen worden zu sein schien. Auch eine lange Narbe auf der rechten Wange des Kriegers kündete von seiner gewalttätigen Vergangenheit. Worf nickte anerkennend. Das mitgenommene, aber unbesiegte Gesicht des Mannes war das erste, was er in dieser verkitschten Schmuckschatulle gesehen hatte, womit er sich identifizieren konnte.

Noch wichtiger waren für Worf jedoch die beiden blanken Schwerter, die der Pai-Krieger in den Händen hielt.

»Ich bin Chih-li, Kaiserlicher Großminister der Inneren Sicherheit, Erster Rang«, bellte der Mann. »Ihre bloße Anwesenheit stellt eine Beleidigung für meine Ehre dar.«

Das Wort traf Worf wie ein Schlag ins Gesicht. »Was wissen Sie schon von Ehre?« fragte er.

Chih-li hob stolz das Kinn. »Die Sicherheit des Drachen, seiner Familie, seiner Gäste und seines Besitzes fällt unter meine Verantwortung, und unter meine allein. Die Andeutung, ich bräuchte fremde Hilfe, besudelt meine Ehre auf die schändlichste Weise, die ich mir vorstellen kann.«

Worfs ruhiger Blick wich nicht von den Klingen in Chih-lis Händen. »Die Ehre verlangt, daß ich den Befehlen meines Captains gehorche. Ich kann nicht anders.«

»Ich verstehe«, sagte Chih-li und bedachte den Klingonen mit einem durchdringenden Blick. »Dann ist der Verlauf vorbestimmt.« Er hob beide Schwerter und hielt sie ihm hin. Worf griff nach seinem Phaser. »Wählen Sie Ihre Waffe«, sagte Chih-li ernst.

Worf nahm die Hand wieder vom Phaser. In seinen Augen und unter der Stirnwulst dämmerte es allmählich. »Sie fordern mich heraus?«

Chih-li nickte und stieß die Griffe beider Klingen in Worfs Richtung. »Es ist eine Frage der Ehre«, erklärte er.

Das genügte dem Klingonen. Er vermutete, daß Captain Picard dieses Duell nicht gutheißen würde, aber er sah keine Alternative. Weigerte er sich, die Ehrbegriffe der Pai zu respektieren, würde er den Pai zutiefst beleidigen und die Beziehungen zwischen der Föderation und dem Drachenreich trüben. In seiner Vorstellung war Ehre die einzige universelle Wahrheit, die stark genug war, so unterschiedliche Völker wie die Pai und die zahlreichen Spezies der Föderation, ganz zu schweigen von der Föderation und dem Klingonischen Imperium, zu vereinen. Die gegenseitige Anerkennung der Ehre war der Eckpfeiler der Allianz zwischen Föderation und Klingonen, genau wie der schändliche Mangel an Ehre es unvorstellbar machte, sich mit den Cardassianern oder den verfluchten Romulanern einzulassen.

Worf entschied sich für das Schwert in Chih-lis rechter Hand. Die lange silberne Klinge leuchtete unter dem flackernden Licht der Lampions. Er sah keine

Kerben, Kratzer oder andere Beschädigungen der Oberfläche. Er trat zurück und schwang die Klinge versuchsweise, durchschnitt die neblige, weihrauchdurchsetzte Luft. Das Schwert war weder so schwer noch so vielseitig verwendbar wie ein klingonisches *Bat'leth*, schien aber trotzdem eine gute Waffe zu sein. »Sie wird genügen«, knurrte er.

Weitere Worte waren überflüssig. Chih-li nahm das andere Schwert in die nun leere rechte Hand und richtete die Spitze auf Worf, der eine Abwehrhaltung einnahm. Da er keine Rüstung trug, war er im Nachteil, doch nur ein Feigling würde eine Herausforderung aus diesem Grund ablehnen. Außerdem hatte er nicht vor, dem Pai den ersten Treffer zuzugestehen.

Chih-li griff wütend an und trieb Worf in den Gang zurück. Hinter dem Minister für Innere Sicherheit (Ersten Ranges) glitt die emailbedeckte Tür wieder zu und schnitt die beiden Kämpfenden von dem Raum dahinter ab. Worf wich jedoch nur ein paar Schritte zurück, bevor er den Ansturm des Pai mit einem Gegenangriff beantwortete. Stahl schlug gegen nackten Stahl, als sie versuchten, sich allein mit der Kraft ihrer Arme zurückzudrängen. Ihre Gesichter trafen sich nur ein paar Zentimeter entfernt über gekreuzten Klingen. Chih-li biß die Zähne zusammen. Schweiß tropfte vom Rand seines Helms herunter. Worf sah die Anstrengung – und die Entschlossenheit – auf dem Gesicht des Pai. Seine Meinung vom Drachenreich wurde von Minute zu Minute besser.

Hin und her wankten sie, und kein Krieger war bereit, dem anderen auch nur einen Zentimeter nachzugeben. Worf drängte kurz vor, nur um einen Augenblick später von Chih-li unter Aufbietung aller Kräfte zurückgedrängt zu werden. Der Minister für Innere Sicherheit war stark für einen Menschen… oder einen Pai. Der Klingone änderte die Taktik, drückte nicht mehr gegen das Schwert seines Widersachers und trat abrupt zur Seite. Überrascht taumelte Chih-li vor, und sein Schwung trug ihn genau dorthin, wo Worf gerade noch gestanden hatte. Die flache Seite seiner Klinge traf Chih-li genau unter die Rippen. Der Hieb trieb die Luft aus den Lungen des Pai, der laut aufstöhnte. *Gut,* dachte Worf. Er wollte Chih-li nicht töten, und das nicht nur, weil der Captain keineswegs davon begeistert sein würde. Der Pai hatte sich als ehrbarer Gegner bewiesen. Worf hob die freie Hand und ballte sie zur Faust, um sie Chih-li genau unter dem Helmrand in den Nacken zu schmettern. Mit etwas Glück würde der Hieb dem Pai das Bewußtsein rauben und das Duell zu einem ehrenhaften Abschluß bringen, ohne daß Blut geflossen war.

Aber Chih-li war nicht so überrascht, wie der Klingone gehofft hatte, und wesentlich gelenkiger. Bevor Worf die Faust senken konnte, schnellte Chih-li mit dem Kopf voran über Worfs Schwert, drehte sich in der Luft und landete mehrere Meter hinter dem Klingonen, dem gerade noch Zeit blieb, sich umzudrehen, bevor der Pai aus vollen Lungen einen wilden Kriegsruf ausstieß und ihn schon wieder angriff. Worf riß das Schwert hoch, um die rasiermesserscharfe Klinge abzuwehren, die sich auf seinen Kopf senkte.

Blaue Funken sprühten, als die Schwerter aufeinanderprallten. Das Scheppern von Stahl hallte durch den breiten Gang. Worfs Schwert suchte nach Spalten in der Rüstung seines Gegners, doch Chih-lis geschickte Paraden ließen ihn nicht nah genug herankommen. Aus dem Augenwinkel sah der Offizier der *Enterprise,* daß einige Dienerinnen den Gang entlang kamen, bekleidet mit fließenden, pfirsich- und fliederfarbenen Gewändern. Als die jungen Frauen die beiden erbittert kämpfenden Männer bemerkten, stießen sie hohe Schreie aus. »Ein Dämon!« kreischte eine von ihnen.

»Der Minister kämpft gegen einen Dämon aus der Hölle!« Worf war leicht pikiert.

Die Frauen rissen die Säume ihrer Gewänder hoch und eilten so schnell davon, wie ihre geschmeidigen jungen Beine sie tragen konnten. Worf bemerkte ihre Flucht kaum; seine gesamte Aufmerksamkeit galt dem Duell mit Chih-li, das noch so erbittert wie in der ersten Sekunde geführt wurde. Ihre silbernen Schwerter schossen blitzschnell vor und wurden immer wieder von den Paraden des jeweils anderen abgewehrt. Worf gelang es, Chih-li einen so mächtigen Hieb gegen den Leib zu versetzen, daß die Brustplatte zerkratzt und eingebeult wurde, doch die Panzerung schützte den Krieger. Der Schlag hatte jedoch eine Handvoll goldener und silberner Perlen abgerissen, und sie rollten zu Worfs Verdruß über die weißen Fliesen. Der Klingone mußte aufpassen, um nicht auf ihnen auszurutschen und zu fallen. Trotz all seiner guten Absichten spürte er, daß das Feuer in seinem Herzen immer heißer loderte. Er wollte Blut vergießen, keine Perlen.

Finte. Hieb. Parade. Das Duell trug sie durch den langen Korridor. Chih-li war, technisch gesehen, der bessere Fechter, doch Worf wurde nicht von einer schweren Metallrüstung behindert und war schneller und agiler. *Dieser Kampf dauert zu lange,* dachte er und bemühte sich, seine berserkerhafte Wut unter Kontrolle zu halten. Er durfte seine eigentliche Mission nicht vergessen: den Drachen und seine Gefolgsleute zu schützen. Mit der Zeit würde seine überlegene Ausdauer den Pai vielleicht erschöpfen, aber so lange konnte Worf nicht warten. Jede Sekunde, die er mit dem Duell mit Chih-li verschwendete, hielt ihn von seiner Pflicht ab. Er mußte den Kampf so schnell wie möglich beenden. *Mein Fehler,* dachte er. *Ich hätte öfter in Lieutenant Barclays ›Drei Musketiere‹-Holodeckszenario üben sollen.*

Worf parierte einen weiteren Schlag Chih-lis und versuchte eine plötzliche Riposte. Der unerwartete Stoß traf den Pai unvorbereitet; er mußte zurückspringen, um das Schwert nicht zwischen die Augen zu bekommen. Der Klingone setzte nach und hielt den Minister in der Defensive. Seine Klinge senkte sich immer wieder auf die des Gegners und zwang Chih-li damit, sein Schwert als Schild und nicht als Waffe einzusetzen. Der Minister taumelte zurück, bis er mit dem Rücken gegen eine Wand prallte. Worf hatte ihn nun in die Ecke getrieben. Ein grimmiges Lächeln umspielte die Lippen des Klingonen. Chih-li hatte unter den wilden Schlägen des Klingonen den Kopf eingezogen, und Worf wirkte gegenüber dem sich duckenden Kaiserlichen Minister für Innere Sicherheit wie ein Riese. Der Klingone fragte sich, ob es genügen würde, Chih-li zu entwaffnen, oder ob die Ehre des Pai nur gewahrt bleiben konnte, indem er ihn verwundete oder bewußtlos schlug. Wie dem auch sei, es würde nicht mehr lange dauern. Worf hob die Waffe, um Chih-lis Schwert mit dem nächsten Hieb in zwei Teile zu spalten.

In diesem Augenblick piepste sein Kommunikator und lenkte ihn ab. »Was ist?« rief er und schaute an seiner Brust hinab. Chih-li ergriff die Gelegenheit und sprang mit der Geschwindigkeit eines in Panik geratenen *Targ* auf. Die Spitze seines Schwerts zwängte sich zwischen den Griff von Worfs Waffe und die Hand, die sie hielt. Der Klingone stöhnte vor Schmerz auf, als das Schwert durch die Luft flog und mehrere Meter von ihm entfernt zu Boden fiel.

»Lieutenant Worf?« drang Datas Stimme aus dem Insignienkommunikator. »Fähnrich Craigie hat im Drachennebel einige ungewöhnliche Signale entdeckt. Ich wollte Sie darüber informieren, wenngleich die Messungen innerhalb der Parameter dessen liegen, was man unter diesen Umständen von einem Nebel des Trigol-Typs erwarten kann ...«

»Erzählen Sie mir das später«, bellte der Klingone und wich vor Chih-lis Schwertspitze zurück. »Worf Ende.« Dunkles klingonisches Blut tropfte von seiner Handfläche und befleckte die goldene Oberfläche des Kommunikators, als er sie berührte. Chih-li setzte nach, und ein triumphierendes Grinsen verzog seine Gesichtszüge. Worf fühlte die Schwertspitze an seiner Brust, die seine gelbe Starfleet-Uniform durchdrang. Instinktiv griff er nach seinem Phaser, hielt dann jedoch inne. *Nein,* dachte er, *das wäre nicht ehrenhaft.*

»Sie haben gut gekämpft, Fremder«, gestand Chih-li ein. »Würde ich Beistand brauchen, was ich allerdings kategorisch ablehne, wären Sie ein willkommener Verbündeter.« Unter dem Rand seines Helms verzog sich seine Stirn zu einem verwirrten Runzeln. »Ich gestehe ein, ich bin mit Ihren Bräuchen nicht vertraut. Ziehen Sie den Tod oder die Kapitulation vor?«

Data saß im Sessel des Captains auf der Brücke der *Enterprise* und wunderte sich darüber, daß Worf das Gespräch so abrupt beendet hatte. Er konnte nur hoffen, daß er Worf nicht in einem unpassenden Augenblick gestört hatte.

Obwohl die meisten Senioroffiziere auf Pai heruntergebeamt waren, war die Brücke voll besetzt. Lieutenant Tor war weiterhin am Navigationspult stationiert, während Lieutenant Melilli Mera, eine großgewachsene Bajoranerin, Datas üblichen Posten eingenommen hatte. Wann immer sie den Kopf bewegte, hörte Data das Klingeln ihres silbernen Ohrrings; er vermutete allerdings, daß das Geräusch zu leise war, als daß die Ohren der meisten Humanoiden es wahrnehmen konnten. Fähnrich Cameron Craigie, der frisch vom Gibson Science-Institut in Montreal gekommen war, überwachte die wissenschaftliche Station. Er war es gewesen, der die ungewöhnlichen Meßwerte im Drachennebel entdeckt hatte.

»Haben Sie weitere Informationen sammeln können, Fähnrich Craigie?« fragte der Androide.

»Nein, Sir, die Konzentration des ionisierten Plasmas im Nebel ist größer, als ich es erwartet hätte, bleibt aber konstant. Sie könnte auf die Anwesenheit einer beträchtlichen Anzahl von Raumschiffen im Nebel hindeuten, aber auch einfach nur eine statistische Absonderlichkeit sein. Der Nebel selbst erschwert es, zuverlässige Meßergebnisse zu erhalten.«

»Verstanden«, sagte Data. »Überwachen Sie den Nebel weiterhin und informieren Sie mich bei der geringsten Veränderung.« Data speicherte den Bericht des Fähnrichs und überdachte die neu gewonnenen Kenntnisse, um über sein weiteres Vorgehen zu entscheiden. Er spielte mit dem Gedanken, den Captain zu informieren, entschloß sich dann aber, erst einmal abzuwarten, bis ihm weitere Informationen zur Verfügung standen. Wie er bereits Worf zu erklären versucht hatte, waren diese Messungen zwar ungewöhnlich, bewegten sich aber noch innerhalb der weiten Parameter eines Nebels des Trigol-Typus.

Hinter Data öffnete sich die Tür des Turbolifts, und Geordi LaForge trat auf die Brücke. »Ich kann Galauniformen nicht ausstehen«, sagte er und zerrte am steifen Kragen der Jacke. »Und was hat das mit dieser Besichtigung überhaupt zu bedeuten? Ich habe schon genug zu tun, um das Feuerwerk noch rechtzeitig hinzubekommen.«

»Es tut mir leid, Geordi«, sagte Data und erhob sich »Sowohl der Hohe Lord Ersten Ranges der Himmelsmechanik und der Große Astronomische Gelehrte haben ihr Interesse an der Raumschifftechnologie der Föderation zum Ausdruck gebracht. Die Höflichkeit schien es zu gebieten, sie zu einer Besichtigung der Triebwerke der *Enterprise* einzuladen.«

»Verstößt es nicht gegen die Erste Direktive«, sagte LaForge hoffnungsvoll, »wenn wir ihnen Föderationstechnik zeigen?«

»Offensichtlich steht dem Drachenreich die Raumfahrt bereits zur Verfügung, auch wenn sie uns ein wenig umständlich erscheint, da sie nicht auf Warp- und Impulstriebwerken, sondern auf der Nebelsegel-Dynamik beruht. Außerdem wird das Reich bald der Föderation angehören.«

»Da habe ich aber etwas anderes gehört«, sagte LaForge. »Den Gerüchten zufolge ist der Drache keineswegs bereit, den Vertrag einfach so zu unterzeichnen.«

»Das ist korrekt«, bestätigte Data, »aber ich kann Ihnen versichern, daß der Drache den Vertrag *auf keinen Fall* unterzeichnen wird, wenn wir seine Wissenschaftler nicht mit dem gebührenden Respekt behandeln.« Sämtliche seiner Beobachtungen über die Pai unterstützten die These, daß diese den Regeln des Anstands und der Ehre höchste Bedeutung beimaßen. In dieser Hinsicht ähnelten sie vielen der 6726 humanoiden Spezies, die Data studiert hatte.

»Oh, ich werde die Nettigkeit in Person sein«, sagte LaForge grantig. »Ich werde ihnen jeden Bolzen und jede Schweißnaht im Rumpf zeigen, die sie sehen wollen. Ich hoffe nur, daß sie pünktlich sind. Ich muß noch die Hälfte der Phaser auf Fernsteuerung umstellen.«

Ein leises Summen von Lieutenant Melillis Konsole durchdrang LaForges Beschwerde. Sie stellte den Alarmton ab und arbeitete hektisch an ihren Geräten. »Commander Data«, sagte sie dann, »wir haben einen Funkspruch abgefangen, der irgendwo im Nebel seinen Ursprung hat.«

»Danke, Lieutenant.« Data ging zu ihrer Station und sah ihr über die Schulter, während sie den Computercheck fortsetzte. »Können Sie die Quelle genau bestimmen?«

»Ich arbeite daran, Sir«, erwiderte sie. »Das ist in dieser von den Propheten verfluchten Gaswolke nicht einfach.«

»Was ist mit dem Inhalt des Funkspruchs?« fragte Data.

»Er ist verschlüsselt«, sagte Melilli. »Der Computer versucht, den Kode zu knacken, aber es könnte eine Weile dauern.«

»Ich verstehe«, sagte Data. »Bitte rufen Sie die digitale Aufschlüsselung des Funkspruchs auf, damit ich ihn mir selbst ansehen kann.«

Melilli tat wie geheißen, und schneller, als ein menschlicher Verstand ihn erfassen konnte, raste ein Datenstrom numerischer Informationen über ihren Monitor. »Danke«, sagte der Androide ein paar Herzschläge später. Er beauftragte 36,89 Prozent seines logischen Denkvermögens damit, den kodierten Funkspruch zu entschlüsseln. Zum Glück war er durchaus imstande, mehrere Aufgaben gleichzeitig zu erledigen.

Data trat von Melillis Station zurück und ging wieder zu LaForge, der noch neben dem Sessel des Captains stand. »Die G'kkau?« fragte der Ingenieur ruhig.

»Höchstwahrscheinlich«, bestätigte der Androide. »Aber wir können nur spekulieren, in welcher Anzahl sie sich dort befinden und was sie vorhaben.«

LaForge schüttelte den Kopf. »Hoffentlich kriegen der Captain und die anderen da unten alles auf die Reihe. Ich habe das Gefühl, daß die Zeit sehr knapp wird.«

»Ich habe keine Gefühle, auf die ich mich verlassen kann«, sagte Data, »doch die Wahrscheinlichkeit einer unmittelbar bevorstehenden Invasion durch die G'kkau wächst. Wir müssen uns auf alle Eventualitäten vorbereiten.«

Fähnrich Kamis, ein Benzit, schaute von der Kommunikationskonsole auf. »Commander Data? Commander LaForge? Die kaiserlichen Wissenschaftler sind an Bord.« Wölkchen aus Methan und Ammoniak stiegen aus dem Atemgerät unter seinem Kinn empor.

»Verdammt«, fluchte LaForge. »Ich wollte sie bei ihrer Ankunft persönlich begrüßen.«

»Bitte informieren Sie den Transporterraum, daß Commander LaForge dorthin unterwegs ist«, sagte Data zu Fähnrich Kamis. »Geordi, bitte erwähnen Sie unseren Gästen gegenüber nichts von den G'kkau. Es wäre sinnlos, sie zu beunruhigen, bevor es dem Captain gelungen ist, Pai unter den Schutz der Föderation zu bringen.«

»Keine Angst, Data«, sagte LaForge, während er zum Turbolift eilte. »Ich bin schon allein beunruhigt genug.«

Data vermutete, daß Geordi einen Scherz gemacht hatte, war sich aber nicht ganz sicher. Er hatte noch immer keine genaue Vorstellung vom Begriff ›Humor‹.

Der Androide nahm wieder im Sessel des Captains Platz und griff auf sein internes Chronometer zurück. Die Hochzeit des Drachenerben und der Grünen Perle von Lu Tung sollte bei Sonnenaufgang stattfinden, in genau 10,5782 Stunden. Er hoffte, daß die anderen Offiziere der *Enterprise* die Teilnehmer bis dahin am Leben halten konnten.

8

Ein Klingone gibt niemals auf, dachte Worf. Die Spitze von Chih-lis Schwert bohrte sich in seine Brust. Er wich noch ein paar Schritte zurück, und ein dunkler, rechteckiger Schatten fiel über ihn. *Der Schatten des Todes,* dachte er fatalistisch. Er blickte hoch und sah die Unterseite einer mannsgroßen Metallplattform, die etwa vier Meter über seinem Kopf schwebte. Ein junger Pai spähte über den Rand der Plattform und betrachtete Worf durch dicke Plastiklinsen. Natürlich, dachte der Klingone. Der Künstler, der die Decke verzierte.

»Nun?« fragte Chih-li. »Tod oder Kapitulation? Ich habe nicht den ganzen Tag lang Zeit. Die Sicherheit des Drachen, Sie wissen ja.«

Worf antwortete nicht. Statt dessen ging er ohne Vorwarnung in die Knie und sprang dann hoch. Chih-lis Kinnlade fiel herab, und der Kunsthandwerker schrie erschrocken auf, als die Hände des Klingonen sich um zwei Seiten des schwebenden Rechtecks schlossen. Wie er gehofft hatte, gab die Plattform nicht unter seinem Gewicht nach, sondern behielt ihre Position bei. Er klammerte sich daran fest und trat mit beiden Beinen nach Chih-li. Die Sohlen der Stiefel prallten gegen das Kinn des Pai und rissen ihm den Helm vom Kopf. Der mit Gold und Silber verzierte Teil der Rüstung flog hoch durch die Luft, zerriß eine Papierlaterne, prallte von der Decke ab und schepperte dann laut über den Boden, bevor er nicht weit von Worfs

Schwert entfernt liegen blieb. Mittlerweile hatte die Wucht von Worfs Tritt die Plattform aus dem Gleichgewicht gebracht. Bevor die Antigrav-Stabilisatoren die plötzliche Bewegung kompensieren konnten, neigte ein Ende des Gebildes sich dem Boden zu, und der junge Handwerker rutschte mit dem Kopf voran hinab und stürzte genau auf Chih-li. Er riß den Kaiserlichen Minister für Innere Sicherheit mit sich, und die beiden kamen in einem Durcheinander verhedderter Gliedmaßen auf dem Boden zu liegen. Als es dem laut fluchenden Chih-li endlich gelang, sich von dem in Panik geratenen Kunsthandwerker zu befreien, stand Worf vor ihm und hielt in seinen dunklen klingonischen Händen beide Schwerter.

»Sie haben die Wahl, Minister«, sagte Worf schroff und hielt Chih-li sein Schwert hin. »Setzen wir das fort, oder beenden wir diesen Kampf, um meinem Captain und Ihrem Kaiser besser dienen zu können?«

Mit vor Überraschung weit aufgerissenen Augen betrachtete Chih-li den Klingonen vor ihm. Wie Worf hatte auch der Pai das schwarze Haar hinten zu einem Pferdeschwanz zusammengebunden. Blut – so rot wie das eines Menschen – floß aus seiner Nase und der Wunde in den Lippen, die Worfs Stiefel aufgerissen hatten. Chih-li wischte sich das Blut mit dem Rücken eines gepanzerten Handschuhs ab und rieb sich mit der anderen Hand das Kinn. Der klingonische Krieger in Worf hoffte, daß der Pai den Kampf fortsetzen wollte, doch der Starfleet-Offizier sehnte sich nach einer vernünftigeren Entscheidung.

»Eine überaus ehrenvolle Geste«, sagte Chih-li und nahm sein Schwert von Worf entgegen. »Vielleicht haben Sie recht. Unsere Pflicht den jeweiligen Vorgesetzten gegenüber muß vor unserem persönlichen Disput Vorrang haben. Ich schlage vor, wir verschieben diese Angelegenheit, bis wir uns überzeugt haben, daß die Hochzeitsgeschenke in Sicherheit sind. Ich akzeptiere dabei Ihre Hilfe gern, muß aber betonen, daß sie zweifellos nicht erforderlich ist.«

»Einverstanden«, knurrte Worf. In seinem Blut brannte noch das Feuer des Kampfes. Er bemühte sich, seinen Zorn im Zaum zu halten.

»Sie verstehen natürlich«, beharrte Chih-li, »die Ehre verlangt, daß wir diese Sache bei der ersten sich bietenden Gelegenheit klären. Nach der Hochzeit, heißt das.«

»Ich freue mich bereits darauf«, sagte Worf.

»Genau wie ich«, erwiderte Chih-li.

Die Grüne Perle stand geduldig zwischen den allgegenwärtigen Vorhängen von Lu Tungs Harem, während Dr. Crusher den medizinischen Tricorder über ihren Körper bewegte. Die Untersuchung war nur ein Vorwand gewesen, damit Beverly zu der Braut vorgelassen wurde, doch sie sah keinen Grund, das Mädchen nicht zu untersuchen, wenn sie schon einmal hier war. Außerdem lenkte sie die Braut damit von dem Streit mit Hsiao Har ab. Bislang waren die Ergebnisse einwandfrei; Yao Hu schien völlig gesund zu sein. Das zeugte von der Qualität der Medizin der Pai. »Wie alt genau sind Sie?« fragte sie die Perle.

»Ich wurde im Jahr des Aufsteigenden Phönix geboren, vor siebzehn Sommern.«

»Baby«, verspottete Hsiao Har sie. Die Tochter des Erben machte ein paar Meter entfernt einen Kopfstand; ihr scharlachrotes Gewand fiel um ihre Taille hinab und enthüllte eine violette Seidenhose darunter. Sie beharrte darauf, Körperertüchtigung zu betreiben, doch Beverly vermutete, daß sie eifersüchtig auf all die Aufmerksamkeit war, mit der die Braut bedacht wurde. Beverly fragte sich, ob es Hsiao Har störte, daß das jüngere Mädchen vor ihr unter die Haube kam.

Ehrlich gesagt, dachte die Ärztin daraufhin, waren nach den Maßstäben der Föderation beide viel zu jung, um auch nur an eine Ehe zu denken. *Siebzehn Jahre alt… mein Gott,* grübelte sie. *Das sind doch noch Kinder.* Beverly selbst hatte früher als die meisten ihrer Kollegen auf der *Enterprise* geheiratet; trotzdem hatte sie damals, als sie Jack Crusher ehelichte, schon die Hälfte ihres Medizinstudiums hinter sich gehabt und genau gewußt, was sie mit ihrem Leben anfangen wollte. Wie konnte Yao Hu, die behütet hinter Haremwänden lebte, genug über sich selbst wissen, um solch eine lebenslange Verpflichtung einzugehen? *Andere Länder, andere Sitten,* mahnte die Ärztin sich. Doch sie wußte ganz genau, wie sie reagiert hätte, wenn Wesley ihr plötzlich verkündet hätte, er wolle heiraten: »*Erst, wenn du wesentlich älter bist, junger Mann!*«

Sicher, Wesleys erste große Liebe hatte einer außerirdischen Prinzessin gegolten, die darüber hinaus auch noch Gestaltwandlerin war und sich gelegentlich in ein fellbedecktes, zweieinhalb Meter großes, glotzäugiges Ungeheuer verwandelte. Zumindest gehörte der Drachenerbe derselben Spezies wie die Perle an. (*Spricht da die Frau,* tadelte sie *sich, die sich in eine intelligente Schnecke verknallt hat, ganz zu schweigen vom Familiengeist?*) Wer konnte behaupten, daß Liebe der Logik gehorchen mußte? Sie hoffte nur, daß Yao Hu in ihrer Ehe so glücklich werden würde, wie sie selbst es mit Jack gewesen war.

»Dr. Crusher?« fragte die Perle leise und riß die Ärztin damit aus ihren nostalgischen Gedanken.

»Nennen Sie mich Beverly«, beharrte sie und steckte den Tricorder wieder ein. »Sie können sich jetzt setzen.«

»Danke, Dok… Beverly.« Die Perle kniete auf einem mit Goldfäden durchwirkten Seidenkissen nieder. Die Sohlen ihrer winzigen Schuhe lugten unter dem Saum ihres meergrünen Gewandes hervor. »Mein geehrter Vater hat angedeutet, daß Sie eine Frau von großer Weisheit und Erfahrung sind.«

»Ihr Vater ist überaus freundlich.« Beverly zuckte beiläufig mit den Achseln. »Ich habe im Lauf der Jahre wohl das eine oder andere mitbekommen.« *Großer Gott,* dachte sie, *ich höre mich wie meine eigene Großmutter an.* Diese Mission bewirkte, daß sie sich von Minute zu Minute älter fühlte.

Die Perle senkte den Blick, schien Beverly nicht in die Augen sehen zu können. »Vor meiner Hochzeit«, begann sie zögernd, »würde ich gern mit Ihnen über etwas sprechen.«

Oha, dachte Beverly. *Was nun?* Irgend etwas schien Yao Hu zu beschäftigen, das war offensichtlich. »Worüber?« fragte sie.

Noch immer auf dem Kopf stehend, kicherte Hsiao Har laut.

»Ich würde gern unter vier Augen darüber sprechen«, sagte die Perle und warf einen giftigen Blick in die Richtung ihrer zukünftigen Stieftochter.

»Sie will wissen, was es mit Männern und Frauen so auf sich hat«, rief Hsiao Har. Die Perle lief hellrot an; ob vor Zorn oder Verlegenheit, das konnte Beverly nicht sagen. »Das Baby möchte, daß Sie ihm alle Geheimnisse des Ehebetts verraten.«

Gott im Himmel, dachte Beverly, als es ihr plötzlich dämmerte. *Die Braut ist noch nicht aufgeklärt!* Sie fragte sich, ob Lord Lu Tung genau das von Anfang an beabsichtigt hatte; kein Wunder, daß er ihre Dienste so bereitwillig in Anspruch genommen hatte. Während ihre Wangen noch immer brannten, schaute Yao Hu mit verzweifelten, bittenden smaragdgrünen Augen zu Beverly hoch. Neben ihr grinste Hsiao Har boshaft vor sich hin. Beide Mädchen betrachteten sie erwartungsvoll, warteten darauf, daß sie etwas sagte.

O je, dachte Beverly. *Worauf hast du dich da nur eingelassen?*

Sechs Sicherheitswächter von Starfleet standen um die Hochzeitsgeschenke Wache, gemeinsam mit der gleichen Anzahl von Kriegern der Pai in voller Rüstung. Worf nickte anerkennend. Im Idealfall hätte natürlich ein Bataillon klingonischer Krieger *echte* Sicherheit geboten; leider gab es nicht genug Klingonen bei Starfleet. Bislang hatte Worfs Beispiel nicht gerade viele andere Klingonen bewogen, in seine Fußstapfen zu treten. Das betrübte ihn manchmal, wenngleich er es nie eingestehen würde, nicht einmal Deanna gegenüber.

Auf jeden Fall schien ein Dutzend Wachen vollauf zu genügen, diese gewaltige Ansammlung von Schätzen und Schmuckstücken in der sogenannten Hohen Halle der Zeremoniellen Erhabenheit zu bewachen. In Wirklichkeit kam Worf diese prahlerische Zurschaustellung von Wohlstand und Luxus ziemlich geschmacklos vor. Er sah darin einen weiteren Beweis für die falschen Prioritäten im Drachenreich. All dieses festliche Gepränge nur für eine Hochzeit? Worf war nicht beeindruckt. Eine klingonische Hochzeit war im Gegensatz dazu kurz, direkt und bewundernswert unkompliziert und erforderte kaum mehr als einen Austausch von Gelübden zwischen einem Krieger und seiner auserwählten Gefährtin (oder umgekehrt). Auf seiner Heimatwelt wäre diese Zeremonie schon vor Stunden über die Bühne gegangen. Doch in der Zeit, die man benötigte, um zwei Pai miteinander zu verheiraten, konnten ganze Kriege ausgetragen und gewonnen werden. Worf schüttelte ungläubig den Kopf.

»Stimmt etwas nicht?« fragte Chih-li. Der Kaiserliche Minister für Innere Sicherheit stand neben dem

Klingonen und drückte den vergoldeten Helm gegen seine Brust.

»Nein«, sagte Worf. Sein Blick glitt über die Männer, die aufmerksam Wache hielten. »Alles in Ordnung.«

»In der Tat«, pflichtete Chih-li ihm bei. »Nicht, daß Ihre Leute irgendwie erforderlich wären.«

»Ich habe meine Befehle«, erinnerte Worf ihn.

»Ja, sicher. Wir alle tun wohl, was wir tun müssen.«

Chih-li redet zuviel, dachte Worf, wie alle anderen Pai auch. Doch er hatte gelernt, den stämmigen Paikrieger zu respektieren, der seine Pflicht und Ehre eindeutig sehr ernst nahm. Doch wie konnte man an diese Ehre appellieren, um die Sicherheit des Drachen selbst zu gewährleisten? Worf war durchaus klar, daß die Sicherheit der Hochzeitsgeschenke nur ein Vorwand war; Captain Picard wollte ihn in der Nähe haben, damit er den Kaiser und seine Gäste schützte. Konnte er das dem Minister gegenüber andeuten, ohne ein weiteres Duell zu provozieren? Worf beäugte seinen neuen Verbündeten sehr mißtrauisch.

»Da ist noch etwas«, sagte er schließlich so leise, daß kein anderer mithören konnte. »Der Captain hat mich informiert, daß es einen Anschlag auf das Leben des Drachen gegeben hat.«

»Ja«, gestand Chih-li ein. Er schaute eher bedrückt als beleidigt drein. Als er fortfuhr, klang seine Stimme ein wenig resignierend. »Der Drache hat abgelehnt, irgendwelche Maßnahmen zu seinem Schutz zu ergreifen. Das ist eine Sache der Ehre.«

»Doch vor ein paar Stunden hätte ein Attentäter fast Erfolg gehabt«, sagte Worf.

Der Minister senkte den Kopf. Sein Kinn fiel auf die Brust. »Ich hätte ihn schützen sollen, trotz seiner direkten Anweisungen. Er hätte mich getötet, wenn er es herausgefunden hätte, aber trotzdem …«

»Wenn es einen Versuch gegeben hat«, betonte Worf, »könnte es noch weitere geben.«

»Ich habe bereits angeboten, mich als Buße für mein Versagen bei dem Bankett zu töten«, sagte Chih-li, »doch der Kaiser hat mir dieses Privileg verwehrt.«

Worf hatte Mitgefühl für ihn. »Auch mein Volk ist der Ansicht, daß man so etwas am besten durch den Tod sühnen kann.«

»Wirklich?« Chih-li zog eine Braue hoch. »Ähneln unsere Völker uns tatsächlich so sehr?«

»Wir leben seit zehntausend Jahren, wie die Ehre es gebietet«, entgegnete Worf diplomatisch. Er atmete tief ein und vertraute sich Chih-li dann rückhaltlos an. »Mein Captain hat mich gebeten, alles zu unternehmen, was in meiner Macht steht, um die Sicherheit des Drachen bis zur Hochzeit zu gewährleisten.«

»Auch wir leben seit Generationen nach den Geboten der Ehre.« Der Minister seufzte müde. »Doch man kann nur wenig tun, wenn der Drache nichts erlaubt.«

»Was der Drache über das Vorgehen seiner Verteidiger nicht weiß, wird ihn weder erzürnen noch entehren.«

»Ihre Worte finden mein Interesse, Lieutenant«, sagte Chih-li. »Bitte drücken Sie sich deutlicher aus.«

Worf wurde von der gelassenen Reaktion des Pai ermutigt. »Ich würde vorschlagen, daß wir ihn ohne sein Wissen schützen, indem wir so viele Kraftfelder und andere Barrieren errichten, wie wir nur können, ohne ihn auf ihr Vorhandensein aufmerksam zu machen.«

»Ja«, sagte der Minister nachdenklich und fuhr mit einer Hand über das Kinn. Seine Lippe war von Worfs Tritt noch immer angeschwollen. »Schließlich mag es durchaus ehrenvoll für den Drachen sein, nichts um sein Leben zu geben, doch jemand, der sich dem Wohlergehen des Drachen verschrieben hat, kann durchaus alle Vorkehrungen treffen, die er für nötig erachtet, ohne seine Ehre zu verlieren.« Chih-li bedachte Worf mit einem ernsten Blick. »Wir können den Drachen natürlich nicht informieren. Das würde auf unentschuldbare Weise seine Ehre verletzen. Ich bin neugierig: Wie würde Ihr Volk solch ein Vorgehen auffassen?«

Worf dachte ausgiebig darüber nach, bevor er antwortete. »Höchstwahrscheinlich als Verrat, aber man könnte es auch als Weigerung sehen, die Befehle eines gefährlichen Kommandanten zu befolgen.«

»Der Drache ist nicht gefährlich!« protestierte Chih-li.

»Er ist eine Gefahr für sich selbst.«

»Ein guter Einwand«, sagte der Pai anscheinend besänftigt. »Und die Strafe für solch einen Verrat?«

»In der Föderation käme man vor ein Kriegsgericht, das, falls die betreffende Person verurteilt wird, eine Strafe aussprechen könnte, die vom Ausschluß aus Starfleet über Geldbußen bis hin zur Haft reichen könnte.«

»Weich«, sagte der Minister.

»Den Eindruck hatte ich auch, als ich zu Starfleet ging.«

»Und woher kommen Sie?«

»Aus dem Klingonischen Imperium, und dort würde man jemanden, der solch eine Tat begeht und erwischt wird, zwingen, barfuß über *K'atha*-Klingen zu laufen.«

»Und wenn er mit diesem Ungehorsam seinem Anführer das Leben rettet?«

»Würde man ihm erlauben, Sandalen zu tragen.«

Chih-li lächelte herzlich; die feineren Nuancen der klingonischen Rechtsprechung hatten ihn eindeutig beeindruckt. »Auf Pai«, sagte er stolz, »wäre die übliche Strafe für so etwas, den Ungehorsamen zu zwingen, einen lebenden *Huang lang shu* zu essen.«

Worf runzelte die Stirn. »Das kommt mir auch ziemlich weich vor … lediglich etwas zu essen.«

»Der *Huang lang shu* ist ein kleines Tier, das für kurze Zeit ohne Luft leben kann. Wenn es sich plötzlich in einer engen Höhle wiederfindet, wird es versuchen, sich mit den Zähnen den Weg in die Freiheit zu bahnen.«

»Es frißt sich aus dem Delinquenten heraus«, sagte Worf. »Das ist ziemlich kreativ.«

»Dieser Auffassung ist man hier seit geraumer Zeit«, erklärte Chih-li. »Der Vater meines Vaters kam auf die Idee, als er der Oberste Berater für Erlesene Strafen des vorherigen Drachen war.«

»Ihr Großvater hat diese Methode entwickelt? Überaus einfallsreich.«

Chih-li verbeugte sich so tief, wie seine Rüstung es gestattete. »Im Namen meines Großvaters danke ich Ihnen.«

»Aber die Methode kommt mir ziemlich kompliziert vor«, sagte Worf. »Man muß auf dieses Tier zurückgreifen können.«

»Die ideale Strafe ist nicht immer die einfachste«, erklärte Chih-li. »Verrat ist natürlich ein außergewöhnlicher Tatbestand. Die meisten gewöhnlichen Verstöße werden nicht so umständlich geahndet. Würden wir beide beispielsweise an einem Diner teilnehmen, und ich würde unabsichtlich Ihren Wein verschütten und Ihnen als Wiedergutmachung nicht mein eigenes Kelchglas und mein oberstes Gewand anbieten, hätten Sie das Recht, meine zweite Konkubine aus meinem Harem zu holen und sie zu behalten oder zu verkaufen, ganz wie es Ihnen gefällt.«

Worf bezweifelte, daß irgendeine klingonische Frau, die dieser Bezeichnung würdig war, sich bereit erklären würde, bei solch einer Transaktion mitzumachen. Doch die Kompliziertheit des Ehrenkodex der

Pai faszinierte ihn. »Was für eine Missetat«, fragte er, »würde mich berechtigen, Ihre erste Konkubine zu fordern?«

»Das kann ich wirklich nicht sagen«, erwiderte der Pai und errötete unter seinen Gesichtsprellungen. »Es wäre überaus unangemessen, vor einem geehrten Gast von solchen Dingen zu sprechen.«

Worf stellte erfreut fest, daß er in kurzer Zeit von einem unerwünschten Eindringling zu einem geehrten Gast geworden war. Er kam zur Auffassung, daß die Pai trotz ihrer Exzentrizitäten im Grunde ihrer Seele ein ehrbares Volk waren, ganz im Gegensatz zu den verabscheuungswürdigen G'kkau. Mehr denn je erkannte er, wie wichtig es war, das Drachenreich vor den unersättlichen Fangzähnen dieser verräterischen Reptilien zu schützen.

»Dann stimmen wir überein«, fragte er, »den Drachen diskret vor weiteren Anschlägen zu schützen?«

Chih-li sah sich schnell um, um sich zu überzeugen, daß ihr Gespräch von niemandem belauscht wurde. »Wir sind einer Meinung«, sagte er leise, »vorausgesetzt, wir gehen zurückhaltend und unauffällig vor. Ich habe in einen Großteil der Palastmauern die üblichen Kraftfelder einbauen lassen. Es ist kein Problem, sie auf volle Energie zu schalten. In den meisten großen Räumen befinden sich Sensoren, die nach Pfeilen und anderen Projektilwaffen suchen, aber bei den Privatgemächern des Drachen bin ich machtlos.«

»Das ist schade«, sagte Worf, »läßt sich aber nicht ändern.« Es beruhigte ihn ein wenig, daß Captain Picard den Kaiser begleitete; er mußte sich darauf verlassen, daß der Captain den Drachen beschützte. »Was ist mit Angriffen aus der Luft?« fragte er.

»Der Palast verfügt über Schutzschilde, und in den oberen Bereichen der Türme sind Fernsensoren und

Flugabwehrwaffen installiert. Vielleicht möchten Sie sie inspizieren?«

Worf verbeugte sich nach dem Brauch der Pai. »Es wäre mir eine Ehre«, sagte er.

»Ausgezeichnet«, sagte Chih-li freundlich. »Kommen Sie. Auf dem Weg dorthin können wir die Einzelheiten unseres Duells besprechen.«

9

Das sind die Palastküchen«, sagte der Drache. Eine gewaltige bronzene Doppeltür glitt auf und verschwand in ausgesparten Nischen in den danebenliegenden Wänden. Ein Schwall heißer Luft schlug ihnen aus der Küche entgegen und trug das Aroma exotischer Gewürze und Speisen zu ihnen. Gemeinsam mit dem allgegenwärtigen Weihrauch kam Picard die Dunstwolke ziemlich überwältigend vor.

»Welche Ehre«, murmelte er nicht allzu aufrichtig. Sein Magen mußte sich noch von den üppigen und unappetitlichen Gerichten erholen, die er während des Hochzeitsbanketts hatte essen müssen. Der fettige Wildgeschmack der Rahgidaugen verweilte noch immer auf seiner Zunge. Er hörte, daß Deanna, die zwei Schritte hinter Picard und dem Drachen ging, ein Gelächter unterdrückte. Mu, der getreue Zeremonienmeister des Kaisers, war zu irgendeinem Botengang aufgebrochen.

Durch die Tür betraten sie einen riesigen Raum. Selbst hier war alles mit Verzierungen versehen, wenngleich die verwandten Materialien nicht ganz so kostspielig waren – keine Vergoldungen, Juwelen, Bioluminiszenz. In der Küche hatten die Raumgestalter sich statt dessen rein auf Farben verlassen, und sie hatten sie gar verschwenderisch eingesetzt; weite Flächen waren grün, purpur und puterrot gestrichen. Auch die langen Tische in der Mitte des Raums und die offenen

Herde und Öfen, die die Wände säumten, waren bunt lackiert, wenn auch mit weißem Mehl und frischen grünen Salatresten bestäubt und mit den klebrigen Flüssigkeiten bespritzt, die man in jeder Küche fand, ganz gleich, wie groß sie sein mochte. Kleine Hunde, die an eine Mischung aus Bulldogge und Pekinese erinnerten, stöberten frei und fraßen Abfälle.

Vor Jahren hatte Picard während eines kurzen Urlaubs auf der Erde Hampton Court besucht, den Sommerpalast von König Heinrich VIII., und auch die gewaltige Küche besichtigt, in der die Speisen für die zahlreichen üppigen Feste des englischen Monarchen zubereitet worden waren. Die Küche des Drachen erinnerte ihn an diesen uralten, riesigen Raum; zumindest kam sie ihm wie eine bunte, blitzblanke Nachbildung von ihr vor. *Wie kann eine so beeindruckende Küche so widerliches Essen hervorbringen?* fragte er sich.

Die meisten Leute im Raum – die Chefköche und ihre Assistenten, vermutete Picard – hatten sich um einen Tisch in der Mitte des Raums geschart und unterhielten sich laut. »Dorthin gehen wir«, sagte der Drache und zeigte auf das Zentrum der Aktivität.

Einer der Chefköche, ein älterer Mann mit einem strähnigen weißen Schnurrbart, blickte auf, als sie sich näherten. »Es tut mir sehr leid, meine Herren, aber niemand darf …« Er hielt inne und ließ die Kinnlade herunterfallen. »Eure Exzellenz!«

Noch während er sich bäuchlings auf den Steinboden warf, gelang es ihm, seinem Nachbarn einen Stoß mit dem Ellbogen zu versetzen. Der Mann tat es ihm gleich – das Keuchen, der aufklaffende Mund, der Stoß, der Kotau. Innerhalb weniger Sekunden waren Picard, der Drache und Deanna die einzigen noch stehenden Personen in einem Raum, der plötzlich vom schwachen Dunst von Mehl erfüllt war, das von zahlreichen Schürzen hochgestäubt war.

Der Drache bahnte sich den Weg zwischen den knienden Köchen zu dem Tisch, um den sie sich gedrängt hatten. »Das hier wollte ich Ihnen zeigen.« Er deutete mit einem dreißig Zentimeter langen Fingernagel auf einen Gegenstand, der auf dem Tisch lag. Dabei schien es sich um ein Kaninchen mit langen Tentakeln und großen Hörnern zu handeln, die aus seiner Stirn sprossen. Das Tier war tot und schon teilweise gehäutet.

»Oh!« rief Deanna, anscheinend abgestoßen von dem gräßlichen Anblick.

Der Drache drehte sich zu ihr um.

»Verzeihen Sie, Eure Exzellenz«, sagte die Counselor. »Ich habe mich vergessen.«

Der alte Mann strahlte sie mit seinem Engelsgesicht an. »Schon in Ordnung, meine Liebe. Es freut mich, daß noch ein wenig Leben in einer jungen Frau ist, ganz zu schweigen von Ihrer Empfindsamkeit. Ihr Captain muß Sie sehr erfrischend finden, nicht wahr?« Er stieß Picard in die Rippen.

Jean-Luc unterdrückte den Drang, heftig zusammenzuzucken. »Ich vermute, mit diesem Tier hat es etwas Außergewöhnliches auf sich?«

»Frisches *P'u tzu*«, erklärte der Drache stolz. »Etwa hier« – er stieß dem kaninchenähnlichen Tier in den Bauch – »hat es eine Drüse, in der es alle Giftstoffe speichert, die normalerweise in den Urin abgesetzt werden. Wir entfernen diese Drüse und schmoren sie leicht in Paprika. Es ist sehr pikant; Sie werden den auserlesenen Geschmack bestimmt zu schätzen wissen.«

Picard schluckte. »Ich bin sicher, es wird so köstlich sein wie alles, was Sie bislang kredenzt haben.« *Wie viele Pai-Delikatessen muß ich noch herunterwürgen,* fragte er sich, *bevor ich Gelegenheit bekomme, mit dem Drachen über den Vertrag zu sprechen?* »Vielleicht sollten wir uns zurückziehen und die Köche ihre Arbeit tun lassen?«

»Was?« sagte der Drache leicht verwirrt. Dann blickte er zu dem Küchenpersonal zu seinen Füßen hinab. »Ach ja. Auf, auf, steht alle auf! Wir dürfen Captain Picard nicht warten lassen.« Der Drache nahm Picard am Arm und führte ihn zu einer langen Holzbank neben einem offenen Kamin, in dem Kohlen schwelten. In dem Augenblick, da der Drache ihnen den Rücken zuwandte, sprangen die zahlreichen Köche wieder auf und drängten sich eilig um das *P'u tzu*. Picard stellte fest, daß sie die zuvor hitzige Diskussion nun wesentlich gedämpfter führten.

Der Drache setzte sich rittlings auf die Bank und bedeutete Picard, es ihm gleichzutun. Der Captain schwang ein Bein über die niedrige Bank und setzte sich mit dem Gesicht zum Kaiser. Deanna nahm unauffällig auf einem Steinsims vor dem Kamin Platz.

»Jetzt dauert es nicht mehr lange«, versprach der Drache. »Sie entfernen bereits die Drüse. Man muß sie *umgehend* verzehren, so daß wir hier speisen werden, in der Küche, wie Bauern. Amüsant, nicht wahr?«

»Ja, ziemlich«, murmelte Picard. »Während wir warten, könnten wir vielleicht noch einmal über den Vertrag sprechen.«

»Beschäftigen Sie sich noch immer damit?« rief der Drache erstaunt. »Gönnen Sie sich etwas Erholung, Picard. Tun Sie so, als hätten Sie Urlaub.«

»Sie sind überaus großzügig, Exzellenz, aber ich fürchte, ich kann mich erst entspannen, sobald ich sowohl der Föderation als auch dem Drachenreich gegenüber meine Pflicht getan habe.«

»Sie sind sehr beharrlich, Picard«, sagte der Drache. »Ich bewundere das – bis zu einem gewissen Punkt.« Vielleicht hätte er mehr gesagt, doch plötzlich platzte

Mu in die Küche. Der Hofbeamte atmete schwer, als habe er eine lange Strecke in Laufschritt zurückgelegt, und Schweiß perlte auf seiner Stirn. Picard fiel auf, daß Mu einen kleinen schwarzen Kasten festhielt, als hinge sein Leben davon ab.

»Ah, da sind Sie ja, erhabene Majestät!« keuchte Mu. »Ich habe überall nach Ihnen gesucht.« Er sah sich mit weit aufgerissenen Augen in dem geschäftigen Durcheinander der Küche um und betrachtete dann die einfache Holzbank, auf der der Drache und Picard saßen. »Erhabener, Sie müssen Ihren heiligen Körper nicht auf einer so bescheidenen Sitzgelegenheit ruhen lassen. Ich werde die Kaiserlichen Träger sofort beauftragen, einen Thron zu bringen.«

»Schon in Ordnung«, sagte der Drache und tat die Besorgnis des Zeremonienmeisters mit einem Wink seiner dicklichen Hand ab. »Haben Sie es wie befohlen mitgebracht?«

»Ja, Erhabener«, sagte Mu schnell. Er reichte dem Kaiser den schwarzen Kasten, der ihn ihm aus den zitternden Händen riß.

»Ausgezeichnet«, gluckste der Drache und richtete seine Aufmerksamkeit wieder auf Picard. »Spielen Sie *Ch'i*, Captain?«

»*Ch'i*, Exzellenz?«

»Ein wunderbares Spiel, Picard, ein sehr zivilisiertes Spiel. Sie müssen es unbedingt lernen.« Der Drache klappte das Kästchen aus poliertem Holz auf und enthüllte ein Spielbrett, das dem eines Schachbretts nicht unähnlich sah, sowie zahlreiche geschnitzte Elfenbein- und Obsidianfiguren. Der Drache legte das Brett flach auf die Bank zwischen ihm und Picard. Der Starfleet-Captain erkannte keine einzige der Figuren. »Wir werden hier spielen«, schlug der Drache vor, »während meine Küchenchefs sich anstrengen, um unseren Gaumen einen weiteren Genuß zu bieten. Ihre junge Lady darf bleiben und unserem Spiel zusehen. Außer, Sie müssen irgend etwas anderes erledigen?«

»Keineswegs«, bekräftigte Picard. Solange der Attentäter noch in Freiheit war, wagte er es nicht, den Kaiser allein zu lassen. Er bereitete sich in Gedanken auf einen langen und vielleicht auch langweiligen Abend vor. »Vielleicht könnten wir während des Spiels auf den Vertrag zu sprechen kommen?«

»Wenn Sie darauf bestehen«, gestand der Drache zu, ohne seine tolerante Erheiterung zu verbergen. Ein durchdringender Geruch zog durch die Küche; er erinnerte den Captain an heißen Asphalt, der mit Lebertran vermengt wurde. »Ah, hervorragend, sie sind fertig.« Der Kaiser klatschte in die Hände. Seine Fingernägel klapperten wie Eßstäbchen. »Der erste Bissen gebührt Ihnen, mein lieber Captain.«

»Das ist zuviel der Ehre«, sagte Picard.

»Full House«, sagte der Erbe und legte einen König, zwei Damen und eine Karofünf und eine Karodrei aus.

»Das nicht gerade«, sagte Riker und unterdrückte ein Seufzen. Zum Glück hatte die *Enterprise* sofort ein Kartenspiel herunterbeamen können. Schließlich wußte man nie, wo man enden würde, wenn man während einer Junggesellenfeier, bei der der Alkohol überreichlich floß, einen Harem voller streitsüchtiger Krieger unterhalten mußte.

»Aber für mich sieht das Haus voll aus« protestierte Chuan-chi. »Ein Mann, eine Frau und ein paar Juwelen.«

»Es tut mir leid«, sagte Riker. »Ich habe zwei Pärchen und damit schon wieder gewonnen, fürchte ich.«

Poker war kein absoluter Erfolg gewesen. Das Interesse an einem neuen Spiel hatte die Adligen der Pai in den Bann geschlagen, und in den letzten paar Stunden hatte niemand versucht, ihn zu ermorden, doch das

Kartenspiel fiel dem Erben und seinen Gästen nicht leicht. Riker hatte ihnen nun mittlerweile dreimal die möglichen Kombinationen und deren Gewinnchancen erklärt, doch die Pai schienen noch immer nicht begriffen zu haben, worum es ging.

Kissen und Polster waren beiseite geräumt worden, um auf dem Boden ein flaches Viereck zu schaffen, auf dem sie die Karten auslegten. Riker, der Erbe, der Zweite Sohn und ein gelehrt aussehender junger Mann namens Meng Chiao kauerten mit Karten in den Händen um die freie Fläche, während die anderen Junggesellen ihnen über die Schultern sahen und die Partien mit unterschiedlichem Maß an Interesse und Verwirrung verfolgten. Münzen aus Gold, Silber und Bronze stapelten sich auf dem Boden. Rikers Einsatz kam aus einem Replikator an Bord der *Enterprise*; Geordi hatte die Münzen auf den Planeten gebeamt, nachdem der Erste Offizier ihm ein paar Probestücke geschickt hatte. Dienerinnen glitten weiterhin durch den äußeren Harem, schenkten Wein nach und reichten Erfrischungen.

»Ich verstehe den Sinn einfach nicht«, beschwerte der Zweite Sohn sich, als er einen Haufen der Goldmünzen hinüberschob, die sie statt Spielchips setzten. Riker hoffte, daß die Münzen nicht allzu wertvoll waren; er kannte sich mit der Währung der Pai nicht aus und wußte nicht, um welchen Einsatz sie spielten. »Sie geben mir Karten, auf die ich setze. Und dann geben Sie mir noch mehr Karten, und dann gewinnen Sie. Es muß doch mehr dahinterstecken.«

»In der Tat«, sagte der Erste Offizier. »Es dreht sich alles um die Gewinnchancen.« Dieser Spruch kam ihm mittlerweile aus den Ohren heraus; nachdem er ihn dreimal wiederholt hatte, konnte er ihn im Schlaf aufsagen, in jeder bekannten Sprache der Galaxis. »Bei den verschiedenen Kartenkombinationen ist die Aussicht unterschiedlich hoch, daß man sie auf die Hand bekommen wird.«

»Oh, *das* ist mir klar«, sagte Chuan-chi verdrossen. »Der Bewundernswerte Tutor der Fortgeschrittenen Mathematik hat mir die Wahrscheinlichkeitsrechnung erklärt, als mein jüngerer Bruder noch ein Kindermädchen brauchte. Nein, mich verwirrt die Vorstellung, daß die Gewinnchancen alles verändern.«

»Das werden sie, wenn Sie sie im Kopf behalten und beim Einsetzen des Geldes berücksichtigen, wie wahrscheinlich es ist, daß sie aus dem Stapel genau die Karte ziehen, die Sie brauchen, um ihr Blatt zu vervollständigen.«

Es herrschte schockiertes Schweigen. »Sie meinen«, sagte Kan-hi dann, »betrügen?«

»Es gilt nicht als Betrug, wenn man beim Poker die Gewinnchancen berechnet und sie zu seinem Vorteil einsetzt«, erklärte Riker.

»Das kann doch kaum ehrenhaft sein«, sagte der Erbe. »Damit bekommt man den anderen Spielern gegenüber einen unfairen Vorteil.«

»Wie die Sterne vom Himmel fallen, lockt der Flieder die Biene an«, intonierte Meng Chiao. »Silbersporen bezwingen den Strauß.« Riker hatte erfahren, daß der offizielle Titel des dürren jungen Mannes ›Sprecher der Aphorismen‹ lautete, und Meng Chiao schien sein Bestes zu geben, um ihm gerecht zu werden. Bislang hatte keiner von Meng Chiaos Sprüchen für Riker den geringsten Sinn ergeben, doch die versammelten Krieger hatten jedesmal genickt, als hätte der Sprecher etwas von tiefer Bedeutung gesagt. *Das muß bei der Übersetzung verloren gehen,* vermutete Riker.

»In der Tat«, sagte Kan-hi und gab seinem Bruder damit zum erstenmal an diesem Abend recht. »Niemand sonst kennt mein Blatt. Die anderen wissen also nicht, wie gut oder schlecht meine Chancen sind. Sollte ich ihnen meine Karten nicht zeigen?«

»Nein!« sagte Riker. »Ich meine, das ist nicht nötig, Exzellenz. Sie kennen Ihr Blatt, und die anderen nicht, aber das gilt für jeden. Jeder kennt nur sein eigenes Blatt und weiß nicht, was die anderen auf der Hand haben. Es ist fair, weil es bei allen so ist.«

»Das mag schon sein«, erwiderte Kan-hi, »aber es kommt mir trotzdem nicht ehrenhaft vor.«

»Aber das sollte dich doch nicht stören, Bruder«, sagte der Erbe. »Du hast doch sowieso kein Talent für ehrenhafte Spiele.«

Kan-hi sprang wütend auf. Er schwankte unsicher, das Opfer von zu viel Wein in zu kurzer Zeit. »Nimm das zurück!« verlangte er.

Verdammt, dachte Riker. Und das ausgerechnet in dem Augenblick, in dem die Teilnehmer der Party sich einigermaßen beruhigt hatten. Er spannte die Muskeln an und bereitete sich darauf vor, sich notfalls zwischen die Söhne des Drachen zu werfen. Er hoffte nur, daß Kan-hi keine Dummheit begehen würde.

»Warum denn?« erwiderte Chuan-chi. »Schon allein deine Spielschulden bezeugen deine Unfähigkeit bei solchen Angelegenheiten, und dazu kommt noch dein häufiges Versagen im Krieg *und* in der Liebe.«

Kan-his Augen füllten sich mit offenem Haß. »Ich fordere dich zu einem Duell heraus«, rief er. »Jetzt, heute abend, vor der Hochzeit!«

Der Drachenerbe nippte ruhig an seinem Wein. »Du bist noch betrunkener, als du aussiehst. Du bist mein Bruder. Du kannst mich ohne die Erlaubnis unseres Vaters nicht herausfordern.«

Stimmt das? fragte Riker sich. Er wurde aus dem komplizierten Ehrenkodex der Pai einfach nicht klug.

Kan-hi ballte die Hände zu Fäusten. Er sah aus, als würde er jeden Augenblick explodieren. Riker fiel sein eigener ›Bruder‹ ein, Thomas Riker, und einige ihrer bitteren Streitigkeiten. Ganz zu schweigen von der boshaften Eifersucht von Datas Bruder Lore. Bruder gegen Bruder. War die traurige Geschichte von Kain und Abel eine universelle Konstante? Kan-hi schien eindeutig drauf und dran zu sein, seinen älteren Bruder zu töten, im Namen Gott weiß wie alter Herabsetzungen und Rivalitäten.

Statt dessen drehte er sich um und taumelte schwankend zur Tür. »Ich muß nicht hierbleiben und mich beleidigen lassen«, rief er, »und schon gar nicht von dir!« Die Tür glitt auf, und Kan-hi torkelte auf den Gang hinaus. Chuan-chi sah ihm nach, und ein dünnes Lächeln umspielte seine Lippen.

»Ich fürchte, mein Bruder fühlt sich nicht gut«, sagte der Erbe zu Riker.

»Sollte nicht jemand nach ihm sehen?« schlug der Erste Offizier vor. *Wie kann ich auf beide Prinzen aufpassen, wenn einer von ihnen einfach so davonstürmt?*

»Nein«, sagte Chuan-chi. »Er wird zweifellos bald zurückkommen. Er liebt das Glücksspiel zu sehr, um ihm lange fernzubleiben.«

»Vielleicht sollten wir nicht spielen ...«

»Unsinn, Ehrenwerter Riker«, sagte der Erbe entschlossen. »Es war Ihre Idee, also werden wir bleiben, wo wir sind, und unser Spiel fortsetzen. Soll mein närrischer Bruder doch in seinem verletzten, unbegründeten Stolz schwelgen.«

Meng Chiao schüttelte traurig den Kopf. »Das Ei des Adlerjungen ist der Hammer des Waldarbeiters.«

»Was?« sagte Riker. Am liebsten hätte er den Sprecher gefragt, was für einen grauenvollen Schwachsinn er da unentwegt vor sich hinfaselte, aber das wäre wohl ein Verstoß gegen die herrschenden Sitten gewesen. Da ihm keine andere Wahl blieb, teilte er erneut Karten aus.

»Ah«, sagte der Drache und rieb sich die Hände. Seine Finger waren klebrig von den Saucen und Absonderungen des letzten Horsd'oeuvre. »Ich fürchte, ich habe Ihren Kaiserlichen Rattenfänger in die Ecke getrieben.«

Picard betrachtete das Spielbrett. »Welche Figur ist das?«

Der Drache kicherte leise vor sich hin. »Wirklich, Captain, Sie sind überaus amüsant.«

Picard war eindeutig auf der Verliererstraße – vermutete er jedenfalls. Obwohl *Ch'i* dem Schach nicht unähnlich zu sein schien, konnte er einfach nicht mithalten. Das lag allerdings nicht daran, daß er kein guter Schachspieler war. Ganz im Gegenteil. Er verlor, *weil* er einer war und noch immer davon ausging, daß die Figur, die wie ein Springer aussah (wie ein unglaublich reich verzierter), auch wie einer gezogen wurde, nur um dann erfahren zu müssen, daß dem keineswegs so war. Es gab keine eigentliche Königin, nur zahlreiche Adlige und andere Figuren, von denen jede auf unterschiedlichen Feldern des Spiels – das sich als ausgesprochen langwierig erwies – anders bewegt wurde.

Überdies machte er kaum Fortschritte bei dem Versuch, den Drachen davon zu überzeugen, wie schlecht es um sein Reich bestellt war. Und Counselor Troi war es auch nicht gelungen, die Aufmerksamkeit des Drachen auf den noch nicht unterzeichneten Vertrag zu lenken. Sie saß noch immer am Kamin, beobachtete das schier endlose Spiel und machte gelegentlich leichte Konversation, die, wie man ihr zugute halten mußte, der Drache durchaus zu schätzen wußte. Wenn sie auch sonst nicht viel hatte bewirken können, dann doch zumindest, daß der Drache die Frauen der Föderation in einem angemesseneren Licht sah.

»Sir«, begann Picard erneut, »die G'kkau sind völlig

skrupellos. Ich weiß, Sie haben großes – und zweifellos berechtigtes – Vertrauen in Ihre Streitkräfte, aber die G'kkau haben Hunderte von Kriegsschiffen, und Sie haben viel weniger. So hat man es mir zumindest berichtet.«

»Ich habe fünfundvierzig interplanetare Schiffe und sechs Nebelkreuzer«, sagte der Drache ruhig. »Das müßte genügen.«

»Aber die anderen sind Ihnen gegenüber deutlich in der Überzahl«, sagte Picard.

»Um so besser«, erwiderte der Drache. »Damit wird der Sieg viel ehrenvoller.«

»Und wenn den Sieg nicht das Drachenreich erringt?« fragte Picard grimmig. »Wir müssen diese Möglichkeit in Betracht ziehen. Sollen Ihre Frauen und Kinder leiden, falls die G'kkau den Sieg davontragen?« Er bedauerte es, so unverblümt sprechen zu müssen, doch vielleicht konnte er die Ritterlichkeit des Drachen ausnutzen, um den alten Mann zur Vernunft zu bringen.

»Natürlich nicht«, erwiderte der Drache. »Um so mehr Anlaß für das Reich, sich hart für den Sieg ins Zeug zu legen.« Er blinzelte Troi spitzbübisch zu. »Ihr Zug, Captain. Ich habe noch immer Ihren Übergebildeten Narren am Wickel.«

»Allerdings«, sagte Picard und versuchte, nicht zu seufzen.

»Das ist die Materie-Antimaterie-Reaktionskammer«, erklärte LaForge. »Man könnte die MARK durchaus als Herz der *Enterprise* bezeichnen.«

Er stand vor einer großen ebenen Fläche aus durchsichtigem Aluminium und zeigte auf die Reaktionskammer auf der anderen Seite der Abschirmung. Dabei wußte er, daß seine Gäste nur eine komplizierte Anordnung aus Karbonitrium und Molyferrenit-Legierungen sehen konnten. Sein VISOR zeigte ihm viel mehr. Selbst durch die dicke, transparente Schicht erkannte LaForge die Strahlung der Dilithiumkristalle, die in der Reaktionskammer lagen, und er beobachtete, wie das hochfrequente Wellenfeld um die Kristalle knisterte und vibrierte und einen Regenbogen aus Farben erzeugte, den der schmale Bereich der normalen menschlichen Sicht nicht wahrnehmen konnte. Staunend wie immer schaute er auf, als ein Rinnsal Antiwasserstoff seinem positiven Gegenstück begegnete und ein transzendentes, den Raum verkrümmendes Feuer schuf, das sich selbst verzehrte.

»Sehr beeindruckend«, sagte der Himmelsmechaniker des Kaiserlichen Hofes.

Sie haben ja keine Ahnung, dachte LaForge.

»Würde man uns diese Technik zur Verfügung stellen«, fragte der Himmelsmechaniker, »wenn wir der Föderation beitreten?«

Die Wissenschaftler der Pai waren Menschen von ganz normaler Größe und Körpertemperatur. Bislang war ihre Besichtigung der Enterprise ruhig und ohne Zwischenfälle verlaufen. Was solche Werbetouren betraf, hatte LaForge schon viel Schlimmeres erlebt; er hatte alle möglichen Gruppen durch die *Enterprise* geführt, von arroganten Botschaftern der Föderation, die glaubten, alles zu wissen, was es über Warptriebwerke zu wissen gab, bis hin zu Unmengen hyperaktiver Kinder aus den Schulklassen und dem Kindergarten des Schiffes. Mit etwas Glück, dachte LaForge, konnte er sich bald wieder seiner *richtigen* Arbeit widmen.

»Das hängt von Ihrem Anführer ab, dem Drachen«, sagte er. »Wenn er der Ansicht ist, daß sie Ihrem Reich nützt, würden wir sie mit Ihnen teilen und Ihnen auch Ingenieure und Techniker schicken, die Ihre Leute ausbilden können.«

»Das würde die Flüge durch den Nebel zweifellos sehr vereinfachen«, sagte der Astronomische Gelehrte.

»Bei der erreichbaren Höchstgeschwindigkeit«, schätzte LaForge, »kann die *Enterprise* den Drachennebel in viereinhalb Tagen durchqueren.«

»Erstaunlich«, sagte der Himmelsmechaniker. »Ich hoffe, der Drache bedenkt dies bei seiner Entscheidung.«

»Erwähnen Sie es ihm gegenüber ruhig«, sagte LaForge. »Soll ich Ihnen nun zeigen, was ich für morgen geplant habe?«

Die beiden Wissenschaftler der Pai sahen sich kurz an. »Für die Hochzeit?« fragte der Astronomische Gelehrte.

»Wir haben für die Festlichkeiten eine Lightshow vorgesehen. Sie soll direkt nach der Zeremonie stattfinden, aber da Sie ja ebenfalls Wissenschaftler sind, interessieren Sie vielleicht die technischen Einzelheiten. Außerdem« – LaForge grinste – »bin ich ziemlich stolz darauf, was wir ausgeheckt haben, und würde es Ihnen gern vorführen.«

»Es ist uns eine Freude«, sagte der Himmelsmechaniker. Sein Kollege stimmte bereitwillig zu. LaForge hatte den Eindruck, daß der Himmelsmechaniker rangmäßig über dem Astronomischen Gelehrten stand, hätte aber keine Warpfeldspule darauf verwettet.

Sie nahmen einen Turbolift zum Holodeck drei, und LaForge führte die Wissenschaftler der Pai in den leeren Raum. Die Gelehrten reckten die Hälse und schienen nicht zu wissen, was sie von dem leuchtenden gelbschwarzen Gittermuster zu halten hatten. »Ist das die Lightshow, die Sie erwähnt haben?« sagte der Himmelsmechaniker unsicher.

»Sie ist sehr schön«, fügte der Astronomische Gelehrte schnell hinzu.

»Nein, nein.« Geordi kicherte. »Das ist nur die leere

Bühne. Computer, spiele Programm Sieben-D/LaForge/Feuerwerk ab. Halte das Programm am Anfang an.«

Augenblicklich erschien die blaue und grüne Kugel eines Planeten. Sie schwebte auf Augenhöhe in der Mitte des Holodecks.

»Pai«, erklärte LaForge. »Die gesamte Show wird an Bord der *Enterprise* inszeniert. Der Großteil der erforderlichen Geräte befindet sich bereits in der Umlaufbahn um den Planeten. Der Rest wird morgen früh an Ort und Stelle gebracht. Wir setzen unsere defensiven Phaser ein, um Licht und Farben zu erschaffen. Darüber hinaus sind mir ein paar neue Kniffe eingefallen, darunter ein hyperbolischer Wandlungsausdehner, der mit einigen der farbigen Phaserstrahlen interagiert und ein paar tolle Effekte erzeugt.«

»Das klingt sehr ... technisch«, sagte der Astronomische Gelehrte. LaForge vermutete, daß er von der Erklärung kaum ein Wort verstanden hatte. Er fragte sich, was für eine wissenschaftliche Ausbildung man haben mußte, um sich ›Astronomischer Gelehrter‹ nennen zu können.

»Das kann ich mir vorstellen«, erwiderte er. »Verzeihen Sie mir, wenn ich Ihnen mit unserem üblichen Technogelaber in den Ohren liege, aber ich bin wirklich zufrieden mit dem, was wir zustande gebracht haben. Warten Sie, ich zeige Ihnen den Entwurf. Computer, spiele das Programm mit zwölffacher Geschwindigkeit ab.«

Der Globus erhellte sich. Lichter blitzten flackernd auf und kräuselten sich, hüllten die gesamte Himmelskugel in strahlendes Leuchten. Lichtstrahlen flackerten auf und zeigten bunt gefärbte Muster.

»Das alles basiert auf den Polarlichtern der Erde, meiner Heimatwelt«, sagte LaForge, der einfach nicht die Klappe halten konnte. Es mochte zwar ironisch anmuten, daß ein Blinder eine Lightshow entwarf, doch LaForge hatte diese Herausforderung fasziniert. *He,* dachte er, *Beethoven war doch auch taub, oder?* Durch das VISOR beobachtete er, wie die künstlichen Polarlichter sich entfalteten, bis die letzten Wirbel der schillernden Regenbogenfarben sich um die Himmelskugel schmiegten und allmählich verblaßten.

Ziemlich gut, dachte er selbstgefällig, *auch wenn Eigenlob stinkt.*

»Das war es?« fragte der Himmelsmechaniker. Er klang nicht gerade überwältigt.

»Allerdings«, erwiderte LaForge etwas hitziger, als er es beabsichtigt hatte. »Das entspricht dem neuesten Stand der Technik der Föderation.«

»Ja, natürlich«, gurrte der Himmelsmechaniker besänftigend. »Es ist wirklich ziemlich hübsch. Wir wußten nur nicht, daß das schon alles war. Ich meine, Ihrer Beschreibung zufolge ...«

»Augenblick mal«, sagte LaForge. »Stimmt mit dieser Lightshow irgend etwas nicht?«

»Nein, keineswegs!« sagte der Himmelsmechaniker.

»Sie ist wirklich wunderhübsch«, fügte der Astronomische Gelehrte zu.

»Es stimmt *tatsächlich* etwas nicht damit.«

»Das ist vielleicht nicht ganz richtig ausgedrückt«, sagte der Himmelsmechaniker. »Sie ist einfach nur ... ziemlich gewöhnlich.«

Gewöhnlich! LaForge wäre am liebsten hochgegangen, als er das hörte, und atmete tief ein, um sich zu beruhigen. Hier stand mehr auf dem Spiel als sein gekränktes Ego. »Könnten Sie mir das vielleicht erklären?« fragte er. »Ich möchte, daß meine Lightshow ein gutes Licht auf die *Enterprise* – und die Föderation – wirft.«

»Das wird sie bestimmt. Sie scheinen sehr hart

daran gearbeitet zu haben«, beruhigte der Himmelsmechaniker ihn. »Das einzige Problem …«

»Und es ist wirklich nur ein ganz kleines, denken Sie nicht weiter darüber nach«, warf der Astronomische Gelehrte ein.

»… besteht darin, daß wir erst vor fünf Jahren durch den Schwanz des Drachen gingen und sich deshalb fast alle noch daran erinnern.«

»Daß Sie *was*?« fragte LaForge.

»Durch den Schwanz des Drachen gingen«, wiederholte der Himmelsmechaniker. »Das ist allerdings tatsächlich eine ziemlich blumige Ausdrucksweise. Gemeint ist damit, daß Pai und der Rest des Kernsystems des Drachenreichs etwa einmal pro Jahrhundert eine der Gaswolken passiert, die der Nebel hinter sich herzieht. Diese Wolken interagieren mit den solaren und atmosphärischen Gasen und erzeugen ein Lichtspiel, das Ihrer Show ein wenig ähnelt.«

»Na ja, eigentlich sogar sehr«, sagte der Astronomische Gelehrte. »Das Phänomen hält etwa ein Jahr lang an.«

»Ich war nur ein Unterwissenschaftler Fünften Ranges«, erinnerte der Himmelsmechaniker sich, »aber ich konnte einige Forschungen darüber anstellen. Es war atemberaubend.« Er betrachtete verträumt den wieder bewegungslos im Raum schwebenden Miniaturglobus. »Die Gase erzeugen kräuselnde Effekte, die wie grüne und rosa Schuppen aussehen, und Lichtebenen, die einander durchsetzen …«

»Gewisse Bestandteile interagieren und sprudeln geradezu …«

»… und schimmern und schillern …«

LaForge sah von einem Wissenschaftler zum anderen. »Sie wollen mir also sagen, daß der Drachennebel etwa einmal pro Jahrhundert auf natürliche Weise so eine Lightshow erzeugt.«

»Na ja, nicht so eine Lightshow. Eine viel lebhaftere.«

»Viel mehr Farben«, pflichtete der Astronomische Gelehrte ihm bei. »Und das ist vor gerade einmal fünf Jahren geschehen. Fast alle werden sich daran erinnern. Ein wirklich unvergeßliches Schauspiel.«

Wieso habe ich noch nie von diesem Naturwunder gehört? fragte LaForge sich wütend. Dann fiel ihm ein, daß das Drachenreich seit Generationen vom Rest der Galaxis abgeschnitten gewesen war. »Die ganze Arbeit«, murmelte. *Einfach durch das Wurmloch.*

»Oh, Ihre kleine Show wird bestimmt ganz bezaubernd sein«, sagte der Himmelsmechaniker. »In voller Größe ist sie zweifellos viel beeindruckender.« Er sah sich nervös um. »Können wir jetzt Ihre Warpgondeln sehen?«

»Lieutenant Kesel kann Ihnen erklären, wie die Gondeln funktionieren. Barbara?« rief er einer Assistentin aus dem Dark Horse-System zu. »Können Sie diesen Herren verdeutlichen, was es mit den Warpgondeln auf sich hat? Ich muß wieder an die Arbeit.«

Hört das nie auf? dachte er.

»Ich bin am Zug«, sagte der Drache sanft. »Falls Sie sich daran erinnern … wenn mein Bauer Ihre Schlichte Maid überrumpelt, bin ich zweimal hintereinander dran.«

Auf der lackierten Oberfläche des Spielbretts standen Dutzende schwarzer und weißer Figuren. Die Geräusche und Gerüche der geschäftigen Küche verblichen im Hintergrund, während Picard versuchte, sich auf das Spiel zu konzentrieren. Die Partie *Ch'i* dauerte jetzt schon bestimmt eine Stunde, doch er durchschaute die Strategie des Spiels noch immer nicht. Der Drache schien ihm das Spiel erklären zu wollen, indem er ihm praktisch gar nichts erklärte, bis Picard einen

Zug machte. Und dann erklärte er ihm, daß er irgendeine esoterische und exzentrische Regel vergessen hatte. Der Captain hoffte nur, daß seine zunehmende Frustration Deannas empathische Sinne nicht allzu stark belastete.

»Exzellenz«, sagte er, entschlossen, auch weiterhin auf den einzigen Sieg hinzuarbeiten, auf den es wirklich ankam. »Bitte verstehen Sie, daß die Föderation keinesfalls ein Interesse daran hat, Ihre Ehre zu schmälern oder die Autonomie Ihres Reiches einzuschränken. In der Tat würde eine Mitgliedschaft in der Föderation Ihnen größere Gelegenheit bieten, Ihrem Reich Ehre zu machen, indem Sie neue, auf gegenseitigem Respekt begründete Beziehungen mit Völkern und Gesellschaften eingehen, denen Sie sonst nie begegnen würden.«

»Ja, ja«, stimmte der Drache ihm ohne große Begeisterung zu. Sein Blick klebte weiterhin am Spielbrett. »Sie scheinen Ihren Betrunkenen Wachmann vergessen zu haben, Captain.«

»Das kann durchaus sein«, erwiderte Picard seufzend. »Welche Figur ist der Betrunkene Wachmann?«

»Die, die ich jetzt schlagen werde«, sagte der Drache, schnappte sich eine von Picards Obsidianfiguren und fügte sie dem immer größer werdenden Haufen winziger Figuren zu, die er schon aus dem Spiel genommen hatte. Picard befürchtete allmählich, daß sein gesamtes ›Königreich‹ entvölkert sein würde, bevor er den Drachen überzeugen konnte, den Vertrag zu unterzeichnen.

»Dieses Spiel verfügt über eine außerordentliche Vielzahl von Figuren«, sagte er. »Genau wie die Föderation über eine außerordentliche Vielzahl von Kulturen verfügt.«

»Deshalb kommen sie auch in einer ganzen Reihe von Spielen zum Einsatz«, sagte der Drache und setzte sich unbekümmert über Picards Kommentar hinweg. »Das hier ist zum Beispiel die einfachste Variante: konventionelles *Ch'i*. Doch in *Freuden der Ehe* werden alle Spielfiguren zu Paaren ›verheiratet‹, die dann gegeneinander kämpfen, sich aber vereinigen, um gegen Außenstehende vorzugehen.« Einer der mopsgesichtigen Hunde hatte sich auf die Hinterläufe gestellt, stieß mit der Schnauze gegen den Ellbogen des Drachen und bettelte um einen Leckerbissen.

»Die einfachste Version«, sagte Picard ungläubig.

Der Drache warf dem hungrigen Hund den letzten Brocken *P'u tzu* hin. Picard beobachtete erleichtert, wie er verschwand. »Ach ja«, sagte der Drache. Er klatschte in die Hände, und der Küchenchef eilte an die Seite seines Kaisers. »Nan Hai, der Captain sieht hungrig aus. Bringe uns einen Teller Tausend Jahre alte Augen.«

Picard hörte ein amüsiertes Kichern von Troi, das schnell von einem Hustenanfall erstickt wurde. »Oh«, sagte sie und wischte sich Tränen aus den Augen. »Es tut mir schrecklich leid, Eure Exzellenz, Captain. Ich scheine etwas Staub oder Mehl eingeatmet zu haben.«

Der Drache lächelte Troi zu. »Hier, trinken Sie einen Schluck Wein, aus meinem eigenen Glas.« Der Kaiser zwinkerte ihr zu, und in Picard machte sich ein ungutes Gefühl breit. Für seinen Geschmack schien der Drache *zu* großen Gefallen an Deanna zu finden; Picard hoffte, daß der Kaiser nicht erwartete, auch Deanna als Hochzeitsgeschenk zu bekommen.

»Sir«, sagte er in der Hoffnung, den Drachen von Trois überreichlich vorhanden Reizen abzulenken. »Vielleicht können Sie mir Ihren Zug erklären...«

»Sir, ich habe eine weitere Kommunikation abgefangen«, meldete Lieutenant Melilli.

Data saß noch immer im Sessel des Captains und

hielt den Blick weiterhin auf den Bildschirm vor ihm gerichtet. Darauf war der Drachennebel zu sehen, dessen wirbelnde Schwaden eine Myriade von Geheimnissen verbargen. »Ich nehme an, daß Sie den Begriff ›Kommunikation‹ nicht unüberlegt benutzen.«

»Natürlich nicht«, erwiderte Melilli mit einer gewissen Schroffheit. »Der Computer hat sie eindeutig als irgendeine Art von Kommunikation identifiziert.«

Data nickte. Er hatte den Kode der G'kkau noch nicht geknackt. Ihre Verschlüsselungstechnik hatte sich als ungewöhnlich anspruchsvoll erwiesen, vielleicht wegen der entschieden nichthumanoiden Denkprozesse dieser Spezies. Unter anderen Umständen – und hätte nicht so viel auf dem Spiel gestanden – hätte das Rätsel ihm vielleicht zur stimulierenden Entspannung gedient. »Können Sie die Herkunft der Übertragung identifizieren?« fragte er.

Der Ohrring der Bajoranerin klingelte, als sie den Kopf senkte, um die Instrumente auf ihrer Konsole zu betrachten. »Ich kann sie noch immer nicht genau festnageln«, sagte sie, »doch die Nachricht ist gerade wiederholt worden. Ich könnte sie mit Hilfe unserer jeweiligen Position bei der ersten und zweiten Ausstrahlung vielleicht triangulieren.« Sie betätigte einige der druckempfindlichen Tasten. »Ja, da haben wir es. Die Nachricht stammt von einer Quelle im Epsilon-Tertius-Sektor des Nebels und bewegt sich mit etwa Warp sechs auf Pai zu.«

»Damit würde sie Pai um ungefähr vier Uhr morgens erreichen, Ortszeit des Kaiserlichen Palasts«, berechnete Data sofort, »mindestens zwei Stunden vor der Hochzeit. Das ist ungünstig. Denn da der Vertrag dann noch nicht in Kraft ist, können wir nicht eingreifen.« Er glaubte, davon ausgehen zu können, daß die abgefangenen Nachrichten von den G'kkau stammten; dafür sprach eine Wahrscheinlichkeit von 98,7445 Prozent. Überdies mußte man, wenn man die ansteigenden Plasmakonzentrationen im Nebel berücksichtigte, davon ausgehen, daß sich mehr als nur ein Schiff Pai näherte.

Lieutenant Melilli schien seine Schlußfolgerungen zu teilen. »Können wir die G'kkau-Flotte abfangen, bevor sie den Planeten erreicht?«

»Ich befürchte, nein«, erwiderte er. »Wenn wir die Flotte erreicht haben, wird sie sich bereits innerhalb der Grenzen des Drachenreichs befinden. Jedes Vorgehen gegen die G'kkau wäre ein Verstoß gegen die Autonomie des Reichs.«

»Können wir denn gar nichts tun, Sir?« rief Melilli leidenschaftlich. Data vermutete, daß Erinnerungen an das Leid, das Bajor während der cardassianischen Besatzung erlitten hatte, für den Gefühlsausbruch des Lieutenants verantwortlich waren. Seiner Erfahrung zufolge legten Bajoraner nur geringen Wert auf die Einhaltung der Ersten Direktive, wenn sie es mit politischer Unterdrückung zu tun hatten. Er jedoch war kein Bajoraner, und Captain Picard auch nicht.

»Wir werden tun, was wir können«, erklärte er, berührte seinen Kommunikator und öffnete eine Verbindung zu dem Planeten unter ihnen. »*Enterprise* an Captain Picard.«

»Nehmen Sie noch eine glasierte Hornhaut«, sagte der Drache. »Captain, Sie sind viel zu dünn.«

»Danke«, sagte Picard. »Es ist mir eine Freude.«

Was glatt gelogen war. Seit mehreren Stunden kostete er nun schon von Gerichten, die fast vollständig aus den verschiedensten, aber allesamt unangenehmen tierischen Bestandteilen zusammengesetzt waren. Er hatte sich stets gerühmt, einiges vertragen zu können; sein Magen war durch Jahrzehnte des Dienstes bei Starfleet daran gewöhnt, die exotischsten Gerichte

Dutzender raumfahrender Rassen verkraften zu können, doch hier hatte er endlich seinen Meister gefunden. Es hatte so viele Gerichte gegeben – und vor allem so viele widerwärtige –, daß ihm mehr als nur ein wenig übel war. Als passionierter Historiker fiel ihm unwillkürlich ein amerikanischer Präsident des zwanzigsten Jahrhunderts ein, der bei einer Konferenz mit seinem asiatischen Gegenstück einmal das Abendessen, das er gerade zu sich genommen hatte, buchstäblich auf den Tisch gekotzt hatte. Picard betete inbrünstig, daß die Geschichte sich auf Pai nicht wiederholen würde.

Darüber hinaus war die Partie *Ch'i* noch immer nicht beendet. Picard hatte gedacht, er sei erlöst, als der Drache all seine Spielfiguren geschlagen hatte, und ihm mit ehrlicher Begeisterung zu seinem Sieg gratuliert, die nichts mit der Qualität seines Spiels zu tun hatte; doch der Kaiser hatte ihm versichert, das sei nur die erste Phase des Spiels gewesen, und nun sei der Captain zu dem Versuch verpflichtet, sämtliche Kriegerfiguren zu befreien und die entehrten Frauenfiguren irgendwie zu verheiraten.

Troi brachte ihm ein Kelchglas, das eine klare Flüssigkeit enthielt. »Trinken Sie einen Schluck«, flüsterte sie.

»Was ist das?« fragte er mißtrauisch und schaute in die durchsichtigen Tiefen. Nichts Abscheuliches trieb darin, doch er wäre nicht überrascht gewesen, hätte es sich um den Speichel eines widerlichen Insekts gehandelt. Er betrachtete sein Spiegelbild in der Flüssigkeit und hoffte, daß er in Wirklichkeit nicht ganz so grün aussah.

»Wasser«, erwiderte die Counselor. »Sie könnten es vertragen. Wäre Beverly hier, würde sie Ihnen genau das verschreiben.« Mit einem schwachen Grinsen kehrte sie zum Kamin zurück, in dem mittlerweile nur noch einige wenige Kohlen brannten. Picard fragte sich, ob Deannas empathische Sinne sie gezwungen hatten, seine Übelkeit mit ihm zu teilen. Falls ja, verdiente sie eine Belobigung.

Picard trank einen Schluck. Dann tauchte Mu wieder auf und flüsterte dem Kaiser etwas ins Ohr. Ein breites Lächeln legte sich auf die jovialen Gesichtszüge des Drachen. Er deutete mit einer weit ausholenden Geste auf die Diener, die nun aus allen Ecken der Küche zusammenströmten. Picard fiel auf, daß das Personal nervös, ja vielleicht sogar aufgeregt miteinander flüsterte. *Irgend etwas steht uns bevor,* folgerte er messerscharf. *Was kommt denn jetzt schon wieder?*

»Endlich«, gluckste der Drache. »Der letzte Triumph unserer kulinarischen Odyssee: *Ma erh tsai mao tan ch'ing!*«

Ein halbes Dutzend Bediensteter näherte sich der Bank in einer feierlichen Prozession, angeführt vom Küchenchef persönlich (den Picard anhand seiner massigen Gestalt identifizieren konnte), der hoch über dem Kopf eine winzige Schüssel trug.

»Das scheinen mir sehr viele Diener zu sein, nur um ein einziges Gericht zu servieren«, versetzte der Captain.

»Diese Delikatesse ist seit tausend Jahren nicht mehr zubereitet worden«, erklärte ihm der Drache. »Jeder dieser Bauern hatte einen kleinen Anteil an ihrer Herstellung. Deshalb brennen sie darauf, mich beobachten zu können, wie ich sie verzehre; das werden sie ihren Kindern und Kindeskindern erzählen können. Ich habe mich entschlossen, ihrem Wunsch nachzugeben, vorausgesetzt, Sie haben nichts dagegen.«

»Nein, natürlich nicht.« Picard war hin und her gerissen zwischen Erleichterung und Besorgnis. Wenn es sich tatsächlich um den *letzten* Bestandteil des heutigen Menüs handelte, freute er sich aus vollem Herzen darauf, es zu verzehren. Andererseits waren die bisherigen Gerichte so schrecklich gewesen, daß ihn schauderte, wenn er nur daran dachte, was der Drache als Krönung des kulinarischen Genusses vorgesehen haben könnte.

Der Küchenchef senkte seinen fleischigen Körper unbeholfen zu Boden, bis er bäuchlings vor seinem Kaiser lag. Mit einer Hand hielt er noch immer die Schüssel hoch; Picard konnte lediglich einen Blick auf den Deckel einer Schüssel erhaschen, die auf einem Serviertablett stand, das aus reinem Gold zu bestehen schien. Dieser Deckel war mit Smaragden und Rubinen übersät, von denen einer größer als der andere zu sein schien. Picard hatte solch eine schamlose Prahlerei nicht mehr gesehen, seit er vor einer Weile mit einem geschäftlich sehr erfolgreichen Ferengi diniert hatte.

Der Zeremonienmeister nahm das Tablett mit der Schüssel aus der Hand des Küchenchefs. Er schluckte nervös; der Gedanke, auch nur einen Tropfen dieses wertvollen Nahrungsmittels verschütten zu können, bereitete ihm offensichtlich nacktes Entsetzen. Mu stellte das Tablett vorsichtig auf das Spielbrett zwischen dem Drachen und Picard und nahm dann langsam den reich verzierten Deckel von der Schüssel. Nun sah Picard deren Inhalt zum erstenmal.

Selbst nach den Maßstäben der Pai sah es widerlich aus und roch sogar noch schlimmer. Knotige Gegenstände, bei denen es sich vielleicht um Krallen handelte, trieben in einer schmutzig-trüben Flüssigkeit, die von öligen, dunkelroten und giftgrünen Klumpen durchsetzt war. Der Eintopf brodelte und sprudelte wie der Inhalt eines Hexenkessels; Picard erspähte einen gesprenkelten Wurm, der in einer der Blasen zuckte, bevor sie dann platzte und das sich windende Geschöpf wieder in die brandigen Tiefen des Gebräus eintauchte. Die scharfen Dämpfe, die sich aus der

Schüssel erhoben, ließen Picards Augen tränen, und der giftige Geruch – wie in einer klingonischen Umkleidekabine direkt nach einer besonders rasenden Schlacht – erzeugte Brechreiz in ihm.

Der Captain entschied sich für das geringere von zwei Übeln. »Es tut mir leid«, sagte er. »Aber ich fürchte, ich kann das nicht probieren.«

»Warum nicht?« sagte der Drache stirnrunzelnd. Sein Engelsgesicht verzog sich ungehalten. »Wollen Sie damit sagen, daß es falsch zubereitet wurde?«

»Ich will damit sagen, daß ich das ganz einfach nicht essen kann«, wiederholte Picard. Er hielt es für besser, das Gericht zurückzuweisen, als sich beim ersten Bissen zu übergeben.

Mit mürrischem Gesicht betrachtete der Drache die übelriechende Masse in der vergoldeten Schüssel. Er zog eine Klaue aus dem Eintopf; sie löste sich mit einem langgezogenen, schmatzenden Geräusch. Hauchdünne, halb aufgelöste Fasern klebten an der Klaue; sie sahen aus wie Spinnweben. Der Geruch, der von dieser Kralle ausging, war so stark, daß das goldene Tablett anlief. Der Drache roch an der Klaue. »Vielleicht haben Sie recht«, sagte er schließlich. »Das ist ein sehr altes Rezept; vielleicht haben die Köche es falsch zubereitet.«

Ein leises Wimmern drang über die Lippen des flach auf dem Boden liegenden Küchenchefs. Der Drache ignorierte es. Er rief einen der untersetzten, mopsgesichtigen Hunde herbei, die in der Küche herumstöberten. Das Tier trottete bereitwillig hinüber und verschlang die ranzige Klaue in der ausgestreckten Hand des Drachen. Der Kaiser beobachtete den Hund mißtrauisch. Zuerst schien er sich über den kleinen Imbiß zu freuen. Doch nach ein paar Sekunden wurde er von Krämpfen geschüttelt. Er erzitterte, hustete einmal und fiel dann auf die Seite. Mu untersuchte das Tier schnell. »Ich fürchte, er ist tot, Erhabener«, erklärte er.

Picard setzte sich beunruhigt auf.

»Eindeutig falsch zubereitet«, sagte der Drache verbindlich. »Mu, laß alle in den Kerker werfen, die dieses Gericht angefaßt haben.«

»Eure Exzellenz ... nein!« protestierte der verängstigte Küchenchef. Auch die anderen Köche und Diener stießen bestürzte Schreie aus.

»Warten Sie«, sagte Picard so laut, daß man ihn trotz des allgemeinen Wehklagens verstand. »Exzellenz, es könnte sich um mehr als nur einen simplen Fehler bei der Zubereitung handeln. Bedenken Sie: Man hat bereits einen Versuch unternommen, Sie zu vergiften.«

»Und Sie glauben, das war ein zweiter?« sagte der Drache. Der Gedanke war ihm offensichtlich nicht gekommen. »Wie ärgerlich. Und ich habe mich so darauf gefreut, diese kulinarische Delikatesse mit Ihnen zu teilen.«

Picard versuchte, seine Haltung zu bewahren; der offensichtliche Mangel des Drachen an Sorge um sein Wohlergehen war ihm völlig unverständlich. »Counselor?« sagte er zu Troi. »Was nehmen Sie in diesem Raum wahr? Irgend etwas Belastendes?«

Die Betazoidin schüttelte den Kopf. »Ich kann kein Gefühl von Schuld oder Täuschung entdecken. Wenn es sich um einen weiteren Mordversuch handelte, ist der Attentäter nicht mehr anwesend. Oder er empfindet nicht die geringste Schuld.«

Ein beunruhigender Gedanke, kam es Picard in den Sinn. Er mußte diesem neuesten Zwischenfall so schnell wie möglich auf den Grund gehen. »Exzellenz«, sagte er, »mit Ihrer Erlaubnis möchte ich dieses Gericht und den Hund gern von meinen Leuten untersuchen lassen.«

»Sie wollen einen toten Hund haben?« fragte der Drache ziemlich erstaunt.

»Um ihn nach Spuren von Gift zu untersuchen«, erklärte der Captain.

Der Kaiser zuckte mit den Achseln. »Mein Palast ist der Ihre. Aber wir müssen Ihnen doch bestimmt etwas Besseres bieten können als ein totes Tier und eine schlecht gekochte Mahlzeit?«

»Der Hund genügt mir, Exzellenz«, beharrte Picard. Gift hin oder her, er war froh, daß er diesen üblen Eintopf nicht hatte probieren müssen. *Durch einen gescheiterten Anschlag gerettet,* überlegte er. Seine Hand schwebte über dem Kommunikator; er war bereit, Kontakt mit der *Enterprise* aufzunehmen und darum zu bitten, daß man sowohl den Hund als auch den Eintopf direkt auf die Krankenstation des Schiffes beamte und dort untersuchte.

Zu seiner Überraschung meldete Data sich vorher.

»Ich habe leider schlechte Nachrichten, Captain«, drang die Stimme des Androiden aus dem Kommunikator. »Wir haben Grund zu der Annahme, daß eine Flotte der G'kkau Kurs auf Pai genommen hat – und den Planeten in zwölf Stunden erreichen wird.«

10

»Wie bitte? *Was* tut er?« rief die Grüne Perle. »Das hört sich ja schrecklich an!«

Die Braut saß Beverly im abgeriegelten Harem gegenüber. Um sie herum waren Plüschsamtkissen verstreut. Am anderen Ende des Gemachs übte Hsiao Har das Springen von Saltos und tat so, als hätte sie nicht das geringste Interesse am Gespräch der Ärztin mit Yao Hu. Dr. Crusher bezweifelte allerdings nicht, daß ihr auch nur ein Wort entging.

Da die Ärztin nichts über die sexuellen Sitten der Pai wußte, befand sie sich in einer prekären Lage. Wenn sie der Perle zu wenig erzählte, würde das arme Mädchen ins Ehebett steigen, ohne zu wissen, was man von ihm erwartete; doch wenn sie ihr zuviel erzählte, würde sie sich vielleicht als viel zu erfahren erweisen, als man es von einer behüteten Jungfrau erwarten konnte, und das mochte zu Gott was weiß für einem Skandal mit schweren Folgen führen. Beverly konnte sich durchaus vorstellen, daß man die Perle steinigte oder ins Exil schickte, weil sie einige verbotene Liebesgeheimnisse der Föderation erfahren hatte. Angesichts dieses heiklen Dilemmas hatte die Ärztin sich dafür entschieden, sich an die grundlegenden Tatsachen zu halten. Zum Glück hatte die Untersuchung der Perle ergeben, daß die Pai genauso humanoid war, wie es den Anschein hatte.

»Es kann sehr angenehm sein«, sagte Beverly in der Hoffnung, das Mädchen zu beruhigen.

Die Perle schaute noch immer erschüttert drein. »Sie haben so etwas doch bestimmt noch nicht getan?«

»Ein paar Mal schon, meine Liebe.« Es konnte bestimmt nicht schaden, dachte Beverly, die Ängste des Mädchens abzubauen. Glückliche Flitterwochen waren im Interesse aller.

»Aber Sie haben keine Kinder«, wandte die Perle ein, wahrscheinlich, weil die Ärztin nicht zu Hause saß und deren Windeln wechselte.

»Ich habe einen Sohn. Er ist etwa in Ihrem Alter.« Sie fragte sich, wo Wesley jetzt war. Vermutlich erforschte er mit dem Reisenden das Universum. Sie hoffte, Wesley besser auf seine Reisen vorbereitet zu haben, als Lord Lu Tung die Perle unterwiesen hatte.

»Und Sie dulden diesen … Akt noch immer? Obwohl Sie seinem Vater gegenüber Ihre Pflicht schon getan haben?«

»Ja, natürlich.«

»Warum?«

»Es kann wirklich sehr viel Spaß machen«, erwiderte Beverly zögernd. Mehr wollte sie eigentlich nicht sagen.

»Wie ist das nur möglich?« sagte die Perle. Sie schaute von Minute zu Minute verzweifelter drein. »Das alles klingt so … würdelos.«

In der Ecke kicherte Hsiao Har laut, aber Yao Hu war zu besorgt, um ihrer zukünftigen Stieftochter auch nur einen bösen Blick zuzuwerfen.

Beverly hatte Mitgefühl mit der Perle. *So kann ich sie unmöglich in ihre Hochzeitsnacht gehen lassen.* »Ich versichere Ihnen, es hört sich viel einschüchternder an, als es in Wirklichkeit ist. Ich habe es schon sehr oft getan, und es macht mir großen Spaß.« Dem mißtrauischen Gesichtsausdruck der Perle zufolge war sie alles andere als überzeugt. Beverly atmete tief ein und versuchte es erneut. »Außerdem«, sagte sie, »ist da ja noch die Liebe.«

»Liebe?« Yao Hu schaute plötzlich völlig niedergeschlagen drein, als hätte das Wort selbst ihr einen Dolch ins Herz getrieben. Die Ärztin hoffte, keinen schrecklichen Fehler gemacht zu haben. *Vergiß nicht,* sagte sie sich, *diese Ehe wurde arrangiert. Liebe hat wahrscheinlich sehr wenig damit zu tun.*

Doch sie hatte sich die Suppe eingebrockt und mußte sie nun auslöffeln. »Ja«, sagte sie leise. »Gibt es bei Ihrem Volk keine Liebe?«

Die Perle nickte und nagte an ihrer Unterlippe.

»Wenn ein Mann und eine Frau sich lieben«, fuhr Beverly fort, »wird der Beischlaf zu einer sehr schönen, zärtlichen Erfahrung. Eigentlich geht es dabei um die Gemeinsamkeit, das Teilen.« Sie beobachtete genau das Gesicht der Perle, um herauszufinden, welche Wirkung ihre Worte hatten. »Verstehen Sie, was ich meine, Yao Hu?«

Statt zu antworten, brach die Grüne Perle in Tränen aus. Sie strömten geradezu aus ihren großen, smaragdgrünen Augen. Ihre Atemzüge verwandelten sich in ein feuchtes, rasselndes Schluchzen, das ihren gesamten Körper erschütterte. Sie stieß einen gequälten Schrei aus und vergrub das Gesicht in den Händen.

Was habe ich getan? dachte Dr. Crusher entsetzt. Selbst Hsiao Har wirkte betroffen über die Tiefe von Yao Hus Verzweiflung. Der junge Wildfang hörte damit auf, Purzelbäume zu schlagen, und eilte an die Seite der Perle. Hsiao Har kniete neben dem gramgebeugten Mädchen nieder und schien zum erstenmal an diesem Abend nicht zu wissen, was sie sagen sollte. Ihre Blicke klagten Beverly an und baten sie gleichzeitig stumm darum, das Leid der Perle irgendwie zu lindern. Aber der vorwurfsvolle Blick war unnötig; die Ärztin fühlte sich sowieso schon schuldig. *Das habe ich allein zu verantworten,* dachte sie. *Was soll ich jetzt tun?*

»Aber, aber«, gurrte sie beruhigend und tätschelte den Rücken des weinenden Mädchens. »Mit der Zeit werden Sie und der Erbe bestimmt lernen, einander zu lieben.«

»Nein«, ächzte Yao Hu und ließ die Hände sinken. Ihr eigentlich so bleiches Gesicht war nun stark gerötet. Tränen rannen ihre Wangen hinab. »Das ist unmöglich«, heulte sie so laut, daß Dr. Crusher inbrünstig hoffte, der Raum möge schalldicht sein. Was würde Lu Tung denken, wenn er seine Tochter so vorfand? Was würde Jean-Luc sagen?

»Nein, das ist es nicht«, erwiderte sie. *Vielleicht unwahrscheinlich,* dachte sie, als sie sich an den älteren Mann mit dem verdrossenen Gesicht erinnerte, den sie während des Banketts kurz gesehen hatte, *aber nicht unmöglich.* »Der Erbe ist bestimmt ein ganz wunderbarer Mann. Nicht wahr, Hsiao Har?« *Was rede ich da nur für einen absoluten Quatsch zusammen? Wer bin ich eigentlich – hochqualifizierte Ärztin an Bord des Flaggschiffs der Föderation oder Statistin in einem unerträglichen Kitschroman?* fragte sie sich, fuhr aber trotzdem fort: »Sagen Sie der Perle, was für ein guter und liebevoller Mann Ihr Vater ist.«

Das andere Mädchen zuckte mit den Achseln. »So würde ich das vielleicht nicht ausdrücken«, erwiderte es zögernd.

Vielen Dank, dachte die Ärztin wütend und funkelte Hsiao Har an, während der zarte Körper der Perle von einem weiteren Weinkrampf geschüttelt wurde. Beverly umarmte das Mädchen und fühlte, daß Yao Hu sich fest gegen sie drückte. *Der Vertrag und die hohe Politik sind mir scheißegal,* dachte sie. *Yao Hus Herz ist gebrochen. Ich muß diesem armen Mädchen irgendwie helfen.*

»Der Erbe wird sich ganz bestimmt in Sie verlieben«, versprach sie. »Wie könnte es anders kommen? Schließlich sind Sie die Grüne Perle.«

»Nein, nein«, jammerte Yao Hu und schüttelte heftig den Kopf. »Sie verstehen nicht. Ich *kann* Chuan-chi nicht lieben. Es ist unmöglich!«

»Aber warum denn nicht, meine Liebe?« fragte Dr. Crusher und strich der Perle über das lange, pechschwarze Haar.

»Weil ich einen anderen liebe!« gestand Yao Hu und vergrub das Gesicht in Beverlys Gewand.

Die Ärztin machte ein dummes Gesicht, Hsiao Har ein noch dümmeres. *Jetzt haben wir den Salat,* dachte die Ärztin und starrte die Tochter des Erben an. Beide hatten nicht die geringste Ahnung, was sie nun sagen sollten.

»Sind Sie sich ganz sicher, Data?« fragte Picard. Er hatte sich in ein stilles Eckchen der kaiserlichen Küche zurückgezogen, um ungestört mit der *Enterprise* sprechen zu können, stand nun im Schatten eines riesigen Eichenschranks und beobachtete, wie Troi lebhaft auf den Drachen einsprach. Zweifellos trieben die beiden eine sprühende Konversation. Der Kaiser schien sich wirklich sehr gut zu unterhalten, auch wenn Picard mißbilligte, daß seine Hand immer wieder Deannas Knie tätschelte. Doch die Counselor mußte die Annäherungsversuche wohl oder übel selbst abwehren. Demzufolge, was Data gerade gemeldet hatte, stand mehr als nur Deannas Tugendhaftigkeit auf dem Spiel.

»Leider ja, Captain«, sagte der Androide via Picards Kommunikator. »Unsere Sensoren bestätigen mittlerweile, daß eine Flotte von fast einhundert Kriegsschiffen der G'kkau Kurs auf Pai genommen hat und den Planeten etwa zwei Stunden und fünfundvierzig Minuten vor der Hochzeit erreichen wird. Wir können nichts gegen die Schiffe unternehmen, da der Nebel sie fast vollständig verbirgt. Außerdem würde man solch ein Vorgehen als Affront gegen das Drachenreich ansehen.«

»Ich bin mir der Komplikationen bewußt, Data.«

»Das bezweifle ich nicht, Sir. Wie lauten Ihre Befehle, Captain?«

»Sie müssen eine Möglichkeit finden, die Flotte aufzuhalten oder ihre Annäherung an Pai zu verhindern, ohne sie aktiv anzugreifen.«

»Verstanden, Sir. Handelte es sich um ein einziges Schiff, würde ich die *Enterprise* zwischen den Angreifer und den Planeten postieren. Leider ist das in diesem Fall nicht möglich.«

»Dann werden Sie eine andere Möglichkeit finden müssen«, wies Picard den Androiden an. Ein Koch ging an ihm vorbei, einen Kessel mit kochendem Wasser in der Hand. Picard fiel etwas ein. »Übrigens, Data, konnten Sie bereits die Nahrung analysieren lassen, die vor ein paar Minuten zusammen mit dem toten Tier an Bord gebeamt wurde?«

»Jawohl, Captain«, erwiderte der Androide. »Dr. Selar hat die Proben sofort untersucht. Ihr Bericht besagt, daß es sich um ein natürliches Toxin handelt, das wahrscheinlich von einer einheimischen Schlange oder einem Reptil stammt.«

»Ich verstehe«, sagte Picard grimmig. Also war der tödliche Eintopf doch kein Unfall gewesen. Ein Frösteln lief sein Rückgrat entlang, als ihm klar wurde, daß es dem unbekannten Attentäter fast gelungen wäre, sowohl den Drachen als auch ihn zu töten. *Gott sei Dank,* dachte er, *war dieser Fraß so widerwärtig, daß ich ihn nicht anrühren konnte.* Sein natürlicher Ekel hatte ihrer beider Leben gerettet. »Danke, Data. Bitte halten Sie mich auf dem laufenden. Picard Ende.«

Er schaute zum Drachen hinüber, der mit einem geilen Grinsen auf dem Gesicht Troi immer näher rutschte. *Dann wollen wir jetzt mal Deanna retten,* dachte er und schritt durch die Küche. *Wäre es doch nur so einfach, auch das Drachenreich zu retten …*

Worf und Chih-li schlenderten durch die feudalen Gänge des Kaiserlichen Palasts. Worf hatte die externen Verteidigungsanlagen des Palastes für durchaus adäquat befunden, auch wenn sie kaum ausreichten, um einen Großangriff der G'kkau zurückzuschlagen. Als sie nun zur Hohen Halle der Zeremoniellen Erhabenheit zurückkehrten, um sich zu vergewissern, ob die Hochzeitsgeschenke noch unbeschadet an Ort und Stelle waren, setzten sie ihre Diskussion über Pai, das Imperium und den Ehrenkodex der Föderation fort.

»Das ist auch so ein Problem«, sagte der Minister der Inneren Sicherheit. Die metallenen Scharniere seiner Rüstung schepperten laut, während er neben Worf ausschritt. »Was würde passieren, wenn Ihr *Fu t'ou* vom *Fu t'ou* Ihres Nachbarn aufgespießt wird?«

»Das kommt darauf an«, sagte Worf schroff, »was ein *Fu t'ou* ist.«

»Ein Pflanzenfresser«, erklärte Chih-li, »der hauptsächlich eingesetzt wird, um Wagen zu ziehen.«

»Ach«, sagte Worf. »Ein *Sark*. In der Föderation kommt es darauf an, ob das Tier vom Besitzer angestachelt wurde, und ob diese Anstachelung bewußt erfolgte. Sollte der Angeklagte für schuldig befunden werden, müßte er eine Geldbuße zahlen und sich einer Therapie unterziehen, die sicherstellt, daß er nicht noch einmal absichtlich ein Tier verletzt.«

Chih-li runzelte die Stirn. »Keine sehr interessante Buße.«

»Im Klingonischen Imperium«, sagte Worf stolz,

»würde das betreffende Tier getötet werden, und der Besitzer müßte eine Strafe von fünftausend *Huch* zahlen.«

»Nur fünftausend?« fragte der Minister. »*Wir* würden dem Nachbarn auch die Hand abhacken.«

Worf schüttelte langsam den Kopf. »Den klingonischen Gesetzen zufolge wird die Hand eines Beteiligten nur abgeschlagen, wenn er zu feige war, seinen *Sark* zu disziplinieren.«

Der Minister dachte lange darüber nach. »Was für ein Verbrechen«, fragte er schließlich, »würde es den Gesetzen der Föderation nach sich ziehen, daß man dem Täter die Hand abhackt?«

»Diese Strafe ist nicht vorgesehen«, gestand Worf ein. »Die Gesetze der Föderation stellen die Rehabilitation über die Strafe.«

Chih-li seufzte mißbilligend. »Ich hoffe, Sie verzeihen mir, wenn ich erneut behaupte, daß die Föderation mir ziemlich weich vorkommt.«

»Was ihre Feinde betrifft, ist sie alles andere als weich.«

»Wirklich?« fragte der Minister. Er wirkte skeptisch.

»Ich bin stolz darauf, als Angehöriger von Starfleet in mehreren Schlachten gekämpft zu haben«, erwiderte Worf aufrichtig.

Chih-li betrachtete den Klingonen nachdenklich. »Wenn Sie das sagen, muß es so sein«, erwiderte er ernst und bewies damit den ehrlichen Respekt eines Kriegers vor einem anderen. »In diesem Fall muß man der Föderation wohl eine gewisse … sagen wir … Sanftmütigkeit bei der Klärung interner Angelegenheiten zugestehen. Doch solch eine schlaffe Rechtssprechung würde im Drachenreich einfach nicht funktionieren.«

»Im Klingonischen Imperium auch nicht«, gestand Worf ein.

Sie hatten die gewaltigen Massivgoldtüren der Hohen Halle der Zeremoniellen Erhabenheit erreicht. Worf war erleichtert, sie verschlossen und unbeschädigt vorzufinden. Da er kein Bedürfnis verspürte, von schießwütigen Wachposten ins Kreuzfeuer genommen zu werden, entschloß er sich, die Sicherheitswächter von seiner Ankunft zu informieren. »Worf an Lieutenant Atherton«, rief er den Kommandanten seines Sicherheitsteams. »Worf an Lieutenant Atherton. Bitte erstatten Sie Bericht.«

Niemand antwortete auf seinen Ruf. Er versuchte es auf einer anderen Frequenz, doch es erfolgte noch immer keine Antwort. Ein leises Knurren kam über seine Lippen. »Da stimmt etwas nicht«, sagte er zu Chih-li. »Öffnen Sie die Tür.«

Der Minister drückte auf einen silberbeschlagenen Knopf an seiner Rüstung, und die großen Türen schwangen auf. Irgendwo in der Ferne schlug ein Gong. Worf zog seinen Phaser und stellte ihn auf Betäubung ein.

Die gefärbten Flammen zahlreicher Lampions erblühten zum Leben, als sie vorsichtig die Hohe Halle betraten. Worf schwang den Phaser von links nach rechts, bereit, auf jeden Gegner zu feuern, der hinter den Türen lauerte. Statt dessen wurde er von Stille begrüßt – und von Leere.

»Die Geschenke!« keuchte Chih-li.

»Die Wachen!« rief Worf.

Die Hochzeitsgaben – einschließlich des riesigen Jadeelefanten – waren verschwunden. Der Klingone sah nur noch leere Tische, bar jeglicher Schmuckstücke und Schätze, die sie zuvor geziert hatten. Ein Dutzend Wachen, sowohl aus dem Drachenreich als auch von Starfleet, lag auf dem Boden ausgestreckt, bewußtlos oder sogar tot. Nachdem er sich überzeugt hatte, daß sich keine Bedrohung mehr in dem Raum befand, kniete Worf neben einer blonden Frau in einer gelben und schwarzen Uniform nieder und fühlte ihren Puls. Er schien gleichmäßig zu sein.

Es war schon eine gewaltige Herausforderung gewesen, Chih-li überhaupt zu überzeugen, einen weiblichen Sicherheitswächter zu akzeptieren. Nun hoffte Worf, daß seine Beharrlichkeit Atherton keine ernsthaften Verletzungen eingebracht hatte.

Er berührte seinen Kommunikator. »Worf an *Enterprise*. Ich fordere medizinischen Beistand an.«

Augenblicklich antwortete eine ruhige weibliche Stimme. »Hier spricht Dr. Selar.« Worf fiel ein, daß Dr. Crusher im Augenblick irgendwo im Palast war und sich um die Grüne Perle von Lu Tung kümmerte. »Wie kann ich Ihnen helfen?« fragte die vulkanische Ärztin.

»Die Sicherheitswächter wurden auf irgendeine Art und Weise betäubt. Sie benötigen eventuell medizinische Betreuung.«

»Ich beame sofort herunter«, antwortete die Vulkanierin. »Selar Ende.«

Während Worf Kontakt mit der *Enterprise* aufnahm, untersuchte Chih-li seine Wachen. »Meine Krieger scheinen zwar zu schlafen, aber unverletzt zu sein«, erklärte er. »Vielleicht irgendein Gas oder Betäubungsmittel in der Luft? Ich vermute, Ihren Leuten geht es ähnlich?«

Lieutenant Atherton rührte sich leicht, wachte aber nicht auf. »Ich glaube, es geht Ihnen gut«, sagte Worf, »aber ich werde mehr wissen, sobald unsere Ärztin sie untersucht hat.«

»Mich verblüfft nur«, sagte der Minister und schaute sich in dem nun leeren Raum um, »wie jemand in so verhältnismäßig kurzer Zeit so viele Gegenstände – und dazu noch so große und verhältnismäßig sperrige – entfernen konnte.«

»Ein Transporter?« schlug Worf vor.

Der Minister schüttelte den Kopf. »Dieser Raum ist gegen Transporterstrahlen abgeschirmt... was mich darin erinnert, daß ich die Schilde ausschalten muß, damit Ihre Ärztin herunterbeamen kann.« Er gab ein paar Befehle in einen Minicomputer ein, der in seinem Stulpenhandschuh verborgen war. »Nein, wer auch immer das getan hat... er mußte es in weniger als zwei Stunden bewerkstelligen, was darauf schließen läßt, daß ihm zahlreiche Helfer zur Verfügung standen... diskrete, fähige Helfer.«

Worf erinnerte sich an die schwindelerregend verschwenderische Zurschaustellung von Reichtum, der diesen Raum zuvor ausgefüllt hatte. Die Schlußfolgerungen des Ministers klangen vernünftig. »Jeder Adlige in diesem Palast hat doch ein großes Gefolge, nicht wahr?«

»Ihnen allen steht eine beträchtliche Gefolgschaft zur Verfügung«, bestätigte Chih-li.

»Wie viele hätten genug Männer, um diesen Raub durchzuführen?«

Der Minister dachte kurz nach, bevor er antwortete. »Jedes direkte Familienmitglied des Drachen. Lord Lu Tung. Vielleicht noch eine Handvoll andere. Alle anderen hätten zu viel Personal mitbringen müssen, um den Eindruck aufrechterhalten zu können, es lediglich zu ihrer Bequemlichkeit mitgeführt zu haben.«

Energie knisterte in der Mitte des Raums. Worf erkannte das vertraute Funkeln eines Transporters der *Enterprise*. Dr. Selar materialisierte vor ihnen und ging dann schnell zu einem der auf dem Boden liegenden Starfleet-Offiziere hinüber. Sie untersuchte den Bewußtlosen mit ihrem medizinischen Tricorder. Chih-lis Augen wurden merklich größer, als er Selar sah; offensichtlich war er nicht an Ärztinnen gewöhnt, geschweige denn an vulkanische.

»Sie scheinen betäubt worden zu sein, Doktor«, informierte Worf sie.

»Ja«, bestätigte sie. »Dieser hier auf jeden Fall; ich vermute, die anderen wurden von der gleichen Substanz ausgeschaltet. Die Symptome deuten auf Verapnerharmon oder eine örtliche Variante dieses Mittels hin: Im Prinzip harmlos, doch wenn eine ausreichende Menge in der Luft freigesetzt wird, führt es bei den meisten Humanoiden zu einer drei oder vier Stunden lang anhaltenden Bewußtlosigkeit. Ich vermute, dieser Raum verfügt über ein geschlossenes Ventilationssystem?«

»Ja, alle diese Räume«, sagte der Minister. »Wir wollen damit verhindern, daß jemand sämtliche Teile des Palasts vergiften kann. Ich möchte direkt hinzufügen, daß kein Pai sich jemals herablassen würde, auf einen so unehrenhaften Plan zurückzugreifen.«

»Ach ja?« sagte Selar und runzelte fragend die Stirn. »Auf jeden Fall müßte ein starkes Stimulans die Opfer wieder zu sich bringen, wenngleich ich vorschlage, sie in den nächsten achtundvierzig Stunden unter ständiger medizinischer Beobachtung zu halten.« Sie sah Worf an. »Ich werde dafür sorgen, daß das Starfleet-Personal direkt auf die Krankenstation gebeamt wird.« Dann drehte sie sich zu Chih-li um. »Ihnen stehen geeignete Unterkünfte für die betroffenen Pai zur Verfügung?«

»Ja, ja, natürlich«, sagte der Minister nervöser, als Worf ihn je zuvor gesehen hatte. »Danke für Ihre Hilfe… äh… Doktor.«

Selars Gesichtsausdruck änderte sich angesichts des Unbehagens des Ministers um keinen Deut. Sie wandte sich wieder den Bewußtlosen zu und verabreichte sowohl den Starfleet-Wachen als auch den Pai Infusionen. Chih-li wartete, bis sie einige Meter entfernt war, und trat dann zu dem Klingonen. »Überaus erstaunlich«, flüsterte er. »Ich habe noch nie eine Frau gesehen, die sich so *dreist* benimmt.«

»Man muß sich an Vulkanier erst gewöhnen«, erwiderte Worf diplomatisch. Beruhigt, daß sein Team nun in guten Händen war, richtete er seine Aufmerksamkeit wieder auf den Diebstahl. »Ich fürchte, ich muß meinen Captain davon unterrichten, daß die Geschenke verschwunden sind.«

Chih-li nickte verdrossen. »Und ich muß den Drachen informieren.« Er machte den Eindruck, als hätte er lieber ein weiteres Duell bis zum Tod ausgefochten.

»*Was* ist verschwunden?« fragte Picard scharf.

Worfs tiefer Bariton drang klar aus dem Kommunikator. »Die Hochzeitsgeschenke, Sir.«

»Ich habe Sie durchaus verstanden, Lieutenant. Ich konnte nur nicht glauben, was ich da gehört habe.«

Picard rieb sich die rechte Schläfe. Dank der modernen Medizin waren Kopfschmerzen ein ziemlich seltenes Phänomen, doch er glaubte, einen Anfall kommen zu spüren. Die Situation auf Pai wurde immer komplizierter. Er hatte das Gespräch mit Data gerade beendet und stand noch immer zwischen dem Eichenschrank und der Bank, auf der der Drache saß, als Worf sich meldete, um ihm die neueste Katastrophe zu verkünden. Er hörte sich den Bericht des Klingonen aufmerksam an und schüttelte dann müde den Kopf. Worf hatte das Verapnerharmon erwähnt, doch konnte er noch immer kaum fassen, daß es möglich war, vor den Augen von sechs Sicherheitswächtern von Starfleet, ganz zu schweigen von einer Gruppe Pai-Kriegern in Rüstungen, mehrere Tonnen Geschenke – darunter einen lebensgroßer Jadeelefanten! – einfach so zu stehlen.

Er fragte sich, ob die G'kkau bei diesem Diebstahl die Hand im Spiel hatten, oder der geheimnisvolle

Attentäter. Wie paßte dieser Vorfall in das große Raster mit dem Vertrag, der Hochzeit und der bevorstehenden Invasion der G'kkau? Diese prachtvollen Geschenke konnten wohl einen jeden Dieb in Versuchung führen, dachte er. Es war durchaus möglich, daß das Verschwinden der Hochzeitsgeschenke nichts mit den anderen Intrigen zu tun hatte, die bei der kaiserlichen Hochzeit getrieben wurden, doch wie konnte er sich da sicher sein? »Mr. Worf«, sagte er. »Ich möchte, daß Sie gründliche Ermittlungen anstellen. Dieser Raub hat vielleicht nichts mit unserer Mission hier zu tun, doch dieses Risiko können wir nicht eingehen.«

»Verstanden, Captain«, sagte Worf. »Chih-li und ich beabsichtigen, den Dieb zu fassen und die Geschenke zurückzuholen.«

»Chih-li?« fragte Picard. Er konnte den Namen nicht sofort einordnen.

»Der Minister für Innere Sicherheit«, erklärte der Klingone. »Wir führen die Ermittlung gemeinsam durch.«

»Sehr gut, Mr. Worf. Machen Sie das.« Er hielt kurz inne. »Und verzeihen Sie mir bitte, Mr. Worf«, fuhr er dann fort, »falls ich verärgert geklungen haben sollte. Diese Hochzeit erweist sich als anstrengender, als wir erwartet haben.«

»Meiner Erfahrung zufolge«, versetzte der Klingone, »ist das bei den meisten Hochzeiten unter Menschen der Fall.«

Der Sicherheitsoffizier beendete die Verbindung, und Picard ging zu Troi und dem Drachen zurück. Er bemerkte, daß Mu das Gespräch des Kaisers mit Deanna unterbrochen hatte und seinem Herrscher etwas ins Ohr flüsterte. Der nervöse Zeremonienmeister schien wie vom Schlag getroffen zu sein; sein Gesicht war so bleich wie das einer der Elfenbeinfiguren auf dem *Ch'i*-Brett. Der Drache selbst wirkte eher erstaunt als betroffen. »Was?« sagte er laut. »Alle Geschenke? Sogar der Elefant?«

Picard erklärte Troi schnell, was geschehen war. »Ich darf Ihnen mein Mitgefühl aussprechen, Exzellenz«, sagte er. »Ich teile Ihre Überraschung – und Besorgnis.«

»Hochzeitsgeschenke zu stehlen – und darüber hinaus die einer kaiserlichen Hochzeit!« Die bloße Vorstellung schien den Drachen abzustoßen. »Das kann ich einfach nicht begreifen. Was ist aus der Ehre geworden, daß jemand auch nur auf einen solchen Gedanken kommt?«

Picard fand es seltsam – und überaus ärgerlich –, daß der Drache sich den Kopf über die Möglichkeit zerbrach, unter seinen Leute könne ein Dieb sein, statt sich mit der Gewißheit eines unmittelbar bevorstehenden Angriffs der G'kkau zu befassen. Er ertappte sich bei dem Gedanken, Worf möge es gelingen, einen Zusammenhang zwischen dem Raub und den G'kkau herzustellen; vielleicht würde *das* den Kaiser endlich dazu bewegen, die Bedrohung durch die Reptilienwesen zur Kenntnis zu nehmen. »Ich bin überzeugt«, sagte er, »daß die gemeinsamen Bemühungen Ihrer und unserer Sicherheitskräfte den Dieb schnell entlarven und die verschwundenen Geschenke wieder herbeischaffen werden.«

»Ja«, fügte Troi hinzu. »Lieutenant Worf kann sehr findig sein. Und beharrlich.«

»Hoffentlich haben Sie recht, meine Liebe«, sagte der Drache. Er hob sein Kelchglas und kippte eine beträchtliche Menge Wein in sich hinein. Das starke Gebräu schien ihn zu beruhigen. Sein Lächeln kehrte zurück, und auch der Glanz in seinen Augen, wann immer er Troi ansah. »Zum Glück sind Sie ja hier«, sagte der Kaiser zu Deanna. »Eine wunderschöne Frau kann in solch schwierigen Zeiten ein großer Trost sein.«

Nicht unbedingt, dachte Picard. Die Blicke, die der Drache der Counselor zuwarf, waren alles andere als ein Trost. Vielmehr schienen sie weitere Probleme anzukündigen.

»Was soll das heißen – der Drache ist noch nicht tot?« zischte Kakkh wütend seinen Agenten auf Pai an. »Sie haben versprochen, daß er noch diese Nacht stirbt!«

»Es war dieser Captain, Picard«, jammerte der Verräter. »Ohne ihn wäre der Drache nicht mehr am Leben, und ich wäre der neue Kaiser!«

Aber nicht lange, dachte Kakkh. Zu seinem Glück war die humanoide Marionette nur ein Bild auf einem Monitor und weilte nicht persönlich an Bord der *Fangzahn.* Kakkh bezweifelte, daß er andernfalls dem Drang hätte widerstehen können, den törichten Pai-Adligen mit einem einzigen befriedigenden Zuschnappen herunterzuschlingen. *Zwei gescheiterte Attentatsversuche an einem Abend! Wie schwer konnte es denn sein, einen alten Säuger zu töten?*

»Meine Methode war vorzüglich«, setzte der Pai seinen Protest fort. Kakkh mußte seine Furcht nicht riechen, um zu wissen, daß der nervös wirkende Mensch auf dem Bildschirm nicht mehr so arrogant war wie noch kurz zuvor. Der Pai quasselte so viel, um sich zu beruhigen und Kakkhs Zweifel zu zerstreuen. »Es war ein makelloser Plan von klassischem Zuschnitt. Ich meine, ausgerechnet vergiftetes *Ma erh tsai mao tan ch'ing!* Wissen Sie nicht, daß seit fast zwei Jahrtausenden niemand mehr mit *Ma erh tsai mao tan ch'ing* vergiftet worden ist?«

»Vielleicht«, schnaubte Kakkh, »liegt das daran, weil es nicht funktioniert!« Er richtete seine kalten

Reptilienaugen auf den nichtswürdigen Säuger, dessen blasses Gesicht auf dem Bildschirm zwischen seinen Vordergliedern zu sehen war. Die Nickhaut des Kommandanten blinzelte boshaft. Eine gegabelte Zunge zuckte zwischen seinen Fangzähnen hervor. »Hören Sie mir genau zu, Pai, der Sie Drache sein möchten. Morgen werde ich Pai erobern, so oder so. Wenn Sie Ihr Versprechen erfüllen, bevor wir den Planeten erreichen, werden Sie belohnt werden. Aber wenn wir Pai ohne Ihre Hilfe unterwerfen müssen, werden Sie lediglich einer von vielen sein, der unter unseren Klauen fällt. Haben Sie verstanden, was ich gesagt habe?«

»Ja«, stammelte der Pai. »Ihre Worte sind unmißverständlich. Der Drache wird vor Anbruch der Dämmerung tot sein!«

Ich glaube es, wenn ich es rieche, dachte Kakkh skeptisch. Abrupt unterbrach er die Kommunikation. *Dummer Humanoide!* Er knirschte erzürnt mit den Kiefern. Da juckten einen doch die Schuppen, wenn man sich mit diesen unzuverlässigen Säugern abgeben mußte!

Gar rutschte neben ihn. »Meister Kakkh?«

»Ja?« zischte der Schiffsmeister.

»Ich habe Grund zu der Annahme, daß die *Enterprise* einige unserer Funksprüche mit Pai abgefangen hat. Des weiteren haben die Menschen den Nebel mit einer Vielzahl von Sensoruntersuchungen gescannt. Vielleicht haben sie die Anwesenheit der Flotte entdeckt.«

Kakkh schnaubte und sank dann tiefer in seine Kommandogrube. Sein Schwanz peitschte ein paarmal hin und her. »Egal«, sagte er schließlich. »Das Spiel nähert sich dem Ende, und die Föderation kann kaum etwas tun, um uns aufzuhalten. Wir werden *vor* der Hochzeit zuschlagen... bevor der verdammte

Vertrag unterzeichnet werden kann! Wenn Pai nicht mehr existiert, kann Pai auch nicht der Föderation beitreten!«

Je mehr Wein der Drache trank, desto mehr Gefallen schien er an Troi zu finden. Er flirtete – zu Picards Ärger – nun ganz offen mit ihr. Die zunehmende Vernarrtheit des Kaisers in Deanna erleichterte es nicht gerade, ihn davon zu überzeugen, wie dringlich das Problem war, das die G'kkau darstellten.

So hatte der Drache sich zum Beispiel gerade zu Troi vor den Kamin gesetzt und erklärte ihr die verschiedenen *Ch'i*-Spielfiguren. Die Counselor zeigte den leicht unbehaglichen Gesichtsausdruck einer Frau, die auf einer Party in die Enge getrieben wurde. »Das hier ist die Lüsterne Gattin«, sagte der Drache und blinzelte Troi zu. »In den meisten Versionen des Spiels kann man mit dieser Figur jeweils über zwei Felder hinweg in alle Richtungen ziehen, nur nicht vorwärts. Sehen Sie, wie sie den Maßlosen Stab ganz zärtlich umfaßt?«

»Exzellenz«, unterbrach Picard ihn in der Hoffnung, gleichzeitig Troi zu retten und seine Mission voranzubringen. »Ich muß Sie daran erinnern, daß uns nun eine eindeutige Bestätigung vorliegt. Die G'kkau werden Pai in wenigen Stunden angreifen. Wir stehen vor einer Krise von interplanetarem Ausmaß.«

»Müssen wir uns jetzt damit befassen?« fragte der Drache seufzend. »Ich wollte dieser hübschen Frau gerade die romantischen Neigungen erklären, die meinem Urgroßvater den Titel Der Geduldige einbrachten.«

Troi verdrehte die Augen. »Bitte, Captain, erzählen Sie uns mehr über die schrecklichen G'kkau.«

»Sie sollten sich mit solchen Angelegenheiten nicht belasten«, sagte der Drache beruhigend. »Hier, trinken Sie noch einen Schluck Wein.«

»Aber ich finde dieses Thema faszinierend«, sagte Troi und klimperte mit den Wimpern. »*Wie* fürchterlich sind die G'kkau, Captain?«

Deanna leistete auf dieser Mission entschieden mehr, als ihre Pflicht verlangte, dachte Picard. Sie erzielte bei dem Drachen eindeutig größere Fortschritte als er, wie der resignierte Ausdruck bewies, der sich auf das gerötete Gesicht des Kaisers legte, als er seine Aufmerksamkeit zögernd wieder auf Picard richtete. »Ich kann Ihnen nichts abschlagen, schöne Maid«, erklärte er dramatisch. »Nun denn, Picard, diese Geschöpfe sind Reptilien, richtig? Eidechsen?«

»In gewisser Hinsicht, ja«, erwiderte der Captain, »aber sie sind intelligent und unbestreitbar aggressiv.«

»Aber trotzdem Eidechsen«, beharrte der Drache. »Und deshalb können sie wohl kaum die schrecklichen Krieger sein, die Sie geschildert haben. Eidechsen sind weiche und nutzlose Geschöpfe, nur selten überhaupt eßbar, obwohl es da ein köstliches kleines Rezept gibt...« Seine Stimme verhallte, während er sich mit verschleiertem Blick in der Küche umsah, bevor er das Thema dann fallenließ. »Das mächtige Drachenreich ist doch bestimmt imstande, ein paar Eidechsen in Raumschiffen zu verscheuchen?«

»Sie haben mehr als nur ein paar Schiffe«, hielt Picard dagegen. »Genauer gesagt an die einhundert. Und die G'kkau sind viel schrecklicher, als Sie zur Kenntnis nehmen wollen. Bestätigten Informationen zufolge haben sie bereits Dutzende von Planeten völlig zerstören.«

»Gefahr hin, Gefahr her«, sagte der Drache laut, »die Ehre verlangt, daß wir sie allein vertreiben. Wenn sie in der Tat so furchterregend sind, wie Sie behaupten, ist es um so wichtiger, daß wir uns als furchtlos erweisen.«

Picard kam sich vor, als würde er mit Warpgeschwindigkeit gegen eine Backsteinmauer rasen. War es wirklich unmöglich, den Drachen zu überzeugen, die Unterstützung der Föderation zu akzeptieren, bevor es zur Katastrophe kam? »Ihre Hingabe an die Ehre ist überaus bewundernswert«, versuchte er es erneut, »und Starfleet hat nicht die geringste Absicht, Ihren Mut in Zweifel zu ziehen. Wir ...«

»Genug!« sagte der Drache scharf; seine Geduld war eindeutig erschöpft. »Wenn Sie nichts Neues vorzubringen haben, möchte ich diese Diskussion nicht fortsetzen.« Ein Stirnrunzeln verzerrte den sonst so jovialen Gesichtsausdruck des Kaisers, als er verdrossen das Spielbrett betrachtete. Picard befürchtete, daß er es übertrieben hatte, eine Angst, die von den nächsten Worten des Drachen bestätigt wurde. »Es ist schon spät«, erklärte er und gähnte theatralisch. »Vielleicht sollten wir unser Spiel ein andermal fortsetzen?«

Unter anderen Umständen hätte der Captain nichts lieber getan, als das sinnlose Spiel aufzugeben und sich aufs Ohr zu legen. Leider waren der Vertrag noch nicht unterschrieben und der Attentäter noch nicht gefaßt. *Wie kann ich den Drachen weiterhin bewachen, wenn ich so offensichtlich entlassen werde?* »Sind Sie sicher, Exzellenz? Ich fürchte, ich habe noch viel zu lernen, wenn ich *Ch'i* tatsächlich begreifen soll.«

»Vielleicht ein andermal«, wiederholte der Drache. »Ich fürchte, ich halte Sie von Ihren Pflichten ab, Captain, ganz zu schweigen von Ihrer Nachtruhe. Zweifellos erwarten Ihre zahlreichen Konkubinen Sie.« Picard wollte protestieren, doch der Drache hörte ihm schon gar nicht mehr zu. »Ach, weh mir«, sagte er und sah Troi geradewegs an. »Ein armer, alter Mann, ganz allein in dieser Welt der Diebe und Schurken, und niemand hält ihn des Nachts warm ...«

»Das kann ich nicht ganz glauben«, sagte Troi. »Schließlich sind Sie der Drache.«

»Na ja, jedenfalls niemand *Neues*«, sagte er schamlos, unbeeindruckt von dem strengen und mißbilligenden Ausdruck, den Picard aufsetzte. »Wenn Ihr Captain jedoch so großzügig wäre, heute nacht auf Ihre Gesellschaft zu verzichten, würden Sie vielleicht gern das Kaiserliche Schlafzimmer besichtigen, auch bekannt als der Nächtliche Tempel der Eintausend Wollüstigen Freuden?« Er rieb sich eifrig die Hände.

Jetzt reicht es, dachte Picard und erhob sich. »Exzellenz«, sagte er energisch, »ich muß protestieren und…«

Zu seiner Überraschung unterbrach Troi ihn. »Ich würde Sie gern begleiten, Erhabener, vorausgesetzt, mein Herr und Meister Captain Picard hat nichts dagegen.« Sie blinzelte Picard zu, der kurz sprachlos war. Er glaubte zu wissen, was Troi vorhatte, aber trotzdem…

»Deanna«, sagte er so leise, daß der Drache ihn nicht verstehen konnte, »das müssen Sie nicht tun.«

»Machen Sie sich um mich keine Sorgen, Captain. Ich kann auf mich aufpassen – und auf den Drachen.«

Picard wurde klar, daß Troi sich freiwillig anbot, den Drachen die Nacht über zu bewachen und vor möglichen Anschlägen zu schützen, aber ihm ging nicht in den Kopf, wie sie dies anstellen wollte, ohne sich in eine kompromittierende Lage zu begeben. »Kann ich irgend etwas dazu beitragen, daß Ihre Mission nicht so… na ja… ereignisreich verläuft?«

»Ja, allerdings«, sagte Troi strahlend. »Vielleicht können Sie eine Flasche romulanisches Ale direkt in das Quartier des Drachen beamen lassen?« Sie bedachte den Kaiser mit einem einnehmenden Lächeln. »Das ist ein wunderbares Getränk, Erhabener, wie geschaffen für romantische Abende.«

Und wird den Drachen glatt aus den Schuhen hauen,

dachte Picard, *bei all dem Wein, den der Kaiser bereits in sich hineingekippt hat.* Er bewunderte Deannas Einfallsreichtum, auch wenn ihm etwas unbehaglich zumute war, ihr die Erlaubnis für dieses Vorhaben zu erteilen. *Ich sollte lieber weder Worf noch Riker gegenüber erwähnen*, dachte er, *wie dieser Abend verlaufen ist.*

11

»Sie müssen wissen, daß wir noch hier sind«, sagte Lieutenant Melilli. »Selbst wenn sie keine Ahnung haben, wie gut unsere Sensoren sind, ist die *Enterprise* doch ziemlich groß und macht kein Geheimnis aus ihrer Anwesenheit.«

Auf der Brücke des Schiffes überwachte Data weiterhin den unaufhaltsamen Vorstoß der Flotte der G'kkau Richtung Pai. Die Wahrscheinlichkeit, daß die bloße Existenz der *Enterprise* im Orbit um den Planeten die Echsenwesen von der geplanten Invasion abzuschrecken vermochte, sank rapide und lag mittlerweile bei 0,0001 Prozent. »Sie scheinen sich überhaupt nicht für unsere Existenz zu interessieren«, schloß er.

»Und wieso nicht, Sir?« fragte Melilli. »Wir sind ein Raumschiff der Föderation und damit kaum eine unbedeutende Bedrohung.«

»Entweder sind sie aufgrund ihrer Überzahl übertrieben zuversichtlich, oder sie sind sich genau der politischen Umstände bewußt, die ein Eingreifen von unserer Seite beträchtlich erschweren.« Data erinnerte sich an das letzte Gespräch mit dem Captain. Derzeit waren die Prognosen für den Vertrag nicht ermutigend.

»Und welche der beiden Möglichkeiten kommt Ihnen wahrscheinlicher vor?« fragte Melilli. Die tiefen Furchen in ihrem Nasenbein schienen sich zusammenzuziehen, als sie Data fragend ansah.

»Das können wir nur auf eine Weise herausfinden«,

erklärte Data ruhig. »Fähnrich Kamis, rufen Sie die Flotte der G'kkau.«

Melilli schaute fragend drein. Data verstand durchaus, daß die Bajoranerin von seinem Befehl verwirrt war. Als ehemalige Freiheitskämpferin riet ihr der Instinkt, zuerst zu schießen und dann Fragen zu stellen. Aber erst *viel* später.

»Sie wissen, daß wir hier sind«, erklärte er. »Vielleicht können wir sie dazu bringen, ihren Kurs nicht fortzusetzen.« Data behielt einen ernsten, undeutbaren Gesichtsausdruck bei. »Ich versuche das, Lieutenant, was beim Poker als Bluff bekannt ist.«

»Ein farbenblindes Einhorn findet die linkshändige Jungfrau«, gab der Sprecher der Aphorismen zum Besten, »während die Mondsichel zweimal in dieselbe Suppe taucht.«

»Äh … genau«, sagte Riker. Meng Chiao schien eine Million alter Sprichwörter in seinem Hinterstübchen gespeichert zu haben, und keines davon ergab auch nur den geringsten Sinn. Riker mischte die Karten und sah sich in dem überfüllten Harem nach dem Drachenerben um. Chuan-chi hatte sich kurz von dem Spiel zurückgezogen, um ›die Roben neu zu ordnen‹; Riker wußte mittlerweile, daß damit nichts anderes gemeint war, als einem gewissen natürlichen Drang nachzugehen. Dem Ersten Offizier wäre es lieber gewesen, den Erben nicht aus den Augen zu lassen; es war schon schlimm genug, daß Kan-hi einfach hinausgestürmt und seitdem noch nicht zurückgekehrt war. Er fragte sich, was der jüngere und ungezügeltere Sohn des Drachen im Augenblick anstellte.

Dann teilte sich zu seiner Erleichterung die Ansammlung der Junggesellen, um Chuan-chi an den historischen Schauplatz der ersten richtigen Partie Poker auf Pai zurückkehren zu lassen. »Verzeihung«, sagte er kurz und knapp und ließ sich langsam und würdevoll auf ein bereitliegendes Kissen herab. »Sie dürfen fortfahren«, sagte er zu Riker.

Ein paar andere Spieler, alles junge Lords des Reiches, hatten den Platz des Zweiten Sohnes eingenommen. Die restlichen Junggesellen drängten sich in einem Kreis um sie herum, beobachteten das Spiel mehr oder weniger interessiert – und wetteten auf das jeweilige Ergebnis –, wenn sie nicht gerade die Dienstmädchen betatschten oder einfach einschliefen, weil sie zu viel Wein getrunken hatten. Bislang war es zu keinen weiteren Gewalttätigkeiten gekommen, was das Pokerspiel in gewisser Hinsicht zu einem Erfolg machte, wenngleich die Pai noch immer Schwierigkeiten hatten, einige der grundlegenden Regeln zu verstehen. »Na schön«, sagte er. »Ihr Einsatz, meine Herren.«

Die Adligen zogen winzige bestickte Geldbörsen aus ihren Roben hervor, nahmen schwere Goldmünzen heraus und warfen sie in die Mitte der leergeräumten Fläche. Riker steuerte eine aus seinem Vorrat bei, teilte die Karten aus und betrachtete dann sein Blatt. Er hatte drei Buben. Nicht gerade toll, aber auch nicht allzu schlecht. Vielleicht würde er mit dem Blatt sogar gewinnen. Nicht, daß er unbedingt gewinnen wollte. Er wollte lediglich den Erben und die anderen Junggesellen bis zur Hochzeit bei Laune und guter Gesundheit halten. Das war kaum die knallharte Partie Poker, wie sie jeden Freitagabend an Bord der *Enterprise* stattfand. *Nein,* dachte er, *wir spielen hier nur zum Vergnügen.*

Das Setzen erwies sich als unerwartet gewagt und ging über zwei volle Runden, ohne daß jemand ausstieg. Die Spielkasse war von einigen wenigen Goldmünzen auf dem weißen Fliesenboden zu einem beträchtlichen Haufen angewachsen. Als Riker wieder an der Reihe war, betrachtete er erneut sein Blatt. Seine drei Buben waren gut, aber nicht so stark, um noch mehr Gold darauf zu setzen. Er wollte schon aussteigen, als ihm eine Idee kam. Ausführlich musterte er die grimmigen, entschlossenen Gesichter der Mitspieler. »Es tut mir leid, meine Herren, aber ich muß Sie fragen: Doch nicht jeder von Ihnen glaubt, daß er mit seinem Blatt gewinnt, nicht wahr?«

»O nein«, sagte der Erbe. »Ich habe ziemlich schlechte Karten und werde meinen Einsatz höchstwahrscheinlich verlieren.«

»Warum steigen Sie dann nicht aus?« fragte Riker.

»Aussteigen?« sagte Chuan-chi. »Ich befürchte, das haben Sie nicht erklärt.«

O doch, das habe ich, dachte Riker. *Mehrmals.* »Vielleicht habe ich mich nicht so deutlich ausgedrückt. Je nachdem, was für Karten Sie haben, müssen Sie die Entscheidung treffen, ob Ihr Blatt gut genug ist, dem Geld, das Sie schon gesetzt haben, noch mehr hinterherzuwerfen.«

»Das *müssen* wir?« fragte der Erbe stolz.

»Nein, es ist keine Vorschrift«, erwiderte Riker schnell. »Aber es gehört zum Poker. Wenn das Blatt es nicht wert ist, daß man noch mehr darauf setzt, steigt man aus.«

Ein langes, angespanntes Schweigen folgte auf Rikers Erklärung. »Stimmt irgend etwas nicht?« fragte der Erste Offizier schließlich.

»Im Aufgeben liegt keine Ehre«, sagte der Erbe.

»Je höher der Berg, desto nasser die Lawine«, fügte Meng Chiao hinzu.

Riker seufzte. »Das verstehe ich leider nicht.«

Ein anderer Junggeselle, ein gewisser Lord Li Po, ergriff das Wort. »Damit würde man eingestehen, daß man den anderen unterlegen ist. Während ich dem Drachenerben gegenüber dazu bereit bin, oder aus reiner Höflichkeit sogar Ihnen gegenüber« – er verbeugte sich vor den beiden so anmutig, wie seine üppigen Roben und die Sitzhaltung mit den überkreuzten Beinen es gestattete –, »würde es Schande über mich bringen, mich irgendeinem meiner edlen Landsmänner zu unterwerfen, wenngleich ich mit dieser Aussage niemanden beleidigen möchte.« Er verbeugte sich vor den anderen Spielern.

»Das haben wir völlig richtig verstanden«, sagte Chuan-chi. »Ich kann mir wirklich nicht vorstellen, daß jemand an diesem Tisch ›aussteigt‹.« Er sprach, als verkündete er eine schlichte Tatsache, vergleichbar mit dem Gravitationsgesetz oder der Halbwertzeit von Dilithiumkristallen.

»Aber beim Poker muß man dann und wann aussteigen!« protestierte Riker.

»Dann ist es kaum ein ehrenwertes Spiel«, erwiderte der Erbe, »und mir ist nicht klar, warum Sie es uns unbedingt beibringen wollen.«

Riker befürchtete plötzlich, daß sein brillanter Plan sich als Schuß nach hinten erweisen konnte. »Ich habe ganz bestimmt keine Beleidigung beabsichtigt und möchte auch die Ehre der Anwesenden keineswegs in Zweifel ziehen«, beharrte er. »Warten Sie, ich erkläre es Ihnen folgendermaßen. Sie behaupten, im Aussteigen liegt keine Ehre, richtig?«

Die anderen murmelten leise vor sich hin und nickten. »Wenn die Auster ihre Perle verschluckt, wird es dunkel«, intonierte Meng Chiao.

»Wie dem auch sei. Wenn niemand aussteigt, geht das Bieten weiter, bis der erste kein Geld mehr hat.«

»Dann werden wir auch unseren Besitz, unsere Sklaven, Leibeigenen und Frauen setzen«, sagte einer der jüngeren Adligen. Riker glaubte sich zu erinnern, daß er Li Shang-yin hieß. Oder vielleicht Li Yin-shang?

»Aber irgendwann«, beharrte der Erste Offizier, »wird keiner von Ihnen mehr irgendwelche Besitztümer setzen können. Das hieße, der mit dem größten Vermögen würde automatisch alles andere gewinnen.«

Alle drehten sich zu Chuan-chi um, der seine Karten mit dem für ihn typischen verdrossenen Ausdruck auf dem Gesicht studierte. »Dem Drachenerben gehört ganz Pai«, erklärte Lord Li Po, »also würde der Erbe gewinnen, wie es ihm auch zusteht.«

Chuan-chi schüttelte den Kopf. »Darin liegt keine Ehre. Dann könnte ich alles ja geradeheraus aufkaufen.«

»Und genau da kommen Zufall und Geschick ins Spiel«, sagte Riker in der Hoffnung, daß er sich nicht das eigene Grab schaufelte. »Das Aussteigen ist durchaus ehrenhaft. Man könnte es mit einem Rückzug im Krieg vergleichen, um den Sieg am nächsten Tag zu erringen.«

»Aber das tun wir auch nicht«, sagte Lord Li Po. »Es ist die Pflicht eines Kriegers, bis zum Tod zu kämpfen.«

Riker fragte sich allmählich, ob die Pai vielleicht mit den Klingonen verwandt waren. Zu schade, daß sie nicht ein bißchen mehr den Ferengi ähnelten, dachte er. Dann bestünde das einzige Problem darin, sie davon abzuhalten, sich gegenseitig über das Ohr zu hauen. »Hören Sie, ein General hat die Pflicht, sich zu überlegen, wie er seine Krieger am besten einsetzt, nicht wahr?«

»Das stimmt«, gestand der Erbe ein.

»Dann sehen Sie Ihre Karten als Krieger an, und Sie sind ihr General. Sie allein entscheiden, ob man sie nur opfert oder ob sie imstande sind, das Kriegsglück zu wenden.«

Es folgte eine weitere lange Pause, während der Erbe und die anderen Adligen über Rikers Worte nachdachten. Der Erste Offizier zog am Kragen der Seidenrobe, die er seit kurzem trug. Es schien im

Harem mit einemmal viel wärmer und stickiger zu sein. Er betete, daß er die Beziehungen zwischen der Föderation und dem Drachenreich nicht endgültig getrübt hatte.

Plötzlich hellte Meng Chiaos Blick sich auf, und er schlug sich laut aufs Knie. »Natürlich«, sagte er. »Jetzt wird es mir klar. *Der purpurne Pfau krönt den Hügel der roten Ameisen!*«

»Ah«, fügte der Erbe vielsagend hinzu. Alle anderen Pai nickten nun, und jedem außer Riker schien ein Licht aufzugehen. »Sie haben recht, Commander. Das ist tatsächlich logisch.« Chuan-chi warf seine Karten auf die leergeräumte Fläche. »Ich steige aus.«

»Ich ebenfalls.«

»Ich auch.«

Ein Adliger nach dem anderen stieg aus, und ein völlig verwirrter Will Riker konnte seinen Gewinn zu sich heranziehen. Der Erste Offizier schüttelte den Kopf, als er den leuchtenden Stapel Goldmünzen betrachtete. *Dieser Schuß könnte auch nach hinten losgehen...*

»Im einen Augenblick standen wir noch Wache und funkelten die Pai-Soldaten an, die uns anfunkelten. Dann erinnere ich mich nur noch daran, daß ich auf dem Boden aufwachte, während Dr. Selar mich fragte, ob ich meinen Namen noch kenne...« Lieutenant Nanci Atherton zuckte mit den breiten, muskulösen Schultern. »Es tut mir leid, daß ich Ihnen keine größere Hilfe bin, Sir.«

»Der Angriff hat uns alle völlig überrascht, Lieutenant«, knurrte Worf. »Sie dürfen wegtreten. Melden Sie sich auf der Krankenstation und lassen Sie sich gründlich untersuchen.«

Atherton ging zu der Transportstelle und ließ Worf und Chih-li in der nun geräumigen Leere der Hohen

Halle der Zeremoniellen Erhabenheit allein. Ihre Schritte hallten in dem ausgeraubten Raum. Worf staunte noch immer über die schiere Dreistigkeit der unbekannten Diebe. Wie war es ihnen gelungen, mitten aus dem Herz des Kaiserlichen Palasts einen ganzen Raum voller Schätze zu stehlen?

»Wir müssen jeden Raum im Palast durchsuchen«, sagte er. »Die Diebe können noch nicht weit sein.« Nicht zum erstenmal in der letzten halben Stunde war er zu dieser Schlußfolgerung gelangt.

»Das ist unmöglich!« sagte Chih-li zum wahrscheinlich zwanzigsten Mal. »Die Gäste des Drachen sind Männer von großer Ehre. Es wäre eine unglaubliche Beleidigung, auch nur anzudeuten, einer von ihnen könnte ein Dieb sein.«

»Aber einer von ihnen *ist* ein Dieb!« schnaubte Worf.

»Bedauerlicherweise scheint dem so zu sein«, gestand Chih-li ein. Der Minister für Innere Sicherheit schritt niedergeschlagen auf dem kahlen Marmorboden auf und ab. »Und doch können wir nicht alle anderen Gäste entehren, indem wir ihre Quartiere durchsuchen. Ein jeder von ihnen würde sich verpflichtet fühlen, uns zu einem Duell herauszufordern, weil wir eine solche Durchsuchung auch nur in Erwägung gezogen haben.«

Normalerweise hätte Worf diese Aussicht gefallen, doch die Zeit wurde knapp. Die Hochzeit sollte in wenigen Stunden stattfinden. Der Klingone zerbrach sich den Kopf über das Problem. Bei genauem Nachdenken stellte sich bei ihm der Eindruck ein, daß es feine Unterschiede zwischen dem Ehrenkodex der Klingonen und dem der Pai gab. Die Pai legten offensichtlich großen Wert auf den *Anschein,* während die Ehre der Klingonen auf *Taten* basierte. Er fragte sich, ob es eine Möglichkeit gab, diesen Unterschied in einen Vorteil umzumünzen.

»Wir *müssen* jeden Raum durchsuchen«, wiederholte Worf. Der Minister führte die altbekannten Einwände auf, doch der Klingone brachte ihn mit einer Handbewegung zum Verstummen. »Es sollte doch möglich sein, um die Erlaubnis zu bitten, ohne die Ehre irgendeines Ihrer Gäste in Zweifel zu ziehen. Vielleicht könnten wir behaupten, wir vermuteten, irgendein niederträchtiger Schurke habe die gestohlenen Geschenke in einem Gästequartier versteckt?«

Chih-li blieb stehen. Ein listiges Lächeln erschien auf seinem Gesicht. »Sie sind sowohl ehrbar *als auch* gerissen, Freund Worf. Vielleicht ist Ihr Vorschlag in der Tat durchführbar. Wir brauchen nur einen höflichen Vorwand, der es allen Betroffenen ermöglicht, ihr Gesicht zu wahren.«

»Einschließlich des Schuldigen?« fragte Worf.

»Mit diesem Problem befassen wir uns, nachdem wir die Geschenke gefunden haben. Ich hoffe aufrichtig, daß sich ein ehrenvoller Selbstmord arrangieren läßt … auf die eine oder andere Weise.« Der blutrünstige Glanz in den Augen des Kriegers verblich, als Chih-li ein anderer Gedanke kam. »Uns steht eine gewaltige Aufgabe bevor. Allein der Hauptpalast verfügt über mehr als fünfhundert Räume. Eine gründliche Suche könnte Tage, wenn nicht sogar Wochen dauern.«

»Dann sollten wir am besten sofort anfangen«, sagte Worf.

Die hysterischen Tränen der Grünen Perle waren einem leiseren, erstickten Schluchzen gewichen, doch deshalb fühlte Dr. Crusher sich nicht besser. Yao Hus unerwartete Enthüllung hatte sie in einen gewaltigen Gefühlskonflikt gestürzt. Jedem mütterlichen Instinkt ihres Wesens widerstrebte die Vorstellung, eine junge Frau zu zwingen, einen Mann zu heiraten, den sie nicht liebte. Andererseits hing die Zukunft des gesamten Drachenreichs davon ab, daß die Hochzeit wie geplant stattfand. Beverly wußte nicht, was sie tun sollte.

Im Augenblick wurde die Braut von ihrer zukünftigen Stieftochter getröstet, die echtes Mitgefühl für die Notlage des anderen Mädchens zu haben schien. Zu Beverlys Überraschung und beträchtlicher Erleichterung hatte Hsiao Har sich während der Krise als hilfreich und verständnisvoll erwiesen; unter dem flegelhaften Benehmen des Mädchens verbarg sich offensichtlich ein gutes Herz. Doch weder Dr. Crusher mit ihrer vorsichtigen Befragung noch Hsiao Har mit ihren flehentlichen Bitten war es gelungen, der Grünen Perle den Namen ihrer wirklichen Liebe zu entlocken. Eigentlich hatte die Perle überhaupt nichts mehr gesagt, seit sie ihre tatsächlichen Gefühle über die Hochzeit verraten hatte; sie hatte sich vielmehr einfach auf einem der vielen Kissenstapel, die überall im Raum lagen, zu einem kleinen Ball zusammengerollt und haltlos vor sich hingeschluchzt. Sie sah aus wie eine winzige grüne Gestalt, die verloren auf einem rosa Meer trieb. Ihr leises Weinen brach Beverly das Herz.

Doch wenn die Ärztin ganz ehrlich war, wollte sie den Namen der geheimen Liebe der Perle vielleicht gar nicht erfahren. Den beiden mußten schreckliche Strafen drohen, ganz gleich, wie unschuldig ihr Verhältnis gewesen war – und wenn man von der sexuellen Unerfahrenheit des Mädchens ausging, mußte ihre Romanze ziemlich unschuldig gewesen sein. Trotzdem hatte Dr. Crusher schon genug Sorgen, ohne sich den Kopf darüber zerbrechen zu müssen, ob irgendein törichter junger Mann vielleicht ins Exil geschickt oder sogar zum Tode verurteilt werden würde. Doch wie konnte sie der Sache auf den Grund gehen, ohne die Identität des Mannes bloßzustellen? Und *sollte* sie sich überhaupt damit befassen? Hatte sie nicht schon genug Schaden angerichtet?

Das alles war zuviel für sie. Sie konnte das große Bild – den Vertrag und die G'kkau – nicht von dem herzzerreißenden Anblick des gequälten Mädchens auf den rosa Kissen trennen. Sie wußte, was Jean-Luc sagen würde: Die Erste Direktive verbietet, daß wir unsere Ansichten von Liebe und Romantik den Ehegebräuchen einer anderen Kultur aufzwingen. Außerdem hing das gesamte Wohl des Drachenreichs von der Hochzeit der Grünen Perle mit dem Drachenerben ab. Selbst wenn man die allzu konkrete Bedrohung durch die G'kkau nicht berücksichtigte, würde diese Ehe dem Reich nach Jahrzehnten des Bürgerkrieges den Frieden bringen. Wie sollte man das Herzeleid einer jungen Frau gegen das alles aufrechnen?

Doch sie war in erster Hinsicht Ärztin und erst in zweiter Linie Starfleet-Diplomatin; erwartete man von ihr, daß sie Yao Hus Leid einfach ignorierte? »Verdammt, Jean-Luc«, murmelte sie wütend, »so haben wir nicht gewettet.« Sie brauchte einen Rat von jemandem, dem sie vertraute, jemandem, der die Gefühle des Mädchens berücksichtigen würde, jemandem, der sie durch dieses verwickelte gefühlsmäßige Durcheinander führen konnte.

Sie brauchte Deanna.

»Hsiao Har?« Die Ärztin ging zu den beiden Mädchen, die sich noch immer umarmten. Yao Hu hörte nicht auf zu weinen, doch die Tochter des Erben schaute auf, als Beverly sich an sie wandte. »Ich muß mich unter vier Augen mit jemandem unterhalten. Kommen Sie hier ein paar Minuten lang allein zurecht?«

Verwirrung legte sich auf die Gesichtszüge des älteren Mädchens. »Aber Sie können den Harem nicht verlassen«, sagte es. »Die Augen des Drachen bewachen den einzigen Eingang.«

»Nein, nein«, erklärte die Ärztin. »Das habe ich auch gar nicht vor. Ich möchte nur mit Hilfe meines Kommunikators mit jemandem sprechen. Verstehen Sie?«

Hsiao Har nickte. Die Grüne Perle schien die Welt um sie herum gar nicht mehr zu beachten. Beruhigt, daß die Lage sich wenigstens im Augenblick stabilisiert hatte, ließ Dr. Crusher die Mädchen zurück und fand schließlich den Eingang zu einem Badezimmer, das neben dem großen Raum lag. Wie im gesamten Reich der Grünen Perle waren die Wände und Einrichtungsgegenstände auch hier leuchtend rosa gestrichen und großzügig mit den Kleinoden geschmückt, die den gleichen Namen wie sie trugen. Beverly lehnte sich gegen ein Becken aus rosafarbenem Marmor und tippte energisch auf ihren Kommunikator. »Deanna? Ich rufe Deanna Troi!«

Das Gerät stellte die Verbindung augenblicklich her; der Harem war nicht so gut abgeschirmt, wie Lu Tung wahrscheinlich glaubte. »Beverly?« Deannas Stimme drang klar und deutlich aus dem Kommunikator. »Was ... was gibt es?« Sie klang abgehetzt und atemlos, fast, als würde sie gejagt. Die Ärztin fragte sich, wo genau Deanna sich im Augenblick befand.

»Ich bin auf ein kleines Problem gestoßen«, sagte Dr. Crusher zögernd. War es möglich, daß die Pai ihre Kommunikationen abhörten? Oder gar die G'kkau? »Ich habe gehofft, ich könnte mit Ihnen darüber sprechen.«

»Der Zeitpunkt ist sehr schlecht, Beverly«, keuchte Troi. Die Ärztin hörte im Hintergrund Gesprächsfetzen – und schmutziges Gelächter. »Erhabener, bitte! Nicht jetzt! Es tut mir leid, Beverly, was haben Sie gesagt?«

Das hörte sich an, als hätte Deanna selbst genug

Probleme. »Sind Sie in Ordnung?« fragte sie. »Stimmt etwas nicht?«

»Der Kaiser«, erwiderte die Counselor atemlos, »verträgt unglaublich viel Romulanisches Ale – und hat auch sonst einige beeindruckende Eigenschaften.«

»Wie bitte?« Beverly konnte sich keinen Reim darauf machen. »Soll ich die Sicherheit benachrichtigen?«

»Nein!« Deanna schrie regelrecht durch den Kommunikator; die Schwingungen ließen das Gerät unter ihren asiatischen Roben buchstäblich erzittern. »Ich meine, vielen Dank, Beverly, aber das ist nicht nötig. Ich werde allein damit fertig ... glaube ich.«

Beverly wußte noch immer nicht genau, was am anderen Ende der Verbindung vor sich ging, kam aber zum Schluß, daß Deanna sich eher verlegen als gefährdet anhörte. Falls die Counselor ernsthafte Schwierigkeiten gehabt hätte, hätte sie es gesagt. Doch offensichtlich war die Betazoidin nicht imstande, Beverly aus ihrem moralischen Dilemma zu helfen. »Tut mir leid, daß ich Sie gestört habe. Wir unterhalten uns später.«

»In Ordnung«, erwiderte Troi. »Erhabener, hören Sie auf damit! Das heißt ... Troi Ende!«

Soviel dazu, dachte Beverly bedauernd. Deanna würde ihr bei ihrer nächsten gemeinsamen Gymnastikstunde auf der *Enterprise* einiges zu erklären haben. Aber die würde wohl noch etwas auf sich warten lassen ... es hörte sich an, als bekäme Deanna auf Pai genug Bewegung, welcher Art auch immer. Damit blieb der Ärztin nichts anderes übrig, als sich allein um die zögernde Braut zu kümmern, worauf sie sich keineswegs freute. Um etwas Zeit zu schinden, betrachtete sie ihr Bild in dem Spiegel, der eine gesamte Wand des Badezimmers der Grünen Perle einnahm. Dutzende leuchtender Perlen, die in ihrem schimmernden Glanz fast schon eintönig wirkten, umrahmten das Glas. Lord

Lu Tung mußte alle Austern im Drachenreich aufgekauft haben, um die Gemächer seiner Tochter zu schmücken. Beverly hatte den Eindruck, daß sie müde wirkte; es war eine lange Nacht gewesen, und bis zur Hochzeit blieben nur noch ein paar Stunden. Ihr kunstvolles grünes Gewand, das ihr vor kurzem noch so elegant vorgekommen war, hing nun an ihrem müden Körper wie die Wäsche der letzten Woche an der Leine. Diese Mission war nicht einfach – und wesentlich strapaziöser, als sie vermutet hatte.

Letzten Endes, so wurde ihr klar, konnte sie gar keine Entscheidung treffen. Die Grüne Perle *mußte* den Drachenerben heiraten; es gab keine andere Möglichkeit, das Drachenreich zu vereinen und vor den unbarmherzigen Klauen der wilden G'kkau zu retten. Törichterweise hatte sie gehofft, Deanna würde irgendeine andere Lösung aus dem Zylinder zaubern können, doch Yao Hus Schicksal war schon längst beschlossene Sache gewesen, bevor die *Enterprise* den Orbit des Planeten erreicht hatte. Beverly betete nur, daß die Perle in dem Leben, das ihr vorbestimmt war, Frieden finden würde – und daß die zukünftigen Geschichtsbücher des Drachenreichs nie das Opfer vergessen würden, das dieses junge Mädchen ihrem Volk gebracht hatte.

Die Ärztin tupfte sich eine Träne aus dem Augenwinkel, straffte die Schultern und kehrte in das üppigen Rosa des Harems zurück. Sie ging an der Menagerie der nun unbeachtet herumliegenden Stofftiere vorbei, herzzerreißende Erinnerungen an Yao Hus Kindheit, die morgen unwiderruflich ihr Ende finden würde, und spürte, wie sich in ihrem Hals ein Kloß bildete. *Reiß dich zusammen,* dachte sie. *Es ist schon schlimm genug, daß die Braut sich die Augen ausweint. Wenn du auch nur herumheulst, kannst du ihr überhaupt nicht helfen.*

Sie schritt schnell durch den Raum, nur um dann abrupt stehenzubleiben. Ihr Mund öffnete sich, und ihre Augen wurden größer. »O nein!« flüsterte sie.

Hsiao Har stand verlegen zwischen den rosafarbenen Kissen der Perle. Das Mädchen betrachtete seine Füße, konnte Beverlys Blick nicht erwidern. Die Chefärztin der *Enterprise* drehte sich einmal im Kreis herum und suchte mit den Blicken den gesamten Raum ab, doch ihre schnelle Überprüfung bestätigte lediglich die schreckliche Wahrheit: Hsiao Har war allein.

Die Grüne Perle war verschwunden.

12

Der schlampige Gärtner erntet mehr Obst als zweihundert Vegetarier«, rezitierte Meng Chiao. »Tatkräftig ist der Kobold, der die türkisfarbene Tapete fürchtet.«

»Wenn Sie meinen«, sagte Riker. Er warf die Karten verdeckt auf den Boden und beugte sich dann vor, um einen großen Haufen Goldmünzen zu sich heranzuziehen, die er einem schon sehr beeindruckenden Stapel hinzufügte. Es war ihm heute abend sehr gut ergangen, vielleicht sogar zu gut; allmählich wurde es ihm peinlich, daß er fast jedes Spiel gewann. »Vielen Dank, meine Herren.«

Mit der Hand streifte er seine Karten und drehte sie dabei unbeabsichtigt um. Lord Li Po, der das nächste Blatt austeilen wollte, hob sie hoch und hielt dann inne. »Augenblick mal!« sagte er entrüstet.

»Was ist los?« fragte Riker.

»Dieses Blatt war nichts wert«, erklärte Li Po. Er legte die Karten offen auf den Boden und enthüllte dabei nichts weiter als zwei armselige Dreien.

»So sieht es aus, nicht wahr?« Riker grinste. »Aber Sie haben es mit abgekauft.«

»Sie haben *gelogen*?« sagte der Erbe. »Sie haben sich mit einer Falschheit in den Besitz unseres Goldes gebracht?«

»Hm«, machte Riker. Er spürte ganz deutlich, wie die Stimmung umschlug. Seine Mitspieler schauten nicht mehr erheitert drein, und der Erste Offizier der

Enterprise wurde sich plötzlich der Tatsache bewußt, daß er von über einem Dutzend Kriegern umgeben war, die alle zuviel getrunken hatten. Zum erstenmal seit einigen Stunden fragte er sich, was aus seinem Phaser geworden war. »Beim Poker ist das keine Lüge«, beharrte er. »Man nennt es ›Bluff‹.«

»Mir kommt es wie eine Lüge vor«, sagte Li Po. Zuvor hatte er ganz umgänglich gewirkt, doch nun sah Riker den kalten Stahl unter dem angenehmen Äußeren des Mannes. Li Po war schließlich zweifellos ein Veteran und Überlebender des letzten Bürgerkrieges, was auch für alle anderen Männer im äußeren Harem des Erben galt.

»Ein besoffenes Stinktier ist nicht so blau wie die Katze eines lasterhaften Schriftgelehrten«, fügte Meng Chiao grimmig hinzu. Riker wußte zwar noch immer nicht, was er meinte, aber den Tonfall konnte er einordnen. Der begnadete Sprecher der Aphorismen war stinksauer.

»Ich habe Ihnen gegenüber nichts über den Wert meines Blattes verlauten lassen«, erklärte Riker. »Ich habe nur solange mitgeboten, bis der letzte von Ihnen ausgestiegen ist. Sie haben die Schlußfolgerung gezogen, daß ich gute Karten hatte.«

»Aber«, sagte Chuan-chi und richtete einen eisigen Blick auf Riker, »Sie haben keinerlei Anstalten gemacht, uns von der Vorstellung abzubringen, Sie hätten tatsächlich ein gutes Blatt auf der Hand.«

Riker zuckte – entwaffnend, wie er hoffte – mit den Achseln. »Das ist eine der Gestaltungsmöglichkeiten des Spiels.«

»Das ist kaum ehrenhaft«, widersprach Li Po. »Nur ein landloser Bauer würde bluffen.«

»Liegt die Kupferglocke in einem völlig leeren Zimmer, klingelt sie nimmer«, pflichtete Meng Chiao ihm bei.

Riker wünschte sich allmählich, er hätte den Zweiten Sohn begleitet. »Das ist nicht ganz richtig«, sagte er. Seine Gedanken rasten. »Mit einem Bluff bewirkt man lediglich, daß die anderen sich durch ihre eigenen Fehler und Fehleinschätzungen schädigen. Sie würden doch auch nicht einen feindlichen General über die Patzer in Kenntnis setzen, die ihm beim Aufmarsch seiner Truppen unterlaufen sind ...«

»Das ist mehrmals geschehen!« protestierte Li Po. »Vor zweitausend Jahren hat Lord Shen Fu genau das getan. Er zog es vor, den Sieg gegen einen Gegner davonzutragen, der sein Bestes gab.«

Das ist doch nicht zu fassen, dachte Riker. »Hat der General den Rat seines Gegners befolgt?«

»Natürlich nicht«, erklärte der Erbe ihm. »Es wäre unehrenhaft gewesen, lediglich wegen einer einzigen anderen Meinung zu so einem späten Zeitpunkt die Schlachtpläne noch zu ändern. Sein Heer wurde völlig aufgerieben.«

»Siebentausend Soldaten fielen«, fügte Lord Li Po hinzu.

»Die Fußabdrücke eines Nachtigall sind tiefer als der Geist eines Sterns«, erklärte Meng Chiao.

Trotz des Antirauschmittels, das Dr. Crusher ihm verabreicht hatte, drehte sich in Rikers Kopf alles. Man konnte glatt verrückt werden, dachte er, wenn man versuchte, dem komplizierten Ehrenkodex der Pai auf den Grund zu gehen. Sie schienen die Ehre so ernst zu nehmen wie ein Vulkanier die Logik und sie zu einem genauso absurden Extrem zu treiben. »Hören Sie«, sagte er, »was ist denn mit diesem Beispiel? Wenn Ihre Streitmacht der anderen unterlegen wäre, würden Sie das Ihrem Widersacher doch auch nicht auf die Nase binden, oder?«

»Das wäre auch völlig überflüssig«, erklärte Chuanchi. »Es ist keine Schande, seine Nachteile nicht zur

Schau zu stellen. Vielmehr ist man sogar verpflichtet, sich einen respektablen Anschein zu geben, ganz gleich, wie unterlegen man auch sein mag.«

»Na also!« rief Riker. »Genau darum geht es bei einem Bluff! Die Streitkraft, über die man verfügt, ist unterlegen, und man verbirgt diesen Umstand, damit der Gegenspieler sich auf einen Kampf einläßt.«

»Hm«, erwiderte der Erbe skeptisch. »Das riecht noch immer nach Täuschung.«

»Es *ist* eine Täuschung«, sagte Riker. »Aber man gesteht seinem Gegenspieler keine Ehre zu, wenn man ihm nicht die Gelegenheit gibt, sie zu erkennen.« *Ich hoffe, das hört sich einigermaßen logisch an,* dachte er, *zumindest nach den Maßstäben der Pai.*

»In der Tat«, sagte Li Po schließlich. »Da hat der Commander durchaus recht. Ich muß meine Ehre selbst erlangen, indem ich die herausfordernde Illusion eines Bluffs durchschaue. Machen wir weiter!«

Riker gratulierte sich insgeheim. *Entweder lerne ich allmählich, wie ein Pai zu denken, oder mir gelingt es einfach besser, nur so zu tun.* Als die anderen Spieler ihre Einsätze machten, warf er einen verstohlenen Blick auf den verdächtig großen Stapel der Goldmünzen, die er gewonnen hatte. *Der Captain wird es mir nicht danken, wenn ich alle anderen ausnehme. Und ich sollte eine weitere mögliche Explosion von vornherein vermeiden.* »Wissen Sie was, ich schaue die nächsten paar Runden einfach nur zu.«

»Das dürfen Sie nicht!« sagte Lord Li Po. »Sie müssen uns Gelegenheit geben, unser Gold zurückzugewinnen.«

Oha, dachte der Erste Offizier. Er betrachtete die winzigen Stapel Goldmünzen, die seinen Mitspielern noch verblieben waren. Bei der Geschwindigkeit, mit der sie die Finessen des Spiels kapierten, würde er sie wahrscheinlich um Haus und Hof bringen, bevor sie das nötige Geschick entwickelt hatten, ihn zu schlagen. Es gab nur eine Möglichkeit, wie er vermeiden konnte, sie bis auf das letzte Hemd auszunehmen.

Absichtlich verlieren.

»*Enterprise* an das Flaggschiff der G'kkau. Ich wiederhole: *Enterprise* an das Flaggschiff der G'kkau.«

»Noch immer nichts, Lieutenant Melilli?« fragte Data. Es war schwieriger als erwartet, die sich nähernde Flotte zu kontaktieren, doch Data hatte schon vor langem gelernt, daß Beharrlichkeit oftmals durch positive Ergebnisse belohnt wurde.

Der bajoranische Offizier verzog angesichts des Rauschens, das aus den Kommunikationskanälen drang, das Gesicht. »Es ist nicht einfach, den Nebel zu durchdringen, aber ich glaube, wir haben uns den Weg endlich freigeboxt.« Sie lauschte konzentriert dem harten Summen des Hintergrundrauschens. »Ja, wir bekommen eine Antwort.«

Der Bildschirm an der vorderen Brückenwand flakkerte. Ein dunkles, schmutzig-trübes, schäumendes Bild zeichnete sich darauf ab. »Tut mir leid, daß es so unklar ist, Sir«, sagte sie. »Ich werde versuchen ...«

Data erinnerte sich an das erste Gespräch zwischen Captain Picard und dem Kommandanten der *Fangzahn*. »Weitere Korrekturen sind überflüssig, Lieutenant«, sagte er. »Das ist eine genaue Darstellung des Inneren eines Schiffs der G'kkau.«

Dickte Wolken aus tintigem Rauch stiegen in Schwaden auf dem Bildschirm empor, und der Androide machte eine verschwommene, reptilienhafte Gestalt aus, die sich fast vollständig in dem Halbdunkel verlor. »Hier ist die *Fangzahn*«, zischte eine Stimme über die Subraumverbindung. »Ich bin Gar; man erachtet Sie nicht für würdig, mit Meister Kakkh zu sprechen, dem Anführer unserer ruhmreichen Flotte. Was wollen Sie?«

Interessant, dachte Data. Bei ihrem ersten direkten Kontakt mit den G'kkau hatte Meister Kakkh persönlich auf den Ruf des Captains reagiert. Diese Änderung in ihrem Verhalten ließ darauf schließen, die G'kkau wußten, daß Captain Picard und die anderen Senioroffiziere sich im Augenblick auf Pai und nicht an Bord der *Enterprise* befanden. Noch während er sich an Gar wandte, überlegte er, auf welche Weise die G'kkau in den Besitz dieser Information gelangt waren. »Ich bin Lieutenant Commander Data vom Raumschiff *Enterprise*«, sagte er.

»Warum belästigen Sie uns mit Ihren Funksprüchen? Wir werden nur mit Ihrem befehlshabenden Offizier sprechen.« Gars Stimme hob sich zu einem schrillen Zischen, das wie das eines altmodischen Teekessels klang, in dem das Wasser kochte.

»Ich bin derzeit der befehlshabende Offizier der *Enterprise*«, erklärte der Androide ruhig. Da die Logik gebot, daß den G'kkau dies bereits bekannt war, verriet er ihnen mit diesem Eingeständnis wohl nichts Neues. »Ich darf des weiteren darauf hinweisen, daß Sie *nicht* der befehlshabende Offizier sind.«

»Das ist etwas ganz anderes«, erwiderte Gar. »Wir sind von Natur aus überlegen; Sie sind Abschaum.«

»Mein internes Wörterbuch definiert diesen Begriff als unbrauchbaren Rückstand, der aus einem großen Kessel abgeschöpft wird«, erwiderte Data. »Das trifft auf mich eindeutig nicht zu. Wie dem auch sei, ich habe im Namen des Drachenreichs und der Vereinten Föderation der Planeten Kontakt mit Ihnen aufgenommen, um Sie aufzufordern, Ihren Angriff auf Pai aufzugeben.«

»Abschaum«, wiederholte Gar. »Es ist töricht von Ihnen, uns auf diese Weise zu warnen, und ehrlos.«

Data ignorierte die Beleidigung. »Bitte erläutern Sie diese Bemerkung.«

»Ihr eigenes Föderationsgesetz«, schnaubte Gar, »gewährleistet unsere Sicherheit, sobald wir uns im Territorium des Drachenreichs befinden.«

Data kam zum Schluß, dies sei der richtige Augenblick, um seinen Bluff zu versuchen; er hoffte, daß Lieutenant Melilli genau auf jedes seiner Worte achtete. »Die Föderation und das Drachenreich haben einen Vertrag geschlossen, der es uns erlaubt, das Territorium des Reiches gegen jeden feindlichen Angriff zu schützen.«

»Hah«, schnaubte Gar. Dampf stieg aus seinen Nasenöffnungen empor und gesellte sich zu den anderen trüben Dünsten, die die Brücke der *Fangzahn* verdunkelten. »Wir wissen alles über diesen Vertrag, und wir wissen auch, daß er noch nicht ratifiziert wurde.«

»Aber man wird ihn bald ratifizieren«, sagte Data. »Wollen Sie das Risiko eingehen, obwohl Sie wissen, daß Captain Picard und der Drache vielleicht genau in diesem Augenblick die Vereinbarung unterzeichnen?«

»Trotzdem«, sagte Gar hämisch, »können Sie gar nichts tun, bis die Hochzeit stattgefunden hat. Dann wird Pai schon in Schutt und Asche liegen, und Ihr kostbarer Vertrag ebenfalls.«

»Ich muß erneut darauf bestehen, daß Sie Ihren Vorstoß abbrechen«, sagte Data.

»Und wie wollen Sie uns daran hindern?« Das Reptil lachte und gab ein nasses, zähes Geräusch von sich, das klang, als klatsche man einen feuchten Teppich auf einen Steinboden. Dann unterbrach es die Verbindung, bevor der Androide Gelegenheit bekam, auf die Frage zu antworten. Auf dem Bildschirm war wieder der Planet Pai zu sehen. Die blaugrüne Kugel, über die zahlreiche Wolkenwirbel hinwegzogen, erinnerte ihn an die komplizierten Verzierungen im Kaiserlichen Palast. Er nahm sich vor, bei nächster Gelegenheit eine vergleichende Analyse dieses astronomischen Anblicks und der von Humanoiden vorgenommenen Verzierungen in den Palasträumen vorzunehmen.

»Er hat Ihren Bluff durchschaut«, sagte Lieutenant Melilli.

»Vielleicht«, erwiderte Data. »Doch es ist uns gelungen, das Ausmaß der Geheimdienstaktivitäten der G'kkau auf Pai zu erfahren, das beträchtlich zu sein scheint. Wir müssen davon ausgehen, daß die G'kkau einen humanoiden Komplizen im Palast selbst sitzen haben, womit eine Verbindung zwischen der Annäherung der Invasionsflotte der Reptilien und den versuchten Attentaten auf den Drachen wahrscheinlich wird.«

»Also ist ein Verräter auf Pai«, sagte Melilli. »Aber die Flotte wird Pai erreichen, Sir, bevor wir irgend etwas unternehmen können.«

»Ihre Analyse trifft zu«, gestand Data ein. »Daher müssen wir das Vorankommen der Flotte verzögern.«

»Aber wie?« fragte sie. Der Androide stellte fest, daß Lieutenant Melilli – wie die meisten Bajoraner – nur allzu schnell bereit war, jede Autorität in Frage zu stellen.

»Ich habe eine Idee«, sagte er. »Bitte fordern Sie Lieutenant LaForge auf, sich auf der Brücke zu melden.«

Die Suche nach den Hochzeitsgeschenken ging nur langsam voran. Obwohl viele Adlige der Pai auf der Junggesellenparty des Erben weilten, waren ihre Bediensteten in den Quartieren geblieben. Sie bewachten sie, als hinge ihr Leben davon ab, und ausnahmslos bedurfte es viel Überredungskunst, bevor sie einen Suchtrupp in das Quartier ihres jeweiligen Herrn einließen. Chih-li mußte jedesmal bis in die kleinste Kleinigkeit erklären, warum die Durchsuchung keine Schändung der Ehre des betreffenden Adligen darstellte.

Worf frustrierte die gesamte Aktion zusehends. Ehre mochte von großer Bedeutung sein, aber das galt auch für ein schnelles Vorgehen, und darum scherten die Pai sich einen Dreck.

»Erklären Sie mir noch einmal«, sagte ein zerbrechlicher, graubärtiger Diener zum Minister für Innere Sicherheit, »wieso Ihr niederträchtiges Eindringen in diese Gemächer auf der Suche nach gestohlenen Gegenständen kein schlechtes Licht auf die Ehre der angesehen Persönlichkeit wirft, der zu dienen ich die Ehre habe.«

Der alte Pai, den Worf mit einem Atemzug zur Seite hätte blasen können, stand zwischen dem Suchtrupp und dem Eingang einer großen Suite von Gemächern, die zur Zeit von einem gewissen Lord Li Po bewohnt wurde, der anscheinend die Junggesellenparty des Erben besuchte und deshalb – darauf bestand der Alte zumindest – erst am Morgen der Hochzeit selbst gestört werden konnte. Worf knurrte ungeduldig; die Zeit lief ihnen davon, und sie hatten noch nicht einmal ein Viertel des Kaiserlichen Palasts durchsucht. Nicht zum erstenmal wünschte er, sie könnten den gesamten Palast einfach von Bord der *Enterprise* aus scannen und die verschwundenen Geschenke auf diese Weise ausfindig machen; doch dieselben Schilde, die den Palast vor ungenehmigten Transporterstrahlen schützten, blockierten leider auch die Sensoren der *Enterprise*. Sie mußten die Suche auf altmodische Weise vornehmen, Raum für Raum.

Chih-li verbeugte sich vor dem älteren Bediensteten. Da er den Helm in der Hohen Halle der Zeremoniellen Erhabenheit zurückgelassen hatte, hing sein schwarzes Haar bis auf den Rücken hinab. »Ihre lobenswerte Sorge um die Ehre Ihres Herrn gereicht auch Ihnen zu großer Ehre«, sagte er. »Doch falls ein ehrloser Schurke sein Diebesgut in den Räumen Ihres ehrenwerten Herren verborgen haben sollte, wird auch Ihr Herr entehrt, falls man die gestohlenen Güter nicht finden sollte.«

Der alte Mann kratzte sich – sichtlich verwirrt – am Kopf. »Aber wie kann mein Herr denn entehrt werden, falls man sie nicht findet?« fragte er. »Und welche Ehre gewinnt man, indem man die Ehre eines Herrn verteidigt, dessen Ehre nicht in Zweifel gezogen wird?«

Worfs scharfe Eckzähne knirschten verärgert aufeinander. Er ballte die Fäuste so fest zusammen, daß die Nägel sich in die Handflächen gruben. Unter den Knochenwülsten seiner Stirn pochte es heftig. *Das ist lächerlich,* dachte er wütend. Wenn es so weiterging, würden sie die gestohlenen Geschenke erst bei der Hochzeit der Urgroßkinder der Grünen Perle finden. »Ich muß gehen«, erklärte er verdrossen und stapfte von dem alten Mann und Chih-li davon. *Wenn ich noch eine Minute lang bleibe, reiße ich beiden die Köpfe ab.*

»Ehrenwerter Worf«, rief der Minister. »Wohin wollen Sie?«

»Den Tatort untersuchen!« fauchte er. Diese Entscheidung hatte er in dem Augenblick getroffen, in dem er sie verkündete. *Warum nicht?* dachte er. Es brachte ihn nicht weiter, den Palast zu durchsuchen und mit jedem untergeordneten Domestik, auf den sie trafen, über die feineren Nuancen der Ehre der Pai zu diskutieren. Vielleicht hatte er in der Hohen Halle der Zeremoniellen Erhabenheit einen entscheidenden Hinweis übersehen. Je mehr er darüber nachdachte, desto größer wurde seine Überzeugung, daß an dem gesamten Szenario etwas nicht stimmte. Selbst wenn einem ein großes Gefolge an Dienern zur Verfügung stand, die die schweren Gegenstände schleppten, war es fast unmöglich, solch eine schwindelerregende Menge an

Geschenken aus dem Raum zu entfernen, ohne Aufmerksamkeit zu erregen.

Als Worf durch die breiten, geräumigen Gänge im Palast des Drachen schritt, kam er an zahlreichen männlichen und weiblichen Pai vorbei, die ihren Aufträgen nachgingen. Offensichtlich schlief der Palast nicht; trotz der späten Stunde sah er Bedienstete, die durch die Korridore eilten, Wäsche trugen, Besen, Lappen, Schallbohnermaschinen und letzte Dekorationen für die bevorstehende Hochzeit herbeischafften. Worfs Anblick – er marschierte entschlossen weiter, die dunklen Augen lodernd, die zusammengeballten Fäuste an seine Seiten gepreßt – schüchterte die furchtsamen Pai-Bediensteten jedesmal ein. Sie wichen ihm aus, drückten sich oft gegen die nächste Wand, bis er vorbeigegangen war, und flüsterten hinter ihm dann aufgeregt. Worf nahm keinen Anstoß an ihrer Reaktion; er hatte vielmehr damit gerechnet und wäre enttäuscht gewesen, hätten die Pai sich anders verhalten. Sie taten gut daran, dachte er, einen wütenden Klingonen zu fürchten.

Der ständige Strom von Dienern irritierte ihn jedoch. Irgend etwas an dieser nächtlichen Aktivität störte ihn, doch es dauerte eine Weile, bis er das Problem erkannte. Dann fiel es ihm wie Schuppen von den Augen. Wie war es den Dieben gelungen, ihre Beute durch diese belebten Gänge zu tragen, ohne entdeckt zu werden? Es war einfach nicht logisch. Schließlich hatten sie nicht den gesamten Palast mit irgendeinem Gas außer Gefecht gesetzt; also hätte doch irgend jemand einen gewaltigen Aufmarsch von Dieben bemerken müssen, die alle möglichen extravaganten Geschenke durch die Gänge des Palastes schleppten. Und doch hatte offenbar niemand sie gesehen. Als Worf darüber nachdachte, wurden die Furchen auf seiner Stirn noch tiefer. *Laß einmal außer acht, wo die Ge-*

schenke jetzt sind, dachte er. *Wie sind sie dorthin gekommen?*

Er beschleunigte seine Schritte, um schneller zur Hohen Halle der Zeremoniellen Erhabenheit zu gelangen. Hätte er doch nur einen Turbolift zum Tatort nehmen können ...! Er stand ganz kurz vor der Aufklärung des Falles, das ahnte er. Noch vor Anbruch der Dämmerung würde er die Geschenke aufgetrieben und damit ein für alle Mal bewiesen haben, daß die klingonische Direktheit der endlosen verbalen Weitschweifigkeit überlegen war, die die Pai fälschlicherweise mit Ehre zu verwechseln schienen. *Der Pai faselt nur von Ehre,* dachte er, *doch der Klingone erwirbt sie.* Ein wildes Grinsen umspielte seine Mundwinkel. Der Sieg war in Reichweite. Er konnte ihn geradezu in der Luft riechen, trotz des widerlich süßen Parfums, mit dem die Pai sogar ihre Atmosphäre vergifteten. Er freute sich unbändig darauf, den leeren Tatort noch einmal zu untersuchen, und in der Tat war er fast schon da ...

Sein Kommunikator piepste dringlich. Keine fünfzig Meter vor der riesigen Doppeltür der Hohen Halle der Zeremoniellen Erhabenheit blieb er abrupt stehen. »Hier Worf«, fauchte er.

»Mr. Worf«, sagte Captain Picards Stimme. »Wir haben einen Notfall. Die Grüne Perle ist verschwunden.«

Der Harem war in reinstem Aufruhr. Hübsche Dienerinnen und spärlich bekleidete Konkubinen kreischten voller Panik, als Picard, begleitet von Lord Lu Tung persönlich, an den massiv bewaffneten Wachen vorbeiging, durch die weihrauchgeschwängerten Gänge, vorbei an einer Vielzahl geöffneter Türen, die kurze Blicke in Dutzende luxuriöser Boudoirs zuließen, bis er schließlich das Herz von Lu Tungs Harem erreicht hatte. Dem Captain fiel die üppige Pracht der Gemächer kaum auf; vielmehr drehten seine Gedanken sich ausschließlich um die schrecklichen Implikationen dieser schockierenden neuen Entwicklung. Er bedachte seine Umgebung jedoch mit genug Aufmerksamkeit, um festzustellen, daß nicht allein seine Anwesenheit für die offensichtliche Bestürzung und Aufregung verantwortlich war, die im Harem herrschte. Die Nachricht vom Verschwinden der Perle verbreitete sich rasend schnell. Er konnte nur hoffen, daß die G'kkau noch nichts von der Abwesenheit der Braut erfahren hatten – vorausgesetzt natürlich, daß sie nicht direkt dafür verantwortlich waren.

Picard hatte die Küche des Drachen gerade verlassen, als Dr. Crusher ihn informierte, daß die Perle vermißt wurde. Eigentlich war er auf der Suche nach der Krankenstation des Palasts gewesen, um sich wegen seiner Magenbeschwerden behandeln zu lassen. Alle Hoffnung auf Beruhigung seines Magen- und Darmtrakts löste sich abrupt auf, als er erfuhr, daß die Braut – der Achsnagel des Friedensabkommens der Pai – auf geheimnisvolle Weise verschwunden war. Magensäure fraß sich durch seine Eingeweide, während er durch den Palast lief und unterwegs Lu Tung traf. Picard fragte sich unwillkürlich, wieso der Lord nicht in seinem Quartier gewesen war, besonders zu dieser späten Stunde, doch ihm fiel keine taktvolle Möglichkeit ein, einen Vater zu verhören, dessen einzige Tochter vielleicht entführt worden war.

Lu Tung blieb vor einer furchteinflößenden Eisentür stehen, die mit dem Bild eines grimmigen Drachen geschmückt war. Picard sah zu, während der ehemalige Herrscher der Rebellen irgendeinen Laser benutzte, der in einem Ring verborgen war, um das Schloß zu öffnen. Rubinaugen funkelten in dem Schädel des Drachen, dann verschwand die gesamte Tür. Lu Tung starrte den nun offenen Eingang mit verwirrtem Gesichtsausdruck an.

»Das ist unmöglich«, erklärte er. »Die Augen des Drachen haben dieses Portal von dem Moment an bewacht, in dem ich den Harem verließ. Niemand konnte diesen Raum betreten oder verlassen. Niemand!«

Picard war geneigt, ihm zu glauben. Lu Tung schien vom Verschwinden seiner Tochter ehrlich schockiert zu sein. Sein ehedem unversöhnliches Gesicht verriet nun Anzeichen von Trauer und Zorn und war fast so rosa wie die Wände hinter dem Eingang. Seine Hände zitterten, als er sprach, auch wenn der Captain nicht sagen konnte, ob vor Furcht oder Zorn.

Er fragte sich kurz, ob vielleicht Q für das unerklärliche Verschwinden der Grünen Perle verantwortlich war. Dieser Vorfall schien seine Handschrift zu tragen; es könnte durchaus seinem komischen Sinn für das Perverse entsprechen, eine Braut am Vorabend einer entscheidenden Hochzeit zu entführen. Aber nein, tadelte der Captain sich; er durfte es sich gar nicht erst angewöhnen, Q für jedes bizarre Rätsel verantwortlich zu machen, auf das er stieß. So lästig Q auch sein konnte, er war wohl kaum die einzige Quelle für chaotische Ereignisse im Universum. *Träfe das zu, wäre mein Leben viel einfacher,* dachte Picard.

Er machte Dr. Crusher in der Mitte eines in überwältigendem Rosa gehaltenen Raums aus. Ein verdrossen dreinschauendes heranwachsendes Mädchen hockte neben ihr auf einem Stapel rosafarbener Brokatkissen. Einen Moment lang gab Picard sich der Hoffnung hin, die Grüne Perle sei wohlbehalten wieder aufgetaucht, doch der besorgte Ausdruck auf Beverlys Gesicht zerschlug diese Vorstellung sofort wieder. Die Ärztin deutete auf das Mädchen. »Hsiao Har«, stellte sie vor, »die Tochter des Erben von seiner ersten Frau. Sie hat Yao Hu Gesellschaft geleistet.«

»Yao Hu?«

»Die Grüne Perle«, sagte Dr. Crusher. Sie atmete tief ein, als der Vater des verschwundenen Mädchens zu ihr ging. Sie freute sich bestimmt nicht auf diese Begegnung, drehte sich jedoch um und sah dem Mann ins Gesicht. »Lord Lu Tung, es tut mir sehr leid. Ich habe sie nur einen kurzen Moment allein gelassen.«

Picard rechnete halbwegs damit, daß Lu Tung die Ärztin anschrie, sie verfluchte und beschimpfte, die fremde Frau für das Unheil verantwortlich machte, das über die Pai gekommen war. Statt dessen tat er ihre Entschuldigung mit einer Handbewegung ab. »Ich bedauere, daß sie in unser privates Leid verstrickt wurden«, sagte er. In Lu Tungs ernster Miene kämpften Gefühle mit nüchterner Würde. Picard mußte sich fragen, wie aufrichtig die Trauer des Kriegsherrn war; hatte Lu Tung selbst das Verschwinden der Perle arrangiert, um den Frieden zu sabotieren? Nur Lu Tung schien Zutritt zum Harem zu haben. Wer sonst hätte an dem Drachen in der Tür vorbeikommen können?

Der Lord warf einen ernsten Blick auf das junge Mädchen auf den Kissen. »Hat sie etwas gesagt?«

»Kein einziges Wort«, erwiderte Dr. Crusher. »Ich wollte sie überreden, mir zu erzählen, was passiert ist, doch sie hält den Mund. Ich vermute, sie schützt Yao Hu – oder glaubt es zumindest.«

Das läßt Gutes für die Perle erhoffen, dachte Picard, *denn es läßt darauf schließen, daß das Mädchen freiwillig geflohen ist.* Ein überraschendes Durchbrennen kompliziert die Angelegenheit, war aber immer noch besser als eine Entführung. Mit etwas Glück war die Grüne Perle noch wohlauf, wenngleich der Captain sich fragte, wie lange das so bleiben würde, während Attentäter und außerirdische Invasoren ganz Pai bedrohten. Ausreißer standen oft vor größeren Problemen, als sie erwartet hatten.

Lord Lu Tung baute sich drohend vor dem Mädchen auf. »Hsiao Har, Tochter des Chuan-chi, Enkelin des Kaiserlichen Drachen«, knurrte er mit tiefer Stimme, »ich fordere dich bei deiner Ehre auf, mir alles zu sagen, was du über den Verbleib meiner Tochter weißt.«

Die Tochter des Erben schaute zu ihm hoch; auf ihrem Gesicht stand offener Trotz. »Fahr doch zu irgendeiner der fünfundzwanzig Höllen«, sagte sie. »Vielleicht zur gefrorenen Hölle der allzu ehrgeizigen Väter. Da wärest du richtig aufgehoben.«

Lu Tungs Gesicht lief dunkelrot an. »Das ist kein Scherz, Mädchen!« sagte er und hob die Hand, als wolle er Hsiao Har schlagen.

»Sir!« protestierte Picard und trat dazwischen. Bevor einer der beiden Männer noch zu einer weiteren Bewegung ansetzen konnte, stürmte der Drache in den Raum. Troi folgte ihm auf dem Fuße. Der Kaiser trug nur eine einzige safrangelbe Robe, die sich um seine buddhaähnlichen Proportionen spannte. Mit nackten Füßen trat er Kissen beiseite; Picard fiel auf, daß die Zehennägel des Drachen nicht annähernd so lang waren wie seine extravaganten Fingernägel. Es überraschte ihn, den Kaiser wach zu sehen; er hatte gedacht, das romulanische Ale hätte ihn für diese Nacht aus dem Spiel gezogen.

»Was für eine üble Hinterlist ist das?« brüllte er. »Wo haben Sie Ihre Tochter versteckt, Lu Tung?«

»Versteckt?« Der Lord drehte sich zum Drachen um und vergaß Hsiao Har für den Augenblick. »Wie können Sie es wagen, auch nur anzudeuten, das sei mein Werk? Ich bringe meine einzige Tochter guten Glaubens hierher und vertraue sie dem Schutz Ihres Palastes an, und was ist aus ihr geworden? Mein eigen Fleisch und Blut im Schutz der Nacht geraubt! Sprechen Sie mir gegenüber nicht von Hinterlist, Nan Er.«

Der Drache sah aus, als hätte man ihm einen besonders schleimigen und widerlichen Gegenstand ins Gesicht geschlagen. »Verräter!« rief er. »Sie haben nicht das Recht, mich mit meinem Geburtsnamen anzusprechen. Ich bin der Drache – Ihr Drache – und hätte Ihren falschen Friedensbeteuerungen niemals Glauben schenken dürfen. Aber ich hätte nie gedacht, daß Sie Ihre eigene Tochter opfern würden, um unsere Allianz zu sabotieren.«

»Opfern?« schrie Lu Tung zurück. »Was für ein größeres Opfer könnte es geben, als meine Tochter diesen kaltblütigen Fisch heiraten zu lassen, den man wohl kaum als Erben bezeichnen kann?«

»Meine Herren«, sagte Picard laut und trat zwischen die beiden Männer, bevor sie sich prügeln konnten. »Das führt uns nicht weiter.«

»Aber er ist ein Lügner und Verräter!« rief der Drache. »Hätte ich mein heiliges Schwert ...«

»Und Sie sind ein Narr, Nan Er«, sagte Lu Tung. »Sie sind schon immer einer gewesen.« Er betrachtete den Drachen mit ausgemachter Verachtung. Picard sah schon, wie ein schwer errungener Frieden vor seinen Augen zerbrach.

»Exzellenz, bitte!« sagte er. »Lord Lu Tung, wir haben keine Zeit für diese sinnlosen Beschuldigungen. Wir müssen an die Perle denken!«

Sein Argument traf ins Schwarze. Lu Tung trat von Picard zurück und wandte sich von dem Starfleet-Captain und seinem langjährigen Kaiser und Widersacher ab. Picard sah, daß die Schultern des Lords von der Anstrengung zitterten, die nötig war, um seine Gefühle unter Kontrolle zu halten. Als er sich schließlich wieder zu Picard umdrehte, hatte der Rebellengeneral den Großteil seiner Würde und Haltung zurückgewonnen. *Und wenn ich jetzt auch den Drachen beruhigen kann ...* dachte der Captain.

Doch Troi war ihm weit voraus. »Erhabener«, sagte sie und ergriff seinen Arm. »Sie müssen Ihren mächtigen Zorn im Zaum halten, bis wir die Wahrheit herausgefunden haben. Beherrschen Sie sich, um des armen, unwürdigen Mädchens willen, um dessen Sicherheit wir alle so besorgt sind!«

»Na ja«, sagte der Drache, »vielleicht kann ich meine Raserei noch etwas hinauszögern. Aber ich werde trotzdem unter meinem eigenen Dach keine Täuschung dulden.«

»Das sollen Sie auch gar nicht«, sagte Picard. *Gut gemacht, Deanna,* dachte er. Er bemerkte, daß ihr blaues Gewand zwar noch intakt war, aber noch unordentlicher als zuvor wirkte. Er schob die Angelegenheit erst einmal beiseite und wandte sich mit festem Tonfall an den Kaiser. »Zuerst müssen wir die genaue Natur dieser Täuschung herausfinden.«

»Tja, ich habe nichts mit dem Verschwinden des Mädchens zu tun«, beharrte der Drache.

»Ich auch nicht«, sagte Lu Tung verdrossen, »wenngleich diese Bemerkung eigentlich überflüssig ist.«

Die beiden mächtigen Lords der Pai beäugten sich argwöhnisch, erweckten aber nicht mehr den Anschein, als wollten sie einen blutigen Krieg erklären, wenigstens nicht sofort. *Dem lieben Gott sei Dank auch für kleine Gefälligkei*ten, dachte Picard. Er nutzte das kurze Nachlassen der Feindseligkeiten, um sich näher an Troi zu schieben. Die Betazoidin rückte ein wenig vom Drachen zurück. »Wir sind sofort gekommen, als wir das von der Perle hörten, Captain«. flüsterte sie. »Der Drache hat darauf bestanden.«

Er musterte sie sorgfältig. Ihr Aufenthalt in den Privatgemächern des Drachen schien keine Folgen gehabt zu haben. »Ich hoffe, es war nicht allzu unangenehm. Ihr Abend mit dem Kaiser, meine ich.«

»Der Drache ist ein bemerkenswerter Mann«, erwiderte sie, und ein gespielt schüchternes Lächeln umspielte ihre Lippen. »Und voller Überraschungen.«

Picard fiel auf, daß ihre Antwort ungewohnt verschwommen war, doch jetzt war nicht der richtige Zeitpunkt, um der Sache auf den Grund zu gehen.

»Also?« sagte der Drache bockig. »Was sollen wir jetzt tun?«

»Vielleicht«, schlug Picard in der Hoffnung vor, ein Mindestmaß an Vernunft wiederherzustellen, »sollte jemand den Erben benachrichtigen?«

»Warum?« fragte der Kaiser und schaute ob dieser Vorstellung überaus erstaunt drein. »Er kennt das Mädchen doch kaum. Soll er seine Party genießen.«

»Mal sehen, ob ich das richtig verstanden habe«, sagte Geordi LaForge. »Wir können die G'kkau nicht direkt angreifen, und wir können nicht mal Photonenminen an den Grenzen des Drachenreichs auslegen, ohne gegen die Erste Direktive zu verstoßen. Ist das richtig?«

»Sie haben unsere Zwangslage ziemlich präzise zusammengefaßt«, bestätigte Data. »Wir müssen also auf eine andere Möglichkeit zurückgreifen, und zwar am besten auf eine, mit der wir die Schiffe der G'kkau flugunfähig machen, aber nicht zerstören.«

Sie haben gut reden, dachte LaForge. Er hatte noch immer nicht herausgefunden, wie er ein Feuerwerk inszenieren sollte, das die verwöhnten Pai beeindrukken würde. Und nun benötigte Data eine entschieden indirekte Methode, eine vollständige Flotte flugunfähig zu machen. Das Leben eines Starfleet-Ingenieurs war wirklich nicht einfach... Er betrachtete den Hauptbildschirm durch das VISOR. Darauf wurde der Anflug der Invasionsstreitmacht der G'kkau durch den Nebel dargestellt. Ein jedes Kriegsschiff wurde durch ein kleines gelbes Dreieck symbolisiert, das sich vor einem wirbelnden violetten Hintergrund abzeichnete. Zumindest kam es LaForge so vor; er wußte, daß seine Farbwahrnehmungen manchmal lebhafter waren als die normaler humanoider Augen. Auf diesem graphischen Display erinnerte die Flotte der G'kkau an einen Schwarm summender Hornissen, die unterwegs nach Pai waren. Es muß doch irgendeine Möglichkeit geben, sie aufzuhalten, dachte er. Irgendeine interstellare Fliegenfalle. »Was für einen Antrieb benutzen sie?« fragte er.

Lieutenant Melilli antwortete ihm. »Einen primitiven Hammerantrieb, Sir. Ein Beta-Neutrino-Antrieb, der Geschwindigkeiten von höchstens …«

»Ich kenne den Antrieb«, sagte LaForge ungeduldig. Vorlesungen über alternative Warpquellen brauchte er so dringend wie einen Kropf – außer, sie brachten ihn auf eine Idee, wie er bis Sonnenaufgang ein tolles Feuerwerk über dem Kaiserlichen Palast inszenieren konnte.

Die Bajoranerin bedachte LaForge mit einem eisigen Blick.

Autsch, dachte LaForge und fügte Melilli im Geiste der langen Liste von Frauen hinzu, die er vor den Kopf gestoßen hatte. »Auf jeden Fall leiden die Beta-Neutrino-Triebwerke unter der Tendenz, auf überaus unangenehme Art und Weise mit Hochenergieplasma und positiv geladenen Partikeln zu interagieren. Deshalb hat Starfleet sie auch praktisch fallenlassen.« Seine Augen wurden hinter dem VISOR größer. »Aber genau das findet man in einem einigermaßen umfangreichen Nebel!«

»Die G'kkau scheinen keine Probleme damit gehabt zu haben«, wandte Melilli ein.

»Sie müssen einen Niederfrequenz-Sender als Puffer benutzen«, sagte LaForge. »Ja, das würde genügen, solange es ihnen gelingt, die Frequenz so zu modulieren, daß sie die Beta-Emissionen unterdrückt, die ja mit der Substanz des Nebels reagieren.«

»Interessant«, sagte Data. Er erhob sich aus dem Sessel des Captains und ging zu LaForge hinüber. »Geordi, wäre es möglich, ihre Neutrinotriebwerke dem Einfluß des Nebels zu unterwerfen?«

LaForge kratzte sich nachdenklich am Kinn. »Ich glaube schon. Es kann kein großes Problem sein, die Photonenminen so umzurüsten, daß sie die Pufferwirkung neutralisieren. Danach könnten ihre eigenen Beta-Emissionen eine Kettenreaktion auslösen, die die Triebwerke der G'kkau völlig ausschaltet.« Er dachte über die Bedingungen nach. »Aber sie müßten den Minen schon ziemlich nah sein.«

»Das läßt sich arrangieren«, sagte Data. LaForge bewunderte die Zuversicht des Androiden; sein positronisches Gehirn schien nur selten unter Unentschlossenheit zu leiden, vielleicht, weil er all seine Möglichkeiten schneller analysieren konnte als LaForge oder irgend jemand sonst. »Wann können die Minen einsatzbereit sein?«

LaForge seufzte. Er hätte sich lieber erneut dem Feuerwerk gewidmet; wenn er erstmal eine Herausforderung angenommen hatte, wollte er sie gern ohne jede Ablenkung bewältigen. Doch offensichtlich war es wichtiger, die G'kkau aufzuhalten. »In einer Stunde. Höchstens in anderthalb.«

»Sir«, sagte Lieutenant Melilli. »Ich muß Sie darauf hinweisen, daß selbst dieser passive Versuch als Verletzung der Autonomie des Drachenreichs aufgefaßt werden könnte.«

»Das ist korrekt, Lieutenant«, gestand Data ein. »Daher werden wir die Minen weit außerhalb des Territoriums des Drachenreichs plazieren.«

»Aber, Sir ...« Sie hielt inne, als sei ihr klargeworden,

daß sie ihre Befugnisse überschritt. Als Data nickte, fuhr sie trotzdem fort. »Dazu müssen wir uns weit von Pai entfernen!« wandte sie ein. »Warum sollten die G'kkau von ihrem Kurs abweichen und die sichere Vernichtung des Drachenreichs aufschieben, nur um ein Raumschiff der Föderation um ein Minenfeld herumzujagen?«

Das habe ich mich auch schon gefragt, dachte LaForge.

»Wir müssen ihnen einen Anreiz geben, Lieutenant.« Data drehte sich zum Navigationspult um. »Lieutenant Tor, bitte berechnen Sie einen Kurs zum Epsilon-Sektor. Computer, stelle alle Informationen zusammen, die über das Vokabular und die Sitten und Gebräuche der G'kkau bekannt sind.«

LaForge war gespannt, was Data im Sinn hatte. *Das wird sehr interessant werden,* dachte er.

Zwei muskulöse Pai-Krieger standen zwischen Worf und dem Eingang zum Harem Lord Lu Tungs. Jeder trug stolz je ein Krummschwert und einen verdrossenen Gesichtsausdruck zur Schau. Sie waren auch mit Energiepistolen bewaffnet, hatten sie aber noch nicht gezogen. Der Klingone fragte sich kurz, ob er seinen eigenen Phaser ziehen konnte, bevor die beiden Wachen zum Schuß kamen; es hätte ihn schon interessiert, die klingonischen Reflexe mit denen der Pai zu vergleichen. Doch falls die Grüne Perle tatsächlich verschwunden war, blieb keine Zeit für ein weiteres Duell, ganz gleich, wie reizvoll die Aussicht auch sein mochte.

Was für eine Schande, dachte Worf. Zwei gegen einen… in der Tat eine ehrenvolle Perspektive.

»Treten Sie zurück«, fauchte er die Wachen an. »Mein Captain hat mich hierher befohlen.«

»Weder Mensch noch Tier«, erwiderte einer der Wachposten, als wisse er nicht genau, in welche Kategorie Worf fiel, »darf das Verbotene Heiligtum Lord Lu Tungs betreten.«

Der Paikrieger grinste den Klingonen auf eine Weise höhnisch an, die Worf höchst beleidigend vorkam. Der Sicherheitsoffizier war versucht, dem Pai das eigene Krummschwert zu fressen zu geben, kam aber zum Schluß, daß ein Schuß mit dem Phaser die Sache schneller beenden würde. Natürlich war die Waffe auf Betäubung und breite Fächerung eingestellt. Seine Hand näherte sich dem Halfter …

Sein Kommunikator piepste. »Lieutenant Worf?« sagte Picards Stimme.

»Ja, Captain?« erwiderte Worf und schenkte Picard seine volle Aufmerksamkeit. Er mußte sich noch einen Augenblick gedulden, bis er die beiden Wachen betäuben konnte.

»Wo sind Sie jetzt?« fragte Picard.

»Vor dem Harem«, erwiderte Worf und warf den Wachen einen finsteren Blick zu. »Lu Tungs Wachen scheinen mich nicht in die Frauengemächer einlassen zu wollen, doch ich werde die Angelegenheit in Kürze geklärt haben.«

»Sparen Sie sich die Mühe«, sagte der Captain. »Chih-li übernimmt die Ermittlung hier im Harem. Ich befürchte, Ihre Anwesenheit würde den Drachen nur provozieren; er würde sie sicher als Affront gegen die Ehre seiner Sicherheitskräfte auffassen. Die Pai sind in dieser Hinsicht sehr empfindlich.«

»Das habe ich auch herausgefunden«, bestätigte Worf. »Der Minister für Innere Sicherheit hat mich bereits zu einem Duell herausgefordert, doch wir sind übereingekommen, unseren Kampf bis nach der Hochzeit zu vertagen.«

»*Was?*« Der Captain klang beunruhigt über diese neue Entwicklung.

»Es besteht kein Grund zur Besorgnis, Captain«, erwiderte der Klingone. »Der Minister und ich sind uns ebenbürtig. Es wird ein ehrenhafter und ruhmreicher Kampf werden.«

Es folgte ein langes, unbehagliches Schweigen, bis Picard schließlich fortfuhr. »Mr. Worf, ich habe weder Zeit noch Lust, mich jetzt damit zu befassen. Ich schlage vor, daß Sie Ihre Aktivität darauf beschränken, nach den verschwundenen Geschenken zu suchen.«

»Nach den Geschenken?« wiederholte Worf. »Die Grüne Perle geht doch bestimmt vor.«

»Ich wäre keineswegs überrascht«, sagte Picard, »wenn die beiden Vorfälle im Zusammenhang stünden. Finden Sie die Geschenke, und Sie werden wahrscheinlich auch das Mädchen finden.«

»Zu Befehl, Captain«, sagte Worf. Er musterte die beiden massigen Pai-Wachen, die ihn ihrerseits mit blutdürstiger Erwartung zu betrachten schienen. Aber offensichtlich war es nicht mehr nötig, sich den Weg freizukämpfen. *Sehr schade,* dachte er, *aber die Pflicht ruft …*

Er wandte dem Harem und seinen Bewachern den Rücken zu und marschierte schnellen Schrittes zum Tatort zurück.

13

Verdammt«, sagte Riker, »ich habe schon wieder verloren.«

»Wie schade«, entgegnete Chuan-chi. »Das Glück scheint sich wirklich völlig von Ihnen abgewandt zu haben. Eine Weile hatte es den Anschein, Sie würden uns alle in den Ruin treiben.«

»Die Saat des Glücks erblüht nur selten in einer hydroponischen Anlage«, gab Meng Chiao ihm recht.

Riker zuckte mit den Achseln. Er hatte es aufgegeben, Meng Chiaos Aphorismen irgendeinen Sinn zu entnehmen, genau wie er es aufgegeben hatte, die letzten Runden zu gewinnen. Der ehemals so beeindruckende Stapel Goldmünzen vor ihm war zu einer kleinen Handvoll geschrumpft. »Oh, mein Glück hat einfach nicht anhalten *können*«, lachte Riker. »Dafür sind Sie alle einfach zu gute Spieler.«

Lord Li Po griff nach den Karten, die Riker auf den Boden geworfen hatte. »Warten Sie!« sagte der Erste Offizier, doch bevor er ihn daran hindern konnte, drehte der Lord die Karten um.

»Sie sind mit einem Straight Flush ausgestiegen?« fragte der Adlige. »Damit hätten Sie gewonnen!«

»Das war ein Flush?« erwiderte Riker und täuschte Überraschung vor. »O ja, Sie haben recht.«

Chuan-chi kniff die Augen zusammen und musterte Riker mißtrauisch. »Ich fürchte, wir müssen solche Irrtümer in Zukunft vermeiden. Von jetzt an werden wir die Karten nach jeder Runde offen auf den Tisch legen, damit es nicht mehr zu solchen ... Versehen kommt.«

»Das ist nicht nötig, Sir«, sagte Riker. »Ich habe ganz einfach nicht aufgepaßt. Es ist schon spät, ich bin müde und habe einfach übersehen, wie gut meine Karten waren.«

»Trotzdem«, beharrte der Erbe, »möchten wir nicht, daß Sie Geld verlieren, das Sie gewinnen würden, wären Sie nicht so müde.«

Es geht gar nicht um Geld, dachte Riker, *es geht um Diplomatie.* Dieses ›Spiel in aller Freundschaft‹ erwies sich als alles andere als entspannend. Sein Nacken schmerzte, und seine Füße waren eingeschlafen, nachdem er stundenlang auf Kissen gekauert hatte. Unbeholfen verlagerte er sein Gewicht. »Es gehört auch zum Spiel, Fehler zu machen, meine Herren.«

»Es ist eine Frage der Ehre«, sagte Chuan-chi. Riker vermutete, daß er sich diebisch über das Unbehagen des Starfleet-Offiziers freute.

»In einem matten Spiegel sieht man nur Grapefruits«, trug Meng Chiao das Seine dazu bei.

»Ich verstehe«, sagte Riker. *Das Verlieren erweist sich als schwieriger, als ich gedacht habe.* »In diesem Fall ...«

»Wer ist jetzt mit dem Austeilen dran?« fragte der Erbe.

Schritt für Schritt, Zentimeter für Zentimeter suchte Worf die Hohe Halle der Zeremoniellen Erhabenheit ab. Mit dem Tricorder überprüfte er Wände und Boden; zum Glück hatte man den Raum nicht gegen einen Scan von innen abgeschirmt. Bislang hatte er nicht gefunden, was er suchte, aber er ließ sich nicht entmutigen. Die Hohe Halle war groß. Er mußte noch viele Kubikmeter scannen.

Das Verschwinden der Braut lastete schwer auf ihm. Doch wie Captain Picard befohlen hatte, setzte er die Suche nach den gestohlenen Hochzeitsgeschenken fort.

Sein grimmiger Blick wich nicht von den Anzeigen des Tricorders, während er den Raum durchquerte. Seine Schritte hallten unheimlich in dem riesigen, nun leeren Gewölbe. Ein paar Meter vor der nordöstlichen Ecke des Raums blieb er stehen. Der Tricorder registrierte einen plötzlichen Abfall der molekularen Dichte der angrenzenden Wand. Worf lächelte, das schmale, wissende Lächeln eines Jägers, der seine Beute endlich in die Enge getrieben hatte. *Das ist es,* dachte er.

Zweifellos war hier irgendwo ein Mechanismus verborgen: ein Schloß, das von einem Signal ihm unbekannter Natur aktiviert wurde. Worf suchte mehrere Minuten lang danach, aber erfolglos. Wer auch immer das Schloß installiert hatte, er hatte es gut verborgen. *Das dauert zu lange,* dachte er. Falls der Captain recht hatte und die Diebe nicht nur die Hochzeitsgeschenke gestohlen, sondern auch die Grüne Perle entführt hatten, verlängerte sich die Lebensgefahr, in der das Mädchen schwebte, mit jeder Sekunde, die er zögerte. Er durfte keine Zeit verschwenden. Mit einem leisen Knurren zog er den Phaser, justierte ihn und feuerte auf das verdächtige Wandstück. Verstärktes Holz und Fliesen lösten sich im grellroten Schein des Phaserfeuers auf und enthüllten eine verborgene Treppe, die in die Tiefen des Palasts hinabführte.

Worf schaltete den Phaser aus und brummte zufrieden. Die Treppe vor ihm war in Schatten gehüllt, schien aber durchaus so breit zu sein, daß ein lebensgroßer Dickhäuter hindurchpaßte. *Kein Wunder, daß auf den Gängen niemand die Diebe gesehen hat,* dachte er. *Sie haben einen anderen Weg genommen.* Die Entdeckung des Geheimgangs steigerte seine Verachtung für die Pai zusätzlich. Kein Klingone, der etwas auf sich hielt, hätte verborgene Fluchtwege in seine Festung eingebaut; ein wahrer Monarch würde lieber sterben, als sich aus seinem eigenen Palast zurückzuziehen. Er wußte jedoch, daß andere Kulturen die grundlegende Verachtung der Klingonen für den Selbsterhaltungstrieb nicht teilten. Genau aus diesem Grund hatte er vermutet, daß solch ein verborgener Tunnel aus der Hohen Halle der Zeremoniellen Erhabenheit führte.

Commander Data hatte sich oft auf einen fiktiven terranischen Helden berufen, der sich darauf spezialisierte, komplizierte Gespinste von Täuschungen zu entwirren. Der Klingone hingegen hielt die Geschichten mit diesem Helden, die oft in den Holodecks der *Enterprise* aufgeführt wurden, für übermäßig intellektuell und enttäuschend unblutig. Doch in diesem Augenblick teilte er die Empfindungen von Datas beliebtestem Rollenmodell. *Die Jagd hat begonnen, Dr. Watson,* dachte er.

Mit dem Phaser in der Hand stieg Worf die Treppe hinab. Seine Augen gewöhnten sich schnell an das Halbdunkel.

Geordis Stimme im Interkom klang müde. »Die letzten Minen wurden ausgesetzt, Data, und müßten in fünfzehn Minuten an Ort und Stelle sein. Wie Sie es gefordert haben, bilden sie eine große Kugel.«

»Danke, Commander LaForge«, sagte Data. »Sie können sich nun wieder Ihrer Lightshow widmen.«

»Dafür bleibt jetzt kaum noch Zeit«, erwiderte der Ingenieur murrend. »LaForge Ende.«

»Das einzige Feuerwerk, das wir vielleicht sehen werden, wird aus den Flammen bestehen, die auf dem brennenden Planeten lodern«, sagte Melilli Mera grimmig.

Data betrachtete sie vom Sessel des Captains aus. »Sie haben Zweifel, Lieutenant?«

»Ja, allerdings.« Sie schob das Kinn vor. »Sir. Ich sehe noch immer keinen Grund, warum die G'kkau ihre Mission unterbrechen sollten, um uns zu verfolgen.«

Data hob die Stimme. »Fähnrich Kamis, bitte öffnen Sie einen Kanal zur *Fangzahn*.«

»Jawohl, Sir.« Der Benzit betätigte die Sensorkontrollen seiner Konsole. Auf dem vorderen Bildschirm waren trübe, sich verändernde Formen auszumachen.

»Schiffsmeister Kakkh von der *Fangzahn*«, begann Data. »Hier spricht ...«

»Einen Moment noch, Sir«, sagte Kamis. »Das ist nur statisches Rauschen.« Das Bild veränderte sich leicht, und eine smaragdgrüne Reptiliengestalt schien in Sicht zu schwimmen. »Jetzt, Sir.«

»Schiffsmeister Kakkh«, wiederholte der Androide. »Hier spricht Commander Data vom Föderationsraumschiff *Enterprise*.«

»Hier spricht Kakkh«, erwiderte die Echse. »Ihr Befehlshaber ist noch immer nicht an Bord.«

»Nein, das ist er nicht«, gestand Data ein.

Der Bildschirm erlosch.

»Die G'kkau haben die Verbindung unterbrochen, Sir«, meldete Kamis.

»Bitte rufen Sie sie erneut«, sagte Data.

Diesmal schnappte das Reptil tatsächlich in ihre Richtung und zeigte große Zähne, die selbst in dem Rauch und schwachen Licht, die auf der Brücke der *Fangzahn* vorherrschten, bedrohlich leuchteten. »Sie verschwenden meine Zeit. Wir sind an Ihren idiotischen und durchsichtigen Bluffs nicht interessiert.«

Data fragte sich kurz, ob die G'kkau Poker spielten. »Ich habe keinen Kontakt mit Ihnen aufgenommen, um zu bluffen«, sagte er.

»Dann möchten Sie sich ergeben?« zischte Kakkh. Es klang so, als würde die Vorstellung ihn erheitern.

»Keineswegs«, sagte Data.

»Wie ich sehe, haben Sie Pai verlassen und sich in den Nebel zurückgezogen. Sehr klug angesichts des bevorstehenden Gemetzels.«

»Ich darf darauf hinweisen«, erwiderte der Androide, »daß die *Enterprise* sich zur Zeit nicht in Reichweite Ihrer Schiffswaffen befindet.«

»Wir weinen vor Enttäuschung«, sagte Kakkh, was Data an ein altes Sprichwort von der Erde erinnerte, bei dem es um Krokodilstränen ging. »Uns kann lediglich trösten, daß die meisten Ihrer hohen Offiziere sich noch auf Pai befinden und daher bei der Eroberung des Planeten auf grauenhafte Weise sterben werden.«

»Falls Sie die *Enterprise* zerstören möchten«, fuhr Data fort, »müssen Sie Ihren Kurs ändern. Sollten Sie dies wünschen, wäre der schnellste Kursvektor für Sie Null-vier-sechs-eins.«

»Sir ...«, sagte Melilli so leise, daß ihre Stimme nicht vom Kommunikationskanal erfaßt wurde. Data sah allerdings keine Gelegenheit – und auch keinen zwingenden Grund –, ihr seine Strategie zu erklären.

»Wollen Sie sich opfern, Sie künstlicher Säuger?« verhöhnte Kakkh ihn. »Wollen Sie Ihre Pseudoexistenz wegwerfen, nur um mich von meinem unvermeidlichen Sieg abzubringen?«

»Nein, Schiffsmeister Kakkh. Ich habe mich lediglich bei Ihnen gemeldet, um Ihnen zu sagen, daß Sie der Vetter zweiten Grades eines Throkmelkk sind.«

Einen Moment lang herrschte verblüfftes Schweigen, dann gewann Kakkh die Herrschaft über seine Stimme zurück. *»Was?!«*

»Eines Throkmelkk, Kakkh. Und Ihre Laichgefährtinnen sind das Produkt einer Mutation dritten Grades ihrer Farandolae. Falls sie überhaupt Farandolae haben, was ich allen Ernstes bezweifle.«

Kakkhs Kiefern schnappten krampfhaft auf und

zu. Sein Schwanz peitschte durch die tintenschwarzen Dämpfe hinter ihm. »Sie müssen sterben! Sterben! Sterben!« tobte er. »Sofortige Kursänderung! Wir zerstören die *Enterprise!*«

Auf dem Bildschirm kroch eine andere Echse in Sicht. »Meister Kakkh!« protestierte Gar. »Was ist mit Pai?«

»Der Rest Ihrer Mannschaft«, fügte Data hinzu, »besteht aus Kebbs mit unregelmäßigen V-Chromosomen.«

Das wütende Zischen und Heulen, das gemeinsam mit dem Geräusch scharfer Krallen, die auf Metall scharrten, durch den Kommunikationskanal drang, war so laut, daß man auf der Brücke der *Enterprise* kaum noch das eigene Wort verstehen konnte. Fähnrich Kamis drehte die Lautstärke herunter. »Das sollte genügen«, versetzte Data. »Lieutenant Tor, bereiten Sie sich darauf vor, notfalls Ausweichmanöver einzuleiten.«

»Jawohl, Sir!« sagte die Andorianerin am Navigationspult.

Hinter Data öffnete sich zischend die Tür des Turbolifts. LaForge eilte auf die Brücke. »Wie läuft es?« fragte er.

»Innerhalb der erwarteten Parameter«, informierte Data ihn. Wie die Starfleet-Dateien vorhergesagt hatten, reagierten die G'kkau äußerst empfindlich auf Beschimpfungen, die ihre Evolution betrafen. »Die Flotte auf den Schirm.«

Die Brücke der *Fangzahn* wurde von der schematischen Darstellung der G'kkau-Flotte ersetzt, die sich der *Enterprise* näherte. Die feindlichen Kriegsschiffe wurden erneut durch gelbe Dreiecke dargestellt. Rote Kreise markierten die Position der Photonenminen, die eine perfekte Kugel um die – durch einen blauen Kreis dargestellte – *Enterprise* in ihrer genauen Mitte bildeten. Die gesamte Flotte der G'kkau hielt, von der *Fangzahn* angeführt, auf die *Enterprise* zu.

LaForge trat hinter die Konsole des Sicherheitsoffiziers, hinter der sonst Worf stand. »Ich kann die Minen jederzeit zur Detonation bringen«, meldete er.

»Warten Sie auf meinen Befehl«, sagte Data und behielt den Bildschirm im Auge. Das erste gelbe Dreieck flog in die von den roten Kreisen markierte Kugel. Er wartete geduldig, während weitere Dreiecke folgten. »Alarmstufe Rot«, sagte er. »Schilde aktivieren.«

»Die ersten Schiffe befinden sich im verminten Bereich«, meldete Melilli. »Fünfundzwanzig Prozent von ihnen sind in der Reichweite der Minen ... fünfzig Prozent ... Sir, ich kann nicht mehr genau sagen, wie viele Schiffe in Reichweite sind.«

»Bitte versuchen Sie es«, sagte Data.

»Etwa siebzig Prozent ... achtzig ... neunzig ...«

Data betrachtete weiterhin die Darstellung auf dem Bildschirm. Die ersten Schiffe würden jede Sekunde das Feuer auf die *Enterprise* eröffnen können. Er mußte das Risiko vermeiden, keinen Kontakt zu den Minen mehr aufnehmen zu können. »Feuer«, sagte er.

Konzentrische Kreise breiteten sich von den roten Scheiben aus, die umgehend erloschen. Als die sich ausdehnenden Kreise sich mit den Kanten der gelben Dreiecke überlappten, gaben diese urplötzlich ihre bis dahin unaufhaltsame Annäherung an die *Enterprise* auf.

»Die meisten haben wir erwischt«, meldete Melilli. »Aber ein paar scheinen aus der Reichweite der Minen entkommen zu sein, bevor ihre Triebwerke erfaßt wurden.«

Ohne Vorwarnung erschien Kakkh auf dem Bildschirm. In seiner Kabine wallte kein Rauch mehr, wahrscheinlich ein Symptom für die entstandenen Ausfälle. Nun konnte man die Haut unter Kakkhs

Schuppen deutlich sehen; sie schien rauh und lederartig zu sein. Die an seinem Hals hängenden Wammen wirkten beträchtlich aufgebläht; sie schienen jeden Augenblick platzen zu wollen. »Sie ... gestörter Kung, Sie mutierter Glar ...!«

»Ja, Meister Kakkh«, sagte Data ungerührt. »Darf ich darauf erwidern, daß Sie der untergliederte Teil einer unterentwickelten Kaulquappe sind?«

»Wir hören uns Ihre Worte nicht mehr an!« kreischte Kakkh. »Sie sind zu niederträchtig, um beachtet zu werden. Aber eins sollen Sie wissen: Fünf Kriegsschiffe der G'kkau sind noch voll funktionsfähig. Wir fliegen umgehend nach Pai und werden den Planeten dem Erdboden gleichmachen und für die zweite Welle der G'kkau-Eroberer vorbereiten! Trotz Ihrer unverzeihlichen Heimtücke haben Sie uns nicht besiegt! Pai wird fallen, und das Drachenreich mit ihm!«

Der Bildschirm wurde kurz dunkel und zeigte dann wieder den sie umgebenden Nebel.

»Mit Warp fünf zurück nach Pai«, befahl Data.

»Wie schätzen Sie das ein, was unser schuppiger Freund gesagt hat?« fragte LaForge. »Hat diese Aktion wirklich etwas gebracht?«

»Wir haben die Zahl unserer Gegner beträchtlich reduziert«, führte der Androide aus. »Des weiteren haben wir die verbliebenen Schiffe aufgehalten, so daß nun die Möglichkeit besteht, daß die Hochzeit beendet sein könnte, bevor die G'kkau Pai erreichen. Zum Glück übertrifft unsere Geschwindigkeit die der G'kkau, so daß wir Gelegenheit bekommen werden, den Planeten zu verteidigen, vorausgesetzt, der Vertrag wird rechtzeitig ratifiziert.«

»Wenn das Wörtchen ›wenn‹ nicht wär«, sagte LaForge. »Ach ja ... ich habe Ihr Gespräch mit Kakkh mitgehört und muß Sie unbedingt etwas fragen.«

»Und zwar, Geordi?«
»Was ist ein Throkmelkk?«

»Ich muß aussteigen«, sagte der Erbe.

»Womit ich schon wieder gewonnen hätte«, stöhnte Riker. Mit einer Regung, die der Verzweiflung ziemlich nahe kam, zog er die Goldmünzen zu sich heran. Sein Stapel war nun so hoch, daß er ständig unter seinem eigenen Gewicht zusammenbrach und die Münzen immer wieder über den Boden rollten. Er hatte versucht, sie ordentlich aufeinander zu legen, doch er gewann so oft, daß ihm kaum die Zeit dafür blieb.

Chuan-chi schlug sich ebenfalls recht ordentlich, aber alle anderen verloren gewaltig. Meng Chiao, Herr der unerschöpflichen (und unverständlichen) Aphorismen, hatte nur noch eine Handvoll Münzen übrig, und mehreren anderen war es kaum besser ergangen. *Wenigstens werden wir bald aufhören können,* dachte Riker und sah sich im äußeren Harem um. Schon vor Stunden hatte er jedes Zeitgefühl verloren, doch alle anderen wirkten zu müde und erschöpft, um eine weitere Schlägerei anzufangen, ganz zu schweigen davon, ein Attentat auf den Drachenerben zu verüben. Einige Junggesellen, die sich nicht so sehr für die fremdländische Neuheit ›Poker‹ interessierten, waren bereits auf den zahlreichen Kissen und Chaiselongues in der Suite eingeschlafen. Riker hatte herausgefunden, daß das Schnarchen eins jener universellen Phänomene war, die keine Übersetzung erforderten. Leere Gläser und Teller mit angenagten Imbissen standen überall auf dem Boden, teilweise verdeckt von den zerrissenen Überresten der Seidentapisserien, die zuvor an den Wänden gehangen hatten. Selbst den allgegenwärtigen Dienerinnen schien allmählich die Puste auszugehen; dunkle Schatten lagen unter ihren Augen. Ansonsten waren sie noch immer überaus spärlich bekleidet und schienen kaum noch die Kraft zu haben, sich die nun eher lustlos grapschenden Junggesellen vom Leib zu halten. Nur die Pokerrunden gingen mit voller Konzentration weiter.

All diese Freitagabende, an denen ich nicht mal ein Pärchen auf die Hand bekam, dachte er reuevoll, *und nun kann ich nicht verlieren.*

Lord Li Po mischte und teilte die Karten aus. Keiner der adligen Pai stellte sich besonders geschickt dabei an – sie hatten eben keinerlei Erfahrung mit Kartenspielen, bekamen den Dreh jedoch langsam heraus. Rikers Karten glitten wie aus eigener Kraft in seine Hand. Er nahm sie auf und sah einen Drilling. *Nicht überwältigend,* dachte er, *aber auch nicht schlecht genug.* Er fragte sich, ob er damit durchkäme, einen seiner drei Buben abzulegen.

Nachdem sie Karten gekauft hatten, wurde offensichtlich, daß ein paar andere ganz gute Blätter hatten. Er bemerkte, daß Meng Chiao sehr zuversichtlich war und hoch bot; mit etwas Glück würde der Erste Offizier wenigstens diese Runde verlieren. Die anderen boten noch höher; der Goldstapel in der Mitte der freigeräumten Fläche wurde immer größer. Meng Chiao setzte seine letzte Münze ein. »Das Unkraut eines feuchten Sommers hat schlüpfrige Wurzeln«, sagte er philosophisch. »Ich setze weitere fünfzig Cycee und will sehen.«

Augenblick mal, dachte Riker beunruhigt. *Wer weiß, wie hoch die Einsätze noch werden, wenn wir jetzt auf Kredit spielen.* »Ich würde es vorziehen, nur Geld zu akzeptieren, das auf dem Boden liegt.«

»Aber das erlauben wir immer!« sagte Lord Li Po ungehalten. »Man hat nur selten genug Gold dabei, um über einen längeren Zeitraum hinweg zu spielen.«

»Sie spielen also auch um Geld?« fragte Riker. Soweit er wußte, war dies die erste Partie Poker in der Geschichte des Drachenreichs.

»Wir setzen auf Pferde, Würfel, die Gunst ungebundener Kurtisanen«, erklärte Li Po. »Natürlich akzeptieren wir Schuldscheine. Das ist doch nur ehrenvoll.«

»Selbst die meines zügellosen Bruders werden angenommen«, sagte Chuan-chi, »obwohl es zweifelhaft ist, daß er je zurückzahlen kann, was er bereits schuldet.« Der Erbe bedachte Riker mit einem eisigen Blick. »Wollen Sie etwa andeuten, daß wir nicht für unsere Schulden einstehen werden?«

»Nein, natürlich nicht!« sagte Riker.

»Dann können wir ja weitermachen«, erklärte der Erbe. »Der ehrenwerte Meng Chiao hat fünfzig Cycee gesetzt und will sehen. Gehen Sie mit oder steigen Sie aus?«

Riker betrachtete verdrossen sein Blatt. Beim Kaufen hatte er einen weiteren Buben bekommen, so daß er jetzt einen Vierling hatte. *Was soll ich nur tun?* dachte er. *Ich kann sie doch nicht bis aufs letzte Hemd ausziehen. Das würde mir der Captain nie verzeihen.* Er ging mit. *Ich hoffe, Meng Chiao,* betete er verzweifelt, *du hast jetzt nicht geblufft.*

Meng Chiao machte ein langes Gesicht, als er seine Karten auf den Boden legte. Zwei Asse. »Der Adler fliegt über dem ungezügelten Hai, der Hai schwimmt unter der verbotenen Grotte.«

Das kannst du laut sagen, Junge, dachte Riker verdrossen und sammelte seinen Gewinn ein.

Die verborgene Treppe führte in einen Irrgarten unterirdischer Gänge unter dem Palast. Worf orientierte sich am fahlen grünen Glanz biolumiszenter Fliesen, die in die Mitte des Bodens eingelassen waren und ihn an die Notbeleuchtung in den meisten Starfleet-Raumschiffen erinnerte. In den Tunnels roch es modrig und feucht, als wären sie seit Jahrzehnten, wenn nicht sogar seit Jahrhunderten nicht mehr benutzt worden. Spinnweben bedeckten wie klebrige Vorhänge jeden Durchgang, während dicke Staubschichten auf allen Oberflächen lagen. Irgendwo in der Ferne hörte Worf das langsame, stetige Tropfen von Wasser. In den Gemäuern und vor und hinter ihm quiekten Ratten und zirpten Insekten; manchmal huschten kleine Tiere davon, unmittelbar bevor er sie genauer hätte ausmachen können. *Ungeziefer,* dachte er verächtlich. Er hatte es auf größere Beute abgesehen.

Wäre dieses undurchschaubare unterirdische Reich nicht jahrelang vernachlässigt und dem Verfall preisgegeben worden, hätte Worf sich vielleicht schon nach ein paar Minuten verirrt, doch so fand er problemlos den Weg, den die Diebe genommen hatten. Sie hatten eine Spur hinterlassen, der sogar ein Mensch folgen könnte; zerrissene Spinnweben, Spuren im Staub und Kratzer an den Tunnelwänden, an denen die Täter mit einigen der größeren Gegenständen angeeckt sein mußten, die sie getragen hatten. Worf vermutete, daß der Jadeelefant ein paar Mal gegen die Wände geprallt sein mußte. Kurz darauf entdeckte er Scherben zerbrochenen Porzellans auf dem Tunnelboden; dort mußte ein unbeholfener Dieb eine Vase fallen gelassen haben.

An einer Kreuzung, an der sich zwei Tunnels trafen, stieß er auf einen bedeutsameren Hinweis. Zwei Spuren, die eine von sehr kleinen Füßen, führten den Tunnel linker Hand entlang und vereinigten sich schließlich mit dem Weg, den die Diebe genommen hatten. Worf war sich natürlich nicht völlig sicher, doch er hätte hundert *Huch* in klingonischer Währung gewettet, daß dieser linke Tunnel irgendwann zum Harem Lord Lu Tungs führte, dem letzten bekannten Aufenthaltsort der verschwundenen Grünen Perle. Den Fußabdrücken nach zu urteilen, kurz bevor sie völlig in der verschwommenen Spur der Diebe aufgingen, schien die Perle freiwillig hier entlanggegangen zu sein. Worf knurrte leise. Die Spuren unterstützten Dr. Crushers Theorie über einen geheimen Liebhaber und ein mögliches Stelldichein. Worf wußte nicht, ob er das Mädchen wegen seines Ungehorsams verfluchen oder es zu seinem Mut beglückwünschen sollte. Letzten Endes spielte es auch keine Rolle; die Pflicht verlangte von ihm, die Perle rechtzeitig zur Hochzeit dem Vater zurückzubringen.

Vor ihm flackerte Kerzenlicht auf. Worf kniff die Augen zusammen, die sich an das schwache grüne Leuchten in den Tunnels gewöhnt hatten, um sie vor der plötzlichen Helligkeit zu schützen, die von einem Ort direkt hinter der nächsten Ecke zu kommen schien. Der Klingone packte den Phaser fester. Er bückte sich, um ein kleineres Ziel abzugeben, und schlich so leise und verstohlen weiter, wie er nur konnte. Eine kleine weiße Ratte huschte laut piepsend vor ihm davon. Worf hätte ihr liebend gern den Kopf abgebissen.

Ein Schatten von grob humanoiden Proportionen fiel kurz auf die Wand und verschwand dann. Die Sinne des Klingonen waren bis zum Äußersten gespannt. Er kroch bis auf ein paar Zentimeter an die Stelle heran, an der der Tunnel eine scharfe Biegung nach links vollzog. Als er die Ohren spitzte, glaubte er, unterdrückte Atemgeräusche zu hören. Er sog die modrige Luft ein; über dem allgegenwärtigen Gestank des Verfalls nahm er die unverkennbare Ausdünstung von Furcht wahr. Direkt hinter der Ecke lauerte jemand im Hinterhalt, jemand, der auf keinen Fall gefunden werden wollte.

Der Klingone warf sich um die Ecke, spürte, wie dort, wo sein Kopf gewesen wäre, wenn er gestanden hätte, etwas durch die Luft zischte. Er rollte sich ab und hatte sich schon wieder halbwegs erhoben, kniete mit einem Bein auf dem staubigen Boden, noch bevor ein weiterer Herzschlag vergangen war. »Keine Bewegung!« rief er und richtete den Phaser auf einen jungen Pai, der in der Tunnelbiegung stand. Hinter ihm schrie eine Frau auf; dann vernahm er leise Schritte, die sich ihm schnell näherten. Wer auch immer die Frau sein mochte, sie war keine Kriegerin; ohne auch nur den Kopf umzudrehen, ergriff er ihre ausgestreckten Arme und warf sie über seine Schulter zu Boden. Sein Phaser, den er in der anderen Hand hielt, schwankte nicht einen Sekundenbruchteil; er blieb auf den jungen Pai gerichtet, der etwas umklammerte, bei dem es sich um die goldene Statue eines Affen zu handeln schien. Hatte der Junge versucht, ihn damit zu schlagen? Worf war peinlich berührt, daß er sich wegen solch einer lächerlichen Waffe geduckt hatte.

Der Klingone stand auf und sah sich schnell um. Er befand sich in einem gewaltigen Kellergewölbe, das in etwa so groß war wie die Hohe Halle der Zeremoniellen Erhabenheit. Eine Reihe brennender Kerzen, die auf uralten Fässern und Kisten standen, erhellte den Raum; ihr Rauch stieg empor und verschwand in den Schatten unter der hohen Decke. Es überraschte den Klingonen nicht, auf dem Boden die gestohlenen Geschenke zu erblicken.

Sie boten wirklich einen prachtvollen Anblick, auch wenn sie nicht mehr so ordentlich arrangiert waren wie damals, als Worf sie zum erstenmal gesehen hatte; vielmehr herrschte ein fürchterliches Durcheinander, kleinere Gegenstände waren in größere gestopft oder lagen auf ihnen. Über dem Rücken des Elefanten hing ein undurchdringliches Gewirr goldener Kabel. Worf fragte sich, ob es ihnen gelungen war, die Geschenke mit einem Mal aus der Halle zu schaffen, oder ob sie mehrmals gegangen waren. Wie lange waren Atherton und die anderen Sicherheitswächter bewußtlos gewesen?

Er hielt seine Gefangenen im Blick. Der junge Mann stand noch immer im Eingang des unterirdischen Gewölbes. Seine goldenen Roben waren zwar zerknittert und verschmutzt, sahen aber aus, als wären sie sehr teuer gewesen. Auf dem Gesicht des Jungen wich die Überraschung dem Zorn. Worf vermutete, daß er nach menschlichen Maßstäben sehr stattlich aussah, wenngleich es ihm an einer gewissen Reife zu fehlen schien. Der geheime Liebhaber der Grünen Perle? Worf ging davon aus. »Lassen Sie den Affen fallen«, sagte er. Der Pai ließ die Statue los, und sie prallte mit einem metallenen Scheppern auf den harten Steinboden.

Das Mädchen lag einen Moment lang reglos auf dem Boden und rang nach Luft; dann rührte es sich und setzte sich auf. In dem Augenblick, in dem es die strahlend hellgrünen Augen öffnete, wußte Worf, daß er Lu Tungs Grüne Perle gefunden hatte. Ihre winzigen Schuhe paßten zu den Fußabdrücken, die er zuvor in den Tunnels entdeckt hatte. »Wer sind Sie?« fragte sie und starrte Worfs nichtmenschliches Gesicht aus aufgerissenen Augen an. »*Was* sind Sie?«

Der Klingone ignorierte ihre Frage und suchte mit den Blicken die nur schwach erleuchteten Ecken des Gewölbes ab. »Wo sind die anderen?« fragte er. Diese beiden konnten all die Geschenke unmöglich allein durch die Tunnels getragen haben, nicht in einem Dutzend Nächten.

»Ich habe sie fortgeschickt«, sagte der junge Mann. »Das heißt, ihnen erlaubt, in ihre Gemächer zurückzukehren.«

»Und wer sind Sie?« fragte Worf. Er hatte diesen Pai noch nie zuvor gesehen.

Trotz des Phasers, den ein furchterregender Klingone auf ihn richtete, setzte der Junge eine tapfere

Miene auf. Er legte die Hände auf die Hüften und streckte stolz die Brust heraus. »Ich bin Kan-hi«, erklärte er stolz, »Zweiter Sohn des Drachen.«

Die Grüne Perle, die noch immer auf dem Boden kniete, seufzte voller Bewunderung. Worf hätte am liebsten auch geseufzt, wenn auch aus einem ganz anderen Grund. Ihm war klar, daß ihre Mission soeben noch komplizierter geworden war.

Er berührte seinen Kommunikator. »Captain, hier Worf. Ich habe Neuigkeiten für Sie …«

14

Das Spiel war völlig außer Kontrolle geraten. Die Pai hatten ihre Konkubinen gesetzt, ihre Ehefrauen, interplanetaren Jachten, ja sogar ihren Grundbesitz. Einige saßen in der einfachen Baumwollunterwäsche da, die sie unter ihren kostbaren Roben trugen. Ihre wunderbare Kleidung stapelte sich, wie alles andere, womit sie zur Party gekommen waren, neben Riker auf. All ihre Ländereien und sonstigen Besitztümer waren genau auf einer Schriftrolle aufgeführt, die neben ihm lag. Riker erwartete noch immer, daß der Phaser, der ihm gestohlen worden war, als Einsatz wieder auftauchte. Das war bislang noch nicht geschehen, aber sonst hatte er so ziemlich alles gewonnen, was Pai zu bieten hatte.

Mit einem lauten Gähnen legte er seinen dritten Straight Flush in Folge auf den Boden.

»Damit bin ich draußen«, sagte Lord Li Po und erhob sich langsam. »Ich werde Ihnen meine Ehefrauen, Konkubinen und Diener morgen nach der Hochzeit zukommen lassen.« Er verbeugte sich tief.

Meng Chiao war ebenfalls an seinen finanziellen Grenzen angelangt, rappelte sich auf und stand auf wackligen Beinen da. »Ein wohlhabender Narr trennt sich schnell von seinem Vermögen.«

»He!« sagte Riker überrascht. »Das ergibt ja tatsächlich Sinn!«

»Schenken Sie ihm keine Beachtung«, sagte Li Po. »Er ist zu betrunken, um den Spruch richtig aufzusagen.« In diesem Augenblick sackte der Sprecher der Aphorismen zusammen und rutschte langsam auf den Boden. Sein Mund stand weit offen, und seine Augen fielen zu. »Sehen Sie, was ich meine?« fragte Li Po.

Nur der Drachenerbe persönlich blieb noch im Spiel. Riker musterte seinen letzten verbliebenen Gegner, der zufällig der Erbe des gesamten Drachenreichs war. Die Junggesellen, die noch wach waren, drängten sich – fast so nackt wie die erschöpften Dienstmädchen – um die beiden Spieler und beobachteten jeden Zug. Unter diesen Umständen konnte Riker unmöglich absichtlich verlieren. Er konnte nur beten, daß seine Glückssträhne endlich ein Ende nahm.

»Vielleicht sollten wir aufhören«, schlug er zum vielleicht fünfzigsten Mal vor. Als er beim letztenmal versucht hatte, den Raum zu verlassen – Attentäter hin oder her – hatte Chuan-chi Wachen an der Tür postiert, um ihn daran zu hindern.

»O nein«, erwiderte der Erbe. »Sie müssen bleiben. Es ist …«

»… eine Frage der Ehre«, vollendete Riker den Satz für ihn. »Ich weiß, ich weiß.« Der Erste Offizier kam zum Schluß, daß Pai nun unter einem schlimmen Anfall von Spielsucht litt. Er kam sich wie ein antiker Forscher vor, der die Pocken zu nichtsahnenden Eingeborenenstämmen trug.

»Geben Sie«, sagte der Erbe angespannt.

Chuan-chi hatte ein gutes Pokergesicht, das zuvor lediglich verraten hatte, daß er unter leichten Verdauungsstörungen litt, doch nun huschten seine Blicke hin und her, während er seine Karten betrachtete. Die schnellen Augenbewegungen ließen darauf schließen, daß er sein Blatt immer wieder betrachtete, als könne er nicht glauben, wie gut es sei.

Sie spielten die Variante Rigelianisches Mitgehen. Vor jedem von ihnen lagen verdeckt jeweils drei Karten, die sie erst aufdecken durften, nachdem sie gesetzt hatten. Riker betrachtete sein Blatt und atmete erleichtert auf. Er hatte nicht mal ein Pärchen. *Gut,* dachte er.

Chuan-chi hob den Blick von den Karten und betrachtete den Ersten Offizier gleichmütig. »Obwohl ich das gesamte Drachenreich erst an jenem fernen Tage erben werde, da mein Vater zu seinen Vorfahren geht«, erklärte er, »gehört Pai der Tradition zufolge dem Drachenerben. Ich setze den Planeten selbst gegen alles, was Sie bislang gewonnen haben.«

Wenn er nicht der beste Schauspieler auf Pai ist, dachte Riker, *kann das unmöglich ein Bluff sein.* Es sah immer besser für ihn aus. Er konnte alles in einer einzigen Runde wieder verspielen. Zweifellos würde der Erbe Rikers gesamten Gewinn wieder seinen Freunden und Verbündeten zurückgeben. »Einverstanden«, sagte der Erste Offizier.

Er nahm die Karten auf, die auf dem Boden lagen.

Der Drachenerbe hatte vier Asse auf der Hand, doch es dauerte eine volle Minute, bis Riker seinen Royal Flush auslegen konnte.

»Entschuldigen Sie mich«, sagte er wie betäubt. »Jetzt muß ich aber *wirklich* aufhören.«

»Wir treten in etwa fünf Minuten in den Orbit um Pai ein, Sir«, meldete Lieutenant Tor. Die Andorianerin richtete ihre Fühler auf Data.

»Auf den Schirm«, sagte der Androide. Pai – eine blaugrüne, teilweise von Wolken bedeckte Kugel – erschien auf dem Hauptbildschirm. Data konnte deutlich einzelne Kontinente ausmachen. Seiner Berechnung zufolge würde die Sonne in knapp einer halben Stunde über dem Kaiserlichen Palast aufgehen. »Position der einsatzfähigen Kriegsschiffe der G'kkau?« fragte er.

»Sie sind uns dicht auf den Fersen, Data«, sagte Geordi, »und müßten jeden Augenblick eintreffen.«

»Befehle, Sir?« fragte Lieutenant Melilli.

»Wir werden erst auf unsere Waffen zurückgreifen«, sagte Data, »nachdem wir von Captain Picard die Bestätigung erhalten haben, daß die Hochzeit vollzogen und der Vertrag ratifiziert wurde. Dann, und erst dann, können wir Pai gegen die G'kkau-Aggressoren verteidigen.« Data sah nacheinander die Offiziere an, die nun auf der Brücke Dienst taten: Tor, Craigie, Kamis, Melilli und Geordi. Waren sie vielleicht besorgt wegen der bevorstehenden Konfrontation mit den G'kkau? Ein guter Vorgesetzter trug auch die Verantwortung für die Moral des gesamten ihm unterstellten Personals; dieses Prinzip von Starfleet war allgemein anerkannt. Data kam zum Schluß, daß dies der richtige Augenblick für ein paar ermutigende Worte war. »Es kann allerdings nichts schaden, unsere Schilde zu aktivieren. Im übrigen besteht eine Wahrscheinlichkeit von siebenundsechzig Komma acht-sechs-vier-drei Prozent dafür, daß die *Enterprise* diesen Einsatz überstehen wird.«

»Was ist mit Pai?« fragte LaForge. »Und unseren Leuten auf dem Planeten?«

Data hielt es nicht für ratsam, die für sie zutreffende Wahrscheinlichkeit zu verkünden. »Über dem Kaiserlichen Palast bricht bald die Dämmerung an. Wir müssen davon ausgehen, daß es Captain Picard dank seiner unschätzbaren diplomatischen Befähigungen gelungen ist, sämtliche noch offenen Fragen zu klären, die die Vertragsunterzeichnung verzögern könnten.«

»Das will ich hoffen«, sagte LaForge, »denn die G'kkau werden wohl kaum den Hochzeitsempfang abwarten, ganz zu schweigen von den Flitterwochen.«

Das war unwahrscheinlich, dachte Data.

Im Heiligen Tempel der Ewigen Harmonie herrschte alles andere als diese. Hinter einem reich verzierten Torbogen, der einen Blick auf einen Garten voller duftender Kirschblüten bot, und unter einer offenen Dachluke, die die ersten Strahlen der aufgehenden Sonne auffangen sollte, herrschte auf dem, was eigentlich eine Hochzeitsfeier sein sollte, ein wildes Durcheinander.

»Von meinem eigenen Sohn verraten!« jammerte der Drache.

»Mit meiner einzigen Tochter!« wehklagte Lord Lu Tung.

Na ja, dachte Picard, *wenigstens haben sie endlich eine Gemeinsamkeit gefunden.*

Kan-hi, dessen Hände mit Fesseln gebunden waren, die Chih-lis Wachen zur Verfügung gestellt hatten, stand trotzig auf einer Seite, flankiert von Worf und dem Minister für Innere Sicherheit. Ein wackliger Tattergreis von Priester, der mindestens zweihundert Jahre alt zu sein schien, bekam das Tohuwabohu offensichtlich gar nicht so richtig mit. Die Grüne Perle kniete weinend neben dem Altar und warf gelegentlich schmachtende Blicke zu ihrem in Ketten geworfenen Freier hinüber. Irgend jemandem war es gelungen, ihr ein smaragdgrünes und olivbraunes Hochzeitskleid überzustreifen, doch der Schleier war bereits von Tränen durchnäßt, und die Braut stand kurz vor dem Nervenzusammenbruch. Dr. Crusher stand zwar neben Yao Hu, konnte sie jedoch kaum trösten, und hielt Händchen mit Hsiao Har, die genauso verzweifelt wie das andere Mädchen zu sein schien. Irgendwann, vermutete Picard, würde die Tochter des Erben sich wegen ihrer Rolle bei der Flucht der Perle aus dem Harem verantworten müssen, doch im Augenblick schienen sich alle zu sehr über die verbotene Liebe zu ereifern, als daß sie sich über ihre Komplizenschaft den Kopf zerbrachen. Troi wartete neben dem Eingang des Tempels auf Riker und den Bräutigam, die jeden Moment eintreffen mußten. Zum Glück schlief der Großteil der Hochzeitsgäste noch den Rausch aus, den sie sich bei den Feiern des vergangenen Abends angetrunken hatten. Die eigentliche Hochzeitszeremonie, so hatte Picard erfahren, war eine relativ bescheidene Angelegenheit, die normalerweise auf die unmittelbare Familie der Braut und des Bräutigams beschränkt blieb. Unter den gegebenen Umständen hatte die Crew der *Enterprise* die Erlaubnis bekommen, den Tempel zu betreten, doch die etwa hundert adligen Pai, die sich im Palast aufhielten, waren lediglich zu den Feiern und Empfängen nach der religiösen Zeremonie geladen. *Noch ein kleiner Gefallen,* dachte der Captain, *wenngleich ich eigentlich ein oder zwei richtige Wunder bräuchte.*

Sein Kommunikator piepste, und Data meldete sich. »Die *Enterprise* ist bereit, Pai zu verteidigen«, erklärte er. »Ich hoffe, die Hochzeit findet bereits statt.«

»Ihre Hoffnung erfüllt sich leider nicht«, erwiderte Picard. »Wie ist der Status der G'kkau-Flotte?«

»Unser Plan ist weitgehend, aber nicht vollständig erfolgreich verlaufen. Die große Mehrzahl ihrer Schiffe treibt nun antriebslos in einem relativ ungefährlichen Bereich des Nebels. Den Funksprüchen zufolge, die wir aufgefangen haben, wird es noch einige Tage dauern, bis selbst die nächstpostierten Schiffe der G'kkau sie erreichen und ihnen Beistand gewähren können.«

Picard hatte kein Mitleid für die gestrandeten Schiffe. »Und wie viele sind durchgekommen, Data?«

»Fünf, Sir, darunter auch die *Fangzahn*. Ich fürchte, sie werden Pai innerhalb von einer Stunde erreicht haben. Konnten Sie die Zweifel des Drachen bezüglich des Vertrags ausräumen, Sir?«

»Noch nicht«, gestand Picard ein. Er rieb über sein

Kinn und spürte Stoppeln. Seine Augen brannten vor Schlafmangel. Er hatte gehofft, vor der Hochzeit noch duschen und sich rasieren zu können; statt dessen hatte er fast die gesamte Nacht über *Ch'i* gespielt, ungenießbare Gerichte heruntergewürgt, eine durchgebrannte Braut aufgespürt und war seinem eigentlichen Ziel – den Drachen zu überzeugen, der Föderation beizutreten – noch keinen Schritt näher gekommen. Einmal ganz abgesehen vom Vertrag – er war noch nicht überzeugt, daß am heutigen Morgen überhaupt eine Hochzeit stattfinden würde.

»Ich hoffe, es besteht Aussicht auf eine schnelle Lösung, Sir«, sagte Data.

»Sie werden es als erster erfahren«, versprach der Captain. »Picard Ende.«

Plötzlich tauchte der Drachenerbe mit Will Riker im Schlepptau in der Türöffnung auf. Picard bemerkte, daß sein Erster Offizier irgendwann in dieser Nacht die Galauniform durch wesentlich beeindruckendere Roben der Pai ersetzt hatte. Er hoffte, daraus darauf schließen zu können, daß Riker einen guten Eindruck beim Erben und seinen Freunden gemacht hatte. Im Augenblick half jede Kleinigkeit.

Riker wirkte erschöpft und ein wenig verlegen, als er zu seinem Captain trat. »Sir«, begann er, »ich muß Ihnen etwas mitteilen.«

Aber Picard hatte den Blick auf die Seite des Raums gerichtet, wo ein wütender Erbe seinen Bruder zur Schnecke machte. »Jetzt nicht, Nummer Eins«, sagte er. »Wir müssen uns mit einer Krise befassen.«

Offensichtlich war die Nachricht von den Verbrechen des Zweiten Sohnes mittlerweile an die Ohren des Drachenerben gedrungen. »Dieb! Verräter!« schrie Chuan-chi seinen jüngeren Bruder an. »Nicht nur die Hochzeitsgeschenke, sondern auch die Braut! Wie konntest du nur so ehrlos sein?«

Kan-hi schreckte vor dem anklagenden Blick des Erben nicht zurück. »Ich liebe Yao Hu«, sagte er, »wozu du niemals imstande sein wirst. Und was die Hochzeitsgeschenke betrifft... na ja, ich gestehe ein, daß ich einige Schulden abtragen muß, bevor ich so für Yao Hu sorgen kann, wie sie es verdient. Außerdem ging mir die Ironie dieser Sache nicht aus dem Sinn. Was für eine Heuchelei all diese Geschenke und Festlichkeiten doch sind! Kein noch so großer Schatz könnte je diese Farce von Hochzeit rechtfertigen!«

»Sobald ich Drache bin«, schnaubte Chuan-chi, »wird meine erste Amtshandlung als Kaiser deine Exekution sein.« Der Erbe griff in die Falten seines safrangelben Gewandes und schaute auf ein kleines Chronometer. Picard kam dieses Verhalten eigenartig für einen Mann vor, der gerade herausgefunden hatte, daß sein Bruder beabsichtigt hatte, ihm die Braut zu stehlen. Chuan-chi sah zu der Dachluke hinauf und warf dann einen weiteren Blick auf das Chronometer. *Worauf wartet er?* fragte Picard sich.

Der alte Priester blickte ebenfalls zu der Dachluke hinauf. »Die Sonne geht auf«, sagte er und klopfte neben dem Altar mit einem Holzstab auf den Boden. »Wir müssen mit der Hochzeit beginnen.«

Würde es tatsächlich eine Hochzeit geben? Picard hielt den Atem an und beobachtete genau alle Beteiligten, die sich zögernd ansahen. Letzten Endes, stellte er fest, hatten es doch alle rechtzeitig in die Kirche geschafft, trotz der Bemühungen Kan-his, Yao Hus und des noch immer unbekannten Attentäters, genau das zu verhindern. Aber hatten die Ereignisse des Abends und der Nacht Pais zerbrechliche Allianzen nicht doch zerrissen?

»Es muß wohl eine Hochzeit geben«, sagte der Drache, »um des Reiches willen.«

Lord Lu Tung nickte. Er ging zu seiner Tochter und

sah sie an. »Es ist eine Frage der Ehre«, sagte er ernst, während er dem heulenden Mädchen aufhalf.

Yao Hu unterdrückte ein Schluchzen. »Na schön«, sagte sie und reckte das Kinn vor. »Um des Friedens willen werde ich den Drachenerben heiraten, doch mein Herz wird immer meinem geliebten Kan-hi gehören!«

»So sei es«, sagte Chuan-chi. Die leidenschaftliche Liebeserklärung seiner Braut für einen anderen Mann schien ihm nicht das geringste auszumachen. Sein Blick schoß immer wieder zwischen dem sich langsam aufhellenden Himmel und seinem Vater, dem Drachen, hin und her. Ein paar Minuten vor seiner Hochzeit, dachte Picard, betrachtet der Erbe den Himmel – fast als rechnete er mit der Ankunft einer außerirdischen Armada.

Picard kam in den Sinn, daß Kan-hi zwar die Verantwortung für den Diebstahl der Hochzeitsgeschenke und das kurzzeitige Verschwinden der Braut, aber keineswegs die für die beiden gescheiterten Attentate auf den Kaiser übernommen hatte. Und warum schien Chuan-chi davon überzeugt zu sein, seinen Bruder bald hinrichten lassen zu können? Picard ging ein Licht auf. Er trat ein paar Schritte auf den Erben zu und blieb dann stehen, als er sah, daß Chuan-chi erneut in seine Roben griff. Auf der Stirn des Erben perlten Schweißtropfen, und in seinen Augen lag ein irrer Blick. Picard wußte, daß er diesmal nicht nach seiner Uhr greifen würde.

»Exzellenz!« rief er. »Vorsicht!« Wie in Zeitlupe schien Chuan-chi ein Phaser-Standardmodell Typ 2 aus seinem Gewand zu ziehen und auf seinen Vater zu richten. Der Captain sprang auf den Attentäter zu, erkannte aber gleichzeitig, daß er viel zu weit entfernt war, um Chuan-chi noch rechtzeitig aufzuhalten. *Es ist zu spät*, dachte er. *Ich hätte früher darauf kommen müssen …*

Dr. Crusher allerdings stand neben Yao Hu am Altar. Als sie Picards Warnung hörte, reagierte sie sofort. Ihr rechtes Bein schoß in die Höhe… und zwar kräftig. Picard fiel ein, daß Beverly bei einem Tanzwettbewerb einmal den ersten Platz belegt hatte. Ihr Fuß prallte gegen Chuan-chis Arm und stieß ihn hoch. Der Phaser segelte durch die Luft, und Riker machte einen Satz und fing ihn im Flug auf. »Da bist du ja!« rief er.

Im nächsten Augenblick sprangen Worf und Chih-li den Erben an und rissen ihn zu Boden. Kan-hi hatten sie loslassen müssen; der Zweite Sohn geriet ins Taumeln und setzte sich auf den Hintern. Die Grüne Perle kreischte gellend auf und lief zu ihrem Schatz. Lu Tung griff nach ihr, um sie aufzuhalten, hielt dann inne und riß hilflos die Hände hoch, anscheinend überwältigt von den raschen Wendungen der Ereignisse. Der uralte Priester wurde glatt ohnmächtig, kippte um und fiel in ein Blumenbukett hinter dem Altar. Der Drache stand einfach da und kniff die Augen zusammen, als könne er einfach nicht fassen, was sich gerade zugetragen hatte.

»Chuan-chi?« sagte er. »Mein Sohn? Mein Erbe?«

Auf dem Tempelboden versuchte Chuan-chi vergeblich, sich aus Worfs und Chih-lis Griff zu befreien. »Ihr versteht nicht!« schrie er. »Ich muß ihn töten, bevor sie hier sind! Ich habe es ihnen versprochen!« Hilflos sank er zwischen dem Klingonen und dem Minister zusammen. »Wenn ich ihn nicht töte«, stöhnte er, und seine Stimme verblich zu einem Flüstern, »werden sie mich ebenfalls umbringen.«

Troi trat neben Picard. »Der Erbe«, sagte sie und schüttelte den Kopf.

»Unser Attentäter«, bestätigte der Captain.

»Ich frage mich nur, warum ich es nicht gespürt habe«, sagte die Counselor.

»Sie hatten ja nie Kontakt mit ihm«, erwiderte Picard. »Sie waren doch nur eine Frau. Oder haben Sie das schon vergessen? Selbst bei dem Bankett saßen Sie am Katzentisch, weit entfernt von ihm.« Er lächelte grimmig. »Der Drache hat für diesen Fauxpas fast mit seinem Leben bezahlt.«

Selbst der Kaiser konnte einen so unverfrorenen Anschlag auf sein Leben nicht ignorieren. Picard sah, daß ihm die volle Bedeutung der Taten seines ältesten Sohnes ganz langsam bewußt wurde. Sein rötliches Gesicht erbleichte zusehends. Er brachte es nicht über sich, auch nur in Chuan-chis Richtung zu schauen, als Chih-li ihn davonzerrte. Schneeweiß und zitternd torkelte er zu Picard.

»Lieber Captain, liebe Frau Doktor«, sagte er und warf Beverly einen Blick zu, »anscheinend verdanke ich Ihnen mein Leben. In diesem Augenblick bin ich zwar nicht davon überzeugt, ob ich auf meine sterbliche Existenz noch irgendeinen Wert lege, nachdem beide meiner Söhne mich verraten haben.« Er seufzte schwer. »Aber meine Tragödie schmälert in keiner Weise die Ehre dessen, was Sie hier geleistet haben. Wenn ich es Ihnen irgendwie vergüten kann…«

»Exzellenz«, sagte Picard sanft, »da wäre noch der Vertrag.« Ein Teil von ihm fühlte sich schuldig, weil er die Dankbarkeit des unglücklichen Kaisers auf diese Weise ausnutzte. Doch Chuan-chi hatte in einer Hinsicht recht: die G'kkau *waren* hierher unterwegs.

»Der Vertrag?« sagte der Drache geistesabwesend. Picard befürchtete allmählich, daß er unter Schock stand. »Ach ja, der Vertrag. Na ja, das verändert natürlich alles. Ihr selbstloses Heldentum hat bewiesen, daß Ihre Ehre der unseren mindestens ebenbürtig ist; also kann keine Schande darin liegen, Ihre Ehre mit der des Drachenreichs zu verschmelzen. Wo ist dieser verdammte Vertrag überhaupt? Ich werde ihn sofort unterschreiben.« Er sah sich im Tempel um, als erwartete er, daß augenblicklich ein Schreiber mit dem gewünschten Formular in der Hand auftauchte. »Mu!« rief er. »Wo ist dieser Mann geblieben? Er ist nie da, wenn ich ihn brauche. Man könnte glatt meinen … Augenblick mal!« Ihm fiel etwas ein, und er schlug die Hände vor den Kopf. »Der Vertrag kommt ohne die Hochzeit nicht zustande, und wie kann es jetzt noch eine Hochzeit geben?«

Ein sehr guter Einwand, gestand Picard ein. Man konnte von Lu Tung wohl kaum erwarten, daß er seine Tochter mit einem geständigen Attentäter verheiratete, der nie im Leben den Thron besteigen würde. Es schien nun keine Möglichkeit mehr zu geben, die kriegführenden Fraktionen zu vereinigen … außer …

Riker unterbrach Picards Gedankengang. »Ich bringe es zu diesem Zeitpunkt nicht gern zur Sprache, aber ich muß Ihnen unbedingt etwas sagen. Es geht um eine Partie Poker, was mir zunächst eine sehr gute Idee zu sein schien …«

»Die Schiffe der G'kkau nähern sich Pai«, meldete Lieutenant Melilli. Sie sah Data bedeutungsvoll an. »Sie *sind* jetzt in Reichweite unserer Phaser, Sir.«

Data schüttelte den Kopf. »Die Erste Direktive bleibt bestehen, bis der Captain uns etwas anderes mitteilt.«

»Es ist eine Hochzeit«, rief LaForge. »Was kann es da schon für Probleme geben?«

Der Androide ging davon aus, daß es sich um eine rhetorische Frage handelte, beantwortete sie aber trotzdem, um die Moral zu heben. »Captain Picard hat angedeutet, daß es unvorhersehbare Schwierigkeiten geben könnte.«

»Können wir nicht einfach noch ein paar Photonenminen abschießen?« fragte Fähnrich Craigie.

»Nicht innerhalb der Grenzen des Drachenreichs«, sagte Data.

»Außerdem«, fügte LaForge hinzu, »beeinträchtigen sie die Triebwerke der G'kkau außerhalb des Nebels wohl nicht.«

»Aber wir müssen irgend etwas unternehmen!« sagte Melilli. Ihr Ohrring klapperte wütend, als sie mit großem Nachdruck sprach. Data verstand allmählich, warum Ohrringe nicht zur offiziellen Starfleet-Bekleidung gehörten, wenngleich man bei bajoranischen Offizieren wegen ihrer religiösen Ansichten Ausnahmen machte.

»In der Tat«, sagte er, »in solch einer ernsten Notlage müssen wir etwas äußerst Schwieriges tun. Wir müssen warten.«

»Sie haben was gewonnen?« fragte Picard. Er traute seinen Ohren nicht.

»Äh … den Planeten, Sir, und alles, was sich darauf befindet«, wiederholte Riker. »Es ist eine lange Geschichte.«

»Na ja, die Kurzversion, Nummer Eins, lautet, daß *Ihr* Planet in ernster Gefahr schwebt und diese neueste Komplikation nichts dazu beiträgt, die Lage zu entspannen.«

Picard schritt vor dem Altar auf und ab, und seine Gedanken rasten. Es mußte doch eine Lösung geben – irgendeine Lösung –, wie er die Allianz zwischen Lu Tung und dem Drachen sichern und damit die Vertragsbedingungen zwischen dem Reich und der Föderation erfüllen konnte, bevor die G'kkau den ganzen Planeten ausplünderten und in eine rauchende Ruine verwandelten. Es war nur eine Hochzeit nötig … Er riß den Kopf hoch. »Will«, sagte er dringlich, »wieviel haben Sie gleich noch mal gewonnen?«

Riker schaute ganz elend drein. »Mal sehen … zweiundvierzig große Ländereien im Reich, eine dreihundert Jahre alte Brauerei, etwa eintausendvierhundert vertraglich verpflichtete Diener und elf komplette Haushalte einschließlich Ehefrauen und Konkubinen. Ein paar Kleinigkeiten habe ich bei der Aufzählung wahrscheinlich vergessen, Sir. Und den Planeten natürlich.«

»Natürlich«, echote Picard. In seinem Gehirn bildete sich ein Plan. Es war ein überaus bizarrer, aber damit war er wahrscheinlich wie geschaffen für das Drachenreich. »Das sollte mehr als genug sein, Nummer Eins.« Er schritt entschlossen in die Mitte des Tempels. »Exzellenz«, rief er laut. »Alle mal bitte herhören.«

»Was gibt es denn, lieber Captain?« fragte der Drache. Alle Blicke richteten sich auf Picard.

»Es ist ganz einfach, Exzellenz. Ich schlage eine Ehe zwischen William Riker, meinem geschätzten Ersten Offizier, und der ehrenwerten Hsiao Har vor, Ihrer Enkelin.«

»Was ...!« rief Riker. Hsiao Hars Augen leuchteten auf, als sie den Ersten Offizier mit nur schlecht verborgener Freude anstarrte. Dr. Crusher und Counselor Troi schauten einfach nur verwirrt drein.

»Ganz ruhig, Nummer Eins«, sagte Picard. *Will wird mir einfach vertrauen müssen ... genau wie alle anderen.* »Ich glaube, zu diesem Zeitpunkt ist ein Austausch von Geschenken angebracht. Als würdige Mitgift bietet Commander Riker den Planeten Pai an, den er vor kurzem von Ihrem Sohn, dem ehemaligen Erben, erworben hat.«

Der Drache riß die Augen auf. »Ist das wahr?« fragte er Riker.

»Bei meiner Ehre«, erwiderte der Erste Offizier und wand sich ein wenig unter der Intensität von Hsiao Hars bewunderndem Blick.

Der Drache zuckte mit den Achseln. »Na ja, warum nicht? Die Welt ist sowieso schon völlig verrückt geworden, und dann können wir wenigstens einen glücklichen Anlaß feiern. Eine Ehe zwischen jeweils einem Angehörigen Ihres und meines Volkes ist eine ausgezeichnete Idee. Ich hätte schon früher daran denken sollen.« Er kratzte sich am Kinn. »Und was für eine Mitgift fordern Sie?«

»Als Mitgift«, sagte Picard, »erbitten wir lediglich, daß Sie Ihren Zweiten Sohn begnadigen, den irregeleiteten, aber ehrenwerten Kan-hi.«

»Eine Begnadigung?« Der Drache war sichtlich bestürzt. Er starrte stirnrunzelnd seinen jüngeren Sohn an, der noch immer gefesselt neben Yao Hu stand.

»Bedenken Sie doch, Eure Exzellenz«, antwortete Picard schnell. »Kan-his Irrtümer waren die eines verliebten jungen Mannes. Würden Sie ihn begnadigen, könnte er anstelle seines Bruders die Grüne Perle heiraten, damit Ihre Allianz mit Lu Tung besiegeln und die Bedingungen Ihres Vertrages mit der Föderation erfüllen.« *Und der* Enterprise *ermöglichen, Ihr Reich zu schützen,* fügte er in Gedanken hinzu. »Vorausgesetzt natürlich, das ist auch für Sie akzeptabel, Lord Lu Tung.«

Der verdrossene Krieger nickte zustimmend. »Lieber einen Dieb als einen Attentäter, schätze ich. Aber«, fügte er hinzu und sah Kan-hi in die Augen, »sollten Sie meine Tochter irgendwie enttäuschen, werde ich Ihnen persönlich das abschneiden, was Sie zum Mann macht.«

Kan-hi schluckte. »Ich verstehe, Lord Lu Tung. Ich liebe Yao Hu mit ganzem Herzen. Sie werden es nicht bedauern.«

»Ich weiß nicht«, sagte der Drache. »Das alles geht so schnell.«

»Bitte, Erhabener«, sagte die Perle, die nicht von der Seite ihres Liebsten wich, »sehen Sie es nicht ein? Das Schicksal hat es so bestimmt. Es will uns unbedingt zusammenfügen.«

»Na ja…«, sagte der Drache überwältigt und unentschlossen.

Troi nahm den Kaiser beim Arm. »Ein Mann, der in der Liebe und Romantik so erfahren ist«, sagte sie, »kann doch angesichts der offensichtlichen Leidenschaft zwischen seinem Sohn und der Grünen Perle von Lu Tung bestimmt nicht unbewegt bleiben.«

»Was?« sagte er. »Ich meine… äh… nein, natürlich nicht! Na schön, Kan-hi ist begnadigt. Die Hochzeiten mögen beginnen!«

»Hochzeiten?« stieß der Erste Offizier hervor, die Mehrzahl betonend. Mittlerweile hielt Hsiao Har schon Rikers Arm fest, als befürchtete sie, er würde Hals über Kopf aus dem Tempel stürzen und in die unwegsamen Hügel Pais fliehen. *Wenn das noch lange so weitergeht,* dachte Picard, *traue ich ihm das durchaus zu.* Er flüsterte Dr. Crusher etwas ins Ohr.

»Entschuldigung«, sagte die Ärztin kurz darauf. »Bevor Lord Riker und Hsiao Har ihre freudigen Eheversprechen ablegen können, muß ich eine kurze medizinische Untersuchung vornehmen.«

Riker war mittlerweile hellrot angelaufen. »Doktor«, sagte er und bedachte sie mit einem strengen Blick, »was hat das alles zu bedeuten?«

»Psst«, murmelte sie, während sie den medizinischen Tricorder über seinen Körper gleiten ließ, dann die Stirn runzelte und leise etwas vor sich hinmurmelte. Danach verfuhr sie bei Hsiao Har genauso. Das Mädchen würdigte Dr. Crusher keines Blickes, himmelte weiterhin seinen neuen Schwarm an. »Ach, wie schade«, sagte Beverly schließlich. »Genau das habe ich befürchtet.«

»Was?« fragten der Drache, Riker und Hsiao Har gleichzeitig, aber mit unterschiedlichen Tonfällen der Besorgnis, Beunruhigung und Furcht.

»Es ist leider nicht möglich, daß Lord Riker und die Enkelin des Drachen eine Ehe eingehen«, sagte sie.

»Warum?« fragten der Drache, Riker und Hsiao Har, diesmal voller Neugier, Hoffnung und Verzweiflung.

»Weil Lord Riker und Hsiao Har genetisch inkompatibel sind. Sie können keine gemeinsamen Kinder haben.« Nur Picard sah, daß Dr. Crusher dem Ersten Offizier zublinzelte, der einen alles andere als höflichen Seufzer der Erleichterung ausstieß.

»Auf keinen Fall?« fragte der Drache.

»Selbst der fortgeschrittenen Medizin der Föderation ist es nicht möglich, ihre Vereinigung fruchtbar werden zu lassen.«

»Das macht nichts, Großvater«, sagte Hsiao Har. »Das ist mir völlig gleichgültig. Seine zweite Frau kann ihm so viele Kinder schenken, wie er haben will. Das sind sowieso stinkende, abscheuliche Ungeheuer. Und wenn's unbedingt sein muß, können wir ja eins adoptieren. Aber ein kleiner Hund würde mir schon reichen.«

Der Drache schüttelte traurig den Kopf. »Die kaiserliche Erblinie muß fortgesetzt werden. Es muß Erben geben.«

»Yao Hu wird dir Erben schenken«, beharrte Hsiao Har. Jede Menge! Ich will einfach nur Lord Commander Riker.«

Troi konnte es sich nicht verkneifen, Riker einen Blick zuzuwerfen, der mittlerweile scharlachrot angelaufen war.

»Nein«, entschied der Drache. »Wir können keinen möglichen Bruch unserer himmlischen Erblinie dulden. Und ich kann meiner Enkelin nicht die edelste Erfüllung nehmen, die es für eine Frau gibt: die der Mutterfreuden. Diese Heirat kann nicht stattfinden.« Er hielt inne. »Der Austausch der Geschenke verlief jedoch ordnungsgemäß, und wir haben unseren Teil der

Abmachung erfüllt. Daher werden wir den Planeten Pai als Entschädigung für die aufgelöste Verlobung behalten müssen.«

»Das ist ganz in unserem Sinne«, sagte Picard.

»Ja«, bekräftigte Riker. »Bitte behalten Sie alles. Meinen Segen haben Sie.«

Hsiao Har stieß einen Paifluch aus, der unvorstellbar obszön klang.

»Damit können die Grüne Perle und Kan-hi heiraten«, sagte Picard energisch. »Fangen wir mit der Zeremonie an.«

15

Der alte Priester wollte absolut nicht zu sich kommen.

»Ist er tot?« fragte Picard besorgt. Angesichts des fortgeschrittenen Alters des ehrwürdigen Greises war es durchaus möglich, daß die Aufregungen der letzten Viertelstunde ihm den Rest gegeben hatten.

»Nein«, erwiderte Dr. Crusher, die vor dem zusammengebrochenen Priester kniete. »Er will einfach nicht aufwachen.«

»Der arme alte Tsai-lung«, sagte der Drache seufzend. »Er hat schon meine erste Trauung vorgenommen, und die meines Vaters vor mir.«

»Wird er in absehbarer Zeit wieder zu sich kommen?« fragte Picard zähneknirschend.

»Ach, das bezweifle ich«, erwiderte der Drache. »In letzter Zeit wacht er nur noch etwa einmal pro Jahr auf. Es waren mehrere Monate der Vorbereitung erforderlich, um ihn für diesen Anlaß fit zu kriegen.«

Hätte Picard noch genug Haare dafür gehabt, hätte er sie sich gerauft. So aber konnte er nur den Kopf schütteln. *Ich glaube das einfach nicht,* dachte er. *Das ist doch die reinste Farce.* »Gibt es vielleicht noch andere Priester«, fragte er mit zusammengebissenen Zähnen, »die diese Zeremonie vollziehen könnten?«

Der Drache lachte. »Mein lieber Captain, haben Sie etwa den Eindruck, mein Palast sei ein Kloster? Unter uns gesagt, ich ziehe es vor, mir geistliche Führer vom

Hals zu halten. Sie legen mir zu großen Wert auf Enthaltsamkeit und Mäßigung.«

»Vielleicht können wir einen herbeamen ...?« setzte Picard an, dann piepste sein Kommunikator und öffnete einen Kanal zu Data.

»Verzeihen Sie die Störung«, sagte die Stimme des Androiden, »aber ich möchte Sie darauf hinweisen, daß die Schiffe der G'kkau Angriffspositionen im Orbit um den Planeten eingenommen haben und die *Fangzahn* einen Angriff auf die *Enterprise* vorbereitet. Dürfte ich fragen, ob es an der Hochzeitsfront irgendwelche Fortschritte gibt?«

»Mr. Data«, sagte Picard brüsk, »ich verspreche Ihnen, ich werde diese beiden unter die Haube bringen, und wenn ich die Zeremonie persönlich durchführen muß!«

»In diesem Fall, Captain«, erwiderte Data, »lege ich Ihnen dringendst nahe, dies schnell zu tun. Die *Fangzahn* lädt gerade ihre Intervaller auf.«

Picard schüttelte den Kopf. »Das habe ich nicht wortwörtlich gemeint, Data. Ich wollte nur ...« Er hielt inne, als ihm plötzlich eine Idee kam. *Warum eigentlich nicht?* »Mr. Data, bereiten Sie sich darauf vor, die folgenden Personen an Bord der *Enterprise* zu beamen ...«

»Schilde deaktivieren«, befahl Data.

Melilli Mera stieß laut die Luft aus. Sie zögerte, und ihre Finger verharrten über den Kontrollen.

Auf dem Hauptbildschirm trieb die *Fangzahn* vor den fernen Sternen. Die geschwungene Spitze ihres scharlachroten Vorderteils schien direkt auf die *Enterprise* gerichtet zu sein. Ein kleineres Display, das in die linke untere Ecke des Schirms eingelassen war, bot eine schematische Darstellung der Positionen der vier anderen G'kkau-Kriegsschiffe. Als Vorsichtsmaßnahme hatte Data befohlen, die Koordinaten aller

Schiffe zu erfassen und Photonentorpedos bereitzuhalten. Er wartete nur noch auf die Erlaubnis, sie auch abzufeuern.

»Schilde deaktivieren«, wiederholte Data, »und zwar für jenen Sekundenbruchteil, der nötig ist, um die gesamte Hochzeitsgesellschaft in die Bar auf dem zehnten Vorderdeck zu beamen. Dann die Schilde mit voller Kapazität wieder aufbauen.«

»Na schön«, sagte LaForge, der hinter der taktischen Konsole stand. »Glauben Sie, wir kommen damit durch?«

»Vielleicht«, sagte er. Seine Speicherschaltkreise erinnerten ihn an die Vorbereitungen für die Hochzeit von Miles und Keiko O'Brien, während derer er eine romulanische Spionin entlarvt hatte. »Sind alle menschlichen Hochzeiten so gefährlich?«

»Wollen Sie meine ehrliche Meinung hören?« sagte LaForge. »Ich habe schon jede Menge katastrophale Hochzeiten erlebt, aber die hier übertrifft alles.«

Als sie an Bord der *Enterprise* materialisierten, schien der Boden unter Picards Füßen zu zittern. Zuerst ging er von einer Fehlfunktion des Transporters aus. Dann wurde ihm klar, daß der Boden tatsächlich zitterte. Die *Enterprise* wurde angegriffen.

»Schnell, jeder an seinen Platz!« befahl er. Alle Menschen und Pai im Tempel waren an Bord gebeamt worden, einschließlich des ehrwürdigen Tsai-lung, der nun hinter Guinans Bar lang ausgestreckt auf dem Boden lag.

Zehn-Vorne, wie der Gesellschaftsraum kurz und knapp genannt wurde, war buchstäblich verlassen. Alle Mannschaftsmitglieder hatten ihre Positionen an den Kampfstationen eingenommen. Picard fragte sich kurz, wo Guinan war. Dann räumte er vorn in dem großen Raum ein paar Tische beiseite. Dr. Crusher, die

die Rolle der Mutter der Braut übernommen hatte, schob schnell Lu Tung und die Perle zu Picard hinüber. Sowohl Vater als auch Tochter sahen sich mit weit aufgerissenen Augen in Zehn-Vorne um und blickten überwältigt in den Sternenhimmel, der durch die Fenster des Gesellschaftsraums zu sehen war; die Ärztin mußte Lu Tungs Arm über den Yao Hus legen. Mittlerweile hatte Riker sich zum Trauzeugen befördert und links von Kan-hi aufgebaut. Die Hände des Bräutigams waren noch gefesselt, aber daran konnten sie auf die Schnelle nichts ändern. Deanna hielt Hsiao Har an den Schultern, um zu verhindern, daß der eifersüchtige Teenager sich wieder Riker an den Hals warf. Der Drache schien überhaupt nicht mehr zu wissen, wie ihm widerfuhr, und ließ sich in einen der zahlreichen Sessel fallen. Das stämmige Gebilde aus einer Duraniumlegierung ächzte unter seinem Gewicht. »Ich kapiere das nicht«, sagte der Kaiser. »Was machen wir hier überhaupt?«

»Als Captain der *Enterprise*«, erklärte Picard, »bin ich berechtigt, an Bord dieses Schiffes Trauungen vorzunehmen. Und im Augenblick müssen wir das so schnell wie möglich tun.«

»Ach so. Dann geht das ja wohl in Ordnung.« Der Drache lehnte sich auf seinen Tisch, anscheinend zufrieden damit, von jetzt an nur noch Zuschauer zu sein.

Ein weiterer Stoß schüttelte die *Enterprise* durch. Der Boden neigte sich abrupt und richtete sich dann wieder auf. Riker hielt Kan-hi fest, den neuen Drachenerben, während Dr. Crusher die Grüne Perle stützte. Hsiao Har fiel auf Deanna, doch es gelang beiden, sich ohne allzu große Schwierigkeiten wieder aufzurichten. Picard machte durch die steuerbordseitigen Fenster einen grünen Blitz aus. Die Schilde schienen zu halten, aber wie lange noch?

»Captain«, sagte Counselor Troi atemlos, »ich empfehle die kurze Zeremonie.«

»Einverstanden«, erwiderte Picard. Er sah die beiden jungen Pai an und kam direkt zur Sache. »Wollen Sie, Kan-hi, Sohn und Erbe des Drachen, diese Frau zu Ihrem rechtmäßig angetrauten Weib nehmen?«

»Ja!« sagte Kan-hi. Er wollte Yao Hus Hand ergreifen, doch seine Ketten ließen es nicht zu.

»Wollen Sie, Yao Hu, genannt die Grüne Perle von Lu Tung, diesen Mann zu Ihrem rechtmäßig angetrauten Gatten nehmen?«

»Überaus gern!« hauchte die Braut. Sie schien außer sich vor Freude zu sein.

Grüne Energie schlug, nur teilweise von den Schilden abgewehrt, über die Backbordseite des Gesellschaftsraums hinweg. Picard hielt sich an einer Tischkante fest, um das Gleichgewicht nicht zu verlieren. Braut und Bräutigam prallten gegeneinander und stützten sich gegenseitig. Die Deckenbeleuchtung flackerte kurz und setzte dann wieder ein. Picard wurde klar, daß die *Enterprise* einiges einstecken mußte. *Selbst ein Rudel Eidechsen kann einen Drachen ins Verderben ziehen – wenn der Drache gefesselt ist und sich nicht wehren kann.*

Hier und jetzt gab es nur eine Möglichkeit, den Drachen zu befreien …

»Kraft der Befugnis, die die Vereinte Föderation der Planeten mir verliehen hat, erkläre ich Sie hiermit in Übereinstimmung mit dem derzeitigen Herrscher des Drachenreichs zu Mann und Frau.«

Das war's, dachte er. *Die Heirat ist rechtmäßig, der Vertrag tritt in Kraft.*

Er berührte seinen Kommunikator. »Mr. Data, feuern Sie nach eigenem Ermessen!«

Durch die breiten Vorderfenster von Zehn-Vorne konnte er genau verfolgen, wie ein halbes Dutzend Photonentorpedos aus den Eingeweiden der *Enterprise* schossen. Zwei dieser Torpedos hielten auf das G'kkau-Schiff zu, das sich unmittelbar vor der *Enterprise* befand. Das muß die *Fangzahn* sein, dachte er und verspürte eine gewisse Befriedigung, als die Waffen in das Flaggschiff der G'kkau einschlugen. Blauweiße Energiebänder loderten wie Blitze an der Hülle der *Fangzahn* auf und ließen deren leuchtend grüne Oberfläche eingedellt und vernarbt zurück. Dieser ›*Fangzahn*‹ würde nach dem Ende des Kampfes einige Füllungen benötigen. Er bezweifelte, daß die G'kkau sich noch einmal dem Drachenreich nähern würden, sobald sie wieder das Bedürfnis verspürten, ihr Territorium auszudehnen.

Die *Enterprise* ließ den Torpedos einen langanhaltenden Beschuß mit Phaserfeuer folgen. *Das ist doch ein Feuerwerk,* dachte er und fragte sich, ob das, was Geordi sich ausgeheckt hatte, mit diesem Schauspiel mithalten konnte. Picard wandte sich vom Fenster ab und stellte fest, daß Kan-hi und Yao Hu ihn noch immer erwartungsvoll ansahen. *Was ist denn jetzt noch?* fragte er sich. *Ich dachte, wir wären fertig.*

Im hinteren Teil des Raum machte Troi, die noch immer Hsiao Har festhielt, ihn auf sich aufmerksam und spitzte dann die Lippen.

»Ach ja«, sagte er. »Das hätte ich fast vergessen. Sie dürfen die Braut jetzt küssen.«

»Wirklich?« fragte Kan-hi. Er schien sein Glück kaum fassen zu können. Das war durchaus verständlich, dachte Picard, wenn man sich überlegte, daß er in einer knappen Stunde vom entehrten Verbrecher zum Ehemann und zukünftigen Drachen aufgestiegen war.

»Nun machen Sie schon«, sagte er.

16

Wenn die eigentliche Hochzeit überstürzt stattgefunden hatte, war der Empfang eine verschwenderische und gemächliche Angelegenheit. Über einhundert bekannte Persönlichkeiten der Pai und ein beträchtlicher Prozentsatz der Crew der *Enterprise* schoben sich zwischen den süß riechenden Kirschblüten im Garten des Kaisers hin und her. Riesige Lampions, von denen einige auf hoch fliegenden Drachen befestigt waren, beleuchteten die Szene hell und bunt, während Pais Sonne allmählich dem Horizont entgegenkroch. Speisen und Getränke standen zwar überreichlich bereit, doch Picard begnügte sich mit einer Tasse Tee – Earl Grey, heiß –, die er sich direkt aus einem Replikator der *Enterprise* hatte herunterbeamen lassen. Er hatte von exotischer Cuisine erst mal die Nase voll.

Als er durch den Garten schlenderte, entdeckte er Worf und Chih-li, die unter einem schattenspendenden Baum auf einer Bank saßen. Versuchte der Klingone, die komplizierten Regeln des *Ch'i* zu erlernen? Picard wünschte ihm sowohl Glück als auch viel Ausdauer. Als er jedoch näher kam, sah er, daß des Drachen Minister für Innere Sicherheit ein ganz normales Spiel Karten mischte. »Seien Sie gegrüßt, ehrenwerter Captain des überaus ehrenwerten Worf«, sagte Chih-li. »Wir sind übereingekommen, unser Duell auszutragen, indem wir eine Partie Poker spielen. Lord Li Po hat mir mitgeteilt, daß es sich dabei um ein ehrenwertes Spiel handelt, das sich mit dem Aufeinanderstoßen mächtiger Heere vergleichen läßt.«

»So kann man es wohl auch sehen«, sagte Picard und bedachte Worf mit einem warnenden Blick. »Seien Sie vorsichtig, Mr. Worf. Seien Sie *sehr* vorsichtig.«

Als er weiterging, gelangte er schließlich auf einen breiten, offenen Hof voller Pai und Starfleet-Angehöriger. An dessen südlichem Rand war ein erhöhtes Podest errichtet und mit Seiden- und Satinbehängen geschmückt worden. Er erkannte ein paar der Würdenträger auf dem Podest: den Drachen und Lu Tung, die endlich nebeneinander saßen, und auch Geordi LaForge und Dr. Crusher. Chuan-chi, der verräterische ehemalige Erbe, glänzte natürlich durch Abwesenheit, wie auch das glückliche Paar selbst, das wahrscheinlich wesentlich Besseres zu tun hatte.

Es erheiterte ihn, auch Schiffsmeister Kakkh auf dem Podest zu sehen, dessen schuppenbesetzter Körper mit Verbänden umwickelt und einer übelriechenden blauen Salbe beschmiert war. Kakkh war keine andere Wahl geblieben, als sich der Gnade der Pai zu unterwerfen, nachdem auf der *Fangzahn* die Lebenserhaltungssysteme zusammengebrochen waren. Der Rest seiner Mannschaft war in die düsteren Kerker unter dem Kaiserlichen Palast geworfen worden; diese Räumlichkeiten boten ihnen aber wahrscheinlich die für sie angenehmsten Bedingungen auf ganz Pai. Als befehlshabender Offizier der G'kkau war Schiffsmeister Kakkh jedoch ›eingeladen‹ worden, sein Volk beim Hochzeitsempfang als Demonstration des ›neuen und anhaltenden Friedens‹ zwischen den G'kkau und dem Drachenreich zu repräsentieren. Man hatte ihm die Teilnahme nicht gerade freigestellt. Kakkhs Zunge schnellte elendig nach den Fluginsekten, die von den leuchtenden Lampions über dem Podest angezogen wurden. Er machte nicht den Eindruck, sich besonders gut zu vergnügen.

»Captain!« rief LaForge. »Beeilen Sie sich! Sie kommen gerade noch rechtzeitig zum Feuerwerk!«

Als Picard die Stufen zum Podest hinaufging, jagte schon die erste Rakete in den Himmel. Sie explodierte hoch in der Luft, warf ein riesiges Bukett goldener und silberner Funken ab und stieß einen Knall aus, der so laut war, daß der Tee in seiner Tasse hochschwappte. Weitere Raketen folgten; einige pfiffen laut, andere kreischten wie abgestochene Targs, bevor sie in einer Symphonie aus Licht und Rauch und Lärm explodierten. Die ergriffenen Pai schrien laut und staunend auf, genau wie die Gäste von der Föderation, und waren, wie Picard feststellte, von dem Knallen und Pfeifen nicht minder beeindruckt als von dem bunten Spektakel, das den Abendhimmel erfüllte.

»Hört euch das an!« rief der Drache begeistert. »Der Lärm! Die Geräusche!«

»In der Tat«, gab Lord Lu Tung ihm recht und hielt sich die Ohren zu, um sie vor den lautesten Explosionen zu schützen. »Überaus bemerkenswert.«

Picard nahm zwischen LaForge und Dr. Crusher Platz. »Herzlichen Glückwunsch, Geordi«, sagte er. »Ihr Feuerwerk ist ein überwältigender Erfolg.«

»Sie haben ja keine Ahnung, Captain«, gestand LaForge. »Eine Weile wußte ich wirklich nicht mehr weiter. Dann fiel mir ein – was ist mit Schießpulver? Einfaches, altmodisches Schießpulver … wie man es in der guten alten Zeit benutzt hat? Die Pai haben so etwas noch nie gesehen, und unsere Leute auch noch nicht.«

»Entschuldigen Sie, Geordi«, sagte Dr. Crusher, »aber wurden altmodische Feuerwerke nicht irgendwann im einundzwanzigsten Jahrhundert verboten?

Ich scheine mich zu erinnern, daß sie unglaublich gefährlich waren.«

»Und es ist nicht gefährlich, gegen fleischfressende, raumfahrende Echsen zu kämpfen?« flüsterte LaForge verschwörerisch. »Hören Sie, wenn Sie Starfleet nichts davon erzählen, werde ich auch nichts sagen.«

»Meine Lippen sind versiegelt«, erwiderte sie, »aber lassen Sie es nicht zur Gewohnheit werden.«

»Ah, Captain«, sagte der Drache freundlich. »Endlich haben Sie sich zu uns gesellt. Ich habe mich schon gefragt, wann wir Ihr Gedicht hören würden.«

Picard hätte fast seinen Tee ausgespuckt. »Es tut mir leid«, sagte er und räusperte sich. »Mein Gedicht?«

Er erinnerte sich schwach, daß der Kaiser auf dem Bankett am Vorabend irgend etwas von einem Gedicht gesagt hatte. In dem nachfolgenden Durcheinander hatte er das völlig vergessen.

»Natürlich«, sagte der Drache. »Das ist eine alte Tradition. Der Gast, der die weiteste Reise zur Hochzeitsfeier hinter sich hat, trägt beim Empfang ein Gedicht vor, genau wie der Priester, der die Zeremonie durchgeführt hat. Das sind in beiden Fällen Sie. Sie kommen nicht darum herum. Es bringt dem jungen Paar Unglück, wenn Sie kein Gedicht aufsagen. Nicht wahr, Lu Tung, mein Bruder?«

»Es ist in der Tat eine alte Tradition, Nan Er«, bestätigte der ehemalige Rebell.

»Hah!« lachte der Drache. »Niemand sonst darf mich so nennen, aber da er jetzt zur Familie gehört, habe ich nichts dagegen. Sie müssen also ein Gedicht aufsagen. Ich nehme an, Sie haben eins geschrieben.«

»Um ehrlich zu sein, Exzellenz«, sagte Picard, »hatte ich in den letzten vierundzwanzig Stunden etwas anderes zu tun.« Er hielt inne und forschte in seinem Gedächtnis. »Doch die Föderation ist die Heimat vieler großer Dichter. Auch auf meiner Heimatwelt gab es viele davon, und alle verstanden sich wesentlich besser auf diese Kunst als ich. Wenn Sie nichts dagegen haben, würde ich Ihnen gern ein paar Zeilen eines meiner Lieblingsdichter vortragen.«

»Na schön«, sagte der Drache. »Ich kenne sie sowieso noch nicht. Fahren Sie fort.«

Picard erhob sich, hüstelte einmal und begann:

»Verschämte Lieb', ach! sie verrät sich schnell
Wie Blutschuld; ihre Nacht ist sonnenhell.
Cesario, bei des Frühlings Rosenjugend!
Bei jungfräulicher Sitt' und Treu' und Tugend!
So lieb' ich dich, trotz meinem stolzen Sinn,
Daß ich des Herzens nicht mehr mächtig bin.
Verhärte nicht dich klüngelnd durch den Schluß,
Du könntest schweigen, weil ich werben muß.
Nein, fessle lieber Gründe so mit Gründen:
Süß sei es, Lieb' erflehn, doch süßer, Liebe finden.«

Als Picard begeisterter Applaus entgegenschlug, verbeugte er sich kurz. Lediglich Meister Kakkh klatschte nicht. Dann nahm der Captain wieder neben Beverly Platz und stellte fest, daß die Schiffsärztin sich mit dem Saum eines Ärmels die Augenwinkel abtupfte. »Ach, ich komme nicht dagegen an, Jean-Luc«, sagte sie. »Ich muß bei Hochzeiten immer weinen.«

Er dachte an die letzten vierundzwanzig Stunden zurück. »Ich weiß ganz genau, wie Sie sich fühlen«, erwiderte er.

STAR TREK™

in der Reihe
HEYNE SCIENCE FICTION & FANTASY

STAR TREK: CLASSIC SERIE

Vonda N. McIntyre, Star Trek II: Der Zorn des Khan · 06/3971
Vonda N. McIntyre, Der Entropie-Effekt · 06/3988
Robert E. Vardeman, Das Klingonen-Gambit · 06/4035
Lee Correy, Hort des Lebens · 06/4083
Vonda N. McIntyre, Star Trek III: Auf der Suche nach Mr. Spock · 06/4181
S. M. Murdock, Das Netz der Romulaner · 06/4209
Sonni Cooper, Schwarzes Feuer · 06/4270
Robert E. Vardeman, Meuterei auf der Enterprise · 06/4285
Howard Weinstein, Die Macht der Krone · 06/4342
Sondra Marshak & Myrna Culbreath, Das Prometheus-Projekt · 06/4379
Sondra Marshak & Myrna Culbreath, Tödliches Dreieck · 06/4411
A. C. Crispin, Sohn der Vergangenheit · 06/4431
Diane Duane, Der verwundete Himmel · 06/4458
David Dvorkin, Die Trellisane-Konfrontation · 06/4474
Vonda N. McIntyre, Star Trek IV: Zurück in die Gegenwart · 06/4486
Greg Bear, Corona · 06/4499
John M. Ford, Der letzte Schachzug · 06/4528
Diane Duane, Der Feind – mein Verbündeter · 06/4535
Melinda Snodgrass, Die Tränen der Sänger · 06/4551
Jean Lorrah, Mord an der Vulkan Akademie · 06/4568
Janet Kagan, Uhuras Lied · 06/4605
Laurence Yep, Herr der Schatten · 06/4627
Barbara Hambly, Ishmael · 06/4662
J. M. Dillard, Star Trek V: Am Rande des Universums · 06/4682
Della van Hise, Zeit zu töten · 06/4698
Margaret Wander Bonanno, Geiseln für den Frieden · 06/4724
Majliss Larson, Das Faustpfand der Klingonen · 06/4741
J. M. Dillard, Bewußtseinsschatten · 06/4762
Brad Ferguson, Krise auf Centaurus · 06/4776
Diane Carey, Das Schlachtschiff · 06/4804
J. M. Dillard, Dämonen · 06/4819
Diane Duane, Spocks Welt · 06/4830
Diane Carey, Der Verräter · 06/4848
Gene DeWeese, Zwischen den Fronten · 06/4862

STAR TREK™

J. M. Dillard, Die verlorenen Jahre · 06/4869
Howard Weinstein, Akkalla · 06/4879
Carmen Carter, McCoys Träume · 06/4898
Diane Duane & Peter Norwood, Die Romulaner · 06/4907
John M. Ford, Was kostet dieser Planet? · 06/4922
J. M. Dillard, Blutdurst · 06/4929
Gene Roddenberry, Star Trek I: Der Film · 06/4942
J. M. Dillard, Star Trek VI: Das unentdeckte Land · 06/4943
Jean Lorrah, Die UMUK-Seuche · 06/4949
A. C. Crispin, Zeit für gestern · 06/4969
David Dvorkin, Die Zeitfalle · 06/4996
Barbara Paul, Das Drei-Minuten-Universum · 06/5005
Judith & Garfield Reeves-Stevens, Das Zentralgehirn · 06/5015
Gene DeWeese, Nexus · 06/5019
D. C. Fontana, Vulkans Ruhm · 06/5043
Judith & Garfield Reeves-Stevens, Die erste Direktive · 06/5051
Michael Jan Friedman, Das Doppelgänger-Komplott · 06/5067
Judy Klass, Der Boaco-Zwischenfall · 06/5086
Julia Ecklar, Kobayashi Maru · 06/5103
Peter Norwood, Angriff auf Dekkanar · 06/5147
Carolyn Clowes, Das Pandora-Prinzip · 06/5167
Michael Jan Friedman, Schatten auf der Sonne · 06/5179
Diana Duane, Die Befehle des Doktors · 06/5247
V. E. Mitchell, Der unsichtbare Gegner · 06/5248
Dana Kramer-Rolls, Der Prüfstein ihrer Vergangenheit · 06/5273
Barbara Hambly, Der Kampf ums nackte Überleben · 06/5334
Brad Ferguson, Eine Flagge voller Sterne · 06/5349
J. M. Dillard, Star Trek VII: Generationen · 06/5360
Gene DeWeese, Die Kolonie der Abtrünnigen · 06/5375
Michael Jan Friedman, Späte Rache · 06/5412
Peter David, Der Riß im Kontinuum · 06/5464
Michael Jan Friedman, Gesichter aus Feuer · 06/5465
Peter David/Michael Jan Friedman/Robert Greenberger, Die Enterbten · 06/5466
L. A. Graf, Die Eisfalle · 06/5467
John Vornholt, Zuflucht · 06/5468
L. A. Graf, Der Saboteur · 06/5469
Melissa Crandall, Die Geisterstation · 06/5470
Mel Gilden, Die Raumschiff-Falle · 06/5471
V. E. Mitchell, Tore auf einer toten Welt · 06/5472

STAR TREK™

Victor Milan, Aus Okeanos Tiefen · 06/5473
Diane Carey, Das große Raumschiff-Rennen · 06/5474
Diane Carey, Kirks Bestimmung · 06/5476
L. A. Graf, Feuersturm · 06/5477
A. C. Crispin, Sarek · 06/5478
Simon Hawke, Die Terroristen von Patria · 06/5479
Barbara Hambly, Kreuzwege · 06/5681
L. A. Graf, Ein Sumpf von Intrigen · 06/5682
Howard Weinstein, McCoys Tochter · 06/5683
J. M. Dillard, Sabotage · 06/5685
Peter David, Die Tochter des Captain · 06/5691
Diane Carey, Invasion – 1: Der Erstschlag · 06/5694

STAR TREK: THE NEXT GENERATION
David Gerrold, Mission Farpoint · 06/4589
Gene DeWeese, Die Friedenswächter · 06/4646
Carmen Carter, Die Kinder von Hamlin · 06/4685
Jean Lorrah, Überlebende · 06/4705
Peter David, Planet der Waffen · 06/4733
Diane Carey, Gespensterschiff · 06/4757
Howard Weinstein, Macht Hunger · 06/4771
John Vornholt, Masken · 06/4787
David & Daniel Dvorkin, Die Ehre des Captain · 06/4793
Michael Jan Friedman, Ein Ruf in die Dunkelheit · 06/4814
Peter David, Eine Hölle namens Paradies · 06/4837
Jean Lorrah, Metamorphose · 06/4856
Keith Sharee, Gullivers Flüchtlinge · 06/4889
Carmen Carter u. a., Planet des Untergangs · 06/4899
A. C. Crispin, Die Augen der Betrachter · 06/4914
Howard Weinstein, Im Exil · 06/4937
Michael Jan Friedman, Das verschwundene Juwel · 06/4958
John Vornholt, Kontamination · 06/4986
Mel Gilden, Baldwins Entdeckungen · 06/5024
Peter David, Vendetta · 06/5057
Peter David, Eine Lektion in Liebe · 06/5077
Howard Weinstein, Die Macht der Former · 06/5096
Michael Jan Friedman, Wieder vereint · 06/5142
T. L. Mancour, Spartacus · 06/5158
Bill McCay/Eloise Flood, Ketten der Gewalt · 06/5242
V. E. Mitchell, Die Jarada · 06/5279

STAR TREK™

John Vornholt, Kriegstrommeln · 06/5312
David Bischoff, Die Epidemie · 06/5356
Peter David, Imzadi · 06/5357
Laurell K. Hamilton, Nacht über Oriana · 06/5342
Simon Hawke, Die Beute der Romulaner · 06/5413
Rebecca Neason, Der Kronprinz · 06/5414
John Peel, Drachenjäger · 06/5415
Diane Carey, Abstieg · 06/5416
Diane Duane, Dunkler Spiegel · 06/5417
Jeri Taylor, Die Zusammenkunft · 06/5418
Michael Jan Friedman, Relikte · 06/5419
Susan Wright, Der Mörder des Sli · 06/5438
W. R. Thomson, Planet der Schuldner · 06/5439
Michael Jan Friedman & Kevin Ryan, Requiem · 06/5442
Dafydd ab Hugh, Gleichgewicht der Kräfte · 06/5443
Michael Jan Friedman, Die Verurteilung · 06/5444
Simon Hawke, Die Rückkehr der Despoten · 06/5446
Robert Greenberger, Die Strategie der Romulaner · 06/5447
Gene DeWeese, Im Staubnebel verschwunden · 06/5448
Brad Ferguson, Das letzte Aufgebot · 06/5449
Kij Johnson/Greg Cox, Die Ehre des Drachen · 06/5751
Dean Wesley Smith/Kristine Kathryn Rusch, Invasion – 2: Soldaten des Schreckens · 06/5754
J. M. Dillard, Star Trek VIII – Der erste Kontakt · 06/5757

STAR TREK: DIE ANFÄNGE
Vonda N. McIntyre, Die erste Mission · 06/4619
Margaret Wander Bonanno, Fremde vom Himmel · 06/4669
Diane Carey, Die letzte Grenze · 06/4714

STAR TREK: DEEP SPACE NINE
J. M. Dillard, Botschafter · 06/5115
Peter David, Die Belagerung · 06/5129
K. W. Jeter, Die Station der Cardassianer · 06/5130
Sandy Schofield, Das große Spiel · 06/5187
Dafydd ab Hugh, Gefallene Helden · 06/5322
Lois Tilton, Verrat · 06/5323
Esther Friesner, Kriegskind · 06/5430
John Vornholt, Antimaterie · 06/5431
Diane Carey, Die Suche · 06/5432

STAR TREK™

Melissa Scott, Der Pirat · 06/5434
Nathan Archer, Walhalla · 06/5512
Greg Cox/John Gregory Betancourt, Der Teufel im Himmel · 06/5513
Robert Sheckley, Das Spiel der Laertianer · 06/5514
Diane Carey, Der Weg des Kriegers · 06/5515
Diane Carey, Die Katakombe · 06/5516
Dean Wesley Smith/Kristine Kathryn Rusch, Die lange Nacht · 06/5517
L. A. Graf, Invasion – 3: Der Feind der Zeit · 06/5519

STAR TREK: STARFLEET KADETTEN
John Vornholt, Generationen · 06/6501
Peter David, Worfs erstes Abenteuer · 06/6502
Peter David, Mission auf Dantar · 06/6503
Peter David, Überleben · 06/6504
Brad Strickland, Das Sternengespenst · 06/6505
Brad Strickland, In den Wüsten von Bajor · 06/6506
John Peel, Freiheitskämpfer · 06/6507
Mel Gilden & Ted Pedersen, Das Schoßtierchen · 06/6508
John Vornholt, Erobert die Flagge! · 06/6509
V. E. Mitchell, Die Atlantis Station · 06/6510
Michael Jan Friedman, Die verschwundene Besatzung · 06/6511
Michael Jan Friedman, Das Echsenvolk · 06/6512
Diane G. Gallagher, Arcade · 06/6513
John Peel, Ein Trip durch das Wurmloch · 06/6514
Brad & Barbara Strickland, Kadett Jean-Luc Picard · 06/6515
Brad & Barbara Strickland, Picards erstes Kommando · 06/6516
Ted Pedersen, Zigeunerwelt · 06/6517

STAR TREK: VOYAGER
L. A. Graf, Der Beschützer · 06/5401
Dean Wesley Smith/Kristine Kathryn Rusch, Die Flucht · 06/5402
Nathan Archer, Ragnarök · 06/5403
Susan Wright, Verletzungen · 06/5404
John Betancourt, Der Arbuk-Zwischenfall · 06/5405
Christie Golden, Die ermordete Sonne · 06/5406
Mark A. Garland/Charles G. McGraw, Geisterhafte Visionen · 06/5407
S. N. Lewitt, Cybersong · 06/5408
Dafydd ab Hugh, Invasion – 4: Die Raserei des Endes · 06/5409
Karen Haber, Segnet die Tiere · 06/5410
Jeri Taylor, Mosaik · 06/5811

STAR TREK™

Melissa Scott, Der Garten · 06/5812
David Niall Wilson, Puppen · 06/5813

DAS STAR TREK-UNIVERSUM, 2 Bde., von *Ralph Sander* · 06/5150
DAS STAR TREK-UNIVERSUM, 1. Ergänzungsband von *Ralph Sander* · 06/5151
DAS STAR TREK-UNIVERSUM, 2. Ergänzungsband von *Ralph Sander* · 06/5270

Ralph Sander, Star Trek Timer 1996 · 06/1996
Ralph Sander, Star Trek Timer 1997 · 06/1997
Ralph Sander, Star Trek Timer 1998 · 06/1998
Ralph Sander, Star Trek Timer 1999 · 06/1999

William Shatner/Chris Kreski, Star Trek Erinnerungen · 06/5188
William Shatner/Chris Kreski, Star Trek Erinnerungen: Die Filme · 06/5450

Phil Farrand, Cap'n Beckmessers Führer durch STAR TREK – DIE CLASSIC SERIE · 06/5451
Phil Farrand, Cap'n Beckmessers Führer durch STAR TREK – DIE NÄCHSTE GENERATION · 06/5199
Phil Farrand, Cap'n Beckmessers Führer durch STAR TREK – DIE NÄCHSTE GENERATION – Teil 2 · 06/6457

David Alexander, Gene Roddenberry – Die autorisierte Biographie · 06/5544
Judith & Garfield Reeves-Stevens, Star Trek Design · 06/5545
Nichelle Nichols, Nicht nur Uhura · 06/5547
Leonard Nimoy, Ich bin Spock · 06/5548
Lawrence M. Krauss, Die Physik von Star Trek · 06/5549
Judith & Garfield Reeves-Stevens, Star Trek – Deep Space Nine: Die Realisierung einer Idee · 06/5550
Herbert F. Solow & Yvonne Fern Solow, Star Trek – Das Skizzenbuch: Die Classic-Serie · 06/6469
Judith & Garfield Reeves-Stevens, Star Trek – Phase II: Die verlorene Generation · 06/6470
Herbert F. Solow/Robert H. Justman, Star Trek – Die wahre Geschichte · 06/6499
J. M. Dillard, Star Trek: Wo bisher noch niemand gewesen ist · 06/6500

Diese Liste ist eine Bibliographie erschienener Titel,
KEIN VERZEICHNIS LIEFERBARER BÜCHER!